君特·格拉斯
文集

Günter Grass
Werke

剥洋葱

Beim Häuten der Zwiebel

〔德〕君特·格拉斯 著
魏育青 王滨滨 吴裕康 译

人民文学出版社
PEOPLE'S LITERATURE PUBLISHING HOUSE

图书在版编目(CIP)数据

剥洋葱/(德)君特·格拉斯著;魏育青,王滨滨,吴裕康译. -- 北京:人民文学出版社,2025. --(君特·格拉斯文集). -- ISBN 978-7-02-019500-8

Ⅰ. I516.55

中国国家版本馆 CIP 数据核字第 2025NE5165 号

责任编辑 欧阳韬
装帧设计 刘 远
责任印制 张 娜

出版发行 人民文学出版社
社 址 北京市朝内大街 166 号
邮政编码 100705

印 刷 三河市中晟雅豪印务有限公司
经 销 全国新华书店等

字 数 300 千字
开 本 880 毫米×1230 毫米 1/32
印 张 15.25 插页 1
印 数 1—3000
版 次 2025 年 9 月北京第 1 版
印 次 2025 年 9 月第 1 次印刷

书 号 978-7-02-019500-8
定 价 128.00 元

目 录

撕开伤口，拒绝忘川(译序)

——格拉斯《剥洋葱》中的“忆”

德语文学作品中时常出现“忘川”：比如在席勒《赫克托耳的告别》中，一切憧憬和想念都将被沉入这条静静的冥河；在歌德笔下，阿莉儿要用“忘川之露”浇淋刚从悲剧第一部走出的浮士德，使之忘却过去的痛苦。中国传说中也有忘川河，转世投胎者必经此河，过奈何桥饮孟婆汤，以涤除一生之忆。不过，在西方神话中还有一条“记川”和“忘川”对立，记忆和遗忘形成张力，而且在孰优孰劣的问题上，有两派意见双峰对峙：

“忘川派”认为人是“忘却生物”(animal obliviscens)，不能忘记意味着苦难。尼采在《不合时宜的观察》第二篇中称忘却在某种意义上具有积极作用，几乎是一种面向未来的能量。①《查拉斯图拉如是说》开头的隐喻“骆驼、狮子、孩子”也一脉相承：“婴孩乃天真，遗

① 参见《历史对于人生的利弊》，姚可崑译，商务印书馆1998年版，第4页。在该书中，尼采还区分了三种对待以往的态度：一是惯于守常，巨细无遗地记录事实，以至于看不见未来；二是要大展宏图，敢于忽视细节，重构以往，替代所失；三是试图摆脱传统者，体现为“积极的忘却”，忘却过去，面向未来。

忘,一种新兴……”①此论并非空前绝后。之前有蒙田为“记忆力差”平反昭雪,认为伟大的思想和伟大的记忆之间水火不容。之后有弗洛伊德区分有益的忘却和有害的压抑,认为能够忘却才能避免心理障碍。伽德默尔也认为,唯有遗忘,精神方可获得革新、融合的可能性。②

而“记川派”则从另一角度视遗忘为大敌,认为尤其面对上世纪的人类之灾,更不能简单地“忘记过去,展望未来”。在纳粹魔爪下劫后余生的维瑟尔(E. Wiesel)在《夜》中发誓,“这一切我永志不忘,哪怕我注定要活得和上帝一样长久”,③一如犹太德语民谚:“想要忘却,流亡就会延长,若要得救,奥秘在于回忆。”在德国,要记住“诗人和哲学家”却要忘掉“判官和刽子手”的人不在少数,但也有很多作家热衷于“记忆工作”,其中呼吁最勤、不厌其烦者当数当代德语文学的招牌——君特·格拉斯。

一

这个“共和国的纹章兽”不愿意喝下忘川水或者孟婆汤,不愿意苦乐悲欢一笔销,三生石前泯恩仇,因为在他看来,文学的本质是回忆。2006年格拉斯推出了《剥洋葱》,回忆了主人公二十年的经历:

---

① 《苏鲁支语录》,徐梵澄译,商务印书馆1997年版,卷之一,第21页。

② 参见哈拉尔德·魏因里希《忘川:遗忘的艺术和批判》,贝克出版社2005年版。

③ 同上,第230页。

战时的苦难和失足，战后“三种饥饿”的困扰，然后是浪迹天涯，追求艺术，家人团聚，朋友交往，四七社的童话，一直讲到1959年《铁皮鼓》取得举世瞩目的成功。他再次追忆似水流年，从今天的角度以自传的形式，把从《铁皮鼓》到《蟹行》中的不少内容几乎复述了一遍。人物、场景、母题、观点都似曾相识，“我”生平的细节及其与创作的联系，不少也早为人所知。① 或许只有一点有轰动效应。书中透露了一件“可以断言，因而也就可以怀疑的”(125)②的往事，虽然寥寥几页，却被不少媒体当作全部内容，至少是精华所在：“德意志导师”格拉斯曾是党卫军的一员，竟然带着“该隐额上的标记”——Waffen-SS。③

“来自黑暗年代的八个字母和一个连字符，整个共和国便像开了锅。”④不少人对格拉斯迄今道德法官的形象提出疑问，谴责他为人虚伪或忏悔来迟，波兰的瓦文萨甚至要求他归还格但斯克荣誉市民称号和诺贝尔文学奖，直到后来才转变态度；而另一些人则表现出宽容和理解，如作家瓦尔泽(M. Walser)和穆施格(A. Muschg)。教育学家亨蒂希(H. Hentig)力挺格拉斯，⑤普通读者中也有人认为：十

---

① 比如参见格拉斯《作者是靠不住的目击者》，德国袖珍本出版社1997年版。

② 引文页码均根据格拉斯《剥洋葱》，施泰德尔出版社2006年版。

③ 格拉斯《我得接受该隐额上的标志》，载《法兰克福评论报》2006年11月10日。Waffen-SS指武装党卫军，为Die Waffen Schutzstaffel的简称，1940年在法西斯德国成立的嫡系军事组织，纳粹视之为政治上最为可靠的武装，参与了许多大屠杀罪行，为人痛恨。1946年被纽伦堡国际军事法庭列为犯罪组织。

④ 《德国就是格拉斯》，载《日耳曼学专业通讯》2006年第10期，第4页。

⑤ 《哈特穆特·封·亨蒂希访谈录》，载2007年8月20日《明镜》周刊，第161页。

七岁学生被征入党卫军算不上罪孽，不能“用自以为是的后世人的尺子”去衡量“当年人们无法摆脱的命运”①。在我国，译本问世前就争论不休，近年来围绕着“忏悔意识”“记忆文学”的是是非非，也让人想起同样善于与媒体周旋的格拉斯。总之，德国文学现象俨然成了全球政治事件。沸反盈天，众声喧哗，过问《剥洋葱》艺术价值的书评几为异数。②

这件公案或许不妨搁置，但读者心头还是疑云萦绕：书中描述均系真实，还是如主人公的妹妹所言，又是拿来哄人的谎话？（420）在此恐怕不能忽视格拉斯笔下记忆和回忆之间的对立。这种区分当然并非首创，早在亚里士多德那里，回忆和记忆就不是一回事。黑格尔认为记忆是“死的”、外在的机制、载体和媒介，回忆则是“活的”、内在的心理过程。③ 后来也有学者认为普遍的、公众的、学校性质的“记忆”有别于具备主观和私人特征的“回忆”。④ 在格拉斯笔下，有趣的是与此相关的隐喻：“琥珀”和“洋葱”。

封面、封底以及每章开头处都画着红色洋葱，千姿百态地象征着格拉斯对自己生活的层层剖析，只不过这重构的以往与真正的经历

① 关于《明镜》周刊文《时代史：莱比锡书展上的德国记忆文化》的读者来信，载2007年4月7日《明镜》周刊，第12页。

② 霍斯特·维利·肖尔斯《反观自身的君特·格拉斯》，载《德国学术交流中心文学快讯》，2006年，第9页。

③ 参见西比勒·克雷默《切勿遗忘了“遗忘”，或者遗忘乃是一种有缺陷的回忆方式?》，载《历史人类学国际期刊》(Paragrana)第9卷，2000年第3期，第265页。

④ 哈拉尔德·魏因里希《忘川：遗忘的艺术和批判》，贝克出版社2005年版，第8页。

之间呈现出一种微妙关系。无数的问句、问号以及不定措辞都在暗示，在回忆这种复杂活动中主客观成分兼而有之，“剥洋葱”并不让人舒坦，与其说它是简单的再现，毋宁说它是往事的构建。“回忆可以作弊，可以美化，可以伪装”①，如同一位“最不可靠的证人，她喜怒无常，经常偏头痛发作，此外还有一个随行就市、待价而沽的名声”（64），让人想起哈佛学者夏克特（D. Schacter）列举的“七宗罪”②。与洋葱不同，琥珀却能使人洞察一切。既然“假想的洋葱拒绝吐露真情，用难以解码的线条把信息刻在潮湿的洋葱皮上”（65），“我”就会转而求助于带有各色包体的琥珀。洋葱即回忆“像孩子一样，也爱玩捉迷藏的游戏。它会躲藏起来。它爱献媚奉承，爱梳妆打扮，而且常常并非迫不得已”；而琥珀即记忆则“举止迂腐、老爱争个是非曲直”（8），较起真来酷似一位“不受贿赂的会计”③，忠诚地守护着一成不变、纹丝不动的真相。

洋葱和琥珀早在《铁皮鼓》《蜗牛日记》等作品中就已露过面，两个意象不可或缺甚至相互依存。一方面，回忆“尽管看起来不清晰、有缺陷，还是比训练精确性的记忆意味着更多”，另一方面，人们也需要“琥珀”和其他无声地散落在四周的小物件，以便去回忆和被回忆。（10—11）

---

① 格拉斯《我回忆》，载格拉斯《当我搜集蘑菇和羽毛》，施泰德尔出版社2005年版，第150页。

② 丹尼尔·夏克特《记忆的七宗罪》，李安龙译，中国社会科学出版社2003年版。

③ 格拉斯《我回忆》，载格拉斯《当我搜集蘑菇和羽毛》，施泰德尔出版社2005年版，第150页。

格拉斯将作家归于“职业回忆者”，对他们而言，回忆是“富矿坑、垃圾堆、档案库”，或者是体现了这部作品总体构思的洋葱：回忆如同一层又一层地剥洋葱，“只有去剥皮，洋葱才会吐真言。在我童年结束前后发生的一切，都在用事实叩门，这过程比你希望的更糟糕，它时而要你这样讲，时而要你那样说，最后使你误入歧途，谎话连篇。”(10) 即是说，这本书仍然属于“诗”的范畴，是所谓“真实成分各个不一的故事”(437)？如果说，剥开生活这只洋葱的过程是“诗”，那么“真”又在何方？

二

《剥洋葱》中虚实并举乃是故意为之：“这样一来故事可以保鲜，因为不完整，所以它们的内容必须杜撰得更丰富，它们永远不会讲完，总是等待时机续编或倒叙。”(223) 显然，这位善用省略句的“胡诌大师”认为，不妨“凑出些什么名堂来”(239)来填补遗忘的空白，“在诗与真之间的羊肠小道上前行”。(285)

严格说来，自传体作品难免是“诗与真”。奥古斯丁《忏悔录》第八章米兰花园皈依场景就不无虚构色彩。马尔滕斯认为莫里茨的《安东·赖泽尔》在思想史和社会史上的重要性只有卢梭的自传能够媲美，但它却既是自传又是小说。① 卢梭的《忏悔录》常被倡导

① 瓦尔特·延斯主编《金德勒新文学辞典》，第 11 卷，金德勒出版社 1988 年版，第 991 页。

"说真话"者援引,虽被视为无情自我剖析之典范,但其真实性也受到质疑,甚至有人认为,与其说他在自我忏悔,毋宁说他在控诉社会,是被迫害妄想导致这位"日内瓦公民"在回忆和描述时陷入了失真。① "失真"在歌德《诗与真》中同样存在,因为"真实的生活经常如此失去光泽,以至于人们有时不得不用虚构的清漆将它整修一新"②。该书前言中就提到对素材的"半是诗意的、半是历史的处理"③。对歌德而言,关键是对经历的真实进行赋予意义的阐释,进行文学虚构的重塑,因为"我们生活的事实之所以重要,并非在于它是真实的,而是在于它意味着什么"④。

张隆溪在《记忆、历史、文学》一文中突出一个"真"字,⑤然而对格拉斯来说,似乎没有什么比唯一有效的"真"更可怕的了。他拒绝非黑即白而钟爱灰色,怀疑线性跃进而自诩蜗牛。从格拉斯的这一一贯立场来看,《剥洋葱》亦虚亦实就是题中应有之义:真实的经历位于"虚构世界的灌木丛"(39)。而与这种扑朔迷离不无关系的是时空交错和自我裂变。

格氏作品常在时间长河中反潮流。《相聚在特尔格特》谜一般的首句就是适例:"明天曾发生的事情,昨天将会发生。"⑥《我的世

---

① 瓦尔特·延斯主编《金德勒新文学辞典》,第14卷,第383页。

② 歌德《诗与真》,载《歌德作品十二卷》,第8卷,柏林和魏玛,建设出版社1981年版,第382页。

③ 同上,第12页。

④ 转引自延斯主编《金德勒新文学辞典》,第6卷,第444页。

⑤ 参见《外国文学》2008年第1期,第65—69页。

⑥ 格拉斯《相聚在特尔格特》,卢赫特尔汉特出版社1979年版,第7页。

纪》的开头也让译者伤透脑筋:“我,替换了我的人,每一年都要出现。”①这次也不例外,“洋葱对顺序并不太在乎”。(422)格拉斯引用自己数十年前的类似名言如“以后发生的,总是以前有过的”,(165)不单意在建立某种互文性,也是为了在不同时间层面上展现从《大脑产儿》起就明确化了的“今昔未”概念,而且是通过分裂的我或曰双重的我的“蟹行”来展现:“我们所说的‘当今’,稍纵即逝的‘现在——现在——现在’,总是被过去的‘现在’笼罩着。所以,甚至向前逃跑的道路,即所谓‘未来’,也只能穿着铅一般沉重的鞋子走。”(165)于是隔着六十年的时间跨度,“我”如此沉重地目睹当年的“我”跌跌撞撞地度过二战的最后岁月。在作家“我”剥洋葱的过程中,一个回忆着、叙述着的老年之“我”和一个被回忆、被叙述的少时之“我”常常面对面地登场,处于一种特殊的张力关系之中。

“我看见我”,这种现象随时随地可能发生,容易让人想起米德(G. H. Mead)笔下“主我”(I)和“客我”(me)的交往。② 在米德的理论中,“客我”中选存了以往的经验记忆,是在社会化过程中形成的可被观察的客体部分,而“主我”是担任观察者角色的主体部分。若移用在《剥洋葱》上,那么现在的回忆者“我”是I,而回忆的对象的“我”则是me?问题似乎并不那么简单,因为以前的“我”并非俯首帖耳,召之即来。对回忆者“帮我剥洋葱”的请求,被回忆者时常拒绝,

---

① 蔡鸿君《我的世纪》译者序,人民文学出版社2022年版,第10页。
② 参见米德《心灵、自我与社会》,赵月瑟译,上海译文出版社1992年版,第154—158页。

"不想挺身而出充当以前的我",认为回忆者根本无权"居高临下地把他弄趴下"。(37)"客我"一旦进入虚实并举的叙事世界就颇具主体性,不再任由"主我"摆布,这在格氏作品中不乏其例。

格拉斯多用旧作如《母鼠》中常见的电影叙事手法描述这种并不始终顺当的互动:图像时常中断,而且无论如何修补、拼接、重放,眼前依然杂乱无章。于是声称拒绝"忘川"的格拉斯被人指责患有选择性失忆症:英国的一篇书评认为"格拉斯从一开始就遮遮掩掩,'党卫队'一词出现时,竟然不是主格,而是属格:'一处党卫队的操场',而'我'出现的时候,也不是'我',而是'那个挂着我名字的新兵',这种习惯性的可怕的拐弯抹角贯穿了全书。……格拉斯的所谓忏悔令人失望,这不是在'剥洋葱',而是'刷油漆'"①。这种说法至少没有充分认识到格氏作品中与"我"有关的叙述方式的复杂性。②

格拉斯一直对自传不以为然,因为在他看来,游离于社会历史关联之外的"纯粹之我"不应该当轴处中,只有"时代之我"才值得成为无尽回忆的动因和文学虚构的对象。重要的不是作为"特殊个体"的"我",而是作为时代典型、具有普遍意义的"我",前者离开了后者便无足轻重。当年的"我"作为那一时代青少年群体的缩影,对纳粹

---

① 康慨《君特·格拉斯自传〈剥洋葱〉是在"刷油漆"》,引自 blog. sina. com. cn/s/blog_4b9b3d59010009ve. html.

② 对此亦可参见埃德加·普拉滕《"我,替换了我的人,每一年都要出现"——自传的功能及其在君特·格拉斯〈我的世纪〉中的复写》,载乌尔里希·布罗伊尔等编《同一性和功能性的局限》,伊乌迪西乌姆出版社 2006 年版,第 291—305 页。

并无足够的抵抗力，格拉斯曾称自己要是早出生几年，难保不会卷入犯罪过程。① 实际上他还是卷入了其中，如今作为《剥洋葱》的作者，他通过这种双重自我之间的张力，对“不会失去时效”（221）的过去进行了批判的反思：“反观历史，历史之镜中的我就是如此。这是抹不去、擦不掉的，并非写在一块小孩学写字的石板上，而且旁边也没搁着用来擦字的海绵”，而且“不能以‘是别人将我们引入歧途’为借口，为那男孩，也就是为我开脱”（44）。尤其使“我”羞愧的，并非在意识形态方面受了迷惑，并非曾是党卫军成员的经历，而是当年缺乏勇气和怀疑精神：在别人遭到凌辱和杀戮时，自己没有问个为什么，没有像书中“滑稽的海尼”那样特立独行地说出掷地有声的五个字：这事咱不干。至于为何迟至今日才公开这段不光彩的经历，格拉斯的回答是由于日益增长的羞愧（127），或者推说一直在找合适的形式。② 其实，换种方式来辩护是否更具说服力：格拉斯一辈子都以“公民兼作家”的身份，从《铁皮鼓》开始即不懈地以实际行动，而不是以忏悔辞句弥补少不更事时的过失，克服不断啮咬灵魂的羞耻感？

三

在某种意义上，“强迫性回忆症”恐怕是比“选择性失忆症”更恰

---

① 参见海因里希·福恩韦格《君特·格拉斯》，罗沃尔特袖珍本出版社 1999 年版，第 19—22 及 137 页。

② 北德广播电台《斯蒂芬·洛尔访谈录》，www. ndrkultur. de/ndrkultur_pages_std/0,2513,OID2976890_REF166,00. html。

当的措辞，因为前者关系到“时代之我”背后的意义，后者却只涉及“纯粹之我”。2000年在立陶宛诺贝尔奖得主聚会上，格拉斯提到了“集体记忆”，提到德国人“发明出这么一个典型的、突出陈规俗套的词儿来：‘回忆工作’。人们要求‘回忆工作’，认为这是认罪表现；回忆工作成了苛求，人们难以做到或者拼命努力；因为几十年来，只要昔日不断地追上我们，回忆工作就是必须履行的义务，从六十年代开始甚至对青年人也是如此，本来大家还认为他们是没有负担的一代人呢。看起来，连儿女乃至孙辈都要代替他们那些一声不吭的父亲和祖父回忆了。”①我们的回忆是痛苦的，“但这却是看不到头的事。当我们规划未来时，昔日就已经在所谓的处女地上留下了气味的标记，支起了指路的牌子，要我们倒退到已经寿终正寝的时代去。”②

“回忆工作”有个更出名的近义词“反思往昔”。对那黑暗十二年的梦魇经历，德国人进行了深刻反思，在这点上，可以说格拉斯功莫大焉。记忆并不等于消极的储存，回忆更是主动的寻求，创造性的认识，带情感的活动。在“影片中断”、记忆空白时，叙述者首先乞灵于不起眼但又很重要的物件，想起一些“比生活来得更真实的故事”(11)来。即使所谓自传里充斥着“不知道是谁”“记不清在哪里”“天晓得什么时候”之类的词语，格拉斯还是坚信：“回忆得不清晰，有时反倒能更接近真实，尽管只是近了一根火柴棍那么点儿距离，尽

① 格拉斯《我回忆》，载格拉斯《当我搜集蘑菇和羽毛》，施泰德尔出版社2005年版，第152页。

② 同上，第153页。

管绕了不少的弯路。”（10）比如第五章中“抽象烹饪班”和“战俘约瑟夫”这两处描写如此虚无缥缈，却令人称道地体现了“别样真实”。

个体特点和记忆活动关系紧密，从这个意义上说，我忆故我在，无我便无忆。正因为此，德语译者给夏克特的一部探讨记忆的著作①另起名为《我们即回忆》。然而，这书名或许也可作别解：个体回忆并非在社会真空中起效，个体如何挑选自己记忆的库存，不能脱离社会框架。最后死在纳粹集中营的哈布瓦赫（M. Halbwachs）在其《记忆的社会条件》中就认为，维系群体的是共同回忆，是集体记忆。阿斯曼（J. Assmann）又把集体记忆细化为“交际记忆”和“文化记忆”。在前者中，人们在一定的社会空间内交流各自的感知、观念、经验和认识。交际记忆依赖于口传或动作，基本上随个体生命消亡而结束，可谓是一种“短时记忆”，而文化记忆却是一种将对群体至关重要者留存后世的“长时记忆”。文化记忆实现其连贯性的形式除了基于重复的仪式之外，主要是基于文字的文本。记忆女神摩涅莫辛涅是文艺女神缪斯之母，反之文学作品在构成文化记忆方面也起着重要作用。作家可能是格拉斯这样的“第一证人”，以自传形式写下亲身经历；也可能是出生略晚的“第二证人”，从第一证人那里获得信息，如著有《以我哥哥为例证》的提姆（U. Timm）便是如此。在这些直接或间接的“时代证人”（185）退出历史舞台后，后代作家就能以“第三证人”身份为记忆的传承做出贡献，新秀杜克斯

① Searching for Memory. The Brain, the Mind and the Past.

(T. Dückers)便是一例,其长篇《天体》和格拉斯的《蟹行》一样,以颇具争议的"威廉·古斯特洛夫"号悲剧为题。

在瓦尔泽的一部新诗集中能读到这样几行:"你若是不能忘却,/你就会在'回忆'/这间急症病房里,/出血过多而死去。"①——在著名的法兰克福保罗教堂大争论之后,瓦尔泽是否再度与格拉斯针锋相对了?其实,本文开头处提到的两派意见都是各执一端。忘却和记忆交互作用,合力才使得我们拥有了文化:文化是虚实并举的网,而不是密不透风的布。对文化而言,忘却和记忆缺一不可。然而重要的却是,什么可以遗忘,而什么却必须牢记。德意志文化在不少人眼里是一种忏悔文化、反思文化,因此看到《蟹行》问世后的"反思历史的转码"现象,不免多少有点惊讶:道德的黑袍变成了挑战的红布,话题从德国人犯罪转向了德国人遭难?

但格氏一生创作的重点仍是反思德国那段不光彩的历史。在《剥洋葱》中,他区分了债(务)和(罪)责:"债,不难对付……,而责,无论是证实了的、掩盖着的还是仅仅出于猜想的罪责,却清除不了。它总像钟表一样嘀嗒嘀嗒响,即使在通往乌有之乡的途中它也在场,占着地盘不放。它念叨着短小的咒语,不怕颠来倒去地重复,让你发善心暂时将它忘却,它却在睡梦中享受冬眠。它是不挪窝的积淀,去不掉的污渍,舔不干的水洼。它从小就学会了在听取忏悔的耳垂上避难,装出已过期不能再受追究或者早就被人原谅的样子,似乎自己

① 《每日一惊——马丁·瓦尔泽访谈录》,2007年3月12日《明镜》周刊,第170页。

小得不能再小了，微不足道，几近于无。然而，洋葱皮一层一层地收缩后，最嫩的那层上还是始终写着‘责’：有时是突出的大写字母，有时则是顺带的从句或者脚注，有时是醒目的笔迹，有时则是古埃及文字，是那种难以辨认的象形文字，即便能够辨认，也得费尽周折。”(36)

易卜生《彼尔·金特》第五幕中，主人公也在剥洋葱，结果只留下一地洋葱皮，意味着主人公一无所有，一无所是。众所周知，洋葱没有内核，然而格拉斯这部作品还是留下了作为文化记忆的教训，无论他在多大程度上将此与自身，或曰与“纯粹之我”联系起来。也许我们更容易宽容和理解格拉斯，如果我们真正重视前车之鉴，如果我们不寄希望于神话中的“忘川”。

四

文化记忆是封存在树脂化石里的经历和体验。与“琥珀”相比，“洋葱”有动态的属性。回忆会像洋葱那样辛辣，刺激，让人流泪和难受，它的意义不在于凝固，而在于液化，在于流淌，在于运动。这种有利于健康的植物没有内核，与之相关的不是形而上学的“真”，而是诗，是思，是怀疑，是加缪，是西西弗斯。

这位知不可而为之的推石上山者被格拉斯奉为自己的“圆柱圣徒”，因为他认为自己的使命就在于，继续尝试实现被哈贝马斯称作“未竟事业”的、作为现代性的基础的启蒙。然而格拉斯的创作在不少方面会诱使人给他戴上“后现代”的帽子，这确乎不无道理。

现代派和后现代都是对现代性困境的反应，但现代派之于后现代，犹如哀诉之于笑谈，挣扎之于坦然。按照利奥塔的观点，前者还是希望能拯救总体性、抱有未来的幻想，纷争是需要消除的弊端，而对后者来说，多元性、碎片化、万花筒等等成了必须接受的、不言而喻的常态，所谓希望、革新、乌托邦不复存在，诸如中心、意义、秩序均属天方夜谭。诚然，类似后现代的观点在格拉斯作品中不乏其例，至于在写作手法方面要找到佐证亦非难事。后现代运用大家熟悉的文学形式，从而对现代派美学的革新理念提出了挑战，他们不是像上世纪前半叶的先锋派那样与传统艺术决裂，而是巧妙地和现代派，同时也和传统接轨。就这点而言，后现代并不跨越忘川。后现代不再信奉天真的进步观，怀疑线形的历史哲学，并不热衷于不断更新形式。①这些都能让人想起《剥洋葱》的作者。“后现代主义对真理、进步等价值的否定，将导致相对主义、怀疑主义和虚无主义”等表述也让人想起格拉斯作品接受史上经常能听到的指责。②

但格拉斯明言自己及自己欣赏的作家都“没有遵循后现代的空话”“都没有染上这些毛病”③，尽管在其作品中，拒绝理想主义的冷静立场，主张复数真理的怀疑精神，抛弃宏大叙事，暗示历史终结，突

① 参见乌韦·维特施托克主编《小说抑或生活——德国文学中的后现代》，雷克拉姆出版社 1994 年版，第 329 页。

② 参见海因茨·路德维希·阿诺德编《敲铁皮——关于君特·格拉斯的文学批评》，施泰德尔出版社 1997 年版。

③ 《启蒙的冒险》，周惠译，人民文学出版社 2022 年版，第 92 页。

出互文关系等特征不容否认。他探讨现代化的难题，被人称为最无顾忌的先锋派，却数次自称“老派”，恩岑斯贝格（H. M. Erzensberger）对他也有类似评价。① 格拉斯确实也与传统文学有千丝万缕的联系，关于蒙田、格里美豪森、利希滕贝格等的记忆并没有被忘川涤净，“吾师”德布林更是长在心头。在他看来，“文学的生存并非是无条件的，而是有赖于它的传统；没有一点经典作品的知识，读者不可能充分地去开拓现代文学”②。

开拓现代文学是因为：卡夫卡的“城堡丝毫没有过时”③。面对现代性的危机，哈贝马斯力图从以主体为中心的理性向交往理性发展，重建现代性；被他指责为有反现代主义倾向的利奥塔则向总体性开战，解构普遍理性的现代性乌托邦，以多元、差异、不可通约性为旗号重写现代性。格拉斯似乎在两者之间徘徊和探索，这也符合他一贯主张的敞开的“第三种可能性”。至少就对待“忘川”的态度而言，格拉斯主张的改良和修正更靠近记忆而不是忘却。忘却往昔以轻装上阵，与传统决裂以获得重生——这些不是格拉斯的写照，因为“我试图针对消逝的时间进行写作，以免过去了的东西不再被人提及”④；也与他在《剥洋葱》中再次提及的蜗牛精神（257）相悖，因为避免重蹈覆辙者必定重视记忆，只有理想主义千里马才会赞成越过

---

① 参见海因里希·福恩韦格《君特·格拉斯》，罗沃尔特袖珍本出版社 1999 年版，第 139 页。

② 《与乌托邦赛跑》，林笳等译，上海译文出版社 2005 年版，第 154 页。

③ 同上，第 215 页。

④ 同上，第 169 页。

"忘川"。

瑞典科学院说格拉斯用黑色描摹出了被人淡忘的历史。拒绝遗忘乃其一贯立场，这是指反思历史的问题（以历史为鉴，具有现实意义，"在我看来，未来只有通过回忆过去而变得清晰"①），也有倾向循环时间观以及反对被误解的启蒙的基础；在文学形式上却具备现代派（如早期的荒诞剧）甚至后现代（如《母鼠》）的某些特点，当然也不能无视他对巴洛克文学、流浪汉小说、浪漫派总体作品等等的借鉴。传统、现代，后现代？标签贴不上去，情况比较复杂，犹如其三部曲，犹如其"昔今未"，我中有你，你中有他。拉达茨（F. J. Raddatz）称"'三'一直是格拉斯叙事的礼仪数字"②，他自己也说"试图用一个概念来对我进行概括是毫无意义的"③。面对格拉斯众说纷纭乃是常态，他是灰色的。

但这灰色中仍有亮点，虽不如启蒙的阳光隐喻那么炫目。格拉斯并不主张在面对现代性问题时遁入忘川。无论如何，他不会斩断前缘，就此一点而言仍然是哈贝马斯一路人。鞭挞启蒙却以启蒙为家，声称无望却还怀有希望，描绘黑暗但仍看到前景，虽然高呼无可奈何花落去，仍然期待似曾相识燕归来："启蒙运动这个持续三百多年的进程，如果不想结束或者堕落为后现代的华丽辞藻，就必须对自

---

① 《与乌托邦赛跑》，林笳等译，上海译文出版社2005年版，第277页。

② 弗里茨·约·拉达茨《君特·格拉斯。诤友，一位批评家，一位作家》，阿歇出版社2002年版，第45页。

③ 格拉斯《蜗牛日记》，卢赫特尔汉特出版社1972年版，第80页。

己提出怀疑。启蒙的贫困只能用自家的办法排除。"①审美意义上的现代派对现代性的弊端或曰启蒙的歧途作出了批判性反应、反思、反拨、反叛，然而在这一切背后不是面对现代性危机的坦然，而是对真正启蒙事业的执着，无论是否冠以"第二次现代化"或"反省式现代化"（贝克）的名称。

在此意义上，《剥洋葱》虽被暗示为盖棺之作，却并非这位八旬老翁涤尽记忆时的最后叹息，而是坚持启蒙者和职业回忆者再度撕开了"时代之我"的伤口，重新擂响了拒绝"忘川"的鼓声。

本书翻译分工如下：魏育青，第一至四章；王滨滨，第五至七章；吴裕康，第八至十一章。

魏育青

2025年1月

---

① 《与乌托邦赛跑》，林笳等译，上海译文出版社2005年版，第315页。

谨以此书献给所有曾给予我教益的人

第一章　层层叠叠洋葱皮

无论是现如今，还是在前些年，用第三人称把自己伪装起来，这始终是一种诱惑：当“他”快十二岁，却还眷恋着母亲的怀抱时，某些事即将开始，某些事已结束。但是，那些开始，那些结束，能精确地说到某个时刻吗？只要是涉及我的，就能。

在斗室狭窄的空间里，我的童年结束了。当时，在我长大的地方，前后左右同时爆发了战争。战争震耳欲聋地开始了，在“定期班轮”架满火炮的船舷边①，在向波兰军事基地西沙洲对面的市郊港口“新航道”飞来的俯冲轰炸机声中，还有远到争夺但泽老城中波兰邮局的装甲侦察车瞄准目标的射击声，近到从我们的收音机，也就是从放在客厅餐具架上的“人民接收器”②里传出的广播声：这些钢铁般铿锵有力的声音在朗富尔区拉贝街一幢三层出租公寓的底层住宅里宣告，我的童年结束了。

---

① “定期班轮”为一战时术语，此处指海上布阵的舰只。

② 纳粹时期几乎每家必备的、不能收听“敌台”的廉价收音机。

甚至连具体钟点也永远留在记忆中。从此刻起，这个自由城邦①离巴尔干巧克力厂不远的机场就不再仅供民用了。从出租公寓的小天窗往外看，只见自由港口的上空升起了一阵阵黑烟，随着不间断的攻击和从西北方吹来的微风，散而复聚，去而复来。

远处的“石勒苏益格-荷尔斯泰因号”上传来了隆隆的炮声，这艘参加了斯卡格拉克海峡②战役的老舰退役了，现在只能用作军校的训练舰。飞机发出有层次的噪声，人称“俯轰”，因为它在战地上空侧着身子俯冲下来，发现目标，投掷炸弹。一旦去回忆这炮声和噪声，便会有这样的问题萦绕在脑中：我从长出乳牙、换了恒牙后遭遇的一切，早都随着进学校的日子、打弹子的儿戏和结了痂的膝盖，随着最早的忏悔秘密和以后的信仰痛苦变成了乱七八糟的纸条，这些废纸条从此之后就尾随着一个人，他刚被写到了稿纸上就再也不愿意长个儿，用尖锐的歌声击碎各种形状的玻璃器具，手里拿着两根小木棍，因为他的铁皮鼓而名声大噪，此后就在书的封面和封底之间供你引用，天知道要在多少种语言中获得永生；既然如此，为什么要去回忆童年，要去回忆如此确定、难以改期的童年末日？

因为有这样那样的事要加以补充。因为有些东西会吵吵嚷嚷地缺席。因为前车已然倾覆，我后来才亡羊补牢，因为我无法遏制的成长，因为我与失物的对话。还有个理由不得不提：因为我要说出最后

---

① 指但泽，当时国际联盟对该城的称呼。

② 丹麦和挪威之间的海峡。

的话。

回忆像孩子一样，也爱玩捉迷藏的游戏。它会躲藏起来。它爱献媚奉承，爱梳妆打扮，而且常常并非迫不得已。它与记忆相悖，与举止迂腐、老爱争个是非曲直的记忆相悖。

你若是缠着它，向它提问，回忆就像一颗要剥皮的洋葱。洋葱剥了皮你才能发现，那里面字母挨字母都写着些什么：很少有明白无误的时候，经常是镜像里的反字，或者就是其他形式的谜团。

第一层洋葱皮干巴巴的，一碰就沙沙作响。下面一层刚剥开，便露出湿漉漉的第三层，接着就是第四层第五层在窃窃私语，等待上场。每一层洋葱皮都出汗似的渗出长期回避的词语，外加花里胡哨的字符，似乎是一个故作神秘的人从儿时起，洋葱从发芽时起，就想要把自己编成密码。

于是便唤起了好胜心：这些草书必须辨清，那些密码必须破解。于是就驳斥了那些个都硬说自己是真理的东西，因为谎言，还有它那位名叫“作弊”的小妹，经常充当回忆中最靠得住的部分；回忆落在白纸上写成黑字后就显得可信，吹嘘自己的细节像照片一样历历在目：我们出租公寓的后院里搭了个棚，油毛毡棚顶在7月的酷热中闪闪发光，在无风的时候发出一股麦芽止咳糖的气味……

我的小学老师是施波伦豪尔小姐，她的衣领是赛璐珞做的，可以刷洗，总是扣得那么紧，脖子上总是留下一道道勒痕……

星期天，女孩们站在索波特海滨的木栈桥上，头上系着蝴蝶结，警察小乐队演奏着欢快的曲子……

我的第一只蘑菇是牛肝菌……

当我们学生因为天气太热而停课……

当我的扁桃腺又开始发炎……

当我到了嘴边的问题又咽了下去……

洋葱有好多层皮。层层何其多，剥掉重又生。你去切洋葱，它会让你流眼泪。只有去剥皮，洋葱才会吐真言。在我童年结束前后发生的一切，都在用事实叩门，这过程比你希望的更糟糕，它时而要你这样讲，时而要你那样说，最后使你误入歧途，谎话连篇。

但泽及周边地区的夏末，天气持续晴好。战争爆发了，西沙洲的波兰守军抵抗了七天刚刚投降，我就在郊区港口“新航道”——乘坐有轨电车经过萨斯佩和布勒森很快就能到那儿——捡了一大把炸弹和榴弹的碎片。在那段时间，战争似乎只在特别广播节目中进行，小男孩，那个好像是我的小男孩，用捡来的这些弹片换邮票，换五颜六色的香烟画片，换读烂了的或刚印好的书，其中包括斯文·赫定①的《戈壁滩游记》，天晓得还换了些别的什么。

回忆得不清晰，有时反倒能更接近真实，尽管只是近了一根火柴棍那么点儿距离，尽管绕了不少的弯路。

和我的回忆发生摩擦的东西，大都能撞伤我的膝盖，让我事后感

---

① 斯文·赫定（Sven Hedin，1865—1952），瑞典地理学家。

到阵阵恶心：瓷砖壁炉……后院里拍地毯用的棍子……夹层里的厕所……阁楼上的箱子……鸽子蛋大小的一块琥珀……

或是母亲的发卡，或是炎炎夏日里父亲在四角上打了结的手帕，或是形状不一、具有特殊交换价值的锯齿形榴弹片和炸弹片——谁还保留着这些东西，谁就会想起一些比生活来得更真实的故事，即使只是作为让人轻松的借口。

我在童年和少年时期收集画片，乐此不疲。画片可以用兑换券去换，在母亲的烟盒里。商店打烊后，她总是把“小棍儿”——她把自己这一小小恶习的帮凶叫作“小棍儿”——从烟盒里敲出来。每天晚上，她都要喝着君度酒①隆重地享受这一恶习，心情好的话，还吐上几个袅袅的烟圈。

让我心驰神往的画片色彩斑斓，再现了欧洲画坛上的杰作。所以，我很早就说得出美术家乔尔乔涅、曼坦尼亚、波提切利、吉兰达约和卡拉瓦乔的大名，虽然发音不准。一个躺着的女人裸露着后背，一个长翅膀的男孩替她拿着镜子，这场景从我的童年起就和画家委拉斯开兹的名字姻娅相连。在杨·凡·艾克笔下的《吟唱天使》中，最让人难忘的是位于画面最后方的那个天使的身影，我巴不得像他，或者像阿尔布雷希特·丢勒那样有一头鬈发。我向这幅挂在马德里的普拉多美术馆里的丢勒自画像发问：为什么这位大师要画自己戴着

① 一种口味独特的橙皮酒。

手套的形象？为什么他那顶怪帽子和右下方灯笼袖上有如此醒目的条纹？是什么令他如此自信？还有，为什么他要把自己的年龄——他当时才二十六岁——写在画上的窗台下面？

今天我知道，是汉堡巴伦费尔德区的一家香烟画片服务公司提供了这些可用兑换券来换的精美绝伦的复制品。如果有人订货，该公司还提供四四方方的相册。打理我画作的画商，在吕贝克市的国王街开了家旧书画店，靠他帮忙，我又把上述三位大师的作品都弄到了手，从此就毫无疑问了：这本1938年版的文艺复兴画册一共印了四十五万份。

我一页页地翻阅，翻着翻着眼前出现了自己当年在客厅桌上往相册里贴画片的情景。这次贴的是晚期哥特式作品，其中有希尔罗尼穆斯·博斯的《圣安东尼的诱惑》：圣安东尼的周围尽是些半人半兽的怪物。黄色管装的雕牌胶水刚开始往外冒，一种几乎是节日般的气氛就逐渐弥漫开来……

当年的许多收藏家也许因为太迷恋艺术了，所以都没命地吞云吐雾。我却从那些不在乎兑换券的吸烟者身上得了好处。收集，交换，贴进相册，归我所有的画片越来越多，我充满童心地、后来又善解人意地对待自己的这些财产：比如帕米奇安诺的《长颈圣母》，圣母细长的脖子上冒出一颗小脑袋，高度超过了背景上直指苍天的立柱，她允许十二岁的男孩像天使一般无比亲密地抚摸她的右膝。

我生活在画片中。因为做儿子的坚持香烟画片的收藏要全，所以母亲不仅捐献出了自己比较有限的享受——她虔诚地用金烟嘴抽中东香烟——带来的收获，而且还捐献出了这个或那个对她有点意思、对艺术却无所谓的顾客在柜台上塞给她的兑换券。父亲是所谓"殖民地货物商"，出外办货有时会给儿子带些颇为热门的兑换券回来。祖父是木工师傅，他手下的伙计也拼命抽烟，这对我非常有利。那些相册可能是圣诞或者生日礼物，高深莫测的解说词之间留着大量空白。

最后就有了三本相册，三本我视若至宝的相册：蓝相册里贴着哥特式和文艺复兴早期的作品，红相册向我展示文艺复兴时期的绘画，金黄色的相册不完整地收藏着巴洛克时期的图片。让我苦恼的是，给鲁本斯和凡·戴克留下的位置却仍然空着。后继无货，补给不足。战争爆发后，兑换券的来源大不如以前了。吞云吐雾的平民成了离乡背井抽着朱诺牌或R6牌香烟的士兵。我的一个最可靠的供货人，啤酒酿造股份公司的马车夫，在争夺莫德林要塞的战斗中阵亡了。

其他系列也开始流通了：动物、花卉、德意志历史的亮丽画面，还有影星们涂脂抹粉的脸蛋。

此外，开战后每家都发了食品卡，烟草制品根据特殊联票定量供应。但我在战前就托了雷姆茨玛制烟厂的福积累了自己的美术史知识，所以这种官方规定的匮乏局面对我的影响并不严重。有些空白后来也都填补上了。我有两幅拉斐尔的德累斯顿圣母像，用其中一幅换来了卡拉瓦乔的爱神，这笔生意后来才被证明是值得的。

我还是个十岁孩子时，就能一眼辨认出人称"格里恩"的汉斯·巴尔东格和马蒂亚斯·格吕内瓦尔德、弗兰斯·哈尔斯和伦勃朗、菲利波·利比和奇马布埃之间的区别。

《玫瑰丛中的圣母》是谁画的？那位戴着蓝头巾、抱着孩子、拿着苹果的圣母又是谁画的？

我让母亲考问我，她用两个手指按住了画的标题和画家的名字。做儿子的回答百发百中。

无论是在家里这样猜哑谜，还是去学校上美术课，我总是得“优”。但从中学一年级开始，课程表上多了数学、化学和物理，情况就不妙了。我心算还行，但是一写到纸上，那些二元方程式十有八九就解不开。直到中学二年级，我的成绩全靠语文、英语、历史和地理这些科目得的“优”或“良”支撑着。虽然，我全凭想象或实物写生的炭笔画和水彩画屡屡博得夸奖，这对学生来说是一桩好事，但是，中学三年级的成绩单上开始有拉丁语分数，于是我完蛋了，只得和其他留级生一起，把这些玩意儿又都重新啃了一年。这使得父母忧愁不已，我自己倒没什么，因为对我来说，天晓得能通往哪个好地方的紧急通道早就敞开着了。

如今当了祖父，我承认自己当年有点懒，但也有点上进心，不过总而言之一句话，不是个好学生。这样坦白交代，试图安慰自己那些苦于成绩差劲、老师无能的孙辈，可惜效果并不明显。孙辈们唉声叹气，似乎不得不拖着按教育学标准衡量过的大石块①往前走，似乎必

① 与格林童话《狼和七只小山羊》有关。童话结尾时狼的肚子里被塞满了石块。

须在罪犯的流放地度过中学时代，似乎正在美妙无比地打盹却受到了学习压力的侵扰。不过，当年校园里的恐惧从来没能使我的睡梦变成沉重的噩梦。

那时我还是个孩子，还没戴上中学生的红校帽，还没开始收集香烟画片。只要看来又会是一个无止境的夏天，我就会在但泽湾的某处海滩上用湿漉漉的沙子堆城堡，塔楼高低不一，四周还有围墙，里面住着幻想中的生灵。沙堡不断受到海水冲刷，无论堆得多高，都会无声无息地坍塌。然后，湿漉漉的黄沙又开始流过我的指缝。

《堆起的沙堡》①是我的一首长诗的标题，写于六十年代中期。当时我四十岁，是有三儿一女的父亲，中产阶级的地位似乎已经奠定。第一本小说的主人公和作者都出了名，他把自己双重的自我禁闭在书里，绑上了书市。

那首诗谈到了我的出身，谈到了波罗的海："原籍是堆起的沙堡，东临……"还提出了问题："何时，何地，为何而生？"虽然句句不全，但是滔滔不绝地展示了损失，唤起了记忆，俨然成了失物招领处："海鸥并不是海鸥，而是……"

那首诗以圣灵和希特勒的形象划定了我当年生活的范围，以弹片和炮火唤起了对开战初期的回忆。诗结尾时，童年岁月成了淤塞不前的河流，只有波罗的海还在用德语、波兰语发出"哗啦，哗啦"的

---

① 格拉斯该诗的标题暗指但泽。

声音……

战争开始后没几天，母亲的表弟，也就是邮递员弗朗茨表舅，加入了保卫黑维利乌斯广场边上的波兰邮局的行列。战斗转眼就结束了，遵照德军的命令，还活着的对手几乎都被军法处置，就地枪决了。论证、宣布和签署死刑判决的那个战地法官，在战后却毫发未损，继续在石勒苏益格-荷尔斯泰因州当法官，判决、签署判决书。在阿登纳总理老不见结束的执政期，这种现象司空见惯。

后来，我在书中对参战人员作了调整，以便波兰邮局保卫战能迎合某种叙事方式。我这样使纸牌搭起的楼阁①轰然坍塌，词语横飞；但是当年我的家人却讳莫如深，他们再也不谈突然消失的表舅了。表舅由于与政治无关，或者说尽管与政治有关，但仍然很受人欢迎，星期天经常带着孩子伊姆加德、格雷戈尔、玛格达和小卡西米尔过来串门，喝咖啡，吃蛋糕，或者下午来和我父母一起打斯卡特牌。可是现在他的名字没人提了，似乎他从未存在过，似乎涉及他和他家人的一切都不可言说。

母亲来自卡舒贝地区的亲戚以及他们不知叽里呱啦说什么的热闹劲儿似乎都——被谁？——咽进肚里不见了。

连我也没有再三提问，尽管随着战争的爆发我的童年也结束了。

或者说，我不敢提问了，因为我不再是孩子了？

---

① 《铁皮鼓》里就有关于纸牌屋的描写。

难道像在童话里那样，唯独孩子才提得出正确的问题？

莫非我是因为害怕得到一个颠倒黑白的回答，所以干脆就不提问了？

这是不愿张扬的耻辱，就在那个稀松平常、随手可取、能激活记忆的洋葱的第六层或第七层皮上。我写这种耻辱，写这种尾随着耻辱而来的内心羞愧。那些难得一用的词语进入了亡羊补牢的程序，而我时而宽容、时而严厉的目光始终停留在一个男孩身上：他穿着露出双膝的短裤，跟在秘而不宣的一切后面打探，却仍然未能说出这三个字：为什么？

男孩即十二岁的我，被现在的我盘问得尴尬万分，无疑无法招架。我在加速消逝的当今，在楼梯上每跨一步都要权衡斟酌，我的呼吸都能听得见，我听见自己在咳嗽，能多快活就多快活地走在通往死亡的路上。

表舅弗朗茨·克劳泽被枪毙了，抛下了妻子，还有四个孩子，有比我大的，有和我同龄的，还有比我小两三岁的。我再也不能和他们玩了。他们不得不从鱼贩子集居地的老城公家住宅里迁出，搬到乡下去，母亲在楚考和拉姆考之间有一个雇工棚和一块耕地。我那邮递员表舅的孩子们今天依然生活在那里，生活在丘陵起伏的卡舒贝地区，忍受着老年常见病的煎熬。他们的回忆和我的回忆大相径庭。他们没有父亲，而我的父亲不离左右。在这蜗居里，他离我实在太近了。

这就是我的表舅，波兰邮局的职员，他胆小怕事，爱操心，很顾家，并不生来就是视死如归当英雄、后来据说名字用波兰文镌刻在纪念铜牌上永垂不朽的料。

1958 年 3 月①，我费了些周折弄到了波兰签证，从巴黎经华沙到了格但斯克这座在废墟中重建起来的城市，寻找昔日但泽的遗迹。在断壁残垣的背后，在布勒森的海滩上，后来又在市图书馆的阅览桌上和未被战火摧毁的裴斯泰洛齐学校附近，最后在两位幸存下来的邮局职员家的卧室兼厨房里，我发现和听到了足够的小说素材。然后，我下乡去拜访还健在的亲戚。在那里，在一座小茅屋门口，我受到了被枪杀的邮递员的母亲，也就是我的舅婆安娜的欢迎。她口音浓重，说了一句颠扑不破的真理："啊，小君特，你长大了！"

在她这样欢迎我之前，我必须先消除她的疑虑，按她的要求出示护照，我们变得像外国人那样陌生了。不过，她接着就领我去了她原先的土豆地，现在这里铺了混凝土，成了格但斯克机场的起降跑道。

第二年夏天，战火已经四处蔓延，成了世界大战，所以我们中学生在放假时不再满足于在波罗的海岸边重温当地的那些鸡毛蒜皮的小事，而是还要海阔天空、夸夸其谈地议论一些境外的大事。我们的话题总是集中在我军占领挪威的问题上，尽管一直到 6 月，广播里的

---

① 是格拉斯为创作《铁皮鼓》去但泽收集资料的时间。

特别报道都在声嘶力竭地宣称接下来的法兰西战役是迫使宿敌归降的闪电战：鹿特丹、安特卫普、敦刻尔克、巴黎、大西洋海岸……就这样，我们地理课的内容随着国土的扩张而不断地扩充：接二连三，节节胜利。

不过，在下海游泳的间隙，我们钦佩的仍然只有“纳尔维克的英雄”。我们躺在沙滩上，在家庭浴场晒太阳，心里却万分向往能去“遥远的北国”双方激烈争夺的狭湾，多么希望能在那里让自己的躯体洒满荣誉的光斑，尽管假期过腻了的我们身上散发出的是妮维雅润肤霜的气味。

在没完没了的英雄崇拜过程中，我们先是赞颂我们的海军，庆祝英国佬的溃败，然后又谈到我们自己。我们中有几个，包括我本人，希望再过三四年——只要仗还在打的话——就能加入海军，就能如愿当上潜艇水手。我们穿着游泳裤展开了竞赛，看谁能说出更多的军事壮举：先是第一次世界大战中韦迪根①指挥九号潜水艇取得胜利，接着是海军上尉普里恩击沉“皇家橡树号”，后来我们又用“浴血奋战来的”纳尔维克大捷来为自己涂脂抹粉。

这时，一个叫沃尔夫冈·海因里希斯的男孩说话了。他喜欢，也被公认为善于吟唱叙事谣曲，甚至能应邀来上几段歌剧的咏叹调，但他的左手残废了，“没有参加海军的资格”，因而也就能够确保大家对他的同情。我们正说得来劲，他突然大声叫嚷起来：“你们都在胡

① 韦迪根（Otto Weddigen，1882—1915），德国九号潜水艇艇长。

谄些什么!”

接着,我的这位同学——因为他确实是我的同学——伸出他健全的右手屈指数来,列举了我们有哪些驱逐舰在纳尔维克大战中葬身海底或遭受重创。他俨然是个专家,了解许多细节,说一千八百吨级的战舰中有一艘——他还能说出那艘战舰的名字呢——当初只能接受搁浅的命运。一只手才五根手指,根本就不够用。

每个细节,连英国战列舰“厌战号”上装备了什么武器,每小时速度有几节,他都了如指掌。敌我双方的战舰有些什么特点,我们这些海港城市的孩子也能如数家珍,像祈祷一样能背诵舰艇吨位、乘员人数、火炮门数和口径、鱼雷发射管数量、下水时间。但是,我们还是对他佩服得五体投地,他对纳尔维克战事的了解远远超过了我们日复一日地从关于国防军战况的广播报道中得知的内容。

“对北方发生的真实情况,你们两眼一抹黑!惨重的损失!妈的,损失惨重极了!”

虽说大伙儿非常震惊,但还是平静地听着,因为他,沃尔夫冈·海因里希斯,究竟从哪儿获得了这些匪夷所思的消息,我们没有问,我没有问。

五十年后,当那种现在凑合着作为“德国统一”推出的玩意儿开始留下痕迹时,我们去参观希登塞岛,这里是我太太乌特的家乡,严禁汽车行驶的小岛。它位于被吞并了的东部地区的海岸前,迷人地横卧在大海和浅海湾之间,不怎么受到风暴潮的侵袭,却越来越多地领教了席卷而来的旅游潮。

在原野的小路上走了好久,我们去诺伊恩多夫找马丁·格鲁恩。他是我太太小时候的朋友,曾冒险划着船从德意志民主共和国逃往瑞典,几年后又决定回到这个工农国家,最后在此定居下来。看不出他曾历经艰险,他给人的印象是个深居简出的顾家男人。

喝着咖啡,尝着蛋糕,我们天南海北地闲聊:他在西方事业有成,当上了经理,常常代表克虏伯公司去印度、澳大利亚等地出差。他还谈到他曾打算以合资公司的形式开展东西德之间的业务,但是没有成功;他最后的乐趣是在故乡的水面上用鱼笼子捕鱼。

这位分明是心满意足的叶落归根者突然话锋一转,说起了一个熟人:此人住在维特村——岛上三个村子中的一个,“斩钉截铁地”宣称当年在但泽和我是同窗。此人姓海因里希斯,没错,名字是沃尔夫冈。

我又提了几个问题,于是一切都得到了证实:手残废了,歌唱得不错——“现在仍然如此,不过近来唱得少了”。

然后,乌特和他就只谈了些家乡岛上的故事,在那些故事里,活着和死去的人们在用低地德语聊天打发时光。马丁·格鲁恩小时候就希望、后来也的确见了大世面,现在他不无自豪地指给我们看墙上挂着的各种面具、五色壁毯和木刻偶像。我们最后喝了杯白酒。

在穿越原野回来的路上,乌特和我在维特村寻找那座沙丘后面的房子,海因里希斯夫妇就住在那里。开门的是一个气喘吁吁的大块头，我只是从那只残废的手上认出了他。犹豫了片刻，昔日同窗热烈拥抱，双方都有几分动情。

在阳台上坐下，双方都故作欢快状，接着四人出去找了一家饭店吃鱼，是那种煎得脆脆的比目鱼。他不愿意再像以前那样唱歌，比如唱那首《魔王》。但没过多久，我们的话题就转到了1940年夏天在海滩上的那次闲聊，那次闲聊都过去几十年了，但是心头疑问犹存。

虽然时隔多年，我还是想从他嘴里听个究竟："当初你怎么会了解得比我们多的？正如你当初说的那样，我们两眼一抹黑？你怎么会知道在纳尔维克海战中被击沉和重创的驱逐舰的精确数字？还有其他那些个情况，你都从哪儿知道的？比如，挪威的一支装备陈旧的海岸炮兵连先是打了几发直接命中，后来又——也是从岸上——发射了两枚鱼雷，把'布吕歇尔号'重型巡洋舰击沉在奥斯陆狭湾？"

海因里希斯说话的时候，脸上乌云密布，却始终让你依稀感到有一丝笑意。当年，他回家后对我们这帮同学的愚昧无知冷嘲热讽，结果挨了父亲一顿揍。是啊，他这样自我炫耀，有可能引火烧身。那年头告密者可多了，学生中也不乏其人。父亲每天晚上都偷听英国敌台，把了解的情况告诉了儿子，但是严禁他到外面去多嘴多舌。

"是的！"他说，他父亲是一个真正的而不是那种事后自封的反法西斯主义者。他这样说道，好像当儿子的必须将自己贬为事后自封者似的。

接着我听到了一段受难史，这故事如同压低了嗓门的控诉词从我、从他的同学的耳边溜了过去，因为我没有提问，像当年一样没有问，甚至在沃尔夫冈·海因里希斯突然从历史悠久、令人崇敬的康拉德学校消失之后也没有问。

暑假过去后不久，或者说头发上还有残余的海滩沙粒纷纷扬扬往下掉的时候，我们的这位朋友不见了，但也可以说他还在，因为谁都不愿意站出来反驳“消失得无影无踪”这种定论式的悄悄话，因为我又咽下了，又没有说出“为什么”这三个字。

直到现在，我才听到海因里希斯说，他父亲在但泽还是自由国家的时期①是德国独立社会民主党（USPD）党员，后来又成了社会民主党的市议员，在市议会中反对当时的党魁劳施宁②和格赖泽尔③，反对结党营私，反对后来德国国家人民党和纳粹联手执政。因此他受到监视，后来在1940年初秋被盖世太保抓进了集中营。这座集中营建于但泽被并入大德意志帝国后不久，离淡水湾不远，根据旁边的一个渔村命名：从但泽城的韦尔德站搭乘小火车，在席文霍斯特坐渡轮过维斯瓦河，只要两三个小时就到施图特霍夫了。

父亲被捕后不久，他母亲就自杀了。接着，沃尔夫冈和妹妹被送到乡下奶奶家，那地方够远的，远得足够让同学们忘记他。但父亲被送入集中营后又进了惩罚队，在俄罗斯战役中负责在前线扫雷。这项任务叫作“升天突击行动”，伤亡率惊人，不过却给了他向俄国人投诚的机会。

---

① 指第一次世界大战结束到1939年。

② 劳施宁（Hemann Rauschning，1887—1982），德国政治家。

③ 格赖泽尔（Arthur Greiser，1897—1946），纳粹政客。

1945年3月,苏联第二集团军占领了已是一片焦土的但泽。我同学的父亲也和胜利者一起回来了,如愿以偿地找到了自己的儿女。战后不久,他就带着孩子们离开了波兰,一路上很安全,因为同路的都是德国的反法西斯主义者。最后,他选择了苏占区的港口城市施特拉尔松德作为这个残缺家庭未来的归属地。

他被任命为州议会议长①。因为集中营的教条灌输并未能动摇他的政治信仰,他马上就着手建立社会民主党地方组织,而且从者甚众。但是自从德国共产党和德国社会民主党被强行合并为社会主义统一党之后,他的日子就不好过了。他反对上面规定的思想一体化,因而受到百般刁难,受到锒铛入狱的威胁,受到布痕瓦尔德②这个名字的暗示,那地方现在又开始关人了。

没过几年,海因里希斯的父亲就死了,是含恨死去的,因为他受到了自己同志的排挤。儿子却在中学毕业后和同学马丁·格鲁恩去罗斯托克上大学,不久就成了经济领域杰出的学者。格鲁恩划着船叛逃后,先是在隆德市③,后来追随卡尔·席勒④在汉堡继续学经济,而海因里希斯则为独裁党效力并事业有成,不论风向如何转变,即使乌布里希的路线变成了昂纳克⑤的方针,他都岿然不动。到了晚年,他甚至声誉鹊起,地位陡升,当上了社会科学院经济学研究所

---

① 军方指定的地方议会首脑。

② 德国魏玛附近的原纳粹集中营所在地。

③ 瑞典著名大学城。

④ 卡尔·席勒(Karl Schiller,1911—1994),德国二战后著名经济学家、政治学家。

⑤ 两者均为原民主德国领导人。

的所长,以至于柏林墙刚倒,工农国家的专政刚垮,取得了历史性胜利的西德人就认为必须立即对他进行——当时的说法是——“评估”,而这意味着,使他从此以后什么都不是。

这是许多被认定历史不清白者的共同遭遇,而那些历史清白者一如既往地明白什么肯定是不清白的历史。

我们在维特村拜访这位朋友时,他已经重病缠身了。他妻子暗示我们,为她丈夫担心是有理由的,他常抱怨胸口堵得慌,呼吸困难。但他有时还是强打精神在施特拉尔松德做税务顾问,学会了去钻制度上的漏洞。

沃尔夫冈·海因里希斯,这个被德国国情毁了的人,在我们造访后没几个月就死于肺血管栓塞。但是对我来说,作为少年时代的同学,他的身影始终挥之不去:在高中毕业典礼上,他曾高歌一曲卡尔·勒韦的《钟表》;说到海军知识,同学们谁也不是他的对手。他的身影始终挥之不去,因为我满足于什么都不知道,或者只知道些错误的东西,因为我孩子气地装傻,一声不吭地接受了他的失踪,从而再次绕开了“为什么”这三个字,以至于现在剥洋葱时,我的沉默还在耳朵里嗡嗡作响。

必须承认:这只是一种程度有限的痛苦。然而,“要是我的父亲像沃尔夫冈·海因里希斯的爸爸那样坚强,而不是在自由国家但泽的强权气氛还不很浓厚的1936年就已经加入纳粹党的话,那该多好啊!”——诸如此类的抱怨是廉价的,充其量只会引起耻笑。我心中的嘲讽者会发出这样的耻笑,只要听到类似的借口:“假如我们当时不是……”“倘若我们当时没有……”

然而,我没有“不是”,我不是“没有”。表舅离开了,同学没回来。但是,这个我必须追踪的少年,在发生了恐怖事件的地方最容易找到:战争爆发前不到一年,光天化日之下,暴力通体透亮。

我刚过了十一岁生日,但泽和其他地方就有犹太教堂被烧了,玻璃橱窗被砸了。我虽然没干什么,但也在好奇地看热闹:在离我读书的康拉德学校不远的米歇尔街上,冲锋队来了一伙人,在朗福尔区犹太小教堂打砸抢,还试图放火。对这次极为喧闹的行动,城里的警察全程只作壁上观,也许是因为火并没真正地烧起来。目击这一暴行,我也许最多就是惊讶罢了。

最多如此。我在记忆的落叶堆里努力搜寻,却没发现任何对我有利的证据。明摆着,我的童年里没有怀疑的乌云。正相反,我容易被打动,无论那时激动人心、人心激动地冒充“新时代”的日常生活隆重推出什么,我总是要上前去凑热闹。

推出的东西确实既密集又诱人:收音机里,电影院里,马克斯·施梅林①高奏凯歌。施特恩费尔德百货商店前放着几个小罐子,为冬令赈济会多少募点儿捐吧:“不让一个人饿死,不让一个人冻死!”德国赛车手——比如贝尔恩德·罗森迈尔——驾驶的“银箭”②风驰电掣,让人望尘莫及。飞艇“齐柏林伯爵号”和“兴登堡号”令人赞

① 施梅林(Max Schmeling,1905—2005),德国拳王,有“日耳曼超人”之称。

② 对奔驰赛车的俗称。

叹，这些城市上空的亮点成了明信片图面的主题。在《每周新闻》中，我们的“兀鹰军团”①用最新的武器装备帮助西班牙人摆脱“赤祸”，获得解放。在校园里，我们玩攻打“阿卡莎城堡”的游戏②。此前几个月，奥运会上到手的一大堆奖牌使我们欣喜若狂。后来，鲁道夫·哈比希成了我们的飞毛腿。在《每周新闻》里可以看到，德意志帝国在密集的探照灯光下灿烂辉煌。

但泽还是自由城邦的最后几年里——那时我十岁，叫我名字的男孩就完全自愿地加入了少年团，这是为将来正式加入希特勒青年团做准备的组织。人们称我们是“小屁点儿”，也叫“狼崽子”。在圣诞节的餐桌上，我希望得到包括船形帽、领巾、腰带和肩带在内的全套制服。

虽然我记不清自己当初是否特别激动，是否以小旗手的身份挤上了观礼台，是否想当身上挂饰带的小队长，然而毫无疑问的是，我参与其中了，即使不停地哇哇唱歌、咚咚敲鼓让我感到厌烦之后，我仍是如此。

诱人的不光是制服。“青少年必须由青少年来带领！”这一口号挺合心意，而且还有相应的活动：在海滩边的森林里搭帐篷露营，做野外游戏，在城南丘陵地区费力地堆成日耳曼人露天法场的漂砾之间燃起篝火，在繁星点点的夜空下和向东伸展的林间空地上庆祝夏

① 20世纪30年代德国空军精锐部队。西班牙内战时，纳粹德国出兵帮助佛朗哥叛军，其中空军人员被称为“兀鹰军团”。

② “阿卡莎城堡”即西班牙塞哥维亚城堡。据说当年迪斯尼以它为白雪公主城堡的蓝本。格拉斯《我的世纪》中有关于这一游戏的描述。

至和清晨升旗仪式的到来。我们唱歌，似乎歌声能使帝国日益强大起来。

我们的中队长是一个工人家庭出身的男孩，来自新苏格兰居住区，比我大不了两岁。这个好样的家伙很幽默，能倒立行走。我敬佩他，他笑我也跟着笑，我对他是亦步亦趋，言听计从。

就是这一切吸引着我，使我摆脱了家里压抑、沉闷的小市民气氛，摆脱了父亲，摆脱了柜台边顾客们的闲话，摆脱了狭窄的两居室住房。在那套住房里，只有客厅右窗台下低矮的壁龛归我用，对我来说一定是够用了。

壁龛的几层隔板上堆着书，堆着我贴着香烟图片的相册。平生第一次搞雕塑用的橡皮泥，鹈鹕牌写生簿，装着十二种厚颜料的盒子，只是顺手收集的邮票，乱七八糟的杂物，还有我的秘密记事本，都在那里找到了栖身地。

现在来回顾这一切，几乎没有什么像窗台下的小壁龛那样清晰如在眼前了。我在小壁龛里找到了好几年的安慰。左窗台下的小壁龛则归妹妹瓦尔特劳特所有，她比我小三岁。

说在小壁龛里找到安慰，是因为我虽然是少年团的“小屁点儿”，穿着制服，一边唱着《我们的旗帜在头上飘扬》①，一边吃力地齐步走，但是我也爱待在家里，摆弄自己放在小壁龛里的各色宝贝。即使在整齐的队列中，我也是个独来独往者，只不过并不十分令人注

① 希特勒少年团团歌。

目。我随大流，但我的思绪却总在四方云游。

此外，我从公立学校转到了高级中学，成了康拉德学校的一员。就像大家所说的那样，我可以上高级中学了，戴上了高级中学传统的、饰有金色字母C的红帽子。我以为自己有理由趾高气扬，因为我是名校的学生了。不过，父母却不得不用好不容易省下的几个钱分期交付这所名校天晓得是多少的学费，每月的这笔开销是个沉重的负担，但他们在儿子面前从不明说。

殖民地杂货店紧靠着通往家门的那条又长又窄的走廊，我母亲以"海伦妮·格拉斯氏"为店名独自经营。被称作"小威"的父亲威廉只是布置橱窗，负责从批发商那里进进货，写写价目牌。生意马马虎虎，甚至可以说不太景气。在用古尔登币①的年代，海关的限制措施使得买卖没有保障。每个街角上都有竞争者。为了获得额外出售牛奶、奶油、黄油和新鲜奶酪的许可，家里不得不腾出了靠街面的半间厨房，煤气炉和冰箱只能放在一间连窗都没有的斗室里。连锁商铺"皇家咖啡"拉走了越来越多的顾客。你只有准时付清所有账单，那些代理商才会继续供货。赊账的顾客太多了，特别是那些在海关、邮局、警察局供职的公务员的太太。她们总是诉苦，还价，斤斤计较。星期六打烊关门后，父母总是异口同声地说："我们手头又紧了。"

所以本来就应该看出，母亲是挤不出钱供我每周零花了。我没

① 自由城邦但泽的货币。

完没了地抱怨,同学的口袋里或多或少地都有些零钱叮当作响。这时,她便把一本用得皱巴巴的八开账本推到我面前,那上面记着一大串顾客欠的账,按她的说法,这些人都“靠借贷过日子”。

我翻开面前的账本,那上面字迹工整地记着姓名、地址和最近曾略有下降但又在不断上升的数字,多少古尔登,甚至连几个芬尼都写得清清楚楚。这是一个女商人的结算,她有理由为自己的店铺担忧;也许这也是一面反映宏观经济形势的镜子,外面失业的人数有增无减。

“星期一,公司的代表就会来要现钱。”这成了她的口头禅。但是,母亲从来没有在儿子、后来也没有在女儿面前强调每月要交多少学费,没有以此让孩子觉得心中有愧而俯首帖耳。她从来不说这样的话:我为你们做出了牺牲。你们要报答我才行!

这就是我的母亲:深思熟虑,想到一切可能的后果——她可没闲工夫实施这样的教育方法,我和妹妹一开始震耳欲聋地吵架,她就会对顾客说“请稍等”,急急忙忙地从店里赶过来,也不问“是谁先和谁吵架”之类的废话,而是一言不发地给两个孩子两巴掌,然后又赶回去继续态度和蔼地接待顾客。这就是我的母亲:温柔、体贴、热心,常常为了什么而感动得泪如雨下,只要一有空闲就会陷入梦幻之中,把一切自认为是美好的事情都说成是“货真价实的浪漫”。这就是我的母亲:她是天底下最操心的母亲,有一天她把那本八开账本推到儿子面前许诺说,只要我愿意出去讨债,她就会从要回来的古尔登和芬尼中拿出百分之五来作为对我的酬谢。这就是我的母亲:她让我带上伶牙俐齿——我确实能说会道——和写满数字的账本在某个下午或者在我为——在她眼里是愚蠢无聊的——少年团服务之余，去拜访那些拖欠货款的顾客，强烈要求他们结账，即使不是马上还清，至少也得分期支付。

然后她还给我出主意，说每周有个晚上要特别注意充分利用："星期五发工资，你得这时去把钱给要回来。"

我那时十岁或者十一岁，在上高级中学一年级或者二年级。就这样，我成了一名精明老练、总体上也颇为成功的讨债人。用一只苹果或者几颗糖果可别想打发我。我会说些什么让负债人的心肠变软。即使是冠冕堂皇、犹如涂上圣油的借口，我也会听而不闻。谁要是胆敢威胁，我可是决不买账。谁要想关上房门了事，我会伸出脚去顶住，使他难以得逞。在星期五，我会指出他们的周工资已发，更加坚决地要求结账还钱。我连星期天也不放过，它并非神圣不可侵犯。在大大小小的假期里，我更是从早到晚马不停蹄。

很快我就要回来一些钱，不料这笔款项却导致母亲开始考虑儿子的教育问题，把他过高的利润从百分之五降低到百分之三。我虽然不满地嘟囔，但也只得接受现实。她却说："我这样做，是想让你不要骄傲。"

但是到了最后，本人的经济状况仍然要好于许多这样的同学：他们住在乌普哈根路或斯特芬路的那些带有双重房顶、列柱门廊、露天平台、另有小门专供仆人出入的别墅里，他们的父亲是律师、医生、粮商，甚至还拥有工厂和轮船。我把自己获得的纯利润放在一只空的烟草罐里，藏在窗台下的小壁龛里。我买了大量写生簿作为储备，买了书，好几卷《布雷姆编动物辞典》。我这个影迷手头宽裕了，即使去老城中最远的电影院，甚至去奥利瓦宫廷花园的“罗西”过瘾，包括来回的无轨电车票，也都不成问题了。有新电影上映，我总是场场不漏。

当年，在但泽还是自由城邦的年代，科教片和故事片之前都要加放《福克斯有声每周新闻》。哈里·皮尔让我目不转睛，《胖子和瘦子》让我开怀大笑，我看到查理·卓别林扮演的淘金者在吃鞋子和鞋带，我觉得美国童星秀兰·邓波儿有点傻，也算不上十分可爱。我的钱足够我把巴斯特·基顿的无声片颠来倒去看上好几遍，他的滑稽让我悲伤不已，他的悲伤让我忍俊不禁。

那是在 2 月她的生日还是在母亲节？反正在第二次世界大战爆发之前我还相信，我能送母亲一件特别的礼物，比如说一种什么进口货。我伫立在橱窗前，思来想去，享受着选择的痛苦，在施特恩费尔德百货商店的椭圆水晶盘和电熨斗之间犹豫不决。

最后，我选中了造型优美的西门子电器。母亲一点不含糊地问清了这件电器惊人的价格，在亲友面前却避而不谈，好像这是七宗死罪之一似的。父亲完全明白必须为能干的儿子感到自豪，但也不能泄露我暴富的原因。电熨斗一用完就立刻被收进柜子。

讨债的实践还给我带来了别的收益，不过这种收益在几十年后才作为叙事的素材或曰乏味的物权显出它的好处来。

我楼上楼下地跑，在那些出租公寓里，每层的气味各有千秋。热水洗衣服发出的臭味压倒了烧白菜的香味。再上一层楼，你就能闻到猫咪或者尿布呛鼻的气味。从每扇房门背后都会飘来特别污浊的空气。不是酸味，就是焦味，那是家庭主妇们正在用火热的钳子烫头发。上了年纪的女人身上发出樟脑丸和传统薰衣草牌科隆香水的气味。还有死了老伴的退休者满嘴呼呼的酒气。

通过闻到、听到、看到和感觉到的一切，我知道了什么是工人四口之家的贫穷和苦恼，什么是僵硬地用标准德语骂人、基本上失去了支付能力的行政官员的高傲和愤怒，什么是孤独的女人想在厨房里的桌边和人聊上几句的需求，什么是邻居之间可怕的沉默和不断的争吵。

一切都积聚起来，宛如内心的存款：那些无论是否喝醉都出手打人的父亲，那些高八度破口大骂的母亲，那些一声不吭或者说起话来结结巴巴的孩子，还有持续不断的百日咳，叹息，诅咒，程度不一的哭泣，对人的恨，对狗和金丝雀的爱，没完没了的浪子的故事，还有无产者和小市民的故事，前者是低地德语夹杂着波兰语的骂人话，后者是如同砍成一截截木棍似的官方语言，各种各样的故事，在有些故事里，推动情节发展的是不忠，而在另一些故事里，这我后来才明白，讲的是灵与肉，意志坚强的灵和弱不禁风的肉。

这些，还有好些别的——不仅是我讨债时讨来的打——都在我身上浓缩起来，储存起来，以备不时之需：比如等到叙事的作家缺少素材了，找不到词语了，这些库存就能派上用场。我只需要让时光倒流就行了，只需要把气味嗅上一嗅，把臭味分一分类，楼上楼下跑上一趟，按几下铃或者敲几下门就行了，尤其是在星期五的晚上。

甚至可能是这样：以前和自由城邦的古尔登货币打交道时精确到芬尼，后来从 1939 年战争爆发时起开始收取帝国马克——人见人爱的五马克银币，这些经历通过艰难的实践成了我坚定的信仰，我从此毫无顾忌，从不让步，无论是在战后做黑市生意倒卖打火机的火石和刮胡子的刀片，还是后来成了作家和耳朵有点背的出版商们在合同上讨价还价，我都不会让步。

因此我有足够的理由感谢母亲，是她早早地教会了我在和钱打交道时要务实，即使讨债也得这样。七十年代初我动手写那本《蜗牛日记》，被两个儿子弗朗茨和拉乌尔逼着一字一句地描述自己，我的话简明扼要："我受的教育既好又不好。"这也是指我当年讨债的实践。

我忘了顺带提一下那三天两头要发炎的扁桃腺，它虽然在童年结束的前后能让我有几天不用上学，但是也妨碍了我一味追求金钱的售后服务活动。母亲把蛋黄搁在玻璃杯里拌上糖，端到病还没全好的儿子床边。

第二章　深藏不露

一个词呼唤另一个词。债和责，债务的“债”和罪责的“责”。这两个字如此相近，在德语的沃土里如此牢固地扎下了根。然而事实是：债，不难对付，可以——即便像我母亲的赊账顾客那样——分期付款来偿还，而责，无论是证实了的、掩盖着的还是仅仅出于猜想的罪责，却清除不了。它总像钟表一样嘀嗒嘀嗒响，即使在通往乌有之乡的途中它也在场，占着地盘不放。它念叨着短小的咒语，不怕颠来倒去地重复，让你发善心暂时将它忘却，它却在睡梦中享受冬眠。它是不挪窝的积淀，去不掉的污渍，舔不干的水洼。它从小就学会了在听取忏悔的耳垂上避难，装出已过期不能再受追究或者早就被人原谅的样子，似乎自己小得不能再小了，微不足道，几近于无。然而，洋葱皮一层一层地收缩后，最嫩的那层上还是始终写着“责”：有时是突出的大写字母，有时则是顺带的从句或者脚注，有时是醒目的笔迹，有时则是古埃及文字，是那种难以辨认的象形文字，即便能够辨认，也得费尽周折。对我来说，言简意赅的三字铭文一清二楚：我沉默。

因为有那么多人沉默，所以这样的诱惑难以抵御：对自己的过失一言不发，代之以对普遍的罪责大声控诉，或者即使谈到自己也是虚晃一枪用起了第三人称：“他”曾是，“他”看见，“他”做了，“他”说道，“他”沉默……而且只是自言自语，反正内心里有的是地方玩捉迷藏。

一旦我叫来以前的那男孩——他就是十三岁时的我本人，严厉地考问他，心里真想处决他，也许就像判决某个对其苦难我无动于衷的陌生人，这时我眼前就会出现一个半大小子，穿着短裤和齐膝的长袜，老是做鬼脸。他总是躲着我，不想被人议论，不想受到判决。他躲到了妈妈的怀里，扯着嗓子大喊：“我当时是个孩子，还只是个孩子……”

我试图让他安静下来，恳求他帮我剥洋葱。但是，他拒绝回答我的询问，不想挺身而出充当以前的我。他认为，我根本没有把他“弄趴下”——他就是这么措辞的——的权利，而且还是“居高临下地”把他“弄趴下”。

这会儿他的眼眯成了一条细缝，双唇紧闭乃至歪斜，嘴巴也不安地变了形，竭力地扮着鬼脸，转眼又趴在了书上，沉浸在书里不见了，叫也叫不应了。

我看见他在读书。只有读书他还有耐心。他读书时会用两手的食指塞住耳朵，为了抵御妹妹在这狭小的房间里发出的欢乐的噪声。现在妹妹哼起了曲子，离他越来越近了。他必须留神，因为妹妹会突然啪的一下把他的书合上，要缠着他玩，妹妹总是爱玩，是个旋风一般停不下来的丫头。只有妹妹离他远远的，他才会觉得她可爱。

对他来说，打小起书就是木栅栏上的缺口，就是走进别的世界避难的道口。但是，我也看到他扮鬼脸，看到他无所事事，闲站在客厅的家具之间，如此心不在焉，以至于母亲不得不大声叫他："你又在哪儿了？又在胡思乱想些什么？"

不过，如果我只是假装在场的话，我又在哪儿呢？扮鬼脸的男孩去了哪些偏远的所在，同时又没有离开客厅或者教室？他往哪个方向放着长线？

一般来说，我是在去往时间纵深的路上，对那些滴着血的历史内脏贪得无厌，对那个黑咕隆咚的中世纪情有独钟，或者迷恋着那打了三十个年头仗①的巴洛克"时段"②。

就这样，那个叫我名字就会答应的男孩如愿以偿了，每天穿着不同的服装粉墨登场。我一直喜欢换人换地方，成为别的人，去别的地方，做那个"变色龙"——这家伙是我几年后在《痴儿西木传》③快结尾处遇到的，那时我正读着这本小说的普及本爱不释手："变色龙"是一个可怕但有魅力的形象，他能从滑膛枪手的灯笼裤里溜出来，又钻进隐士皱巴巴的长袍。

元首演讲，闪电战，潜艇英雄，挂满勋章的王牌飞行员，还有军事上种种细节——对我来说，这些历历在目，何惧他人考问，我的地理知识一直延伸到黑山和希腊群岛，从1941年夏天起随着战线前移甚至推进到了斯摩棱斯克、基辅、拉多加湖。虽然这些无疑都是当前的

---

① 指欧洲1618—1648年的三十年战争。

② 格拉斯在《比目鱼》中的特殊概念，主人公在从石器时代到现在的多个"时段"出现。

③ 德国小说家格里美豪森的流浪汉小说，描述了德国三十年战争时期一个小人物的故事。"变色龙"是其中的形象。

事，但同时我也混迹于十字军的长蛇阵中东征耶路撒冷，担任红胡子大帝的御前侍从，作为条顿骑士团的一员在古普鲁士人①那里东砍西杀，被教皇大人一声令下革出教门，鞍前马后地为康拉丁王子②效劳，毫无怨言地成了斯陶芬王朝的陪葬品。

在维斯瓦河和潟湖之间，在离康拉德学校的尼科尔斯瓦尔德乡村教学点只隔两个村子远的地方，施图特霍夫集中营日益膨胀。我对城郊的这些成了家常便饭的不公现象视而不见，只有神权统治的罪行和宗教裁判所的刑讯才使我义愤填膺。一方面，我觉得钳子、烙铁和拇指夹之类的刑具用起来顺手；另一方面，我又发现自己在为被烧成焦炭的女巫和异教徒报仇。我恨的是格里高利九世，还有其他教皇。在西普鲁士的腹地，波兰农民被赶出家园，带着妻儿流落他乡。我仍然是腓特烈二世的随从，他把对自己忠心耿耿的萨拉逊人③移居到阿普利亚，还用阿拉伯语和自己的老鹰交谈。

回首往事，我觉得，那个扮鬼脸的中学生似乎成功地把从书中咀嚼出来的正义感转移到了退步抽身的中世纪。也许正因为如此，我在首次尝试创作那本计划中的鸿篇巨制时，就没去描述但泽幸存的犹太人如何被逐出在毛瑟巷聚居区和送进特蕾西施塔特集中营，也避开了 1941 年夏天那些大大小小的包围战，而是考虑在十三世纪里编织情节，无法想象还有比这更偏远的情节了。

---

① 被条顿骑士团灭绝的部落，居住在后来人称东普鲁士的地区。

② 斯陶芬家族最后一个王子。

③ 欧洲中世纪对阿拉伯人的称呼，后泛指伊斯兰教教徒。

那时有份学生报纸名叫《伸出援手!》,刊登了一则作文竞赛的启事。出自青少年之手的叙事作品有望获奖。

于是,扮鬼脸的男孩——或者说是那个自称是我但又不断地消失在虚构世界的灌木丛中的“我”——就在一本从未用过的硬面练习本上开始写了,写的不是什么练笔的小故事,不,而是立马就写了一部长篇小说,汪洋恣肆,下笔千里。小说题为——绝对没错——《卡舒贝人》,卡舒贝人毕竟是我的亲戚。

小时候,我们经常越过自由城邦的边界,往科科施肯、楚考方向去看舅婆安娜。舅婆家四口人,挤在一间低矮的小屋里。奶酪糕、鱼冻、芥末腌黄瓜、蘑菇、蜂蜜、李子干、鸡肫、鸡心、鸡肝之类的杂碎,甜的,酸的,还有用土豆酿的烧酒,这些一股脑儿地全搬上桌,哭哭笑笑挺热闹。

到了冬天,舅婆的大儿子,约瑟夫表舅,会赶着马拉雪橇来接我们。这可真带劲,在戈德克鲁格越过自由城邦的边界。约瑟夫表舅用德语和波兰语同海关官员打招呼,但还是会被两边那些穿着不同制服的家伙骂上几句。这可就不怎么带劲了。听说在战争爆发前不久,他从柜子里取出了一面波兰旗和一面画着纳粹标志的旗子,大声地叫道:“要是现在打仗了,我就上树去,瞧瞧是哪边的人先过来,然后我就插上旗子,不是这面就是那面……”

后来,时间已经过去了很久,我们还能看到母亲和被枪毙的弗朗茨表舅的兄弟姐妹聚在一起,不过他们只是在商店关门后偷偷地碰头。对战时经济而言,实物交易确实大有帮助:熬汤的鸡,乡下的蛋,这些可以换葡萄干、发酵粉、线团和煤油。在我家店里装满咸鲱鱼的木桶边上，就是一人多高带龙头的煤油箱，那气味永远也散不掉。留在我脑海里的还有舅婆安娜的登场：她带来换东西的是一只拔了毛的鹅，藏在她层层叠叠的裙子里，猛一下拖将出来，啪的一下扔在柜台上："大该（概）有十胖（磅）重吧……"

她的口音就是我熟悉的卡舒贝方言。只要卡舒贝人把古老的斯拉夫语调咽下肚去，操起低地德语来倾吐烦恼和表达愿望，他们就总是省略冠词，为了保险起见，表示否定时还要连着说上两次"不"，放慢的语速如同放久了变味的酸牛奶，他们爱在酸牛奶里撒上拌了白糖的黑面包屑。

不知道从哪辈子起，卡舒贝人的残余部落就定居在但泽城外的丘陵地区了，统治者走马灯似的换，所以他们从来算不上是波兰人，但也从来算不上是德国人。随着最近的一次战争，德国人再次爬到了他们头上，一纸公告把许多卡舒贝人定位在"三等族群"上。这是在官方高压下采取的措施，但是也没有排除缓期执行的希望，因为他们还有可能升等，成为完全合格的德意志帝国臣民。姑娘们可以召之即来，参加义务劳动，而像扬表舅——他现在叫汉内斯了——这样的小伙子呢，可以应征入伍。

将这些苦难诉诸笔端，本来是一件理所当然的事情。可我为什么要把自己处女作中充满了谋害和杀戮的情节安排在帝位空悬时代①，安排在十三世纪"没有皇帝的恐怖时代"②呢？只能这样来解释：我喜欢

① 1254—1273年。

② 席勒语，见其诗歌《哈布斯堡伯爵》。

遁入历史的崎岖地带,路越难走越好。但是写在纸上的也并非一段古老的斯拉夫风俗史,我的处女作要讲述的是小邦私设的公堂,是无法无天的行为,斯陶芬王朝覆灭后的这些状况提供了一种浸透了暴行的叙述素材。

然而这些没有留下一个字。烘托血亲复仇、因而腥风血雨的场面,对此的预感未能逐渐明朗起来。骑士、农夫、乞丐的名字,这些也没有流传到我的手里。什么也没有留下,没有教士的有罪判决,没有女巫的大声号叫。尽管如此,还是得血流成河,还是得堆起十几个甚至更多的火刑柴垛,用沥青火把点着后烈焰熊熊,因为第一章结束时,所有主人公全都一命呜呼:砍头了,绞死了,被木桩刺穿了,烧成焦炭了,或者五马分尸了。这还不够:死去的主人公连个为他们报仇的人都没有。

在这片用文字来翻耕的坟地上,我的处女作,我的这部叙事作品,就这样草草收场。假如那本硬面练习本还在的话,或许只有对断简残篇情有独钟的人还会有点兴趣吧。

让那些被掐死、被斩首、被烧成了灰或者被五马分尸的人,所有那些被吊在橡树枝丫上晃晃悠悠喂乌鸦的尸体,从此以后成为鬼,在接下去的章节中不断出没,吓唬幸存的平头百姓——我从来没想过这样做,我从来不喜欢鬼故事。不过,我用起虚构人物来也未免过于挥霍了,可见写作并非无拘无束,这一早年的经验使我后来成了精打细算的作家,在与自己长篇小说中的主人公们打交道时懂得手下留情。

比如我让奥斯卡·马策拉特大难不死，在传媒界建立了自己的莫卧儿帝国①。我还让他称作“巴布卡”的外祖母活到了一百零七岁。为了替她祝寿，他甚至在时间交错的长篇小说《母鼠》中，强忍着严重前列腺炎的折磨，踏上了艰难的返乡之旅，去卡舒贝地区的路上风尘仆仆。

图拉·波克里弗克年纪轻轻就死了，但这点也只是猜想罢了。事实上，这个挺着个大肚子的十七岁少女在难民船“威廉·古斯特洛夫号”即将沉没时获救了，后来中篇小说《蟹行》终于酝酿成熟，她便召之即来，作为七旬老妪再次露面。她有个孙子极端右倾，常在互联网上颂扬他的“烈士”。

我最宠爱的人物燕妮·布鲁尼斯也是如此。尽管受尽磨难，老是感冒，她还是熬过了《狗年月》。我对自己同样也手下留情，以便时不时地在作品中把自己抬出来，在不同领域里粉墨登场，或画，或写。

这个无节制的男孩，作为我的化身，可以不断地被挖掘出来。不管怎么说，他没能参加学生报《伸出援手!》举办的作文竞赛。或许这是塞翁失马，焉知非福？幸好我没在纳粹为大德意志帝国青少年作家举办的比赛中获得成功。要不然，万一得个二等奖或三等奖什么的，夺得桂冠就更不用说了，我超前开始的作家生涯就会被人认为沾上了纳粹的褐色污点②，那些永远是饥肠辘辘的文艺评论版就会

---

① 十六世纪建于印度的伊斯兰教国家。

② 褐色指纳粹。

如同觅得了一顿美餐，引经据典地说我是一个小纳粹，有随波逐流做帮凶的前科，就会给我打上烙印，让我永世不得翻身。不愁没有前来审判的法官。

不过，提供罪证，给人定性，打上烙印，这些事我也不需要别人代劳。因为作为希特勒青年团的成员，我本来就是个小纳粹。直到最后仍是执迷不悟。虽然也算不上极端狂热，但是眼睛总是条件反射似的直盯着那面据说“比死更重要”①的旗子，站在齐刷刷的队伍里训练有素地走正步。没有什么问号能损害我的信念，没有什么把传单偷偷地转送给别人之类的颠覆行为能解脱我的过错。没有说过针对戈林的笑话而引起别人的怀疑。其实我更多的是觉得祖国受到了威胁，因为它处于敌人的包围之中。

关于“布龙贝格血腥星期日”暴行②的报道使我大为震惊，战争刚开始，《但泽前哨报》上就充斥着这类报道，波兰人毫无例外地都被说成是刺客。我读了之后，就觉得德国的所作所为都是正义的复仇。要说批评，我充其量只会批评地方上的党魁，即那些身上挂满了勋章，因此得了个“锦鸡”雅号的纳粹头目，他们这些胆小鬼不愿上前线，只是在检阅游行队伍之后说些让我们感到乏味的空话，还不停地滥用元首神圣的名字。当时我们还是相信元首的，不，未受任何问号污染的我对元首深信不疑，直到——像那首未卜先知的歌里唱的

① 语出希特勒少年团团歌。

② 布龙贝格即今天的比德哥什，所谓“布龙贝格血腥星期日”是纳粹入侵波兰的借口之一。

那样——一切都化为齑粉。

反观历史,历史之镜中的我就是如此。这是抹不去、擦不掉的,并非写在一块小孩学写字的石板上,而且旁边也没搁着用来擦字的海绵。这会留在那儿,永远留在那儿,尽管到了现在,那些歌词只能记起断断续续的几句了:“前进,前进,号角嘹亮;前进,前进,青年无畏……”①

甚至不能以“是别人将我们引入歧途”为借口,为那男孩,也就是为我开脱。不,是我们,是我自己甘愿走入歧途。

可是,洋葱能否嗫嚅着辩白,指着第八层皮上的几处空白说:你又没什么责任,你当时只是个傻小子,又没干什么坏事儿,没去检举别人,没去告发拿帝国元帅胖戈林开涮的大胆邻居,看到本该在前线却在度假的人也没去打小报告,那些人总是吹嘘自己如何机智地避开了佩戴十字骑士勋章当英雄的机会。不,不是你告发了那位参议教师②,他竟敢在历史课上旁敲侧击地对最终胜利表示怀疑,把德国人民称作“一群被阉割了的公羊”,而且他还是个讨嫌的教书匠,所有的学生都对他不满。

这话兴许没说错:检举别人,到纳粹区党部、街区管理员③、这所或那所学校的看房人④那里去给别人泼脏水,这可不是我的特长。

---

① 希特勒青年团团歌的首句。

② 指德国高级中学终身教师。

③ 指民众身边的那些级别最低的纳粹分子。

④ 当初房屋管理员常起监视作用。

不过,有一位拉丁语老师,他的副业是神甫,所以希望别人以“阁下”相称,有一天他不见了,再也不声色俱厉地逼你背单词了,突然就无影无踪了,我却仍然没敢问个为什么,尽管他一消失,大家就说起施图特霍夫集中营,这地名让人听了不寒而栗。

很快我就满十四岁了。我们的收音机,所谓“人民接收器”里传来了特别节目,又是吹号又是打鼓地开始报道德军在俄罗斯草原上的包围战大捷。当李斯特的《前奏曲》日复一日地被滥用时①,外面发生的事情扩展了我的地理知识,不过我的拉丁语成绩仍然是不及格。

我眼前浮现出自己再次转学去圣约翰读书的情景。圣约翰是老城里的高级中学,位于屠户巷,离市博物馆和三一教堂不远。该校有哥特式风格的地下室,能引诱你顺着小道爬进《狗年月》,所以后来我就能毫不费力让这部小说中的主人公,就是那两个亦友亦敌的同学埃迪·阿姆泽尔和瓦尔特·马特恩到那儿去上学,让他俩从体育馆的更衣室猫着腰转进方济各会的地下通道……

几个月后,我的拉丁语老师施塔赫尼克阁下回来了,继续在圣约翰教书。我仍然没有急着提问,尽管大家都说我这个学生不仅倔,而且爱插嘴。

不过,反正他也不能回答。从集中营放出来的人都这样。要是我问了,只会给从外表上看没什么变化的施塔赫尼克带来额外的

---

① 当初的战地特别报道都有特定乐曲为标志,比如关于俄罗斯战场的报道就用李斯特的《前奏曲》。

麻烦。

话虽这么说，我的沉默必定还是给我造成了极大的精神负担，否则我就不会觉得非要在原则上是反观历史的《比目鱼》中给这位拉丁语教师、自由城邦中央党[①]前主席、有福者多罗特娅·封·蒙陶不倦的代言人立起一座读者不可能视而不见的丰碑了。

他，还有那位哥特时期的女隐士。他为使她能被封为有福者[②]而努力。我们一提起她的瘦身疗法这个话题，施塔赫尼克阁下就会如痴如醉。要引诱他越过拉丁语句子结构的雷池，其实并不难，你只要问起她，问起他那位神圣的多罗特娅就行了。

是什么毁了她和刀剑制造匠之间的婚姻？

哪些奇迹应该归功于她？

为什么他们被活活地圈封在玛林魏尔德修道院的大墙里？[③]

她逐渐消瘦，但是否仍有骄人的身材？

所有这些，还有他始终扣得严严实实的衣领，都被我从记忆中呼唤出来，为了纪念一位拉丁语教师。

然而，后来为施塔赫尼克阁下谱写的颂歌只能获得部分的掌声。在对沉湎于忏悔的多罗特娅·封·蒙陶的一生和饿死这件事进行评价时，我们的视角截然不同。七十年代中期，为了写作《相聚在特尔

① 1918—1933 年有天主教倾向的保守党。

② 比圣徒低一级的殉道者。

③ 见格拉斯《比目鱼》“第二个月”。

格特》这部小说,我和妻子在明斯特地区就当地在巴洛克“时段”的种种细节进行调研,当时我们就去拜访了在一座女修道院里安度晚年的施塔赫尼克。那是一间宽敞而且陈设舒适的修道室,非常适合于交谈。在交谈过程中,我避免在天主教的耕地上引起任何冲突。修女们周身裹得严严实实,只是在接待我们时才能看见她们的脸。乌特因为是新教出身,所以看到老人在这样一群修女的包围中能过安逸日子,不免觉得有点儿惊讶。

带着俏皮的神情(他以前当拉丁语教师时从不这样),施塔赫尼克阁下称自己是“金鸡独立女流中”。比起我记忆中的形象来,坐在对面的他有点儿发福了,看来修道院的伙食挺合他胃口。

我们闲聊着,只是偶尔提到那位后来终于被封为有福者的女人。在政治方面,他还是坚持中央党的立场,不过他认为在如今的基督教民主联盟里,中央党的观点留下的不多了。他赞扬了在圣心教堂听我忏悔的温克神甫,说他“颇为勇敢地”照顾了教区里信奉天主教的工人。他还记得圣约翰学校的这位或那位老师,也记得校长,校长的两个儿子在“俾斯麦号”战列舰沉没时——用他的话来说——“找到了”死神。

不过,他不太情愿回顾往事:“当时那日子真难熬啊……”——“不,不,当时没人告发我……”

仁慈的他似乎已经忘记了,我当时在他的拉丁语课上是个差生。

我们谈起了但泽,当时高低远近的塔楼和山墙还像明信片上那样漂亮的但泽。我简单地讲了讲自己几次前往格但斯克的情况:

“听说重建后的圣三一教堂像以前那样漂亮了……”他听了很高兴。不过，当我说起自己学生时代的沉默是一种尚未过期、还得追究的罪责时，他只是微笑着摆了摆手。我想，我听到他用拉丁语说了一句话：“我赦免了你的罪。”

母亲虔诚的程度平平而已，她并不怎么逼我去教堂。尽管如此，我还是自幼受到天主教熏陶，会在忏悔室、主祭坛和圣母祭坛之间画十字。圣体匣，圣饼龛，这些单词我爱背诵，因为念起来悦耳动听。不过，在唯独相信元首之前，我究竟相信的是什么？

对我来说，当时圣灵要比圣父和圣子容易理解。在朗富尔的圣心教堂里，祭坛上的各色形象，昏暗中的画面，还有烟雾缭绕中的鬼魂，这些都在滋养我的信仰，滋养我与其说是天主教的、不如说是异教徒的信仰。少女玛利亚以肉身向我靠近，我这个变色龙是认出了她的大天使①。

除此之外，我还吃饱了真理，那些真理在书本里暧昧地独居，成了我谎言的温床。不过，这个十四岁的男孩究竟读些什么书？

肯定不是虔诚的宗教小册子，也不是硬让“鲜血”和“土地”押韵的宣传品。无论是牛仔明星汤姆·米克斯的系列故事，还是卡尔·迈一卷又一卷的长篇小说，这些同学们百吃不厌的精神饲料，我都觉得索然无味。暂且这样说吧，凡是放在母亲书橱里——这真是运

① 参见《圣经·新约·路加福音》第一章第二十六节天使向圣母玛利亚预言耶稣即将诞生的故事。

气！——随手可得的，我都读。

一年多前，我在匈牙利首都拿了个奖，奖品是一座镶嵌着铅色边框、因而显得颇为怪异的壁炉钟，似乎要宣告我将来只会“铅一般沉重地停滞不前”。我向匈牙利出版社我的责任编辑伊姆雷·巴尔纳打听《布达佩斯的诱惑》的作者是谁，该书曾使少时的我陷入迷惘。

过了不久，这本大部头的烂书就被从古籍堆里翻了出来，送到了我手中。书是现在已无人记得的作家弗朗茨·克门迪写的，1933年由柏林的神殿廊柱出版社推出，足足五百页，描述的是一战后在咖啡馆里百无聊赖的男人们寻找自己的立足点和好运气，下意识里也在谈论无产阶级革命和反暴动，顺带也涉及安放炸弹的无政府主义者。不过主要还是在讲一个离乡背井的人，他一文不名，但却极有抱负地离开了这座被多瑙河一分为二的城市，见了世面后带着一个腰缠万贯的女人衣锦还乡，在布达佩斯坠入了虚幻恍惚的爱河。

这部长篇小说至今读起来似乎还散发着新鲜的油墨味，却是当年母亲的藏书之一。当儿子的很快就读完了她收藏的那些五花八门的书，不过书名暂时还来不及说，因为这会儿我看见自己正坐在离圣彼得中学不远的市图书馆阅览室里如饥似渴地寻找新的读物。

圣彼得中学是我的中间站。教师开会后决定让我转学到那里去，因为我必须离开朗富尔的康拉德学校：有个体育老师殴打学生，用单杠和双杠折磨我们，而我竟然在他面前“桀骜不驯，厚颜无耻”——我父母读到这样的评语后失望极了。

不过，什么叫“我看见自己坐在图书馆里”？我最多只能依靠母亲战后带到西德保存下来的几张照片，为那个半大小子另外构思一张自画像。诚然，那脸上还没有一粒粒的青春痘，还没有我后来涂皮特拉龙牌刮胡水、搽杏仁粉徒劳地与之搏斗的小疙瘩，但是突出的下嘴唇——我天生有下颚前突症——已经使我看上去不那么像小孩了。我严肃，甚至有点儿阴沉，像一个提早进入青春期的学生，估计会在教书匠面前桀骜不驯，要是谁敢去惹，他没准还会动手。

而且果真动手了。一个教音乐的胖老师，用尖细的假嗓子唱《野玫瑰》①，我们就用爵士乐般的喧闹和抽搐来为他伴奏伴舞。他见状开始训斥我，只训斥我一个，还推推搡搡的，于是我伸出左手揪住他的领带不放，由于战时条件有限，他脖子上的领带是纸做的，经不住拉扯就断了。这一来就又有足够的理由让我转学了，说得好听点就是采取预防性的教育措施：我从圣彼得学校转到了圣约翰中学。难怪我后来自我封闭，连母亲也不爱搭理了。

我看见的就是自己这样灰溜溜的形象，看见自己在去图书馆的路上。图书馆藏书逐渐丰富，全得归功于汉萨联盟的市民意识。后来仗快打完时，城里成了一片火海，原以为图书馆肯定也化为灰烬了。然而到了1958年春天，我去现在属于波兰的格但斯克，寻找当年但泽的遗迹，却发现市图书馆完好无损，内部还是以前的木护墙板，显得古色古香，所以我毫不费力地就能看见那个穿齐膝短裤、正

---

① 歌德的著名诗歌。

在阅览室的一张桌子边遨游书海的半大小子：没错，脸上没有小疙瘩，不过头发却挂在前额上。凸下巴，还有那下嘴唇。鼻梁又弓了起来，他依然那么爱做鬼脸，而且不仅仅在读书的时候。

时间一层叠一层。它掩盖着什么，最多只能从裂口处辨认出来。通过这种必须用力撑开的时间裂口，我看见了自己，同时也看见了他。

我已上了岁数，他却惊人地年少；他从书里读出未来，我却已被往昔赶上；我的烦恼和他的不同；我和他的关系何止是近，却不得不穷于应付那些对他来说不是可耻的事，不会给他打上耻辱烙印的事。我和他，我俩之间隔着时间，一片一片消耗掉的时间。

我，三十岁当了父亲，刚生了一对双胞胎儿子，为使下巴看起来不过分凸出而留起了小胡子，正在为一部永远吃不饱的手稿寻找当地的细节。而他作为年轻的我，却不让任何事情任何人分散自己的注意力，包括眼前的这位爱穿灯芯绒上装的先生。

相反，我的视线却在四处游荡。翻着从档案馆弄来的1939年的旧报纸，我随意浏览着战争爆发后《但泽前哨报》上的日常报道。虽然上了年纪的我在本子上记下了朗富尔和老城里的电影院在9月的第一个星期放了哪些片子，比如在多米尼克斯瓦尔街的歌舞影院上映的是汉斯·阿尔贝斯主演的《为坎尼托甘城供水》，但是扫视的目光同时也落到了那个十四岁的男孩身上。男孩在离开我三张阅览桌的地方坐着，正在全神贯注地看一册配有大量插图的《克纳克富斯画家专论》。

他身边还堆着好几册。显然,他正在拓展自己通过收集香烟画片而奠定了基础的艺术知识。他头也不抬地把关于马克斯·克林格尔①的那一册放到一边,马上又拿起另一册翻了开来。

收集细节的成年人只是随意地从《但泽前哨报》的经济版上摘录市场价格和股市牌价:班贝克公司的丝绸价格稳定,粮食贸易呈上扬趋势。"丧失了人性的波兰人"在史称"布龙贝格血腥星期日"的9月3日大肆屠杀。在这些连篇累牍的渲染暴行的报道使他再度大惊失色之前,他看着自己,不,是看着那男孩——阅读了一册又一册的《克纳克富斯画家专论》,男孩先是为油画家、雕塑家、速写画家克林格尔的多才多艺所折服,不过这会儿,在被另一册中关于卡拉瓦乔放荡生涯的描述迷住之后,又希望能在安塞尔姆·费尔巴哈②的画室当学生了。眼下男孩最感兴趣的是在罗马工作的德国人。他要当艺术家,要出名,无论如何,志在必得。

在时光中穿梭漫游的成年人来自巴黎,虽然成了艺术家却还没出名,此刻他觉得,眼前的这位自己的年轻化身似乎又失踪了,即便呼唤,不断地呼唤,也不会听到任何回音。

这次与我自己的邂逅,是可以举一反三的事情。如此超然于人

① 马克斯·克林格尔(Max Klinger,1857—1920),德国象征派画家和雕刻家。

② 安塞尔姆·费尔巴哈(Anselm Feuerbach,1829—1880),画家,属于下句所说的"在罗马工作的德国人"。

世之外的我，也在其他地方看到了自己，比如在耶什肯塔勒森林里，或者在古滕堡铸铁纪念碑前的台阶上。旺季还没到来的时候，我把借来的书带到波罗的海边，蹲在空空的海滩篷椅里读将起来。不过，读书的好去处首推阁楼，出租公寓的阁楼上有扇天窗提供光线。在狭窄的两居室住宅里，我发现自己站在母亲的书橱边，书橱赫然眼前，比客厅里别的家具更为醒目。

其实不过是一个齐额高的小书橱。玻璃上有蓝色护帘，以免书脊受到强光的直射。还有连珠镶边作为装饰。书橱是纯胡桃木的，据说是某个学徒满师考试的作品。那小伙子站在我祖父开的家具作坊里的木工刨台旁，在我父母结婚前夕制作了一件可以充当贺礼的家具，以此结束了自己的学徒生涯。

打那以后，这小书橱就放在客厅窗户的右侧，紧靠着那属于我的壁龛。从客厅左窗透进来的光线斜射在钢琴和摊开的乐谱上，在窗台下安身的是我妹妹的留言册、洋娃娃和毛绒玩具。这丫头既不扮鬼脸也不看书，却因为性情开朗而成了父亲的掌上明珠。她几乎从来不惹事。

商店打烊后，母亲不但弹奏一些慢悠悠滴水般的钢琴曲，而且好像还是读书会——天晓得是什么读书会——的成员。不知从什么时候起，她就不再是成员了，因为战争爆发后不久新书来源就枯竭了，再也没法扩大藏书规模。

小书橱里摆着陀思妥耶夫斯基的《恶魔》，紧挨着威廉·拉贝的《雀巷春秋》、席勒的《诗集》、塞尔玛·拉格洛芙的《古斯泰贝林的故事》，和苏德曼的什么作品肩并肩的是汉姆生的《饥饿》、凯勒的《绿衣亨利》以及另一位凯勒写的《自我的假期》。在拉贝的《饥饿牧师》和施托姆的《白马骑士》之间可以找到法拉达《小人物，怎么办?》的踪迹。达恩的《罗马争夺战》或许就依偎着题为《拉斯普廷和女人》的画册，我后来把该画册作为歌德《亲和力》的对照读本，献给了这么一位：他出于层次迥异的原因成了书迷，通过这种极具爆炸性的混合物入门，学会了那些大大小小的字母。

这一切，而且不只是这一切，构成了我的精神食粮。《汤姆叔叔的小屋》或者《道林·格雷的画像》也在帘布后的图书宝库里吗？还有哪些狄更斯和马克·吐温的作品在随时待命？

我敢肯定，越来越为生意担心而再也没空读书的母亲和她的儿子一样，并不知道小书橱里有一本禁书：维吉·鲍姆①的《化学系女生海伦妮·维尔菲》。这部长篇小说在1933年前就引起了满城风雨，它叙述了一个胸怀抱负、身无分文的女大学生的故事，描写了一座有大学的小城市，那里充满了诗情画意的生活中有爱，但也不乏对死亡的憧憬。女大学生后来怀孕了，所以书里还讲到了江湖郎中和刮宫天使，也就是——依照法律条文——非法的堕胎行为。

恐怕母亲没看过这本书，没有作为读者体验过这位勇敢的女生经历的痛苦，因为当十四岁的儿子在客厅桌旁埋头阅读，全神贯注于书中年轻的女主人公的不幸以及后来身为人母的幸福时，她只是让

① 维吉·鲍姆(Vicki Baum，1888—1960)，奥地利犹太女作家。

我“快起身”，并没有表现出任何反感。

随着时光的推移，我读了维吉·鲍姆别的作品，比如后来被拍成电影的长篇小说《旅馆里的人》。八十年代初，我写了游记小说《大脑产儿或德国人正在死绝》，预见了那些不想生养孩子、只要实现自我者的节欲以及他们至今奉行的自我崇拜，同时也就预见了联邦德国人口的老龄化，预见了随之产生的退休金制度的持续危机和长久维持的两人世界的乏味状态。那时，她笔下洋溢着异国风情的故事《巴厘岛上的爱与死》在勾勒悲情剧的背景方面确实对我大有帮助。不过，我再也不像早年那样忘我地沉浸在维吉·鲍姆据说只有娱乐价值的叙事艺术中了。

晚饭一端上桌，父亲就会嚷嚷：“看书又不能当饭吃。”

母亲却愿意看到我“埋在书堆里”。她这个深受顾客和代理商欢迎的女店主虽然有时也精神恍惚做悲哀状，总体上还是一个乐天派，还喜欢挖苦别人，爱开个她称之为“恶作剧”的小玩笑，因此她会兴致盎然地向这位或那位客人，比如向以前曾在“皇家咖啡”一起当学徒的女友证明沉浸在书本中的儿子是多么全神贯注，方法是偷梁换柱：用一块棕榄肥皂偷换掉我埋头看书时只是偶尔咬上一口的果酱面包。

双臂交叉，一脸微笑，因为她胸有成竹，她就这样自信地等待着偷梁换柱的结果。儿子咬了口肥皂，等到又在书上细细地啃了四分之三页后，才发现在客人面前出了洋相，这时母亲就会乐不可支，客人也被逗笑了。自那以后,我就忘不了这种名牌肥皂的滋味了。

下嘴唇凸出的男孩还会时不时地咬肥皂,因为在我容易出现各种变体的记忆中,被母亲偷换的有时是香肠面包,有时是奶酪面包,有时又是一块葡萄干蛋糕。至于说到下嘴唇,那么在我发现额上的头发垂下来时,它会自告奋勇地去吹开,挺管用的。这种事在我埋头看书时经常发生。有时母亲会从自己精心烫过的头发上取下一个发卡,夹住儿子那过于柔软、老是垂下来的刘海儿。我只好听她摆布。

我是她的唯一,她的一切。无论我给她惹了多少麻烦——中学三年级时留级,脾气倔而得罪人,不得不一再换学校——她始终如一、丝毫不减地为爱读书、爱乱画的宝贝儿子感到自豪。只有大声去叫,儿子才会暂时告别那时光倒流的梦幻世界,然后——根据双方的愿望——做她怀里的乖宝宝。

我常常吹牛,喋喋不休的大话总是这样起头:“等我发了财,出了名,我会带你……”这些话她百听不厌。“……然后我们俩去旅游,从罗马玩到那不勒斯……”看来没有什么比我夸的这些海口更让她心满意足了。她从心底里热爱美,也热爱凄美,常常打扮得像中产阶级一般雅致地独自、有时也顺带捎上丈夫去市立剧院。只要我又开始海阔天空地吹牛,她就称我是她的“小培尔·金特”①。她像喜欢猴子一样把大话连篇的儿子当宝贝,原因也许要到她幼年失去

① 挪威著名剧作家易卜生的经典诗剧《培尔·金特》中爱幻想和吹牛的主人公。

的东西中去寻找吧。

父亲的家很近，拐过街角就是，在埃尔森街上。祖父的家具作坊也在那里，圆锯从早到晚不停地轰鸣。家里不断地吵架，兄弟情稍纵即逝，那些喧闹声躲也躲不了，耳边只听到“和他们真是没什么好说的了”——“他们就是不肯从家里滚出去”，等等。与此相比，对外祖父外祖母，对母亲的三个兄弟和唯一的妹妹，我只是听人说，还看到少许遗物，这才有点儿了解。母亲的妹妹名叫伊丽莎白，不过别人喊她“贝蒂”，后来嫁到“帝国”①去了。除了她之外，就只剩母亲一个人了。

当然，还有卡舒贝亲戚，但是他们住在乡下，也不是正儿八经的德国人，自从有理由隐瞒他们的存在后，他们就更不算什么了。她父母是住在城里的卡舒贝人，接受了中产阶级市民的生活方式，早就不在人世了：她父亲在一战爆发后不久在坦嫩贝格②阵亡，接着她母亲也死了，不想活了——因为儿子中有两个战死在法国，最后一个也是当兵的儿子被流感夺去了生命。

阿图尔死时才二十三岁。保尔二十一岁就阵亡了。战争即将结束时，流感又要了阿尔方斯的命，那会儿他十九岁。但是我的母亲，未出嫁时的姓名是海伦妮·克诺夫，说起自己的兄弟来就好像他们依然活着似的。

---

① 指从当时还是“自由城邦”的但泽嫁到“德意志帝国”。

② 今波兰斯滕巴尔克。

我家住在拉贝街的出租公寓中,是十九家房客之一。有一天——具体日期记不清了:我当时是已经十四岁了,还是仍然才十二岁?——我上了阁楼,那是我秘密读书的地方,可以打开的天窗下放着一把已坐得不像样子的扶手椅。房客都有木板条隔出的小间堆杂物,其中一间是我家的,我在那儿撞上了一只用细绳捆扎着的箱子,我,或者说是那早就积累了一肚子叙事素材的男孩,在那里面获得了指点迷津的发现。在那些破烂货和旧家什下面,有一只特别的箱子等我好久了,至少我是这样解释此项收获的。

箱子在那些用坏的弹簧床垫下面?

箱子的皮面上是不是刚有只鸽子一溜小跑,从屋顶天窗飞了出去?

它受了我的惊吓,是否留下了新鲜的鸽粪?

打了结的细绳是不是马上就解开了?

我掏出了小折刀?

我是不是害怕了没敢动?

我把这只不算太大的箱子搬下楼去,乖乖地交给了母亲?

还有其他的可能性,各种可能性都有可替换性:1942 年过去了一半,这时官方颁布了《防空法》,规定顶层阁楼必须腾空。于是箱子被发现了,被她或者被我——反正不管被谁吧——打开了。里面是寥寥无几的遗物,是她死于一战期间的两兄弟以及被敌我不分的流感夺去生命的小弟留下的。

我听够了的那些内容,母亲噙满泪水回忆起的那些难以忘怀的损失，都在箱子里得到了证实：三兄弟出于各自的爱好、以不同的天赋开始了的事业，都半途而废了。

三小堆遗物各用一根丝带捆扎着放成一摞，分明在告诉你：老二保尔想当画家，曾经绘制舞台布景小试牛刀。我在箱子里发现了布景和服装的设计图，是他为歌剧《自由射手》或《漂泊的荷兰人》画的。不过也可能是为《罗恩格林》画的，因为赫然在目是一幅天鹅速写，好像是能在舞台上开的车子，不由得我不相信，这幅彩笔画是初夏时牺牲的保尔舅舅的遗物。这些画页之间没有找到勋章。

后来死于西班牙流感的小弟阿尔方斯学的是烹饪，满师后打算带着一脑袋的精美菜谱去某个欧洲国都——布鲁塞尔、维也纳或者柏林——发展，争取爬上豪华宾馆厨房主管的位置。这些写在他从北海叙尔特岛寄来的信里，他在岛上疗养院里当厨师，那是他第一份也是最后一份工作。从日期来看，信是他在应征入伍并于 1918 年春奉命去练兵场之前写的。

在写给姐姐海伦妮的信中，他夸夸其谈，兴致勃勃。在那些关于疗养院的故事里，他先暗示自己和贵妇人们有些风流韵事，然后便一五一十地说起了自己学会的厨艺，夸起了芥末汁蒸鳕鱼、茴香花鳅片、莳萝鳗鱼汤。至于别的鱼，那是我后来为纪念阿尔方斯舅舅补烧的。

母亲自称最喜欢大哥阿图尔。在两年后因腹部中弹而一命呜呼之前，他似乎已经看到自己戴上了诗人的桂冠。

其实早在当学徒时，他就初露头角了。高门附近有一家帝国银行的分行——那幢房子经历了上次战争劫后余生，如今以其繁荣年代①的气派为一家波兰银行服务，他在那儿当学徒时就在一家但泽当地报纸上不时地署名发表诗歌，每首都由好多节组成，押的韵也还算中听。咏春诗或者咏秋诗足有一打以上，这首写在万灵节，那首又成于圣诞节。如今我在箱子里发现了刊登着他的诗作的剪报。母亲后来评价道，这只箱子里的遗物为我指明了前进的方向。

当儿子的听了这话颇为重视。于是在六十年代中期，在被自己的长篇小说手稿压得久久喘不过气来之后，他便假托母亲最喜欢的大哥的名义推出了几个短篇，发表在柏林文学论坛的系列平装书里，署名阿图尔·克诺夫。我乐意这样，一方面是为了不让这些短篇小说遭到那些爱发脾气的评论家的恶意攻击；另一方面也是为了让阿图尔·克诺夫短暂的一生能获得少许死后哀荣。

他的处女作——如果不算那些多少抹了点艾兴多夫色彩的早期诗歌——获得了还算友好的回响。在评论家们看来，这位被发现的才子显然在模仿名家，尽管如此还是大有前途。一位意大利女出版商虽然表示暂且不会考虑翻译这些短篇故事，但还是希望能看到这位迄今为止默默无名的作者以后会有更优秀的作品问世，比如一部以家庭为题材的叙事作品。她说，毋庸置疑，这位作者的发展方向是长篇小说。

阿图尔·克诺夫的短篇在书市上流传了二十年，始终以笔名作

① 指 1871 年起的德国经济繁荣年代。

掩护，直到卢赫特汉德出版社的一位其实在清醒时对人挺关照的编辑——克劳斯·勒勒尔——喝醉后揭开了我这位诗人舅舅的面纱。

阁楼，还有那上面满是杂物和蛛网的木条隔间。后来，奥斯卡·马策拉特在邻居家孩子追上来欺负他之前，也和我一样在阁楼上避难。他在那上面练唱，歌声的有效距离极远；而对我来说，重要的是那只劫后余生的箱子。

我看见箱子磨损的皮面上黑斑点点。不，没有鸽子咕咕叫透露什么消息，唯独我在秘密读书处的边上发现和打开了这只箱子。迫不及待地打开，用我的三刃折刀打开。霉味扑面而来，似乎打开的是一座墓穴。尘土飞扬，在阳光中翩翩起舞。我在箱子中找到的东西成了指路牌，发现者从此被它送上了终生的旅程；他直到现在才感到疲倦，只有回首往事让他保持清醒。

我三天两头地去这个藏身处。屋顶的小天窗可以打开，从这里能眺望一个个后院、栗子树、糖果厂的油毛毡房顶，能眺望小而又小的花园、若隐若现的棚屋、拍地毯的架子、养兔子的棚子，一直到路易丝街、赫尔塔街、圣母街上的房屋，那三条街构成了眼前这方方正正一大块区域的边界线。不过，我还能看得更远。从与画家、诗人、厨师——母亲提起这三位时总要奉送几个形容词：大都是闷闷不乐的保尔，经常是耽于梦幻的阿图尔，永远是兴高采烈的阿尔方斯——这三位相遇的地方，我沿着一条航线飞往那乌有之乡，恰如返程中的我现在试图准确地着陆，而在这着陆的地方却空荡荡一无所有，没有坐坏了的扶手椅,没有看得见摸得着的东西等我归来。

啊,要是有些什么该多好,即使不是箱子,那么纸盒也行啊,只要里面放着最早的涂鸦就行。但是,初期的诗歌没留下半行,卡舒贝长篇小说唯一的一章没留下一页。那些线条如幻梦一般盘旋的素描画,那些精细到了连爬满青苔的墙砖都不放过的水彩画,现在也是一张也看不到了。在父母逃难的包裹里,无论是以聚特林字体写下的押韵的诗,还是画着素描画的纸,全都不见了踪影。找不到当年学校里的练习本,上面的作文虽有些严重的正字法错误,却都得了非“良”即“优”的高分。没留下任何东西可用来证明我的起步。

或者我应该说服自己:当初涂抹的那些东西连张纸片都没有留下,真是棒极了?!

因为,假如发生以下的事会多么尴尬?假如在青春期男孩倾诉心情的文字里,果真找出这样的押韵句子来:创作日期是4月20日,受到希特勒青年团诗人如门采尔、鲍曼的表现主义颂歌风格的影响,受到席拉赫①的影响,赞扬的是对元首的永不动摇的信仰。“荣誉——生育”“鲜血——烈焰”“号角四起——危机四伏”,这类押韵和对仗一定会让我觉得后怕。假如第一部长篇的未完成稿里果真有对可怜的卡舒贝人不利的种族主义胡话:一个长脑壳的骑士团骑士砍掉了几十个斯拉夫人的圆脑壳。还有其他被人灌输的幻想的产物。

不管怎样说吧,我敢肯定的是:假如不是在出租公寓的阁楼上就

① 席拉赫(Baldur von Schirach,1907—1974),纳粹政治家。

是在地下室里能找到素描作品的话，那么在这堆素描里找不出一幅可能被人说是和挂满勋章的战斗英雄酷似的肖像。不，我从未尝试过去画比如酷似海军上尉普里恩或者歼击机飞行员加兰德的肖像，尽管这两人是我当时的榜样。

假如这样，那么会怎样？诸如此类的推测没一点儿用处，然而生命力却极顽强。箱子早已踪影全无，但是箱子里的内容却滋养着人们的推测。

被迫迁居前不久，母亲把儿子的杂物放进了一只宝莹牌洗衣粉的包装纸盒，却在匆匆忙忙地上路时忘了带上。这只纸盒会暗自低语透露出什么吗？

还有什么适于用来揭露我这个需要用无花果叶来遮羞的人？

与我这一代的作家相比，即与那些定居在博登湖、纽伦堡或者在北德低地平原长大，因此学历证书、早期作品应有尽有的同行相比，我是一个战后被驱逐的家庭的孩子，小时候的东西没有什么保存下来，所以只得呼唤“回忆”女士这位最不可靠的证人，她喜怒无常，经常偏头痛发作，此外还有一个随行就市、待价而沽的名声。

因此还得去寻找辅助手段，不过那些手段也是意义不明，只是含混的方式不同罢了。比如，伸手去拿斜面工作台①上方格层里备用的那些或圆或方的东西，如果经常乞灵于你发现的这些东西，它们就

① 格拉斯有站在斜面工作台边并不时走动的写作习惯。

会开始窃窃私语。

不，那不是硬币，也不是陶片，而是蜜黄色、透明的几块东西，秋天般的红，或秋天般的黄，樱桃大小，你瞧这块，都有鸭蛋大小了。

这是来自我那叫“波罗的”的小水塘的黄金：琥珀，在波罗的海岸边发现的，要不就是一年多前从小贩手里买来的。那小贩在立陶宛一座以前叫梅梅尔的城市摆了个露天货摊，向游客兜售各色抛光擦亮的纪念品，比如项链、手镯、书桌上的镇纸、带盖的小匣，不过他也卖未经加工的或者只是部分抛光的琥珀。

我们是和于尔根和玛利亚·曼泰结伴从库尔斯沙嘴坐渡船来到这里的。原本只打算参观“塔劳来的小安妮”纪念碑，缅怀一下诗人西蒙·达赫①。但在一个乱云飞渡大风起的日子里，我开始挑选，犹豫了好久，终于还是下手了。

我发现或者买下的这几块琥珀都有包体。在这一块水滴状的化石里似乎是冷杉针叶，而在那一块发现的东西里可以辨认出青苔般的藓类植物，另一块里则是永生的蚊子，细小的蚊脚都能数得清楚，成对的翅膀一应俱全，似乎它正要嗡嗡地起飞。

我拿起鸭蛋大小的那块对着光照，赫然在目的是嵌在其中的僵硬的小虫，横七竖八，五花八门。这是一只蠕虫吗？那是一只不再爬动的蜈蚣？只有长时间地仔细观察，琥珀才会倾吐出自以为万无一失的秘密。

---

① 西蒙·达赫（Simon Dach，1605—1659），德国诗人，其东普鲁士民歌风格的作品《塔劳来的小安妮》流传至今。

无论何时,只要我的另一种辅助手段即假想的洋葱拒绝吐露真情,用难以解码的线条把信息刻在潮湿的洋葱皮上,我都会伸手到我贝伦多夫①工作室里斜面工作台上方的格层里去找,从存放在那里的琥珀中挑选出合意者,至于那是买来的还是自己发现的,倒是无足轻重无所谓的事。

瞧,这块蜜黄色的琥珀,透明,只在发硬的边缘上有点儿泛白。对着光,照上足够多的时间,使自己头脑中不断的嘀嗒嘀嗒声暂时停下,也不受其他什么的干扰,不受与时政或别的现实问题相关的异议的干扰,也就是说心无旁骛——这样的话,我就能看到自我,我取代了琥珀包体中的昆虫,刚才还是一只扁虱,现在成了我的全部:十四岁的我,一丝不挂。我的阳具安安静静地还是小男孩样,就像爱神的阴茎,就像一个才华绝世,然而也能害人性命的艺术家在我的一张香烟画片上勾勒的那样。不过,一旦只是为了恶作剧,或者在玩弄几下之后勃起射精,它就有点儿成人样了。

在卡拉瓦乔的笔下,爱神的那玩意儿显得那么娇小玲珑,像个欢乐的小衣角,显得那么纯洁无辜,虽然这长翅膀的小男孩正怪笑着从床上爬下,他刚在那儿成功地扮演了教唆者和帮凶的角色。而我那玩意儿,睡着时还是老实巴交毫无恶意,这会儿它却毫无幽默感地陷入了罪恶的深渊。它醒来了,雄赳赳地要插入,不管什么地方都要插入,哪怕是木头上的节孔,在布勒森澡堂的那些小木屋里不难找到这

① 格拉斯在北德的居住地。

样的节孔。

要是耐心地追问,琥珀还能让你知道更多的事情:那挂在我身上的玩意儿,或者说,密封在树脂中的自画像上挂着的那小鸡鸡,是无理智的,而且准备无理智地过一辈子。虽说因其《圣经》般历史久远的功能,它还是日常用品,也能短时间内使它安静下来,但是光用手已经不能让它满足了。它的头——又名龟头——目标明确地想要有别的消遣,想要立刻从痛苦中获得解放。尽管做的都被证明是傻事,然而急中生智,它的点子还真不少。它也有抱负,不乏运动员的雄心壮志。它是个惯犯,无论什么惩罚都不能让它金盆洗手。

只要我还信天主教(从信到不信并非一蹴而就的事),我的阴茎就是极耐用的忏悔内容。说起它来,我想起了那些最不可思议的罪恶。它和天使们干淫乱的勾当。它甚至连一只纯洁的羔羊都弄到了手。它的行为,它的恶行,连老听我忏悔的温克神甫也大吃一惊,而他可是一位见多识广的教士,凡是人做得出来的没他不知道的。但是忏悔帮助了我,帮助我摆脱了每周一次的放松——这可以认为是,可以硬说是那倔强的小挂件在泄欲吧。

不过后来,十四岁的男孩发现自己完全不信上帝了,那个和他一起长大的器官要比东线的战事给他带来更多的担忧。在东线,我们以前势不可当的装甲部队在莫斯科郊外陷入泥淖,接着又被冰雪挡住去路。"慈父严寒"救了俄罗斯。

可是,谁来救救陷入困境的我呢?

所有欲望现在都指向一个芳名。我经历了初恋的痛苦,后来任何一次幻想症的发作都不能与之相比，牙痛就更是差远了，尽管这种折磨也伴随着时起时落、不断延伸的痛苦。

因为我的初恋既不知始于何时，也没有导致行动，否则就能描写直到肌肤之亲，甚至直到云雨之欢的全过程了，所以也就是说说而已，结结巴巴地说些炽热或者浮肿的词句罢了。自从歌德《少年维特的烦恼》问世以后，鱼雁往来和床头私语时常用这些词句。要不，我长话短说吧。

我的欲望如同猛犬，扑向一位姑娘，一位我在上学途中遇见的姑娘。这时，康拉德学校的旧建筑里不再是男生一统天下，从曾经名为海伦妮·朗格学校的古德龙学校迁来了女生。

上午和下午教室里轮班上课。乌普哈根街上人来人往。她来，我走。或者说，我已经上完了五节课，她还得熬过同样多的课时。她和一大群女生混在一起，我却是出了名的独行侠。我拎着书包，从咯咯笑着的女孩们中间穿过，不敢多看一眼。

她既不漂亮，也不难看，不过是一个头发乌黑、拖着长辫的女生罢了。我觉得她的脸在黑发的包围下显得那么娇小，句号、逗号、破折号，三下五除二就能画出来①。薄薄的嘴唇紧闭着。鼻根处的眉毛连在一起。

我认识更漂亮的女孩，甚至在祖父的木棚里抚摸过某个亲戚家

① 《猫与鼠》中有类似的描述。

的女孩。还知道另一个姑娘名叫德罗亨，从东普鲁士的巴滕施泰因来，说话也带那里的口音，在我们这儿待了一个夏天。

不，我不能对我那扎着乌黑辫子的挚爱直呼其名。也许她还生活在某个地方，像我一样活了下来。作为一个老太婆，她肯定不愿意受到一个东翻西找瞎回忆的老头子的骚扰。何况这老头当年在上学时就让她感到尴尬，最后还深深地伤害了她。

不，我初恋情人的名字还是不提为好，除非去拿琥珀时发现她只是封闭于其中的蚊子或者蜘蛛，我对着她大声呼唤、诅咒、恳求……

我不会轻易罢手，这是我根深蒂固的性格特点，直到今天还试图在这一或那一领域展示自身的韧性。当时，男生或多或少都知道古德龙学校女生上午和下午在教室里的座位，所以我就留下了几封信，留在猜想她——我难填的欲壑——可能坐的位置上。就像囚犯之间秘密通信，我把信贴在课椅翻盖下面。写的是些傻乎乎的东西，时而会得到傻乎乎的回复。不，不是诗句，诗句不是我校园书简的组成部分。连她和我当年是否都在各自的纸条上签过名，我都没有十分的把握。

这种情况一直延续到我不得不换学校。转学后，我天天坐五路电车从郊区朗富尔到但泽老城，放学后再从相反方向回家。狭窄的街巷，砖砌的塔楼，似乎就隐藏在歪斜的旧屋和街面的山墙之后的中世纪，这一切以化石的形式展现着历史，即便不能使你心情平静，也会让你心不在焉，更何况在圣彼得高中学校有个美术女教师让我倾倒，她名叫莉莉，是为服兵役的老师代课的。不过在 1942 年与 1943

年之交的冬天,在斯大林格勒战役前后,我还没有充分意识到她对我会是多么重要。

一直等到再次转学之后,我们这个岁数的学生才应征入伍,当上了空防助手,穿上了神气的制服。军邮员送来了初恋情人的信,收信地址是皇帝港高炮连,我在那儿受训,将被培养成一名六号位炮手。

记不清来信中用娟秀的字体写了些什么。不过我这刚穿上制服的炮手自以为了不起,便迫不及待地纠正了信中的几个错字,像老师一样用红笔批改后另写了一封可能诗意盎然的信,连来信一同寄了回去。

打那以后,我的初恋情人就沉默不语了。我自己到了十五岁,甚至在那以后很久还写错字,是啊,直到今天在正字法方面都没有把握,在当时却毁了一件好事,这件好事初露端倪,本来可能不仅仅让我那按照卡拉瓦乔画上的尺度始终待命的器官得到满足。

这以后一片空虚。惬意地维护着的孤独。剩下的是时而睡去、时而醒来的热欲。这热欲在我空防助手生涯结束后仍不消退,后来在长篇小说《狗年月》描写离家出走在港区棚屋里生活的章节里沉淀下来:在面目完全不同的人物身上,在完全不同的男生的粗话之中。和当时的我一样,这些男生兴高采烈,因为他们不仅摆脱了日益荒唐的希特勒青年团义务活动,而且连学也不用再上了。

虽然那部结构错综复杂的长篇小说顺带也讲到爱情,一种洋溢着疯狂的爱情,然而在此必须申明:书中那个图拉·波克里弗克,那个周末来访时弄得皇帝港高炮连鸡犬不宁的瘦弱姑娘,她和我的初恋情人毫不沾边。

琥珀声称能让我们回忆起比我们愿意回忆的更多的事情。它把早就该消化完、排泄掉的东西密封储存。它弄到什么柔软的还有水分的东西就纳入收藏。它不接受托词。它什么都不忘记,把从无底洞里挖出来的秘密当新鲜水果拉到集市上卖,还斩钉截铁地宣称:那个用我名字的小男孩当时还是虔诚的,即使不信上帝,那么对玛利亚还是信的,虽说在十二岁时就在教义问答课上骚扰了扎辫子的姑娘。我和她同岁,一位神甫助手在圣心教堂旁边神职人员住的屋子里为我们首次领受圣餐做准备。忏悔词中的记过簿——什么是可以宽恕的罪孽,什么是重罪,什么是死罪——我们背得滚瓜烂熟。我甚至还和姑娘的一个兄弟并排站在那儿,临时担任弥撒助手,手持摇铃和香炉,眼睛看着放圣饼的神龛,看着圣体匣。

没错,时至今日我还能流利地"在台阶上祈祷"。犹如《尤利西斯》中开篇即登场的人物穆利根,我会边刮胡子边用拉丁文念叨:我要走上主的祭台……

此外,我十三岁时——已经超越了天主教鼓捣出的所有奇迹——还是去教堂了,不过只是为了在星期天下午守候那姑娘,尽可能靠近忏悔室,在辫子后面一排。

蜡黄的石化树脂甚至还能透露出忏悔的秘密:我向那位资深神甫和盘托出,把自己年少手淫的目的一五一十地灌进了他的耳朵,不料连姑娘的名字,我欲望的港口,也漏了出来。接着就听到尊敬的神甫大人在忏悔室的格子窗后轻轻地咳嗽。

不止如此。后来，当那位梳着辫子的忏悔者还在忏悔室边上清理自己的罪孽时，我离开了教堂的长凳，来到了圣母玛利亚的祭坛前，故意地或者只是恶作剧地开始……

不，我边说，边把带蚊子的那块琥珀放到其他琥珀中间，其他琥珀的包体不同：有苍蝇，有蜘蛛，还有小甲虫。不，干那事的不是我，那只是写在书上，只有在书上才是真的。那些恶行缺乏证据。不然的话，为什么不久前，也就是在2005年初夏，十位远道而来的译者以及责任编辑赫尔穆特·弗里林还要和我一起访问格但斯克？此行的目的是搞清楚，我在处女作《铁皮鼓》中要了什么花招。我们一行人参观了与这部长篇小说中跳跃式变化的情节有关的各处作案现场，其中就有圣心教堂。这座教堂在战争中劫后余生，却不见小说中描写得细致入微的圣母玛利亚祭坛，眼前只有威尔纳黑圣母①，头上是镀金的光环，光芒四射，吸引着虔诚的波兰人。就在边上，在神龛的烛光背后，兴师动众地去世的前教皇和最近选出的德裔新教皇的照片跃入了我们的眼帘。

而在那边，在我少时亵渎神灵的地方②，在这新哥特式风格的所在，一位年轻的神甫意味深长地微笑着，一点儿也不像当年尊敬的温克阁下。他请我在一本译成了波兰文的《铁皮鼓》上签名留念。于是作家就当着惊异不已的译者和编辑的面，毫不犹豫地在书名下方

① 波兰的一种崇拜偶像。威尔纳即立陶宛首都维尔纽斯。

② 见《铁皮鼓》中《没有出现奇迹》一章。

写下了自己的名字。何必犹豫呢，又不是我当年在圣心教堂的圣母祭坛前折断了那把“小酒水壶”。干那事的是某个别有用心的人，某个没有弃恶的人，某个不愿长大的人……

而我，我在长大，不断地长大。还在十六岁参加纳粹青年义务劳动军时，我就长足了。要不就是这样：我当了兵，只是由于走运或者纯属偶然才大难不死熬到了战争结束，这时个子才终于达到了一米七二？

这个问题无足轻重，无论对洋葱还是对琥珀而言都无足轻重。它们想确切了解的是别的事。还有什么深藏不露的事：难为情地咽下肚的事，不断改变装束的秘密？还有什么事像虱子卵粘在阴囊毛上？千言万语地回避的言语。思想的碎片。让你隐隐作痛的事。依然隐隐作痛……

第三章　他的大名是“这事咱不干”

我发现自己在偷偷地往回翻页，在一目十行地浏览，见某页上有空白张着大嘴打哈欠，就嚓嚓几笔加上小插花或者小人儿。添加这些内容是要分散读者的注意，三下五除二就写完了，不过转眼又得用笔涂黑：删除，不要了！

有一个过程现在还缺少些什么，就像骨架上没有关节。这个过程无法阻挡，无法逆转，它留下的脚印你无法用橡皮擦掉。但是，要去回忆那个穿着制服的十五岁学生的失足，并非一定要去剥洋葱或者乞灵于身边别的辅助手段。毫无疑问，我当初是自愿从军，自愿拿起武器的。不过，那是在什么时候？出于什么原因呢？

因为我不知道确切的日期，既说不出当时的气候已经如何多变，也数不清在北冰洋和高加索之间以及在其他战线上同时发生了多少事儿，所以暂且只能把若干猜测凑成句子，写下当初可能支持和推动我做出决定，最后促使我登上征途的状况。不能用避重就轻的形容词来描写这些状况。不能大事化小地把我的行为说成是少不更事的结果。当初我的脖子上并没有承受来自上面的压力。我没有犯了错误的负疚感,我也没有怀疑元首的永远正确性,所以本来没有必要去满腔热情地报名参军,将功补过。

那是在当空防助手的时候。我并不情愿当空防助手,但这段时间却是有了一种不用再天天上学、从此获得自由的体验,要是训练不太紧张,倒是不妨接受。

我们男孩子就这样认为。穿制服能吸引别人的视线。正处青春期精力旺盛,我们就这样巩固了保卫故乡的战线。皇帝港高炮连成了我们的家。往东是低洼地,一直能看到维斯瓦河的支流,西边是高高矗立的装卸吊车和塔状粮库,远处城里的点点尖顶也映入眼帘。起初大家还打算把学校的课继续上下去,但是因为经常被战斗演习打断,所以那些上了年纪、大多体力不支的老师只好放弃,不再沿着沙路长途跋涉到我们高炮连来了。

我们终于被当回事了。六门高炮,还有射击指挥仪,都得对准目标了。我们受过使用这些武器的专门训练,能够帮上忙,一旦有需要,就可以捍卫城市和港口,使之免遭敌人的恐怖袭击:演习警报响起时,我们能在几秒钟内各就各位,准备战斗。

不过,我们的八点八口径高炮真正投入使用只有两三次。当时在夜空中发现了几架敌人的轰炸机,探照灯光束马上盯住了目标。那景象真是壮丽极了,就像过节。然而,大规模的攻击,即所谓大轰炸,使科隆、汉堡、柏林以及鲁尔矿区的城市陷入火海的大轰炸,我们略有耳闻,却无缘经历。我们这儿的损失不足挂齿,只是在希肖造船厂附近的富克斯瓦尔街上有两幢房子中弹,炸死了几个人。一架四引擎的英制兰开斯特轰炸机被击落了，我们感到极为自豪，尽管这功劳不归我们高炮连，而是驻扎在城南的齐甘克山高炮连的杰作。据说，敌机上那些差不多被烧成一团焦炭的乘员是加拿大人。

但在平时，服役还是相当无聊的，尽管和上学时的无聊不一样。尤其让我们厌烦的是晚上要站岗，还要在散发着霉味的棚屋里没完没了地听那些弹道学的课。难免感到乏味，以前上学时的老毛病也就难免重犯。于是我们胡诌些姑娘的事儿闹着玩。日子就这么过着。

一个周末执勤，另一个周末就放假，说是我们可以回家“看看妈”。可是，家里只有两间房，太狭小了，一想到这，我每次回家前都快活不起来。

这缺憾难以弥补，即使是带碎杏仁的香草布丁也不能。父亲出于爱好在家里掌勺，布丁的配料是他从有限的食品来源中节省下来，留着逢年过节时用的。他特意为我在变了形的布丁上浇上巧克力酱，端上为儿子洗尘的饭桌。

不过，美食再甜也不能弥补住房太窄的缺憾。我对一切都不满，比如家里没浴室没厕所就让我难受。在皇帝港高炮连至少有淋浴间，走远一点还有士兵用的茅坑。我们并排蹲在横木上隆隆作响。大家挨着拉屎，这我可不在乎。

但是在家里，隔层里四户合用的厕所却让我越来越感到尴尬甚至恶心，因为邻居家孩子总把它弄得脏兮兮的，要不就是你急着要用却偏偏有人占着。这弹丸之地臭气熏天，墙上不知被谁的手指弄得不堪入目。

我像隐瞒什么丑事一样不让别人知道这合用厕所,从不请那些家里理所当然有浴缸和独用厕所的同学来玩。只有埃贡·海纳特,他家住在露易丝街,同样也要闻合用厕所的臭味,只有他有时来玩,借书给我看。

两居室像个窟窿。出身地像个陷阱。对周末回家的人来说,这里的一切都是束缚。甚至母亲抚摸的手也不能化解儿子的苦恼。虽然很难设想他会在父母的卧室里爬上床,何况妹妹也睡在那房间里,但是他晚上还是躺在客厅的长沙发上,成了从周六到周日有规律地进行的夫妻生活的见证人。我听见,或者自以为听见了那从儿时起就轻轻地回荡在我耳边,从而作为一种怪异的仪式存在于我心中的声音:窃窃私语的序曲,吧嗒吧嗒地亲嘴,床架子嘎嘎直响,马鬃床垫子不断叹气,还有呻吟声、喘息声,黑暗中听到的所有这些男欢女爱时特有的噪声,留下的印象尤为深刻。

儿时的我好奇地、在很长一段时间内天真地接受了这种身边的喧嚣。然而现在,白天穿着制服的空防助手却觉得晚上穿着睡衣时听到的这些声响难以忍受。儿子刚回家短期度假,父亲就扑到母亲身上,这时发出的声响真让人受不了。

其实也说不准,儿子在沙发上还没睡着,在他听力所及的范围内,父母是否真的会干那事。或许更应该这样猜想:他们考虑到度假的儿子,所以暂且将对方闲置起来。不过,老想着这种像规章制度一样几乎不变的声音可能响起,我就难以入眠。

眼前黑咕隆咚，颠鸾倒凤的各种动作却赫然在目。在这部随时可以播映的影片中，牺牲自我的总是母亲：她让步，容忍，献身，直到筋疲力尽。

母亲的宝贝儿子恨父亲。这种下意识的复杂格局早先决定了古希腊悲剧的发展，后来又使心灵博士弗洛伊德及其弟子们变得善解人意和巧舌如簧，如今对我来说，它即便不是我出逃的起因，至少也是促使我远走高飞的额外动力。远走高飞，去哪儿都行。

出逃的道路已经探明。条条道路通往一个方向。反正能离开这儿就行，去前线，那么多的前线去哪儿都行，而且越快越好。

我找碴，和父亲吵架。要吵起来谈何容易，或许骂得他狗血喷头才行，因为父亲是个好脾气的居家男人，说不上几句就会让步，总是想要息事宁人。他这个为人父者，总是为了孩子好，嘴上常挂着这样的愿望："你们将来应该过得好一些……"——"你们将来准会过得比我们好……"

尽管我拼命想把父亲塑造成魔鬼的模样，他却无论如何不肯从命，还是成不了仇恨的对象。在他那双浅蓝色的眼睛里，我变得陌生了，似乎我是从布谷鸟蛋里孵出来的，也就是说我的来路颇为可疑。而我的小妹妹是那么温柔地依恋着他，这或许略微抵消了她哥哥的冷酷无情。

那么，母亲呢？她经常坐在钢琴边上，却并不弹奏，因为货物供应越来越紧张，生意不好做，她累得够呛。要不，父亲和妹妹为这位自称特别能吃苦的儿子和哥哥的短暂逗留吃尽了苦头，母亲的命运也和他们一样。

两居室的住房,夹层里四家合用的厕所,这些让我难以忍受,但却不是促使我在某天去自愿报名的唯一原因。我的同学们家里有五间房,有浴室,有厕所,能从卷轴上取手纸,不像我家,便后只能用撕成小方块的旧报纸。有几个甚至还住在乌普哈根路或兴登堡林阴大道的豪华别墅里,有自己的房间。但尽管如此,他们还是希望远走高飞上前线。他们同我一样,想要尽可能在危险中大无畏地体验自我,想要一艘一艘地击沉敌舰,一批一批地摧毁对方的坦克,或者驾驶着梅塞施米特式战鹰把敌人恐怖的轰炸机从天上打下来。

不过在斯大林格勒战役之后,各地的战线都在后撤。谁如果像我的小叔弗里德尔一样,把地图贴在硬纸板上特意放大,插上一些彩色大头针追踪战线的移动,谁就会觉得,无论在东方还是在北非,要想掌握最新战况都绝非易事,充其量只能听到盟国日本海战大捷和成功进军缅甸的报道。有时我方潜艇也给特别报道提供粮草,告诉人们击沉了多少艘敌船,总共多少吨位也说得一清二楚。在大西洋以及北冰洋附近,潜艇成群结队地袭击敌人的护航舰只。

《每周新闻》总是一次不落地把潜艇凯旋的场景展现在我眼前。我这个短期度假者从电影院里回来后,躺在客厅里的长沙发上反正睡不着,毫不费力地就能想象自己是一名海军二级下士,正在一艘航行在惊涛骇浪中的七百五十吨级潜艇上瞭望,穿着水手的防水服,身上溅满了浪花,手里的望远镜对准远处像舞蹈家一般起伏的海平线。

这位未来的志愿从军者急不可耐，迫切想要随潜艇深入敌方的海域，经历艰险——敌人投起深水炸弹来可是一点也不吝啬——之后胜利返航，回到位于法国大西洋海岸的某个潜艇基地。他站在水兵行列中，身旁是满脸胡茬的海军上尉，头顶上飘扬的小三角旗表明我军击沉了多少敌船。本来以为这帮人都已为国捐躯，而现在赫然眼前的是海军小乐队，正奏起欢快的进行曲欢迎他们凯旋。而那些不知在何处葬身海底的潜艇及其乘员，却没有留下任何动人的画面。

不，我如此崇拜英雄并非因为读报的缘故，父母当初订的不是立场死硬的《但泽前哨报》，而是在客观性方面相当较真的《但泽最新消息报》。准确地说，是纪录片《每周新闻》向我灌输了黑白分明的、使我深信不疑的真理。

在科教片和正片之前总要放映《每周新闻》。我在朗富尔区的电影院，或者在老城位于伊丽莎白教堂巷的乌法影城看到的是：德国处于敌人包围之中，现在开始在俄罗斯广袤的草原上，在燥热的利比亚沙漠里，在抵御敌军的大西洋壁垒上，在世界各大洋的潜艇里展开了英勇的自卫反击战，此外还有在国内战线上生产榴弹的妇女和装配坦克的男人。一座抵御赤化大潮的堡垒。一个进行命运决战的民族。在盎格鲁美利坚人①的帝国主义势力面前奋力抗争的欧洲堡垒。损失肯定是惨重的，因为《但泽最新消息报》上的讣告与日俱增，带着黑框和黑白十字，说明越来越多的士兵为了元首、民族和祖

① 典型的纳粹语言。

国死在战场上。

我的愿望也是这样为国捐躯？在我纷乱的白日梦里也夹杂着一点儿对死亡的憧憬？我也想看到自己在黑框中英名不朽？大概不是吧，我虽然自私自利地独来独往，但还不至于因为年龄关系而活得不耐烦。也就是说，这只是由于我的愚蠢？

十五岁的男孩心里到底在想什么，现在无从了解。他完全自愿地坚持要去激战正酣的地方，那儿死神拿着名单在打钩——这点他能预感到，而且也在书里读到过。接二连三的猜测此起彼伏：当初是否心潮澎湃，激情洋溢？是否渴望海阔天空，自由行动？是否向往快快长大，成为堂堂男子汉中的一员？

或许，空防助手可以不在周末度假，换在周三或周四休息。能肯定的只是：我走了好长一段路，然后在霍伊布德乘有轨电车去火车总站，再从那里坐火车经朗富尔、索波特去戈滕港。戈滕港这个城市在我小时候叫格丁根，波兰语叫格丁尼亚。它没什么历史传统，但发展得很快。新盖的平顶房屋一直延伸到港口，港口的码头设施和防波堤把大海隔开，海军在那里把新兵训练成潜水艇驾驶员。训练在别的地方也能进行，比如在皮拉乌，离这儿很远。戈滕港则近在咫尺，交通方便。

不到一小时的行程，我就抵达了目的地，或者对一心要干出辉煌事业当英雄的我来说，目的达到了。是3月里的事，还是在阴晴莫测的4月？可能那时下着雨。港口里雾气茫茫。奥克斯斯赫夫特码头边停泊着“威廉·古斯特洛夫号”，它以前是“力量来自欢乐”①疗养船，现在被一支潜艇教练分队用作水上兵营。究竟如何，我当初并不清楚。军港和船厂是禁区。

过了六十年，或者说差不多犹豫了一辈子之后，我终于开始创作中篇小说《蟹行》，说的就是“威廉·古斯特洛夫号”内燃机船的故事，它在一片欢呼声中下水，人们在和平年代喜欢乘着它出海游弋，战争爆发后又决定把它改造为停泊在岸边的训练船，后来再次驶出港湾，船上装载的不是货物，而是上千新兵和几千难民，最后在1945年1月30日沉没在施托尔普邦克附近。在落笔时，我对那场灾难的每一细节了如指掌：温度是零下二十度，鱼雷是三枚……

我讲述着时空交错的故事，笔底诞生的却是一部中篇。这时我看到自己在下沉的“古斯特洛夫号”上，是新入伍的潜艇水手中的一员。隐隐约约可以猜出的是，那些十七岁的青年人在过早地死在冰冷的波罗的海海底之前，他们水兵帽下的脑袋里都想了些什么：让人觉得幸福转眼就到的姑娘，未来的英雄壮举。他们——在这点上我也一样——相信奇迹，相信最后的胜利。

我在一间建于波兰时期的平房里找到了报名处，挂着牌子的门后面其他公务异常繁忙：管理、组织、转发、归档。预约后还得等着，等叫名字。两三个小伙子来得比我早，和他们我也没什么可多说的。

一个军士长和一个海军下士要撵我回家，说我太小了，说我这个

---

① “力量来自欢乐”，纳粹为工人提供娱乐活动的组织。

年龄的人还不够成熟，反正以后肯定还会再招的，所以没有必要过分着急。

他们抽着烟，端着大腹杯子喝奶咖。这些先生在我眼里上了点年纪，其中一个——是那个军士长吗？——一边听我说，一边削几支铅笔备用。或者，我是在某一部——鬼知道是哪一部——电影里见识过类似的担心这担心那的学究气？

穿着制服或者便服——没准还是穿着短裤和齐膝长袜——的空防助手是否与桌子保持适当距离，啪的一下立正，训练有素、斗志昂扬地喊道："我自愿报名服役，加入潜艇部队？"

先生们是否让他坐下来说？

他是否觉得自己很勇敢，已经有了一点英雄的苗头？

回答这些问题的只是一幅模糊的画面，别指望能从中看出当初的想法。

不管怎样吧，我当时的态度准是异常坚定，即使他们告诉我目前潜艇部队不需要新兵，停止招收志愿者，我仍然毫不动摇。

然后他们说，众所周知，战争不仅在水下进行，所以还是先记下我的名字，准备转给其他部门。只要轮到 1927 年出生的，在按计划新建立的坦克师那里肯定有希望。"别着急，小伙子，要不了多久就会来招你们的……"

自愿入伍者马上变得态度灵活起来："不上潜艇，那么去坦克部队也行啊……"

他是否问起了最新型的履带战车？"是派我去虎式坦克部队作

战吗?”

大概又是《每周新闻》对这位电影迷进行的入伍前教育在起作用:沙漠中的隆美尔坦克部队。

没准当时我还吹起了牛,卖弄从《魏尔战舰手册》和《科勒舰船年历》中批发来的学生知识。

甚至日本战列舰、航空母舰和巡洋舰的细节情况我也了如指掌,我还知道它们在太平洋的战绩,比如占领新加坡,激战菲律宾,知道“古鹰”和“加古”重型巡洋舰上配备了什么武器,航速有几节,这些数据和术语我至今未忘。记忆总是喜爱储藏一些垃圾,也就是那些即使报废拆卸后还会长久保留的东西。

不知过了多久,大伯般的军士长和挺粗鲁的海军下士终于听得不耐烦了。他们明确地表示,这次面谈到此为止,不过保证会支持我的申请。好吧,在这之前,你还得应付青年义务劳动,这类劳动即使志愿兵也必须参加。手脚要麻利! 你会懂得如何卖力地挥动铁锹。“他们会教训你们,扒你们的皮……”

我在脑海里吩咐以前的那个男孩过来,让他光着膝盖,穿着卷曲着的袜子和好像为了集合而特意擦过的系带子的鞋,同时避免去用电影镜头、书本情景之类的二手画面。于是,我听见那两位身着军服、上了年纪或者我当时觉得上了年纪的先生笑了起来,笑声里有讥嘲也有同情,似乎他们知道,什么在等待着这个穿短裤的男孩。军士长的左袖子是空的。

然后，日子就这么一天天地过去了。我们习惯了住木板棚，睡双层铺。一个没有波罗的海、没有浴场旺季的夏季显得如此漫长。有一位士官自称学过哲学，他的专业术语和我们的学生粗话相映成趣，骂起我们来就是："你们这些'忘却存在'的狗东西！"①"得让你们改掉身上的那点'本真'。"见我们看着他，他又发现了面前"这堆屎的'被抛状态'"。不过除了这点，他并不坏，不是催命的恶棍，就是喜欢听自己说话，直到后来在《狗年月》的"马特恩故事"中依然乐此不疲。

港区里除了工业设备之外，还有一堆一堆不知道是什么的白东西引来了乌鸦，刮西北风时总有股怪味儿向我们袭来。这一切我时至今日还能看见，还能闻到。这一切还带来了别的后果。天知道是什么东西被我们吃下肚。

到了8月底，从乌克兰来了一些志愿服务队员，搬进了新盖的棚屋。他们被称作"志愿者"，岁数不比我们大多少。高炮连若有其他杂务，比如厨房执勤和土方作业，他们就能减轻我们的负担。晚上，他们就自顾自地静坐在工具棚门口。

不过，在战斗演习和弹道学课之间稍有空闲，我们就和他们一起抓长尾巴老鼠，盥洗室里，炊事棚后面，八点八口径火炮的掩体里，到处抓。我们中——或者是志愿者中？——的一个还能徒手抓老鼠。

① 讽刺海德格尔，此处或下文的"本真""被抛状态"等均为其概念和术语。在《狗年月》中，格拉斯同样也故意把海德格尔的哲学术语和德国军队的行话结合在一起，冷嘲热讽。

砍下老鼠尾巴,交出十条以上,我们就会获得各种档次的奖品:空防助手拿到的是难吃的水果卷糖,资深的高炮战士到手的是香烟,给志愿者的是俄国人爱抽的马合烟。

虽说我们收获颇丰,灾害也有所控制,但是面对老鼠,皇帝港高炮连却既不能大声地欢庆胜利,也不能低声地统计成果。也许正因为如此,几十年后这些无法灭绝的啮齿类动物还在一部长篇小说①中在我耳边喋喋不休。它们独自或者成群地闯入我的梦境。它们嘲笑我,因为我还抱有希望……它们的智慧胜人一筹,及时钻入了地下……唯独它们才能活得比人类更长久,在打打闹闹的人类灭亡之后还活着……

十六岁生日过后不久,我和皇帝港的部分官兵换防了,调到了布勒森-格莱特考海岸高炮连。部队负责保护附近的机场不受低空轰炸机的袭击,为此另外配备了四管火炮。那儿能抓到的兔子比尾巴长长的老鼠多。

在业余时间,我可能曾偷偷地溜到海滩上,躲在沙丘后的凹坑里避风,在硬面练习本上涂上几首咏秋诗。熟透了的野蔷薇果,日复一日的无聊,贝壳和人世的悲哀,被风吹弯了腰的喜沙草,随着海浪漂上岸的橡胶靴,这些全都能带来灵感。海边起雾时,爱情的烦恼虽然是自作多情,却也是物有所值,因为它转化成了一行行的诗句。风暴

① 指长篇小说《母鼠》。

过去后，能在大叶海藻上找到丁点儿大的琥珀带回家，走运的话，一块能有榛子大小。有一次我还发现了一块核桃大小的琥珀，里面是一条蜈蚣似的虫子经历了海地特人①、埃及人、希腊人、罗马帝国还有别的什么时代。不过，用湿漉漉的沙子堆起沙堡，这样的事我再也没有干过。

在家里，一切都按照战时经济的轨迹运行着。周末回家度短假时，我也不怎么和父亲吵嘴了，可能是想以此表示对他这个人的蔑视，蔑视他，因为有他这么一个人；因为他穿西装戴领带，脚上却是绒拖鞋，就这般模样站在或者坐在客厅的家具之间；因为他身上总扎着围裙，面前总放着陶碗，在厨房不停地揉面团；因为他一丝不苟地把报纸撕成手纸；因为他“脱不开身”，不必上前线，所以老在我面前晃悠，躲也躲不开。但是，我过生日时，父亲却送了我一块金茨勒牌的手表。

母亲不怎么弹钢琴了。她面对宏观形势长吁短叹，到最后无非就是一句北方土话：“唉，但愿一切都顺溜。”

有一回我听见她说：“可惜赫斯②走了。比起我们的元首来，我还是更喜欢他……”

我还听她说：“真不明白，为什么要这样反对犹太人。以前有个经营针头线脑的代理商到我们店来过，他叫楚克曼，人非常不错，还总给我们些折扣……”

---

① 居住在小亚细亚东部的古老民族，语言属印度日耳曼语。

② 纳粹德国第二号人物。

晚饭后，她在餐桌上摆满了食品券，各种配给货物的都有。这些食品券要用土豆粉调成糨糊贴在报纸上，交到经济管理局去，以此为证明，店里才能拿到下一批货物。自从“皇家咖啡”在马克斯·哈尔伯广场的连锁分店关了门，我家的顾客就多了起来。

我经常帮她贴食品券，贴在《但泽最新消息报》已经过时的新闻上。可能面粉券和食糖券覆盖了国防军总司令部的报告，报告把“撤退”说成是“拉直战线”，委婉语缓和了宏观形势。我军撤出的城市叫什么我还记得，我是在当初进军时得知这些城市叫什么的。猪油券和食油券盖住的那几版报纸上，可能密密麻麻地登满了阵亡将士的讣告。被菜果券遮住无法看清的，要么是一周一换的电影预告，要么是一些小广告。

有时候父亲也来助一臂之力。就这样，在贴食品券的过程中，我们之间的距离拉近了。他叫妻子“小伦”，她叫丈夫“小威”，夫妻俩对我的称呼是“小子”。至于“姐姐”，也就是我妹妹，则从来不动手帮忙。

糨糊逐渐变干，这时收音机播出听众点播的周日音乐会，不外乎是母亲爱听的旋律：“啊，我失去了她……”——“听，鸽子叫得多么……”——“孤独，又是孤独……”还有佐尔法伊格①的歌：“但愿冬天过去……”——“故乡的钟声……”

整个冬天，战线都在继续后移。特别报道也没了，在轰炸中变得

① 挪威美声女歌手。

无家可归的人却越来越多，全到城里和城郊来避难了。逃难者中就有父亲的姐姐埃莉姑妈，她带着残疾的丈夫和一对双胞胎女儿。这两个姑娘我都喜欢，对其中的一个尤为中意。他们带着仅存的一点儿东西，从柏林来到我们这座战火尚未波及的城市。城里的砖房古色古香，显得心宽体胖，似乎战火永远都会在离城远远的地方燃烧。

一如在和平年代，这里的各家电影院照旧营业，所以我就利用周末假期去看电影。我带着坚持说柏林方言的孪生姐妹中的一个，去看了海因茨・吕曼主演的《折翅飞行员夸克斯》和查拉・丽恩德尔主演的《故乡》。也可能我们依偎在一起看的是别的影片。表姐比我大一岁，在黑暗中她的手指比我的灵巧。

也许在那个冬天，我的签名——使我在戈滕港某间办公室里成为这个或那个兵种的志愿兵的签名——给我带来的心情消失得无影无踪了。那种吸引我到外面世界去的力量，让我觉得无论哪里只要能上前线就去的力量，开始逐渐消退。我或多或少地移情别恋了，我读起艾兴多夫和莱瑙的诗句，沉浸在克莱斯特的《马贩子米赫尔・戈哈斯》和荷尔德林的《许佩里翁》之中，在高射炮旁站岗时也思绪万千。我的视线消失在依然冰封的波罗的海上。在那儿，在那浓雾笼罩下的泊地，停着几艘货船，可能是瑞典货船。

大约就在此时，尚未开春，军邮员给我送来了一封信，信出自那个梳着黑辫子的女生之手。她是我的初恋对象，我对她的爱无比炽热，觉得有必要改正她信中的正字法错误。那封信里写的东西，早就烟消云散，不知所终了。幸福还没有降临，就已经成了碎片。①

战争结束几年之后，我在红十字会名单上寻找一个失踪者，在但泽被逐出家园者的小报上②寻找一个姑娘的名字。小报有时会刊登古德龙学校——即原来的海伦妮·朗格学校——女校友聚会的消息，姑娘却隐藏在不断变化的形象背后，时而触手可及，时而又虚无缥缈，在书里一会儿叫这个名字，一会儿又是那种称呼。

有一次，那是在六十年代中期，科隆大教堂正门口，我以为看见了她。那女人戴的帽子像一口倒扣的锅，满脸憔悴。她在乞讨。我上前搭话，不料，这个牙齿几乎掉光了的女人却是一口当地的科隆方言……

到了九十年代末，我们再次访问格但斯克，在一处私人住宅里观赏了根据我的小说《铃蟾的叫声》改编的室内剧。地方不大，观众不多，却是一次德波携手的成功演出。散场后，我和乌特走过当年布伦斯赫费尔街边上的一幢老房子。“她当年就住在这儿。”我说，却又觉得自己这样很可笑。

我对失去的东西，开始总是痛不欲生，但后来也就不太揪心了。我不是还有表姐吗，我对她情有独钟。说到服役，比较无聊，但还过得去，有时甚至还不错。我们的教官是打仗打腻了的士官和一等兵，他们摆出一副宽容大度的样子，似乎还对我们怀有几分感激，因为他

① 影射德国俗语“碎片带来幸福”。

② 指《我们的但泽》。

们有权说三道四,可以让我们“这帮傻瓜”在远离危险的地方“好好干”。

波罗的海的波涛以千篇一律的节奏拍打着高炮连管辖的沙滩。我们用小口径步枪打兔子,有时还违反规定打海鸥,权当演习。我和脸上的小疙瘩作斗争,但是一败涂地。遇上雨天无事,我们就下下皇后跳棋、连珠棋,打打斯卡特牌。

这段时间本来可以平淡无奇地延续到夏天,但在春天里已经不能再混日子了。每年到了义务服兵役岁数的人都得去位于维本瓦尔街的防区司令部接受体格检查,之后不久我就收到了一张盖了章的帝国青年义务劳动军入伍通知。

并不是只有我的桌子上出现了这张挂号寄来的通知。一切都是照章办事,有条不紊。现在轮到 1927 年出生的人了。服役期三个月,从 4 月底或 5 月初的某一天开始。我和其他一些小伙子不再当空防助手,并马上就被来自但泽中学的后备力量取而代之了。于是,我又重新穿上齐膝长袜配短裤,无论是独自照镜时,还是去有漂亮姐妹的朋友家拜访时,我都不喜欢自己的这副模样。

这一切都是紧接着先后发生的,而且是在狭窄的范围内发生的。与此同时,在遥远的地方,死者身上铁质的士兵身份牌被取了下来,当作金属勋章佩戴在还活着的人胸前。

从严冬到开春,不断有消息传来:东部战线不断收缩,基辅已经放弃,而在太平洋诸岛,日本人和美国人鏖战正酣。这些报道以及南欧发生的事件再次扩展了我的地理知识:意大利不再是盟国了,对我们来说这是狗一样卑鄙的背叛；我方的伞兵部队在阿布鲁齐山区解救了“意大利枭雄”，斯科尔兹内①成了当红的英雄。此后，在蒙特卡西诺修道院的废墟中，战斗仍在继续。盎格鲁美利坚人在罗马以南的海岸登陆，又夺取了一个桥头堡。不过，在我不得不脱下漂亮的空防助手制服的时候，那桥头堡的周围仍在激战。我不久就看到了自己换上帝国青年义务劳动军装束后的形象：衣服不合身，屎褐色，你甚至可以说，我和同伴，我们看上去就像粪堆里爬出来的。头上就更可笑了，是那种高高隆起、中间凹陷的毡帽，人称“带把的屁股”，好像只配一把抓起后扔掉。

拙著《猫与鼠》刚一问世，就被说成是毒害青少年的坏书，但是后来又开禁，还收入了教科书，从此后就听凭那些或多或少恪守教学大纲、阐释欲极强的老师摆布了。在这本早期的中篇小说里，悲喜参半的人物约阿希姆·马尔克有时就戴着这种寒酸的帽子。书中的叙述者皮伦茨在奥利瓦公园里看见他时，他就是这种打扮。我所在的义务劳动营地由排成正方形的工棚和杂屋组成，位于图赫尔荒原，地形也像小说中描写的那样平坦或略有起伏。约阿希姆·马尔克有一阵子就在那里经历了战斗英雄的成长过程：“白桦树的上空飘着美丽的白云，蝴蝶翩翩起舞，不知飞往何方。沼泽地里有一些乌黑贼亮的圆形水洼，用手榴弹可以炸到鲫鱼和老得长了苔藓的鲤鱼。在大自然里，随意方便。图赫尔也有电影院……”②此外，值得一提的还

---

① 斯科尔兹内为指挥营救墨索里尼行动的党卫军上校。

② 见《猫与鼠》第十一章，译文大体从蔡鸿君、石沿之译本。

有沙地、混交林和杜松灌木丛，一个适合波兰游击队员大展身手的所在。

尽管如此，我对自己青年义务劳动军时代的回忆还是呈现出别样的格局，有别于患写作强迫症的皮伦茨关于“伟大的马尔克”的议论，不仅在细节上有差异，而且在揭露我自己的倾向上也不同：我错过了在第一节课上就学会怀疑的机会，我虽然很晚才学会怀疑，但是怀疑却使我彻底地掌握了这样的本领——一切圣坛全扫荡，远离信仰拿主意。

然而，始终如一做到这点绝非易事，因为不断地会有希望之火燃起，引诱你在火边上把自己冷静的情感烤得滚烫。先是要求持续的和平和普遍的公正，接着又陶醉在“美国生活方式”的消费里，如今又期望新教皇带来奇迹……

在青年义务劳动军里，我从一开始起就可以——像人们所说的那样——“挑轻担”，因为我擅长摆弄画笔和颜料，所以能享受点儿特权。一间杂屋用作教官和士兵的食堂，他们想要在四面砖墙上画点儿画作装饰。杜松丛，白云倒映的水洼，挺立在平坦或略有起伏的荒原上的白桦树，这些都能带给我构思壁画的灵感。此外，他们还建议我，但是没有命令我画一个噼里啪啦戏水的女人。

为了让我能深入大自然进行考察，他们免除了我的部分义务。虽然上午我还是得参加常规操练——持械操练，先是持锹，然后持枪，九八式卡宾枪，但是下午我就可以带着水彩画匣、水瓶和鹈鹕牌写生纸离营外出了。美丽的白云，乌黑贼亮的水洼，巨大的漂砾前后的白桦树，全都浓墨重彩地跃然纸上。结果我画了一大摞速写，作为以后用水胶颜料往食堂雪白的墙上画画的素材。我从小就对树木情有独钟，所以画得最多的可能是一棵独立的橡树。

我一直喜欢以水彩画描绘大自然，到老还是喜欢，无论是在旅途中，还是在贝伦多夫的果园，所以，我眼前很容易浮现出自己这样的形象：我坐在从洞里往外咕噜冒泡的沼泽地边上，或者高高地坐在隆起的圆石头上，那是最后的冰河纪留下的遗物。

我老老实实地画着这片平坦或者起伏着远去的大地，但是现在扪心自问，凭良心说当时心里也有点发怵。在球状的杜松丛背后，在远处荒原上凸出的漂砾背后，到处都可能有游击队员手持缴获来的卡宾枪埋伏着。射手的准星可能对着一个青年义务劳动军成员，只要一枪就能撂倒这个一边奋力作画、一边做着鬼脸的家伙。

真要是这样，志愿兵的生涯还没有开始就已经结束了，何况当时我手无寸铁。现在卡宾枪就在身边，而当初只有在上午出操和对着靶子和假人练习射击时才发给我们。

我的形象，我在青年义务劳动军的生活画面虽然曝光不足，轮廓模糊，但是当初发枪的情景却历历在目，挥之不去，使人痛苦至今。

日复一日，同样的仪式。主持仪式的是一个小队长，他恪守不苟言笑的原则，管理着武器库。他发枪，我们领枪，一个个地体验武装起来的感觉。显然，这种仪式旨在让青年义务劳动军的每个成员在抚摸卡宾枪上的木枪托和铁枪管时，心中能涌起一种自豪感。

或许真的如此，只要端着、扛着或者扶着这玩意儿立正时，我们这些男孩就像充了气一样俨然成为男子汉了。我们可能确实把“枪是士兵的新娘”这句话字字当真了，以为自己即使还没有和九八式卡宾枪成亲，那么至少也已经和它订婚了。

虽然在此不断地强调“我们”两字，但是对这排列成行、极易撮合在一起的多数而言，还是有一个作梗的例外。这个例外鲜明地浮现在我的眼前，比那位备受优待的壁画家的形象，比他勤奋的涂鸦动作，比图赫尔荒原晴到多云的天穹下发生的一切都要鲜明。

这个例外是一个瘦高挑的男孩，麦黄色头发，蓝眼睛，从侧面看头颅呈长条状，就像一幅讲授如何培育北欧日耳曼人种的时候画在黑板上的示例图。下巴、嘴巴、鼻子、前额连成一线，可以打高分评为“纯种”。他简直就是西格弗里德，他酷似光神巴尔德。[①] 他一脸灿烂，比日光还要明亮。他洁白无瑕，脖子上、太阳穴上连个小疙瘩都没有。奉命回答问题时，他从不咬舌头，更不会结结巴巴，语无伦次。论长跑，他比谁都有耐力。跳越发臭的深沟时，他比谁都有勇气。要在几秒钟内征服练习攀登的高墙，没人能赶上他的灵活劲儿。他能毫不费力地一口气完成五十次下蹲动作，比赛中破纪录更是小菜一碟。没有什么能使他黯然失色，他从来就没有受过批评。不过，真正使他——他姓甚名谁我全都忘了——成为例外的，却是他敢于拒绝

① 均为北欧古日耳曼神话中的形象。

的行为。

他拒绝持枪操练。不仅如此，枪托和枪管他连碰都不碰。更糟糕的是，当老是板着脸的小队长把卡宾枪硬塞到他手里时，他甚至扔在地上。他，或者说是他的手，大逆不道，该罚。

竟然慌张地，甚至故意违抗军令把枪这“士兵的未婚妻”扔在地上，扔在练兵场的尘土里，难道还有比这更严重的过失吗？

不过拿起铁锹来，他就唯命是从了。铁锹本是每个青年义务劳动军成员该用的工具。他拿起铁锹，铮亮的锹面映着他北欧人种的身影，犹如太阳神的盾牌。他看上去是那么值得崇拜，堪为典范。《每周新闻》本来完全可以把他超凡脱俗的形象搬上银幕，假如大德意志帝国还有电影院可用的话。

说到同伴之间的交往，本来也可以给他打个满分：家里寄来的果仁蛋糕，他会跟大家分享，别人有困难时，他会伸出手帮忙。他是个古道热肠的人，无论别人要他干什么，他都会无怨无悔地去干。只要别人有这个愿望，他会把室友的靴子也严格按规定擦得闪闪发光，到了集合点名时，连最严格的小队长都会觉得眼前一亮，赏心悦目。他用起擦鞋布和擦鞋刷来挺顺手，却从来不去碰枪支，不去碰武器，而他和我们大家一样，本来应该拿起九八式卡宾枪接受准军事训练的。

于是就对他进行惩罚，什么活儿都让他去干。人们够耐心的了，可是毫无作用。甚至当他被罚去军营的茅厕用爬满了蛆的长柄木桶舀粪，用当兵的话来说就是“甩蜂蜜”，他也照样任劳任怨、认认真真干上几小时。他不顾身边盘旋飞舞的苍蝇，把士兵蹲着噼里啪啦的横木下面深沟里的大粪弄上来，装满桶运走。然而，他洗完澡回来参加领枪仪式时，仍然不愿意碰武器：像播放慢镜头似的，我看见枪落到地上，尘土飞扬。

开始时，我们还问他为什么要这样，还想好言相劝，因为大家其实是喜欢他的，喜欢这个“滑稽的海尼”。“拿枪呀，快抓住！”

他的回答就几个字，这几个字很快就在大家中间低声传开了。

因为他的缘故，我们都得受罚，大家都得在毒日头底下操练到晕倒为止。这时，每个人又都开始恨他了。

连我也不免跃跃欲试，要对他发一通火。罚我们就是为了让我们去逼他就范。我们确实也这样做了。以其人之道，还治其人之身，我们也对他施加压力。

在宿舍里，甚至那些靴子被他擦得锃亮的小伙子也开始群起而攻之：这么多人打他一个。

透过宿舍的木隔板，我听见他的呜咽声，让我永远也忘不了的呜咽声。我听见皮带在呼啸，还有人在一旁大声地数数。

但是，无论是真动手教训他，还是威胁要刁难他，都无法使他就范，他始终不去拿枪。有几个小伙子在他睡觉的草褥子上小便，试图造成他尿床的假象，但他忍辱负重，一有机会还是说那永远不变的几个字。

这一过程没有中止的迹象：每天早晨，我们在军旗下集合点名，紧接着管理枪械库的小队长就在一成不变的庄严气氛中开始发枪。而他呢，总是把给他的枪，把这名副其实的烫手山芋扔在地上。然后这拒绝拿枪的屡教不改者马上站得笔直,两手紧贴裤缝,两眼眺望前方。

我数不清有多少回了,他不断地重复自己的表演,连发号施令者也觉得迷惑不解。但是我仍然努力去回忆当初从他的顶头上司到大队长——我们把这些人抬出来逼他就范——对他的责问:“你为何如此,义务劳动兵?”——“干吗这样,你这白痴?”

他的回答永远不变,成了我永远不会忘记并随时可以引用的:“这事咱不干。”

他坚持用复数意义上的“咱”字,用他那不高不低、能传得很远的清亮嗓音,代表一批人说出了他拒绝做的事情。你甚至可以这样推测,他身后如果不是有一个军,那么至少有一个营的拒绝者——假想中的拒绝者——站在那儿,时刻准备着组成这一短句。五个字嗡嗡作响,合而为一:“这事咱不干。”

即使去问他,他还是语焉不详,还是用含糊的措辞“这事”,还是拒绝说出他避之唯恐不及的东西——枪——的名字。

他的行为开始改变我们。原先似乎坚固的东西,现在开始一天天地剥落。我们恨他,但是恨中逐渐掺入了惊讶,最后变成了敬佩,只不过这种敬佩披上了问题的外衣:“这白痴怎么就能顶得住呢?”——“是什么使他如此顽固?”——“他现在脸色蜡黄,为什么不请病假?”

我们不再为难他。没人再去打他的光屁股。有几个倔脾气的小伙子,来自阿尔萨斯或者洛林地区,叽里咕噜起来谁也听不懂,在业余时间像牛蒡草一样互不分离，逮到机会——比如在绵绵细雨中负重拉练之后——就操起古怪的标准德语请病假，但却违反禁令用法语小声议论，大概是在说这位拒绝者“举世无双”。

拒绝者的形象高大起来，如同屹立在讲坛上。不仅如此，在我们的上司看来，由于个别人的拒绝带来了恶劣影响，纪律开始普遍松懈。于是劳役的强度增加了，似乎所有他的同龄人从此都脱不了干系。

终于有一天，拒绝者失去了早晨亮相的机会，他被禁闭起来了。有专设的禁闭室。他被命令“到禁闭室去”，虽然他淡出视野很久了，但是我们仍能感觉到他留下的巨大的空白。

他走后，大家都得循规蹈矩，一切都变得有条不紊了。突然，我下午再也不能在大自然的怀抱中画画了。画笔洗净放好，壁画半途而废，水胶颜料也干了。我没了“挑轻担”的特权，必须参加主要有以下内容的训练：瞄准射击，投掷手榴弹，上刺刀冲锋，在开阔地上匍匐前进。

大家只是偶尔才提到他，提到还在关禁闭的他。不知是小队长还是我们中的谁说：“他准是耶和华见证人一伙的。”要不，就是这样说的：“他是《圣经》研究者①，肯定是。”

而那个金发碧眼、侧面看起来血统纯正的小伙子从未援引过《圣经》、耶和华或者别的什么全能者，他只是说过五个字：“这事咱

---

① 耶和华见证人起初亦称《圣经》研究者。

不干。”

一天，他的更衣柜也被清空了，清出些私人用品，其中有几本宗教小册子。然后他就不见了，据说是“调走了”。

我们没问去哪儿了。我也没问。但是谁都明白：他不是因为被证明不合格才遭到开除的，而是因为像我们低声说的那样，“他早就具备了进集中营的资格”。

有几个人故作幽默，却没有引起太多的笑声：“这种糨糊脑子就该进集中营！”

不知是谁似乎了解内情：“拒绝干这事的人都是分裂教派，所以要禁止耶和华见证人。”

话是这样说，不过谁也不明白：那些人为什么遭到禁止，他们是什么的见证人，他们除此之外还会干什么。但是大家又都知道，对他这种顽固不化的拒绝者来说，只有一个地址是归宿：施图特霍夫。这座集中营大家也只是听说而已，所以觉得他——大家私下里只叫他“这事咱不干”——在施图特霍夫适得其所：“那儿会让‘这事咱不干’服服帖帖的，毫无疑问！”

这一切是理所当然地发生的吗？

没人为他掉过屈指可数的眼泪？

此后一切都率由旧章、按部就班地继续进行？

他一方面像个传染病人似的被隔离起来，也就是说，他不再在场；但是另一方面，他的缺席又是如此引人注目，似乎从此一个窟窿如影随形。无论操练、站岗，还是在开阔地上匍匐前进，在长餐桌上舀土豆汤喝，无论是蹲在茅坑的横木上拉屎、擦皮靴、睡觉，还是在潮湿的美梦中立刻用手帮忙，慢慢地日子过到了初夏，这个赫然可见的空洞不离我们左右。这时，我脑海里闪过了些什么，或者是别的什么部位使我烦恼不已？那个夏天又干又热，常刮风，到处都是沙尘，盖住了许多东西，也盖住了可能曾使我坐卧不安的思想。

撇开所有的旁枝末节，回到要点吧。我发现自己在那男孩失踪之后即使不是欣喜若狂，那么也是如释重负了。对显得坚如磐石的信仰的怀疑开始消退。我的脑海里风平浪静，不许任何思想展翅飞翔，只让冷漠占着地盘。我对自己很满意，我肚子不饿。要是有这段日子里的自画像，那么就可以看出我营养良好。

后来，多年以后，我要为中篇小说《猫与鼠》设计一个了不起的古怪形象，即没有父亲的弥撒助手、中学生、潜水行家、骑士勋章获得者和开小差的英雄约阿希姆·马尔克，这时，我们称为“这事咱不干”的拒绝者就成了模特儿。尽管马尔克不得不和一个超大的“亚当苹果”也就是喉结作斗争，但是，在扔枪时他看来是纯洁无瑕的：他一次次地把枪扔在地上，慢慢地扔在地上，一如为了让人记住而故意拉长的镜头。

告示牌上贴着的国防军总司令部的每日通报告诉大家英美敌军已在大西洋海岸登陆，从而又一次扩展了我的地理知识——但只有来自阿尔萨斯和洛林地区的战友能正确地读出诺曼底和布列塔尼地区那些城市和村庄的名字。大西洋壁垒战役的硝烟掩盖了以前发生的一切,也掩盖了他这个可能在北欧种族的培育方面堪为典范,也可能成为我们眼中钉肉中刺的人。

尽管如此,强化执勤的惩罚措施仍在继续。在夜里,游击队来袭的警报会把整个营地的人惊醒两次,虽然最后都是不闻枪声,太平无事。在排成四方阵的棚屋周围,必须设单岗或双岗。

只要一个人站岗,我就会思绪万千,以此来排遣心中的恐惧。玩这套,我在行。历史隐藏了起来,摇身一变成了传奇。古普鲁士诸神如佩尔昆、皮考尔、珀特琉朴,①波莫瑞地区的梅斯特维纳公主,斯万托波尔克公爵②,或者追溯到更久远的年代,哥特人从维斯瓦河入海口迁移至黑海,无论在什么时代总是装备先进的军队黑压压地占领了我的白日梦境,这样能缓解我对游击队的恐惧。

修筑营地的防御工事也是我们的任务。挖壕沟、埋地雷、架起铁丝网,还得安装复杂的报警器。然而,却没发生什么值得报警的事,除了一个星期天,我们在没有任何明显原因的情况下必须全体集合,大约二百五十名小伙子排成了开放的方阵:穿的不是浅灰帆布服,而是一身屎褐色,板寸头上扣着一顶"带把的屁股"帽。

一个帝国义务劳动军的头目带着威风凛凛的随从突然莅临,站在操场正中间,紧挨着旗杆发表演说,断断续续几乎不成句:耻辱,怯

---

① 古普鲁士人(或译菩鲁泽人)诸神可参见格拉斯《比目鱼》中"第一个月",佩尔昆主管雷、电、雨,皮考尔主管地狱、黑暗、愤怒和灾难,珀特琉朴主管流水、谷物和幸福。参见冯亚琳、丰卫平译本。

② 十三世纪的波莫瑞公爵。

懦的背叛,下流的勾当,贵族军官小集团的诡计,因为天意而未遂的刺杀我们热爱的元首的阴谋,“清除这帮乌合之众”的无情报复。接着话题就集中在劫后余生的元首身上了——“这真是一个奇迹”。

现在那头目的句子变长了,他颂扬元首是命运的选民,要求我们对元首深信不疑:在这个时刻,从现在起,自今日始,全靠我们了,尤其要看我们的了,因为在此时此地,如同在整个大德意志帝国,首先要向冠以元首名字的青年团发出呼吁,呼吁他们今后忠贞不贰,坚定不移,直至取得最后的胜利……

我们不由得打了个寒战,想到虔诚之类就会浑身冒冷汗。元首得救了！天意依然还是或者说再度成为信得过的东西了。

唱两首颂歌①,再三呼万岁。大家义愤填膺,准确地说,一把无名火发在尚不知姓甚名谁的叛徒身上。

虽然我几乎没有遇见过贵族,在学校里没有,在母亲开的殖民地杂货店里更没有,我还是努力奉命去恨那些据说身上流着蓝色血液的人。不过,我可能很快就感到左右为难,因为当我的思绪飞回德意志历史的暗室,飞到其中的光辉形象身边时,我对斯陶芬王朝的皇帝们敬佩不已。我多想在遥远的巴勒莫跟着腓特烈二世鞍前马后当侍从。说到农民战争,我不仅追随托马斯·闵采尔,而且发现自己也站在那些率领农民军的骑士一边:弗兰茨·封·济金根、格奥尔格·封·弗伦茨贝格、葛兹·封·贝利欣根。乌尔里希·封·胡滕是我

① 指德国国歌和纳粹党歌。

的偶像,教皇和所有吃教会饭的都是我的敌人。后来,那几个阴谋策划者和实施暗杀者的名字——封·维茨莱本①、封·施陶芬贝格②——流传开来了,但我却觉得,要养护对"怯懦的贵族余孽"的仇恨,使它像春风吹又生的野草,确实是太难了。

剪短发的脑袋里一团糟。刚才还是纤毫毕见,可是转眼间,这个十六岁的青年义务劳动军成员的轮廓就渐渐模糊了。他并没有变得比我现在已经习惯了的更陌生,但是我那穿制服的化身似乎想偷偷溜走,甚至连自己的影子也不要了,打算挤进——怎么定义都行的——"罪行轻微者"的行列。

这样的罪行轻微者,到了后来真是数不胜数。除了履行义务之外,无法证明他们还有别的罪行。他们齐声高唱:"在这个时代,没有比我们更美好的国度……"作为被误导者和被迷惑者,他们能列举出一连串可使自己罪行减轻的因素,装出天真无邪的样子,互相证明当初确实糊里糊涂、毫不知情。我也一样,搬出蹩脚的托词,骑在无辜的羔羊背上,这些都挺管用,只要洋葱皮上有些蝇头小字的脚注,巧舌如簧地说些逸事,充满环境特色地叙述,就像低地德语说的"拉呱",旨在转移视线,让你不去注意那些想要让人忘记却仍然横在眼前的事情。

---

① 封·维茨莱本(von Witzleben,1881—1944),陆军元帅,参与上层的反希特勒密谋活动。

② 封·施陶芬贝格(von Stauffenberg,1907—1944),1944年7月20日刺杀希特勒的德国上校,贵族出身。

于是,我只得伸手去拿斜面工作台上方格层里那块最透明的琥珀,以便查明当初我对元首的信仰是如何妥善保存下来的,尽管表面的裂痕百验不爽,尽管低声的传言与日俱增,尽管战线到处都在后撤,甚至连在法国的战线也不例外了。

相信他,这并不费劲,儿戏般地容易。他毫发未损,还是他那样儿。他坚定的目光能抓住每一个人。他灰色的军服上不见横七竖八的勋章,胸前只有一枚一战时期的铁十字,①身材也不怎么魁梧——画上的他就这样站着,接受众人的注目。他的声音如从天上来,无论哪次暗杀他都能大难不死。难道不是有什么神秘的力量,难道不是天意在保佑着他?

要说有什么让我困惑的,或许就是始终会想起那金发碧眼的男孩,他孜孜不倦地重复五个字:“这事咱不干。”自从他离去之后,我感到怅然若失,几乎感到痛苦,不过他最终也没有成为我的榜样。

暗杀事件发生后不久,我们就被遣散了。我们去服装库和器械库,交还了不太好看的制服,交还了在隆重集合时最后一次拿在手里像镜子一般光亮的铁锹。然后耳边响起了自己的歌声,是帝国义务劳动军的军歌:“我们的褐衣犹如大地……”

现在我又成了老百姓,为双膝裸露而感到羞愧,齐膝长袜不断滑落,好像时光倒转又成了学生。在夏日的朗富尔,照旧是父母等待着

① 希特勒和“锦鸡”戈林不同,公开露面时很少戴勋章。

返乡的儿子,等待着用他们的话来说"有点儿变了"的儿子。

那套两居室住房熟悉而可恶,我觉得它比以前更拥挤了,尽管裱糊的墙之间安静多了,简直是太安静了:妹妹不在家了,她的笑声,她在客厅和卧室之间以及围着餐桌蹦来蹦去的喧闹声也消失了。玩耍老是在玩耍的"小丫头"不见了,不再动不动就啪的一下把我正在看的书合上了。只有她的洋娃娃和毛绒玩具还在右窗台下面放着。

为了躲避敌人轰炸机群的恐怖袭击,按照省党部的公告,学童都被疏散下乡了。与孩子们同行的老师在海尔半岛①上离海斯特尔内斯特渔村不远的地方继续上课,教自己的和其他的班级。妹妹在那里给家里写明信片,想家想得心难受。

父母对我百般呵护。父亲弄了点醋焖牛肉给我吃,母亲不住地微笑,听我说要和她一起去南方的国家,去那柠檬花盛开的地方②。不过,儿子不想再当她怀里的乖宝宝了。她心神不定地等着邮递员,她的话里还是隐藏着微弱的希望:"没准在这之前一切都结束了呢。"

还要等上近两个月的时间,邮递员才会把入伍通知送来。这段时间由若干可以任意排序的记忆碎片组成,反正是无精打采的等待。

真是一落千丈!遣散回家,不再是青年义务劳动军成员,正如担心的那样,我给人的印象是一个中学生在过暑假,不过这长长的暑假没有海滩上的活动,没有躲在野蔷薇丛后的沙丘里亲吻抚摸的快乐。

---

① 一译赫拉半岛。

② 歌德《迷娘》诗中的名句。

不论我去哪家，都能看到五斗橱上摆着带黑框的照片，都能听到别人声音低沉地谈起阵亡的丈夫、儿子和兄弟。老城里一派破败景象，好像不是在等待突然的崩溃，就是在等待逐渐的衰亡。出于防空需要，夜里严禁开灯，黑咕隆咚的小巷让那里的居民毛骨悚然。到处都是“谨防敌人窃听”和“用煤不要浪费”的告示。店铺的橱窗里只是稀稀拉拉地摆着几件滞销商品。母亲店里卖一种叫“赛可膳”的东西，是用来代替掼奶油的，不用食品券。

火车总站前，莫特劳河①桥和仓库岛上，希肖造船厂前，兴登堡林阴大道沿线，到处都有战地宪兵和希特勒青年团的巡逻队在检查平民、前线度假者和街头女郎。这些女郎越来越多，普通当兵的和有一官半职者不仅仅可以和她们搭讪。人们被告诫要注意逃兵，私下里都在传说一帮青年人的大胆举动：在食品局撬窃，在港区放火，在某个天主教堂里秘密集会……大家都在议论“撒灰帮”②。多年以后，当我终于有话可说时，就用了几章的篇幅描述了他们干的那些令人难以置信的勾当。

在长篇小说《铁皮鼓》中，青年团伙的首领之一名叫“施丢特贝克”。他熬过了战争，在战后顺理成章地摇身一变，成了不敢直面冲突的参议教师施塔鲁斯。这个见风转舵的识时务者在另一部长篇小说《局部麻醉》中是一个怕痛的人，不管发生什么事情，他总是用“一方面……另一方面……”的标准来评价。

---

① 即波兰的莫特拉瓦河，流经格但斯克。

② 参见《铁皮鼓》。

我只是个倾听者。同学们无论是自愿还是无奈，都在等入伍通知，似乎等来了也就得救了。我去他们那儿玩时，大家总会提到哪些同学又突然不见了，用当时的话来说就是“潜入地下”了。有个同学的父亲是高级警官，在莱茵地区行监督之责，他告诉我们，有一个青年团伙叫“薄雪草海盗”，把被炸得不成样子的科隆弄得鸡犬不宁。①

与其说是出于兴趣，不如说是出于习惯，我去电影院，在长巷的托比斯影城看《小调罗曼史》，把片中的女演员玛丽安娜·霍佩和我早年贴在本子里的香烟画片上的美人相比：文艺复兴时代的女士轮廓清晰，特征明显。

我也有时在老城的小巷里，有时在耶什肯塔勒森林中消磨时光，不假思索地搜集细节，积累了以后取之不尽、用之不竭的一大堆素材。我看见自己坐在三一教堂、圣约翰教堂等哥特式建筑里的长凳上，好像尖形穹顶、砖砌立柱都得一一记住似的。

此外，我读书的地方还在，我特别喜欢阁楼上读书的地方，那里的板条隔间连同杂物和坐坏的沙发椅现在都清空了，因为敌机扔燃烧弹时这些东西容易着火。波形的屋面瓦完好无损，下面是打扫得干干净净的空间，放了一排水桶，还有随时备用的几把灭火拍子和装得满满的一桶灭火沙子，恭候天上来客。

不过，我在那屋顶天窗下读了些什么？可能是《道林·格雷的画像》，这是我不断咀嚼的精神饲料，亚麻布的封面，亚麻布的书脊，

---

① 参见《铁皮鼓》。

是母亲的藏书。奥斯卡·王尔德笔下的邪恶层出不穷,青出于蓝,拿来当对照自我的镜子再合适不过。

当时我肯定还向某人借来了梅列日科夫斯基的《列奥纳多·达·芬奇传》,在阁楼上狼吞虎咽般地读了起来。坐在一只倒扣的水桶上读,进去的比消化的多①。就这样,我沉浸在书海之中,每读一本,我就置身于另一个所在,成了另一个人:不是于尔格·耶纳奇就是环游世界的奥古斯特,不是绿衣亨利就是大卫·科波菲尔,或者是三个火枪手集于一身……

没把握的是,我什么时候从一位叔叔的书橱里拿走了《西线无战事》。这本书是在我作为志愿者等待入伍时才落到了我手里呢,还是我同时读了它和容格尔的《钢铁暴风雨》②?在汉莎广场旁的圣彼得中学里,语文老师就让我们读这本战地日记,为将来上前线做准备。

参议教师利特施瓦格尔是个腿脚不便的一战老兵,他虽然称赞我的作文充满"幻想的色彩",用他的话说,就是充满"丰满的直观"甚至"极大胆的语言游戏",但却批评我笔下"总体上缺乏严肃性",缺乏在他看来与"祖国面临的严峻考验"相适应的严肃性。

无论是作为学生,还是作为被遣散的义务劳动军人,反正我在小叔的书橱里找到埃里希·雷马克的长篇小说。祖父的木匠铺里有五

---

① 腹泻或呕吐时常用的表达法。

② 恩斯特·容格尔(Jünger,1895—1998),德国作家,日记体小说《钢铁暴风雨》宣扬军人的英雄主义。

个学徒，他们用永不停息的圆锯制作墙、窗、门，而小叔负责安装这些棚屋构件。所以，小叔弗里德尔没去参军，推说“脱不开身”。他经常在安装的现场，因为船厂和港区出现了越来越多的棚屋，是给从东欧押送过来的工人住的，四周还用铁丝网围了起来。

我猜想小叔并不知道《西线无战事》在禁书之列，正如我读着青年志愿兵惨死的故事，却不晓得那些被烧掉的书中就有这本长篇小说。以前的阅读经验延时起效，至今还在我身上余音袅袅。靴子是怎么换了主人……人是怎么接二连三地丧命……

书和作者不断地使我回忆起少时的无知，同时也提醒我文学的作用有限，让我保持头脑清醒。

六十年代中期，我和安娜带着四个孩子去提契诺，整个夏天都在那儿度过。我和女儿劳拉在林木茂盛的山坡上找山羊，找到后，山羊就会舔我们手里的盐巴。我利用这次机会，通过我的美国出版商海伦·沃尔夫女士介绍，去马焦雷湖畔一幢塞满古董的别墅拜访作家雷马克。我向他讲述了自己忽冷忽热、针锋相对的阅读体验：一方面，容格尔赞扬战争，称之为历险，称之为对男子汉大丈夫的考验，使得我神往不已；另一方面，他，雷马克，却认为战争使每个士兵都成为凶手，读后我毛骨悚然。

老先生心里暗笑，用带普鲁士口音的英语，把话题从我少时的阅读体验转移到了他晚年喜欢的保利特·戈达德身上，这女人以前是无声片明星，曾当过查理·卓别林的天知道第几任太太。接着，他又开始炫耀他收藏的几件古董，其中有中国的瓷瓶和木雕的圣母像。不，我们没有共饮格拉帕①。

然而，后来，很久以后，在开始写《我的世纪》中的故事时，我又想再度动用雷马克和容格尔这两个冤家对头了。我需要第一次世界大战的叙述素材，于是就在苏黎世的施托兴旅馆里把这两位老派骑士弄到一张桌子边，挑动他们斗嘴，并让一个年纪不大、有瑞士中立之风的女历史学家主持谈话。两位都是品酒高手，谈起酒来倒是彬彬有礼，但是一旦开始讨论残酷的阵地战有无意义，他们就开始唇枪舌剑了。他们之间的战争并没有结束，他们之间不可能相逢一笑泯恩仇，有些话还没有说出来呢。

我也是。眺望银盘似的马焦雷湖面，我也没有向埃里希·玛利亚·雷马克承认，当初作为十五岁的学生，尽管读了他的小说，了解了其中详细列举的战争中的常见死法，却还是自愿报名参加了潜艇部队或者坦克部队。不过，他对自己过期的成功反正已经厌烦了，只是很不情愿地谈到那本无人不晓的长篇小说，那本使他别的作品全部黯然失色的名著。

后来，入伍通知出现在餐桌上，把父母吓了一跳。当时母亲立刻就坐到钢琴边上，丁零当啷地弹了一段《玫瑰园》吗？弹完之后，她才流了眼泪吗？

---

① 一种葡萄烈酒。

不，影片还得倒回去看：在这张盖了章的纸让父母陷入沉默前的几天，我和他俩一起经索波特和戈滕港去探望疏散到普茨克的妹妹。8 月的天气比较稳定，一辆公共汽车把我们送到了海斯特尔内斯特渔村。

安置孩子的房子离海不远，这点有照片为证，可以去看母亲在战争和被驱逐期间挽救下来贴在家庭相册里的照片。在海尔半岛的浅色沙滩上，兄妹俩肩并肩地坐着。在波罗的海里游泳前或后不久，我伸出右臂搀她，当哥哥就该这样。这对同胞手足相互之间所知甚少，或者一无所知。我们将会有很长时间没有如此亲密无间的机会。

妹妹看上去很漂亮，从小时候起我就叫她“姐姐”。她一脸微笑，她的哥哥还是个半大小子，虽说身材比例有点像男子汉了，这会儿非要煞有介事地看着照相机镜头。

在天气最好的夏末，父亲成功地拍下了这张给人以祥和之感的照片。这是我出发之前的最后一张照片。

因为一直不敢去想的事情，现在才成了事实，黑字白纸地放在面前签了名，填了日期盖了章：入伍通知。但是，那些预先印在上面的大写和小写字母都说了些什么？

辅助手段用尽了，无济于事。信笺上端的文字模模糊糊的。签名者的头衔也看不清，似乎他事后被撤了职。回忆平时是个话篓子，动不动就抖出几件逸事来，现在却只给我一张白纸。或者，是我自己不愿去解开刻在洋葱皮上的那些密码？

能用来安慰自己的理由信手拈来:入伍及其后果,这些都已经嚼烂了,变成了一行行的文字印成了书。《狗年月》洋洋洒洒七百余页,详详细细地描述了一个叫哈里·利贝瑙的人,他当兵后就记日记,在法林波斯特尔练兵场给表妹图拉写信。无论行军命令让他离开吕内堡荒原到不断退缩的东部前线的什么地方去,他总是在那些不断引用勒恩斯的信中徒劳地寻找能和图拉共鸣的谐韵词:“我还没有见到过俄国人。有时候我不再想到图拉。我们的军厨走了。我老看那一本书。难民堵塞了公路,他们什么都不信了。勒恩斯和海德格尔在好多问题上都束手无策。在博莱斯瓦维茨,有五个士兵和两个军官吊在七棵树上。今天早上,我们向一片树林射击。有两天我什么东西都没法写,因为我们碰上了敌人。很多人已经不在人世。战后我要写一本书……”①

但是我——我在 1944 年 9 月当然不指望将来洋洋洒洒地写书,不过也同样有在硬面练习本上把各个片刻收集起来的念头——却仍然穿着齐膝的短裤,坐在三等车厢的木凳上。

火车离开了但泽火车总站,轰隆轰隆地向柏林方向驶去,把朗富尔甩在了身后。我把特意为这次旅行买的纸板箱放到座位上方的行李网兜里。脑子里各种想法杂乱无章,比起常见的拥挤现象来有过之而无不及。但是没有一种想法能轻轻地或结结巴巴地说出些什么,只有入伍通知在绷得紧紧的上衣的胸袋里吱吱作响。

---

① 参见刁承俊译《狗年月》第 380 页,人民文学出版社 2022 年版。

母亲不愿去火车站送儿子。个子比我小的她在客厅里拥抱我，在钢琴和落地大座钟之间哭成了个泪人："你可得给我平平安安地回家……"

表妹图拉·波克里弗克在和哈里·利贝瑙告别时，戴着一顶时髦的电车助理售票员的小帽："你可得小心，别让人把鼻子打掉！"①

是父亲送我的。我们坐电车到了火车站，一路上默默无言。然后，他得为自己买一张站台票。他戴着绒帽，衣着整洁，看上去俨然是中产阶级。一个四十多岁的男人，到目前为止还能在战时保持平民身份的中年男人。

他坚持要替我提着纸板旅行箱。他，我的父亲，我在逐渐长大的过程中曾一直都想摆脱他，我曾认为两居室拥挤不堪和四家人合用厕所都得怪他，我曾想用希特勒青年团的佩刀杀了他，而且在脑海里已经杀了他好几次；他，我的父亲，有人以后会模仿他把情感变成鲜汤②，我从来没有温柔地、经常只是在争吵中接近他；他享受生活，无忧无虑，容易上当，总是努力保持仪态端正，努力像他说的那样"一笔一画地写一手好字"；他以自己的标准来爱我，他天生就是个做丈夫的料，是太太嘴里的"小威"。这样的他，我的父亲，在火车猛烈地喷吐着蒸汽进站的此刻，就站在我的身边。

他，而不是我，脸上滚下了泪珠。他拥抱我，不，我要坚持说，是我拥抱了他。

---

① 参见刁承俊译《狗年月》。
② 影射《铁皮鼓》中奥斯卡的父亲。

或许不是这样，我们男子汉大丈夫只是握手道别？

我们节约用词，甚至是用词吝啬？“走好，孩子！”——“再见，爸爸！”

火车开始驶出月台大厅时，他是否取下了头上的绒帽？他尴尬地用手捋平略显散乱的金发？

他挥动绒帽和我告别了吗？或许他挥动的是那块手帕？在炎炎夏日，他总是把手帕四角打结当帽子戴，在我眼里可笑极了。

我是否也从敞开的车窗向他挥手告别，看着他越来越小，越来越小？

记得清清楚楚的是远处的背景，但泽城里林立的塔楼映在暮色苍茫的天幕上。我还记得当时听见近处卡塔琳娜教堂的钟声：“永远忠诚，永远正直，至死不渝，死而后已……”

战后，城里的废墟上又一砖一瓦地重建起了不少教堂，其中坐落于莫特劳河畔的约翰教堂比较偏远，但我每次去这座努力恢复旧貌的故乡城市时，它是最吸引我的教堂。这座砖瓦建筑遭受了重创，外表看上去还好，但是内部全都烧毁了，几十年来被当作库房，供波兰文物修复工作者处理那些细部完好的残片，变废为宝。

1958 年 3 月，我向一个还在此留守的老头打听这座教堂。老头自称“仍是德国人”，他告诉我，但泽城先是遭到猛烈的轰炸，后来又受到密集的炮击，彻底崩溃了，位于海克巷、约翰巷、新目巷、香菜巷之间的圣约翰教堂也着了火，在里面躲避的百余名男女老少全都窒息了，或者说即使未被火海吞没，也被掉落的砖瓦、穹顶的碎块、坍塌的墙面砸死和掩埋了。“但是这些个事，”老头一口的但泽土话，“没人再想听了……”

不过，波兰人却说是俄国人放火烧了圣约翰教堂，因为有许多女人逃到里面避难。不管是谁干的，反正留下的只是烧焦的断垣残壁。

教堂成了废墟，但依然挺立在那里。后来，在这烤裂的石板上和残存的瓦砾里，人们收集了但泽城里剩下的东西：山墙的石饰，浮雕的残片，来自面包凳巷、圣灵巷和圣母巷露天台阶的栏杆，巴洛克风格的花岗岩门楣。亚瑟王宫外墙上几何形窗花格也好，从城里废墟堆里找来的其他物件也罢，都被仔细地编上号，附上文字说明，然后堆在那里保存起来，以备后用。

无论我什么时候悄悄地溜进——大门总是马马虎虎地关着——这座厅堂式哥特教堂，总能在尘土、碎石以及保存在那里的石器之间发现大大小小的人骨，不知道这些人骨是来自中世纪，还是该让我想起那些男女老少——听说他们在各座教堂和整个城市陷入火海时，最后都死在烈焰熊熊的圣约翰教堂里。

究竟如何，无人知晓。也有可能，墓穴石板被大火烧得裂开了，埋在下面的人骨露了出来。不管是哪个时代的遗骨，乍一看全都差不多。以前水手、制作木桶木箱的匠人的行会祭坛就设在圣约翰教堂里，直到十八世纪，富商和船主也在这儿刻着字的砂岩和花岗岩墓穴盖板下找到了最后的安息地。

无论这些大大小小的人骨是谁的，它们是抢救出来的石器的一部分，和石器一起组成了见证。据说正因为如此，这杂乱不堪的教堂内部在五十年代就成了波兰人拍摄电影的布景：高高的、只是部分用木板遮着的窗子透进光来，这在摄影和导演看来颇有情调，特别适合烘托电影中的场景。

我最近又去了几次但泽，其中有一次我觉得圣约翰教堂不同以往了。石器库房不见了，大大小小的人骨也没了踪影。地面经过了平整，窗子装上了玻璃，砖石墙垣修缮一新。我在朗读自己的中篇小说《蟹行》时，听众坐在一排排的椅子上，一直延伸到教堂的深处。

《蟹行》中那艘人满为患的船随着我朗读的一行行文字渐渐下沉，我用自己的声音检验着教堂的音响效果，与此同时，我酷爱回眸的思想开始反身寻找那个男孩，那个男孩在城里座座塔楼和道道山墙全都完好无损的时候离开了但泽。

第四章　我如何学会了恐惧

在乘车去柏林的路上，我是否迷迷糊糊地想起了第一次去这方向旅行的情景，从而使自己回到了儿时？那是在1936年，也就是举办奥运会的那年，还是在1937年？

那时我还是个小学生，一列“儿童下乡大疏散”①的运输火车把我带到了莱茵兰，直到离荷兰边境不远的地方。因为但泽那会儿还是自由城邦，所以我们孩子经历了一出具有时代特征的布袋木偶戏：先是自由城邦的出境检查，接着是波兰的两次出入境检查，官员穿着别样的制服，最后到了施奈德米尔边检站，德意志帝国海关官员的制服又不同了。这些穿制服的人敬礼的方式也有差别，先是手掌平伸，接着是两根指头搁在帽檐上的那种，最后又是手掌平伸。

这一切都是接二连三发生的，相隔的时间很短。我们这些孩子脖子上挂着透明封套的证件，心中颇为自豪。

---

① 二战时德国面对日益严重的空袭和供应问题，先后将二百五十万名左右儿童送到农村，安置在九千多座儿童营里。纳粹宣传机构称这是有益于健康的度假活动。

接待我的农夫养着奶牛喂着猪，还有个和我一样大的儿子马蒂亚斯。在他家，我学着从小心地平得整整齐齐、架得高高的菜畦上把芦笋挖出来，同时尽可能不弄断，所以一定是5月里的事。那村子叫布赖尔，天主教气氛浓厚极了，比起朗富尔的圣心教堂来有过之而无不及。在农妇的督促下，马蒂亚斯和我每逢星期六都得去忏悔。那时我还相信有地狱，知道人间有许多罪孽。

从农夫的四合院到村里的小学校，这条路没留下什么印象。其他方面也记不得多少了。不过，有一幅景象浮现在眼前：农夫家厨房里白瓷砖墙上有无数光怪陆离的苍蝇。要是逮住其中最肥硕的那几只，就能尝试我在家乡时从一个酷爱动物的同学那里学来的举动：在苍蝇身上粘上彩色的纱线。然后苍蝇拖着红、蓝、黄的尾巴起飞并在餐桌上空盘旋，真是蔚为壮观。

马蒂亚斯和我争先恐后，抢着用手去捉瓷砖墙上的那些嗡嗡叫的家伙。“捉苍蝇总比瞎晃悠强”，老奶奶见状夸起我们来。她端坐在靠背椅上，手上不住地拨动念珠。外面是广袤平坦的大地，再过三个教堂尖塔的距离①就是荷兰……

要把我的第二次西行说成是“儿童下乡大疏散”，那恐怕就是在挖苦。火车开了一夜，停了无数次，终于晚点抵达帝国首都。它慢吞吞地进站，似乎即使不要求旅客把一切都记录在案，也要求他们未雨

① 在平原上常以此测距。

绸缪，现在就开始填补未来的记忆空白。

还能记得的是，路堤两边有几幢房子、几片住宅区在燃烧。楼上的窗口里只见火光闪耀。再往下看，是黑咕隆咚的街道和树木茂盛的后院。充其量只有几个剪纸般的人影映入眼帘。看不到成群结队的人。

火灾成了家常便饭，因为柏林正在遭受与日俱增的破坏。轰炸过后响起了解除警报，火车又慢吞吞地起步，好像有意邀请我去参观市容。

爱看电影的我迄今为止只在《每周新闻》中见过几个短暂的废墟镜头，废墟不得不充当背景，衬托那些写着顽固口号的横幅标语："我们决不低头！""我们的墙可碎，我们的心不碎！"或者诸如此类的无稽之谈。

不久之前，在市里托比斯影城的银幕上还能看到帝国宣传部长戈培尔活蹦乱跳的自我表演，他站在瓦砾堆前给那些被炸得无家可归的男男女女鼓劲打气，和被烟熏得乌黑的空防人员握手，抚摸着满脸苦笑的孩子。

在入伍通知出现在桌上前不久，我去看在托比斯影城当领座员的表舅。多年来，我能观摩《在打谷场上洗澡》之类"少儿不宜"的影片全是托他的福。或许当时，在报道戈培尔和幸存者在废墟边上闲聊的《每周新闻》之后，我马上就能通过放映机旁的观察孔看到海因里希·格奥尔格主演的宣扬咬牙坚持的影片《科尔贝格》①？

后来，不知是谁在私下议论，一些在拍摄过程中穿着合时的服装

---

① 纳粹失败前用于鼓舞士气的影片，讲述保卫波莫瑞地区的城市科尔贝格的故事。

与强大的拿破仑勇敢抗争的小伙子,次年被派去参加国民突击队①,成了没有龙套簇拥的科尔贝格。不过,这次他们真的陷入了俄国人和波兰人的包围。不少小伙子丢了性命,却没人用胶片记录下他们英勇捐躯的事迹。

火车站里,大家对视野之内的熊熊大火漠不关心。这里熙熙攘攘一切照常:你来我往地拥挤,咒骂,还有突如其来的哄堂大笑声。有人度完假要回前线,有人从前线来要去度假。德意志女青年团的丫头们向大家分发热饮料,被当兵的摸了一把也只是咯咯咯一笑了事。

是什么如此刺鼻?是屋顶只是微损而已的车站大厅里蒸汽机车哼哧哼哧喷出的烟雾,还是着火的地方飘来的焦味?

集合点,报名处,指挥部,无数指示牌让人眼花缭乱,不知所措。幸好有两个战地宪兵给我指路,他们胸口挂着带链子的金属身份牌,所以人称"铁链警犬",警告大家小心。在火车站——究竟在柏林的哪个火车站呢?——的售票大厅里,我这个年龄的新兵排着队。等了没多久就有人把一张行军命令塞到我手里:下一站德累斯顿。

现在我看见队伍中的小伙子们谈笑风生。大家心里充满了好奇,好像恩准我们去冒险似的。兴高采烈,轻松愉快。我听见自己在朗声大笑,也不知道在笑什么。行军给养发下来了,包括香烟,连我

---

① 国民突击队建立于 1944 年 9 月,成员为十六岁至六十岁的还能打仗的男人。纳粹以此垂死挣扎。

这个不吸烟的也有份。不过，我的香烟转眼就被瓜分一空。作为交换，有个小伙子给了我一点通常过圣诞节时才有的东西：在可可糖浆中滚过的杏仁马铃薯。现实如此扑面而来，我以为自己是在梦中。

接着，空袭警报把我们赶到了火车站宽敞的地下大厅，这里被用做防空洞。转眼就有各式人等聚集在此：士兵，平民，包括不少孩子，还有躺在担架上或者拄着拐杖的伤员。人群中有一帮艺人，其中有不少侏儒，都还穿着戏服，他们是演出到一半时听到空袭警报跑到这儿来的。

外面，高射炮砰砰地开火，远方近处都有炸弹呼啸而下。尽管如此，他们的演出这会儿在地下大厅里继续进行：一个侏儒上场玩杂耍，保龄球柱、圆球、彩环在空中上下飞舞，我们看得目瞪口呆。还有几个侏儒表演杂技，其中有一位身材娇小的女士，她懂得如何风度优雅地扭曲身子把自己打成个结，同时分发飞吻，赢得无数掌声。这帮艺人是巡回演出的战地剧团，领头的矮老头在场上演小丑。他把从空的到装满水的玻璃杯一字排开，用手指抚摩杯壁，神奇地奏出凄美的音乐来。他上了妆的脸上露出微笑，这画面你一辈子都忘不了。①

警报一解除，我立刻乘上电车来到另一个火车站。在这儿，又看见住宅区里的窗口火光冲天，又看见整个整个的街区在昨夜的空袭中被炸得只剩下断垣残壁。远处的一间厂房烈焰翻腾，好像正在举办灯火辉煌的盛宴。天刚拂晓，开往德累斯顿的火车准备就绪了。

---

① 这些艺人后来出现在格拉斯小说《铁皮鼓》中。

去那儿的路上没啥可说。不谈行军干粮中的夹心面包，也没有什么超前的或后续的思想可供解码。可以断言，因而也就可以怀疑的只有一点：我在这儿，在这座战火尚未波及的城市，确切地说是在新城附近，而且是在位于白鹿区的一户豪门的楼上，才知道自己将去哪支部队。给我的第二道行军命令上写得清清楚楚，叫我这个名字的新入伍者将在党卫军的练兵场受训，成为坦克兵。练兵场在遥远的波西米亚森林中的某个地方……

问题是：我当时是否害怕了？即使在六十多年后的今天，我看见这些文字中的两个 S① 还是感到心惊肉跳，当时在征兵办公室里不可能不看见这些，我当时是否同样感到心惊肉跳？

洋葱皮上没有刻下任何可以解读为害怕甚至震惊的痕迹。与其说是害怕，不如说我当时把党卫军视为一支精锐部队。要堵截突破我方战线的敌军，要撕开德米扬斯克等地的包围圈，要重新夺回哈尔科夫，都得由党卫军上去冲锋陷阵。军装领子上那两个古日耳曼字母 S 并不让我感到厌恶。对自以为已是堂堂大丈夫的男孩来说，关键的是加入哪个兵种。即便不能去特别报道中已很少提及的潜艇部队，那么也要去“约尔格·封·弗伦茨贝格”②装甲师当坦克兵。我在白鹿区指挥部得知，这是一支新建的部队。

我知道弗伦茨贝格是谁：他是农民战争时期施瓦本联盟③的首

---

① 党卫军的缩写。

② 约尔格·封·弗伦茨贝格（Jörg von Frundsberg，1473—1528），亦名格奥尔格·封·弗伦茨贝格，德国和奥地利贵族、军队统帅。

③ 1488 年成立。

领，人称“雇佣军之父”，以争取自由和解放而闻名。再说，党卫军也不无放眼欧洲的风范：在各个师团里协同作战的志愿兵中有法国人、瓦龙人①、佛兰德人②和荷兰人，还有不少挪威人、丹麦人，甚至还有中立的瑞典人，他们都在东部前线参加一场据说要在布尔什维克洪流滚滚而来时拯救欧洲的保卫战。

要找借口的话，唾手可得。然而几十年来，我始终拒绝承认自己和“党卫军”这个词，和那两个S字母有关。战后我心中始终羞愧难当，对少不更事时引以为豪的事情避而不谈，保持沉默。但是，负担依然还在，谁也无法减轻。

我接受坦克兵的训练，秋去冬来，麻木不仁。虽然在那年秋天和冬天，我没有听说过那些后来才曝光的战争罪行，但是自称当初无知并不能掩盖我的认识：我曾被纳入一个体制，而这个体制策划、组织、实施了对千百万人的屠杀。即使能以没动手干坏事为自己辩白，但还是留下一点儿世人习惯称为“共同负责”的东西，至今挥之不去，在我有生之年肯定是难脱干系了。

林子中间，林子背后，翻得乱七八糟的耕地里。树上、棚屋顶上压着厚厚的积雪。远处是洋葱头形状的教堂顶。在这片没有名字的练兵场上听不到一句捷克话，只有用德语发出的命令在寒风中传得老远。

---

① 比利时南部罗马化了的凯尔特人和日耳曼人的后裔。

② 比利时北部的日耳曼人。

我们在老坦克——战争初期使用的三型和四型坦克——上训练，这种折磨让人疲惫不堪。虽说我相信艰苦不可避免，但是开始时储存的热情还是在日益消减。与我同龄的新兵和服役多年的老兵——他们是作为“赫尔曼·戈林的捐赠”从空军调到党卫军来的——都得从早到晚地拼命苦练，上司声称要像“调教母猪”那样对待我们。

一切就像我读过的书中描写的那样，但是我故意不去想那些教官的甚至是最残酷的教官的名字。要学会含而不露的诀窍，要学会默默无声地顺从。有一次，我假装有黄疸——我把沙丁鱼罐头里的油加热喝了，后来又说得了新兵营地流行的疖病，从而逃脱了训练。不过，医务室所在的棚屋始终人满为患，只能供你短时避难，过后你还得去受折磨。

我们的教官从年龄来看都还算年轻，但上前线一两年就僵化成了未老先衰的玩世不恭者。他们是小队副级别，曾获得肉搏奖章和“冻肉勋章”①，现在打算把自己在库班河桥头堡和库尔斯克坦克战中积累的经验传授给我们，时而严肃得可怕，时而无情地挖苦，时而又由着性子胡来。他们或是大声嚷，或是低声说，嘴里的传统行话劈头盖脸朝我们涌来。要论刁难人的手段，他们更是一个比一个会动脑筋，其中有些手段是新发明，有些则是从有军队的那会儿起就有了。

① 德国士兵俚语，指东线作战证章。

许多手段我都忘了。只有他们逼学生就范的一种手段，依然更像个笑话段子似的储存在我的记忆里，尽管我不是很有把握，当时被刁难者的反应只是想要报复而已，还是我确实报复了，而且如同一段可以娓娓道来的故事？不管怎么说，这段故事的高潮还是够精彩的。

拂晓时，我看见自己在一片积着深深的雪，但还是像夜里那样黑咕隆咚的树林里摸索着前行，身上一左一右背着铁皮壶。去时一路小跑，回时慢条斯理。一座宫殿般的庄园藏在树林深处，不过窗口的灯光暴露了它的所在。我估计庄园里住着高官，有一次我似乎听见从那里飘来的音乐声。今天回想起来，当时应该是一支弦乐四重奏乐队在演奏海顿或者莫扎特的作品。不过，这和我在万籁俱寂时发生的故事毫不相干。

几天来，我一直遵命为小队副们和小队长准备早餐的饮料，也就是特意为他们去弄两壶咖啡。咖啡必须是热的，而且要不时加热供他们喝一整天。树林后的炊事棚里有咖啡。连我们这些新兵都能喝到那里沏好送来的麦芽茶或大麦茶，听人私下传说，这些代替咖啡的茶里放了抑制肉欲的苏打。我为养尊处优的小队长和六个小队副送来而且必须尽量保温的东西，却可能是用咖啡豆做出来的美味。至少壶里的香味闻起来像是真咖啡。

一个来回跑下来，我的早餐时间就只剩一半了。在余下的几分钟里，我还要把粗布军服上昨天溅上的泥浆结成的硬块拍打、刷洗干净，所以早点名时我经常迟到，迟到就要受罚：背起行军包，扎上防毒面具，在一块高低不平的地里上上下下不停地跑，靴底的泥土弄也弄不掉。这种折磨给戴着防毒面具的新兵带来的是仇恨，终身的仇恨。

不难想象，当时防毒面具的圆镜片上蒙着一层雾气，我戴着它一边哭号，一边制订了复仇计划，而且反复考虑了每个细节。

在从炊事棚回来的路上，我停下脚步，以银装素裹的冷杉树为掩护。我能看见远处庄园闪闪烁烁，庄园里的人却发现不了我。万籁俱寂，只能听见我的呼吸声。

现在我把壶里的咖啡倒了些在雪地上，倒了两指宽的样子。然后把壶放在地上，往里面撒尿，这壶里撒一点，那壶里撒一点，两只壶又都满了。还有些富余，就撒在两棵树之间，可以想象，雪地上顿时泛黄了。

更妙的是这会儿又下起了雪，掩盖了我的痕迹。在这寒风刺骨的冬天，我却热血沸腾，浑身洋溢着一种与幸福感相去不远的东西。

我在心里不断自言自语：是的，他们会把这东西灌下肚，尽管会在里面加上方糖，鬼知道他们是从哪里弄来的方糖。现在早餐时马上会喝，然后中午喝，晚上热一热还会喝，他们叫得口渴了就会去拿咖啡壶。我以预见未来的目光看着他们，看着这些小队副，看着这位小队长，他们喝一口我就数一下。

他们把我送去的差不多还是热的东西喝了下去，一杯接一杯。正如我希望的那样，或者事实上也是那样。谁会怀疑呢？甚至可以设想，我不断地装出虚弱的样子，每天清晨都进行报复，这使我心中暗自好笑地熬过了训练，甚至熬过了最可怕的刁难。而在我们附近的连队里，有个新兵在将要受罚时用防毒面具上的带子上吊自杀了。

但除此之外,我从不心怀鬼胎,总是奉命行事,比如在坦克底下匍匐前进,执行所谓“测量离地距离”的命令。

要把我锻炼成男子汉的措施是:在重型武器上短训,瞄准移动目标射击,背着冲锋装备夜间行军,端着卡宾枪练习下蹲。时不时地还有除虱机会作为奖励,能到专设的卫生棚屋里去弄掉身上的虱子。完事后我们获准成群结队地光着屁股淋浴,然后再去营地电影院为汉斯·莫泽尔和海因茨·吕曼的表演笑破肚皮。

邮递员来得越来越没有规律。下午总是用来给我们灌输理论。在上课用的棚屋里,讲授的是坦克常用的迈巴赫发动机。技术上的细节全都忘到了九霄云外。直到今天我仍然不会而且也不愿开车。连那些用无线电收发机让我们反复学习的摩尔斯电码,也没在脑子里留下丝毫痕迹。

还有每周一次无聊的课,讲的是生活空间和世界观:什么鲜血啦,故土啦……诸如此类的语言垃圾阴魂不散,至今还在互联网招之即来。

可以娓娓道来,因而在我脑海比较清晰的是在日常折磨之外的一件事。几个新兵,包括我在内,奉命前后来到那座宫殿般的庄园。自从我有了每天清晨的差事,就觉得庄园神秘费解。进门后,只见大厅里放着一架钢琴,盘旋的扶梯通向楼上。一间大厅般宽敞的房间里,墙上到处挂着鹿角和油画,画框宽大,画面幽暗,描绘的是狩猎的场景。没什么家具,只有一张写字桌,桌腿像肚子一样往外鼓出。桌子后面坐着的突击队中队长做和蔼状，酷似一位参议教师。

他说我可以“随便站”①，问我在德国取得最终胜利后打算从事什么职业，就像善良的大伯在为侄儿的未来操心。

我没告诉他自己决心要当一名画家，只是含糊其辞地说想上大学攻读美术史。他听了后表示，如果我愿意并且能够去上培养领导干部的容克军校，他可以考虑给我资助。

他说，那所学校现在已经开始培养具备民族意识者，让他们去完成德国取得最终胜利后必然会面临的任务，比如规划生活空间，当务之急是迁移异族居民，或者在经济界，在城市重建和国库管理方面，甚至在我希望的艺术领域担任领导工作……然后，他开始考问我已有的知识。

这位在写字桌后面做和蔼状的大伯戴着无框眼镜，我现在都开始弄不清他究竟是什么官衔了：他会是突击队中队长吗？他看来确实对我的——用他的话来说就是——“成长经历”感兴趣。于是，我就打开了话匣子，把收集了香烟画片和阅读了《克纳克富斯画家专论》后形成的那些犹如一团乱麻的知识全都倒了出来。我滔滔不绝，或许还称得上天花乱坠地谈起了丢勒的自画像、伊森海姆圣坛和丁托列托的《圣马可的奇迹》，称赞画面上天使俯冲的构思是透视独特的范例。

东拉西扯地吹了一会儿浓缩在三本画册中的美术世界，我积累

① 也就是“稍息”。

的知识几乎告罄，只能再就卡拉瓦乔这位谋杀天才[1]再发几句大胆的高论。接着，未来的容克军校毕业生又对安塞尔姆·费尔巴哈的一生及其他在罗马从事艺术创作的德国人竭尽溢美之词，最后还夸起了画家洛维斯·科林特，还有莉莉·克勒纳特，说在圣彼得高中教自己美术的这位女教师是天才，说她的画超越了德国艺术馆[2]迄今展出过的所有当代作品。

和蔼的大伯摇着头，挥了挥手让我走人。显然我不适合在最终胜利后担任领导，因为任何容克军校都不会允许我不参加严格的操练。

我过十七岁生日时收到了一个小邮包，尽管它姗姗来迟：里边装的是羊毛袜和压碎了的糕点，还附着两张纸，父亲的笔迹工工整整，写的都是不明究竟的担忧。这以后家里就只来信了，圣诞节过后连信也不来了。

布告栏上贴的那些东西让我们相信：进攻阿登山脉的行动获得胜利，战局终于有了一线转机。然后很快我们又从战报上得知，俄国人已经进军东普鲁士了。在上理论课时，我神不守舍，脑子里塞满了贡宾嫩地区[3]德国妇女遭到奸杀的报道。

白天，只见敌人的轰炸机群在冰冻般晴朗的天幕上毫无阻碍地

① 卡拉瓦乔性情暴躁，曾数次杀人逃亡。
② 慕尼黑的德国艺术馆，修建于 1933—1937 年。
③ 今波兰古谢夫。

飞过，留下一道道密集的冷凝水汽。它们飞往何处？这看上去其实挺漂亮。只是我们的歼击机躲到哪儿去了？

只是听人说我们有 V-1 和 V-2 火箭，不久还会有别的杀手锏。将近 2 月底，当德累斯顿陷入火海的消息传得沸沸扬扬时，我们顶着夜空的满月和刺骨的寒气宣了誓。一大帮人齐声唱起了党卫军的誓词："哪怕人人背叛，我们依然忠诚……"①

此后不久，我就成了一件事的见证人：在这件事中本来可以看到大德意志帝国的衰败，看到它犹如一场有组织的混乱，先迟缓后加速，最终风驰电掣般地走向灭亡。

不过，我是否看到了，这一切正在走向灭亡？

我是否预感到，在我们身上，在我身上将会发生什么？

我白天迫切地向往一勺汤，向往一块军用粗面包，一块和大大小小的忍惧搅和在一起的军用粗面包。在不断来回拉锯的过程中，这种向往是否让我对总体形势有所洞察？

这种后来被人称为"崩溃"的结局已露端倪，当时十七岁的我是否对其落差和程度有所意识？

年轻士兵脑袋上过大的钢盔不断地滑到一边，年轻士兵脑袋里的想法乱成了一锅粥。后来到了六十年代初，我在长篇小说《狗年月》里首次尝试对这种混乱进行清理，白纸黑字地写下来。在坦克兵哈里·利

---

① 是一首被纳粹利用的老歌。

贝瑙的那一页页日记上,不断撤退的军事活动和对表妹图拉的热情呼唤犬牙交错,彼此融合。根据传言,他推测表妹可能在“威廉·古斯特洛夫号”上,随着那艘难民船葬身在冰冷的波罗的海海底了。

我同样也在硬面练习本上写些类似日记的东西,那本子最后和我的大衣及其他行军装备一起丢失了,不是在魏斯瓦瑟就是在科特布斯附近丢失了。但是,我注销了这笔损失,也就觉得似乎三番五次地丢失了自我。

因为,或长或短能够休息时,我在那些画着横线的纸上涂写了些什么?

我在想些什么,我是如何心不在焉地脱离了确实发生的事情或者由于无聊而变成碎片的东西?每当我等待总是慢吞吞落在后面的炊事班或者等待让我们东跑西颠的命令时,总会感到无聊。

开春前的天气是否助我一臂之力,让我在硬面练习本上写下了押韵的诗句?

在那末日将临的气氛中,我对自己是否满意?

即使没有什么纷乱的思路可以厘清,没有什么3月的诗歌可以解读,在丢失的日记中也没有什么值得期待的疑问可以记录,但是依然还是有一个问题:那个训练有素的新兵当初做了些什么?

他上了坦克吗?即使没当上瞄准手,那么至少也能装填炮弹?

他用上了通过打“硬纸板兄弟”①学会的本领,对移动目标进行

① 士兵对枪靶的戏称。

了射击？

我在哪个时候，哪个地点，属于哪一支战斗小队①？

约尔格·弗伦茨贝格坦克师其实更像是一支假想的部队，我起初都没法给它的那位成员定位。一支支战斗小队被分别从波西米亚森林深处的训练营派到了远方行军连的驻地，一支往维也纳方向开拔，另一支要参加争夺斯德丁②的战斗。一列货车在夜里经杰钦-博登巴赫把我们送到了德累斯顿，然后再往东，估计前线在下西里西亚。

说到在德累斯顿的情况，我只记得火烧的焦味，还有透过货车拉门的缝隙看到的景象：铁轨之间和焚毁的外墙之前高高地堆着一些蜷曲着的东西，全都烧成了焦炭。车厢里的人众说纷纭，有些说可能是收缩了的尸体，有些说鬼才知道是什么。我们争吵起来，七嘴八舌地也就不再觉得震惊。就像今天，在德累斯顿发生的事情也被废话掩埋起来了一样。

看来，我们走进了现实，但是很快又离开了，或者换来了另外一种现实。不断地换轨，掉头，我们这一拨人最后终于抵达了分配我们去的行军连，那里的人还缺编，驻扎在一所腾出来的学校里。放在露天的课桌椅被炊事班锯开了当柴火。在课间休息的院子里，已有为我们搭好了的棚屋，这样，我从当防空助手以来持续不断的棚屋生活就不至于过早结束了。

---

① 指由被打散的士兵临时组成的战斗小队。
② 今波兰什切青。

在棚屋里，我们等待武器，等待答应给我们的虎型坦克。等起来没完没了，不过由于伙食定时，监管松懈，所以日子还不难过。我们甚至还有时间去看电影。我是否又去看了《我们音乐人》——那部片子有个吹口哨老也吹不厌的伊尔莎·维尔纳，还在上学时我就用它代替被禁止的爵士乐？或许，我在这时才第一次看了宣扬咬牙坚持的电影《科尔贝格》？

或许，我们这帮来自五湖四海的人——其中还有国防军和从被放弃的机场调到这儿来的地勤人员——与其说是在等答应给我们的坦克，不如说是在等让人望眼欲穿的转递邮件？

我觉得这段时间现在无法确定具体日期，就像一部由多条情节线索拼合而成的影片，时而是慢镜头，时而又在快进，来来回回，而且一而再，再而三地中断，突然就播放起另一部片子里另一些人物的另一类偶然事件来。

能够轮廓清晰地浮现在我眼前的，只有一个士官。这人拿完菜后和我们一起坐在长长的木桌边，也是一头普通的当兵吃饷的"前线猪"①。他急着要上厕所，但想要防患于未然，不让别人动他那还是满满的托盘，于是用两个手指熟练地从右眼窝里挖出假眼珠来，把这浅蓝的玻璃球放在一片巴掌大的肉上，肉片是和带皮土豆、白菜、褐色饮料一起发给我们中午填肚子的，每人一片，一样大小。他把一句俗语稍加变化，说了声："玻璃眼，看好了！"②于是，长桌边所有人

① 一战和二战时德军士兵自嘲的称呼。
② 德语中有俗语"木头眼，看好了！"提醒别人小心注意时用，带有诙谐意味。

都不敢移动视线，直到这位懂得未雨绸缪的人拉完屎回来。

回忆时还能抓住的就是这样一幅静物画，当然它并非艺术，而是与特定目的有关。此外，画上还有许多已彻底痊愈的伤兵，野战医院直接把他们送到了行军连。是啊，到了最后关头，无论是谁都有资格上前线。

不知道从什么时候起，伪装网下出现了战车，虽然不是“孟加拉虎”①，而是三辆或四辆“猎豹”，装有火炮，但没有可旋转的炮塔，要操纵它，我们这帮人受过的训练还不够。尽管这样，我们还是必须离开棚屋，从此干坐在坦克旁边当陪衬，手持传统的卡宾枪，有几个端着冲锋枪。

据说前线在扎甘附近，这座西里西亚的小城市虽然已经夺回来了，但敌我双方还在激战。据说要从那里发动一场进攻，以减轻被包围的要塞城市布雷斯劳的压力。不过我们只是推进到了魏斯瓦瑟，在那里连自己部队都找不到了，行军背包连同日记和捆扎在上面的冬大衣也全都找不到了……

影片到此中断。无论我如何修补、拼接、重放，眼前出现的仍然是杂乱无章的画面。不知在什么地方，我扔掉了绑在脚上的破布，换上了我们在一间放弃的军服仓库里找到的羊毛袜，那里还堆着一些内衣和雨篷。在河边低洼处稍事休息时，我身上还粘上了绽开的

① 亦译“虎王”，德国二战期间的一种重型坦克。

柳絮。

布谷鸟提前叫了？我数了数布谷鸟的叫声？

接着我看见了第一批死人，是穿着国防军装的新兵和老兵，吊在集市广场旁还是光秃秃的行道树和菩提树上，胸前挂着的硬纸板上写着“动摇军心的胆小鬼”。一个和我年纪相仿、头路和我一样在左边的小伙子吊在树上，旁边是一个上了岁数、军衔不明的官儿，战地军事法庭在执行绞刑前还取消了他的级别。在死尸的夹道欢迎下，我们的坦克前进着，履带轰隆隆地盖过了一切声音。没有思想，只有画面留在脑海里了。

我发现不远处有些农民在耕地，一道犁沟接着一道犁沟，对别的似乎都不关心。其中一个赶着母牛耕地。犁铧后面乌鸦飞舞。

接着我看见路上挤满了难民：一辆辆马车之间，老年妇女和半大小子拉着或推着装得满满的小车。一只只箱子、一捆捆行李上坐着小孩子，他们想救出自己的玩具娃娃。一个老汉拉着小车，要让车上的两只羔羊熬过战争。收集画面者看到的远远超过他能理解的。

在再次撤退的路上，一次休息时我开始追一个姑娘，她名叫——这点我有把握——苏珊，是和奶奶一起从布雷斯劳逃难来的。这会儿姑娘抚摩着我的头发，却只让我拉拉她的小手，来别的不行。这次艳遇激动人心地发生在一处被炮火摧毁的农家院子幸存的牲口棚里，一头小牛在旁边当看客。啊，但愿这故事有一个高潮，值得为它去牺牲那乏味的真相。

然而，我恐怕只能在日记里写下这样的字句：“苏珊戴着一串项链，是樱桃红的木头项链……"[1]或者，戴这种项链的是另外一位姑娘，她的长辫是油黑的，而不是浅黄的，她的名字我并不想提起？

我视野之外发生的一切，在这部必须不断拼接的片子中没有展现出来。虽然听到传言说，我的故乡已被俄国人占领，但是我还不知道但泽的内城已成了硝烟久久不散的废墟，那里砖石教堂焚毁后的断垣残壁现在就在恭候摄影师的光临，这些摄影师的任务是在按计划重建家园之前将所有损失记录在案，拍下每座教堂塔楼、房屋立面的残余，为了让以后的学生能够知道……

在脑海里还是能不断参观依然故我的市容，还是能从左到右数一数城里的塔楼。没漏掉一处山墙的装饰，没漏掉上学时来回走过的路。我也强迫自己去想象，似乎看到了柜台后的母亲，看到了厨房里的父亲。或者，我是在不安地担忧：父母带着妹妹和可怜的一点儿行李最后上了那艘"威廉·古斯特洛夫号"？

现在，由"偶然"执导的这一连串任意的电影画面中无论如何要出现我首次遭遇敌人的情节了。是在何时何地遭遇的？片子中却没有说明。而且我也没有亲眼看见敌人。

恐怕也只能推测了：大概是在4月中旬，苏军长时间炮击之后突破了德军在奥得河和尼斯河沿岸的防线，突破了我们在福斯特[2]和莫斯科之间的一段正面防线，为他们遭到蹂躏的土地和几百万死难

---

① 《铁皮鼓》中玛丽亚也有樱桃红的木头项链。
② 即劳齐茨。

同胞复仇,为了取得胜利,取得节节胜利。

我看见我们的“猎豹”、几辆装甲运输车、若干载重卡车、炊事班队伍、由步兵和坦克兵组成的乌合之众在一片幼林里布下了阵,或是为了反攻,或是为了设防。

小树正在发育,其中有些白桦。阳光和煦,鸟语婉转。我们昏昏欲睡地等待着,有人吹起了口琴,他的年龄不比我大。有个步兵刮起了胡子,满下巴的肥皂沫。接着,犹如晴天霹雳——也可能鸟儿早已停止了鸣叫,以此向我们发出了明确的预警?——“斯大林管风琴”①在我们头顶奏响了。

你没时间来理解为什么人们管它叫“斯大林管风琴”,是因为它的号叫,它的怒吼,它的咆哮?两三排炮弹过来,它就逐渐覆盖了整片树林,它拒绝网开一面,做事干净彻底,摧毁了幼小的树林给我们提供的屏障。没路可逃,或许也不尽然,至少某个普通士兵还有路可逃?

我看见自己训练有素地爬到了“猎豹”底下。此外还有个人,或许是“猎豹”上的驾驶员、瞄准手或者指挥官,也钻到“猎豹”肚子底下测量离地高度。我俩的靴子碰到了一起。两边的履带把我们遮盖得严严实实。“斯大林管风琴”也许演奏了三分钟,无比漫长的三分钟。我吓得都尿了裤子。然后外面沉寂下来,只听到身边的牙齿打架声,犹如一节又一节的诗歌朗诵。

---

① 指苏军多管火箭炮。

不,之前,还在"管风琴音乐会"结束之前,这嗒嗒的牙齿打架声就响起来了,不断地响着,直到伤员的哭叫声盖住了一切,还在响着。

尽管只是短暂的片刻,但这已经足够了:在这生平第一课中,我学会了恐惧。恐惧攫住了我。我再也不能训练有素地匍匐前进了,只是从"猎豹"肚子下探出头来。我看见自己从被兜底翻起的森林泥土和腐烂的落叶底下往外爬,只要"斯大林管风琴"一响,我就把脸紧贴在这泥土和落叶的混合物上,那味道久久不会散去。

两腿还在瑟瑟发抖,眼前的惨景扑面而来。幼小的树林被撕成了碎片,白桦树如同被搁在膝上咔嚓一声折断了一般。有几颗炮弹碰到树冠提前爆炸了,周围都是人的躯体,有散落着的,有叠在一起的,有一命呜呼的,有苟延残喘的,有蜷曲着的,有被树枝扎穿的,有被弹片炸得百孔千疮的。有些躯体像演杂技似的打成了结。也许还能找到七零八落的尸块。

这是不是那个刚才还在熟练地吹口琴的小伙子?

那显然是刚才还在刮胡子的步兵,他脸上的泡沫正在变干……

两人之间是些幸存者,他们或是在地上爬,或是像我一样呆呆地站着。有几个在哀号,尽管并未受伤。还有个像小孩一样在哭闹。我穿着尿湿的裤子,一声不吭地看着旁边破膛开肚的尸首,那是刚才还和我闲聊着什么的小伙子,现在他的五脏六腑赫然眼前,圆圆的脸膛似乎在断气的时候收缩了不少……

不过,一五一十地写在这儿的,其实我在别处差不离也读到过,比如在雷马克或塞利纳①的作品里,又如格里美豪森②在描写瑞典人把皇帝军队打得七零八落的维特施托克战役时留下的那些恐怖画面……

突然,那个牙齿打架的人出现在我边上。他竭力挺直腰板,身体不再像寒热发作似的瑟瑟发抖,从衣领上可以看出,他是党卫军里当官的。他下巴底下斜挂着骑士铁十字勋章,俨然一位《每周新闻》中的英雄。《每周新闻》向我们小男生宣传了好几年英雄人物,他们的体格都和这位差不多。

刚才目睹他吓得牙齿打架,这会儿他却开始训斥我,盛气凌人:“别傻站在这儿,当兵的。去找人,把还能战斗的人都找来。马上就去。重新上阵。手脚麻利！准备反击……”

我看见他在残缺的尸体上,在断了气的和还有口气的人身上跨来跨去,咆哮着,挥舞着双臂,样子可笑极了,不再像是连环画中的英雄,以至于事后我真想感激他,因为他在被打趴下的部队——这支部队现在似乎只有两辆“猎豹”、几辆装甲运输车还能用——中的这番表演使得从学生时代起就矗立在我眼前的英雄形象掉了价。有一样东西开始要散架了。那个名叫“这事咱不干”的金发碧眼的小伙子使我的信仰大厦出现了勉强还能弥合的裂痕,现在大厦开始东摇西晃了,不过还能支撑一阵子……

---

① 塞利纳(Louis-Ferdinand Céline,1894—1961),法国作家,其代表作《长夜漫漫行》以自己在一战服役的故事为背景。

② 格里美豪森(Grimmelshausen,1622—1676),德国作家,其小说《痴儿西木传》为巴洛克时代最重要的德语文学作品之一。

打那以后，我就只属于那些都叫不上番号的临时战斗小队了。什么营啊连啊，全都打散了，弗伦茨贝格坦克师也不存在了——如果它曾经存在过的话。苏联军团在奥得河和尼斯河沿岸取得了全线突破，摧枯拉朽，我们的主要战线千疮百孔，只是存在于地图上了。不过，关于主要战线，我当时能知道些什么呢？主要战线是什么，或者必须是什么？

在混乱的撤退途中，我在被炸得四分五裂的乌合之众中寻找归属，而乌合之众也在寻找自己的残部。虽然没有再遇上敌人，但是恐惧还是如影随形。公路边树上吊着的士兵尸体不断在警告，谁要是不能证明自己属于某某连队，或者不能出示盖了章的行军命令，从而证明自己正在去这支或那支部队的路上，谁就有像他们一样被绞死的危险。

东部前线向西节节后退，中间那一段的指挥官是臭名昭著的舍尔纳将军。按照“舍尔纳的命令”，战地宪兵，也就是那些“铁链警犬”，只要查出哪个军人没有行军命令，不管是什么军衔都要抓起来当作胆小鬼、窝囊废和逃兵送上流动军事法庭，然后就不由分说地绞死他们，吊在树上示众，隔老远都能看得见。用一句俗语作为警告：“抓人去当英雄的到处都是！”舍尔纳和他的命令比敌人可怕多了。

不仅仅是在福斯特和莫斯科之间的战线被突破的那段时间，此后舍尔纳也一直缠着我不放。六十年代中期，我构思了一部题为《败仗》的剧本①，描述的是嗜血成性、令人胆战心惊的猎狗。这次沙

① 该剧本后来成了长篇小说《局部麻醉》。

盘演习似的戏剧创作没有成功,于是我又转向去写叙事作品。长篇小说《局部麻醉》的情节推进总是磕磕绊绊,本来描写的是参议教师施塔鲁斯患下颚前突症去看牙医以及治疗过程中产生的副作用,但是也讲到了一个学生打算烧死他名叫马克斯的小猎狗,以此作为对越南战争的抗议。在这部叙事作品中,陆军元帅费迪南德·舍尔纳依然在场,只不过名字换成了克林斯。这个不由分说地绞死逃兵的畜生,就这样没完没了地从背后死盯着我。

恐惧成了我难以摆脱的重负。“出去学害怕”①,这便是我每天的功课。躲开去,闪一边,奉命唯谨,做小伏低,这些就是活下去的要诀,不用预先练习,必须立即实践。谁要是不想学着这样,谁就必定遭殃。有时候只能靠运气了,运气是“狡猾”和“偶然”生下的孩子。

我有几次摆脱困境全凭运气,后来我不断回忆这些困境,直到形成完整的故事。几年下来,这些故事说起来越来越顺口,因为它们声称每个细节都可信。然而,作为在战争中度过的危险,留存下来的一切都得打上问号,即使这些故事总是夸耀细节确凿无疑,总是以真实故事自居,似乎还拿得出证据,一如包在琥珀中的蚊蝇。

确凿无疑的是,4月中旬,我随着一支胡乱凑合起来的部队两次陷入了俄国人的后方。这事发生在慌乱撤退的途中,而且两次都是在一支任务不明的侦察队里。一次次吉星高照,或者说是碰巧得救。

① 参见格林童话《傻大胆学害怕》。

但这两次困境占领我的梦境达数年之久，而且不断变化，为了提供我脱险的出路。

这类出路，这类避难的洞穴，我上学时就在书里读到过了，不过那与其说是读书，不如说是囫囵吞枣。参议教师利特施瓦格尔喜欢我写的那些离题万里、荒唐透顶的作文，把《痴儿西木传》的通俗版洁本塞到我手里，竭力推荐说这是“巴洛克现实主义，令人难以置信，但格里美豪森笔下的一切都那样真实可信”。于是我热血沸腾地读了起来。

我当时可能是下决心要给自己鼓点劲：如果说痴儿西木总能绝处逢生，凭借计谋和运气躲过了三十年战争期间每处灌木丛后都埋伏着的危险，如果说他——比如在维特施托克打仗时——得到铁哥们儿的帮助，在千钧一发之际被铁哥们儿砍啊杀啊地从就地判决的法官手里解救出来，从而得以后来舞文弄墨地写些东西，那么我为什么就不能走运，为什么就不能有铁哥们儿助我一臂之力呢？

生平第一次，我获得了这样的机会：在机关枪的火舌下一命呜呼，或者被俘去西伯利亚学习生存。当时，一个上士指挥着六七个人组成的乌合之众，打算从平房的地下室里突围出去。敌我双方在村子里鏖战，而我们被困的平房在村子里俄国人占领的那一半。

我们是怎么陷入敌人后方的，又是怎么到了这平房——说是平房，其实更像小茅屋——的地下室里，这些都记不清了。现在我们要突围，冲到街对面由自己人守卫的房子里去。我听见瘦高个儿、歪戴着无檐军帽的上士说："再不冲，就冲不出去了！"

这个你争我夺的地方位于多沙土的劳齐茨地区，是个一长条儿沿街的村子，叫什么名字没听人说过，要不就是我忘记了。通过地下室的窗子能听到外面断断续续的步枪声和机枪声。架子上没有任何食品。不过，显然及时逃走了的房主是个卖自行车的，他囤积紧俏商品自行车，藏在地下室里，前轮朝上挂在木架上。自行车还真不少，气打得足足的，看来都还能骑。不管怎么说，这些自行车似乎都在等待大显身手的机会。

上士一定属于当机立断的人，因为前一句"再不冲，就冲不出去了"话音刚落，我就听见他在低语而不是大吼："快，每人拿一辆，然后哗地冲到对面去……"

我提出异议，虽然有点尴尬，但是语气坚定："上士先生，很遗憾，我不会骑自行车。"他大概以为我在说蹩脚的笑话。没有人笑。我没空说明自己这种丢脸的无能究竟有什么深层次的原因，也没空这样来请求原谅："我妈妈开着一家殖民地杂货店，生意不太好。非常遗憾，她总是手头紧，不能给我买自行车，新的旧的都买不起。所以，我也就没及时学会骑自行车，掌握这项有时能救小命的技能……"

我还没来得及夸耀自己早就掌握的游泳技能作为补偿，上士再次当机立断："快，拿一挺机关枪，先掩护我们。我们再接你出去，以后会接你出去的……"

或许，当时有这个或那个士兵，凡是奉命从木架上拿自行车的，都来安慰我，让我别害怕，不过我一句也没听进去。我在地下室窗口旁就位，架起那挺从没学过怎么用的武器。作为战士，我再次显出自己的无能。不过，即使我会用机枪，恐怕当时也顾不上了，因为那五六个人刚推着自行车——其中还有女式车——走出地下室，从平房正门冲到村里街上，就遭到了冲锋枪扫射，也不知道子弹是从哪里打来的。是从街的这边？那边？或者是从两边同时打来的？

我想，我当时看到那堆人手脚乱动，但很快就只是在抽搐了。其中有人——是那个瘦高个的上士吗？——倒下时还翻着筋斗。不一会儿，全没动静了，只有一个自行车前轮从尸堆里露出头来，不停地转啊转。

不过也有可能，这里描述的血腥画面只是事后在脑海里导演的场景，因为还在这乱哄哄人仰车翻的结局到来之前，我就放弃了地下室窗口的岗位，没看见什么，也不想看见什么了。

我没带那挺托付给我的轻机枪，而是端着我自己的卡宾枪，离开了自行车商人的平房，偷偷地穿过后花园和嘎嘎作响的小门溜走了。在各家的花园后面和花园之间，我以已经长出花蕾的灌木丛为掩护，顺着小路离开了还能听见激战枪声的村子。突然，我发现了一条小火车的铁轨，两边是一人高的路堤。铁轨在路堤上矮树丛的簇拥下，径直通往可能是我军阵线的方向。万籁俱寂。只听见灌木丛中麻雀和山雀的声音。

我并不是说，自己从上士——在他看来，我不会骑自行车只是一个蹩脚的笑话——那里学到了什么，但是，我像听从先知指示一样沿铁轨往前走，却是一种正确的当机立断。

在枕木和碎石上走了一公里多，只见前方铁轨上方横跨着一座桥。桥还没损坏，上面驶过装满步兵的吉普车和卡车，还有拉着榴弹炮的马车，然后是若干步行的小队，士兵费力地拖着脚步，显然是德国人。我不假思索地加入了行军队伍，因为即使在不与敌人遭遇的情况下，当兵的要是独来独往，手里又没有行军命令，同样会丢了性命，绞索会套上脖子。

我知道，这听上去不太可信，有信口开河之嫌。不过，这段大难不死的故事就其核心部分而言并无虚假，有以下事实为证：几十年后，儿子和女儿劝我到林中小路上去学骑自行车，在没人旁观的情况下学会这门连小孩子都会的简单技艺，我总是拒绝进行一次以上的尝试。比如在丹麦默恩岛的一处森林，我只要在从小就会骑车的马尔特、小汉斯和海伦妮“别当胆小鬼”“上啊，爸爸”之类的呼声鼓励下骑上自行车，就会马上摔下来，作为这样一位母亲的儿子摔下来：她总是手头拮据，买不起自行车或者——用她的话来说——“钢丝驴”，这的确救了我一命，倒不是因为她未卜先知。

只有我的乌特说服过我。那是在八十年代初，她认为我缺少运动，把我骗到一辆荷兰双人自行车上练胆量，她坐在前座掌握方向，坐在后座的我挺爱看她一头鬈发迎风飘扬。如此万无一失，我开始思绪万千，没有因为当机立断而受到伤害。

奥得河和尼斯河战线崩溃之后，天知道我是如何度过那些日日夜夜的。关于这点，那盘倒回去放、常要拼接的电影胶卷目前什么也没有透露。无论是先前还滔滔不绝的洋葱皮，还是那块最透明的、能看见其中栩栩如生的远古昆虫的琥珀，都不能给我任何帮助。我只得再次查阅格里美豪森的作品，相仿的战乱使他学会了恐惧，使他得以体验“苏斯特猎兵”①的冒险。正如他在讲述维特施托克战役时将笔墨集中在多塞河和周边的沼泽地上（皇帝军队惨死在沼泽地里，他极具艺术鉴赏力地运用自己巴洛克时代的同事、作家奥皮茨的语汇，浓墨重彩地描绘了大屠杀），我也能证明，当初那些与我有关的战事发生在科特布斯和施普伦贝格之间的劳齐茨。

显然，战线必须重新巩固，从我来回转悠的这地方开始重整部队，突破帝国首都周围越来越小的包围圈。据说，元首正在那里坚守阵地。

然而，各种命令互相矛盾，各支队伍互相挡路，乱作一团。只有西里西亚的难民潮方向明确，向西涌来。

六十年代初期，我义无反顾地揭露披着事实外衣的谎言，针锋相对地回击一切荒谬。啊，那时我笔下的词语来得多么容易，闸门敞开着。一页又一页，驯服的句子飞流直下，宛如瀑布。洗着时冷时热的语言浴，传统的叙述方式返老还童。在敏感处动大刑，逼得倔强的沉默发出承认的惨叫。放个屁，也会有回响。只要有高潮讲得精彩，就

---

① 指《痴儿西木传》的主人公。

能换回三个被牺牲的真理。因为所有事实的都合乎逻辑,所以与之相对的也合乎逻辑地有可能。

比如,《狗年月》第二篇的最后章节就假定,集中挖掘的元首地下室和围绕柏林的最后决战具有某种意识,而这种意识唯独听命于疯狂。一条牧羊犬逃走了,它叫“亲王”,是元首的爱犬。对寻找失踪牧羊犬过程的描写在语言上是如此浓缩,以至于味如嚼蜡的海德格尔风格的德语——“虚无不断地虚无化”——和国防军总司令部堆砌名词的语言风格汇合在一起,滔滔不绝地将真理可能提出的苛刻的异议荡涤殆尽:“遵照元首命令,兹期待第二十五坦克兵师团封锁科特布斯前线的缺口,以防该犬突围……元首爱犬的初次露面被远距离意识定位……在施泰纳部防区,确认被远距离意识定位的虚无为虚无……虚无发生在敌军坦克和我方尖兵之间……”

不过,我在的或应该在的地方——是科特布斯前线?——既没有我方尖兵,也不见部队集结。所谓可能发生的“虚无”充其量是弗伦茨贝格坦克师,它或许可以归入令人生疑的施泰纳部队。只有匆忙凑合起来的残部对相互矛盾的命令做出反应。一切都土崩瓦解了,一切都谈不上合乎逻辑,直到——片子这会儿又能放映了,我眼前出现了画面——由于不可抗力的喜怒无常,零零散散的坦克兵又被重新改编。

“偶然”这位老熟人又在抓阄掷骰子了:经过改编,我现在属于一个十二至十五人的小队。它没有重武器,所以被当作步兵突击队,属于一支所谓“升天小分队”。

想不起我是在哪儿丢了雨具和帐篷，更糟糕的是卡宾枪也不见了。于是他们发给我一支意大利制造的冲锋枪。假如真要用的话，拿着它的手一定会抖抖索索。

我记得许多钢盔大聚会，扣在愁眉苦脸的男人和心惊胆战的男孩头上。假如当初给这帮无助的乌合之众拍一张照的话，那么其中必定有我，左起第三个。

我们的指挥仍然由资深上士担任，不过这次换了一个宽肩膀的矮子。他命令部下：前进，搜索敌人。

天色渐暗，我们先是迷了路，过了好久才顺着一条被履带碾压得不成样子的林间小道前进。据说就在几个小时前，一支由虎型坦克和装甲运输车组成的先头部队轰隆隆地从这儿疾驶而过。我们现在要和前方联系，但从随身带着的步话机里传来的不是指示，而是杂乱的单词和沙沙的噪声。

在小路两边，林木好像在练习自我拷贝：松树，全是松树，左右都是高高的松树。虽然没有辎重，但我们在半道上带上了一个老头，从袖章上看是国民突击队的人，还有两个轻伤兵，好像孪生兄弟，都是左腿一瘸一拐。

国民突击队的老头不停地胡说八道，一会儿嘟嘟囔囔地埋怨上帝，一会儿又把邻居骂了个狗血喷头。那两个腿上受伤的士兵要人搀扶，几乎要人抬着背着才能前进。我们的前进速度非常缓慢。

虽然步话机一直在呼叫，但是坦克先头部队仍然没有回音。于是上士宣布在路边休息。他看上去久经沙场经验丰富，估计到剩下的装甲车可能会撤退，所以要我们暂停行军在这儿等着，心里真希望有车来，至少把这两个瘸子和唠唠叨叨的国民突击队的老头送走。我们本来就够累的了。幸好，他没有随便叫个小伙子，而是让我去林间小路上站岗，命令我要把眼睛睁得大大的。

眼前又浮现出一幅画面，是我想象中的我自己：头上钢盔不断滑落的我，奉命行事的我，想方设法完成任务的我。

虽然累，但这任务还是完成了，因为不久我就看到在夜幕已经降临的林间小路上有一个亮点，越来越近，变成了两个亮点。我按规定报告："发现机动车辆，可能是装甲运输车！"然后站到路中央，以便对方能看到我，我也能奉命拦下这估计是装甲车的东西。我是左撇子，高举左手拦车。

或许，我当时就觉得这飞速靠近的履带车有点奇怪，因为车上所有探照灯都开足了亮度。车在离我两步的地方停下了，我的怀疑得到了证实，只要看上一眼就明白。只可能是俄国人，只有俄国人才不节约用电，而是大肆挥霍……

"伊凡来了！"我朝路边的小队叫道。我没工夫细看敌人坦克上坐得满满的射手，没工夫想生平第一次和活生生的苏联士兵面对面，正相反，我不等枪声响起，飞快地往右一闪，一个鱼跃跳进了路边上的幼松育林带。我跑了，但还没有脱险。

我听见两种语言的叫喊，接着是扫射声大作，直到最后俄国人的冲锋枪掌握了全部发言权。

我在密集的幼松之间匍匐前进，逐渐拉开了和敌人的距离。这时，敌人朝育林带的左右两边开火了，我毫发未损，而以上士为首的小队就没有这么幸运了。连国民突击队的老头也不再埋怨上帝，不再痛骂邻居，不再要结清旧账了。只听见俄语说话声正在渐渐远去。有人在笑，听上去是善意的笑声。

因为干树枝断裂时动静太大，硕果仅存的坦克兵不想再这样娴熟地移动两肘往前爬了。他开始装死，似乎这样就能摆脱历史的进程，虽然身上的意大利冲锋枪和两匣子弹表明他还能继续战斗。

等到敌人的坦克相继开动，我才继续匍匐前进，直到幼松育林带逐渐变成了成年的松林，松树一排排地挺立着，体现出秩序井然的普鲁士精神。不，我不想返回去看，那里也许只剩下尸首了。再说，林间小路那里传来了惨淡的灯光和马达的轰鸣，这表明敌人正在向前推进呢。

就这样，我继续向松林深处爬去，只有几丝云彩的夜空里突然露出了蛾眉月。这确实存在的或者只是想象中的月光，减少了单枪匹马的士兵撞在树干上的次数。但是，树上松脂的香味还是包围了他，终于将他紧紧地裹了起来，宛如虫子在那块琥珀中永生并自称是我的化身。那块琥珀就放在斜面工作台上面的格层里，顺手就能拿起来对着光照，进行询问。无论是蜘蛛、扁虱还是甲虫，只要你有耐心，它总会告诉你些什么……

但是，我在蛾眉月的银辉下拜访这个形单影只的坦克兵，他是如今上了年纪的某人的早期版本,我看见了什么?

他好像是从某一段格林童话里逃出来的。他马上要哭鼻子了,因为不喜欢在这个故事里露面。他更愿意成为手边随时可以拿起的那本书的标题人物。是的,他现在酷似格里美豪森笔下的主人公,对这位主人公来说,世界是迷宫般的疯人院,只有成为某个名叫变色龙的人舞文弄墨才能从里面脱身。在上学时他就会耍这样的花招:遣词造句才能使他如愿以偿地转世投胎活下去。

以后发生的一切,就这样在营养丰富的“推测”这暖房的苗床上绿意盎然了。他想成为这个成为那个,但我只看见一个没有目标的人在同样大小的树干之后和之间到处乱转,时而隐约可见,时而踪影全无,时而又出现在取景框里:这个当兵的头上的钢盔不断地滑落。

他依然全副武装,端着冲锋枪随时准备开火。身上挂着的防毒面具毫无用处,就像一把长鼓。干粮袋只有一些碎屑,最后一次发的行军给养所剩无几了。军用水壶里的水也已消耗过半。金茨勒牌手表是父亲送的生日礼物,荧光指针不知从什么时候起纹丝不动了。

唉,要是他这会儿手头就有骰子筒和三枚骨制骰子就好了!不过,那是战后不久他才到手的东西。在巴特艾布灵战俘营里,他会和一名同龄伙伴掷骰子预卜未来。伙伴名叫约瑟夫,是个目标明确的天主教徒,打定主意要当神甫,当主教,甚至红衣主教……但这是另外一个故事,而且刚开始就乱作一团,在这儿,在黑咕隆咚的森林里,没它什么事。

现在他睡觉了,靠在树干上坐着睡着了。现在他惊醒了,并不是冷醒的，尽管刚才没盖大衣，大衣在魏斯瓦瑟就丢了。现在天亮了，他像树干一样在身后留下一道影子，却找不到走出森林的路，跌跌撞撞地转着圈子，自己还毫无察觉。他从干粮袋里拿出一块差不多已是碎屑的面包干，拧开军用水壶的盖子，仰脖子喝水时钢盔又滑到了后脑勺上。他不知道时间究竟过了几分几秒，手头也没有可用来预卜未来的玩意儿，但他非常想要有一个伙伴，一个这会儿还不知道姓甚名谁的伙伴。他徒劳地效仿痴儿西木，那个西木总能化险为夷，逢凶化吉，从而成了四方敬仰的"苏斯特猎兵"，在搜寻粮草时总能弄到营养丰富的战利品，其中有又黑又黏的稞麦粗面包和威斯特法伦地区的火腿。

现在天又黑了下来，小猫头鹰在叫。他嚼着最后一点干面包屑，在几乎乌云密布的夜空下饥肠辘辘，茕茕孑立。

完全被夜色笼罩起来后，他又上了一课，学会了害怕，觉得恐惧附身了，就骑在自己后背上。他想回忆儿时的祈祷词："亲爱的上帝，让我变得虔诚，让我能上天堂"，也许开始呼唤母亲："妈妈，妈妈！"而在远处，母亲如有预感，也开始呼唤儿子："快来，小子！给你一碗白糖拌蛋黄。"不过在这黑咕隆咚的林子里，他仍然是独自一人，用德语说就是"犹如母亲的孤魂"，直到后来真的出了一件事。

我听见脚步声，或者是让人以为是脚步声的响动。林子里，地上的树枝咔嚓咔嚓响。是猛兽？野猪？也许是犀牛？

我站着不动，避免弄出任何声响，于是对方也停下了，一声不吭。不知道对方是动物，是人，还是怪兽？刚才是谁，或者说是啥，在漆黑的林子里弄出那些脚步声？

有人出现了，时而近，时而远，接着又近了，简直近在咫尺了。

小心！呼吸时别出声！到树干后隐蔽起来！

这些在严格的军事训练中都学过。打开枪的保险，就像对方肯定也打开了枪的保险一样。

两人都以为对方是敌人。也可以设想这是几年后构思的芭蕾舞场景或电影画面，这画面要在每一部讲究质量的西部片中表现紧张情节的高潮：最后交火前的舞蹈仪式。

听人说，在漆黑的森林里不妨吹吹口哨。我没吹口哨。某种力量，或许是远方的母亲，使我唱起歌来。我没有在熟悉的《埃丽卡》之类的行军歌和玛丽卡·勒克不久前演唱的《夜里无人愿独处》之类的电影流行歌之间挑选曲目，自然而然地张嘴就来的是一首对眼下的局面非常合适的儿歌。我不断地唱，翻来覆去只会开头的半句："小汉斯独自去……"一直唱到有人以歌声解决了我的难题："周游世界……"

记不得了，这次对唱持续了多久？也许一直到双方终于明白了，原来是两个说德语的人夜里在黑咕隆咚的森林里产生了误会。于是双方离开了各自的隐蔽处，用士兵的语言打招呼，枪口朝下地迎面走来，越走越近了。

我的这位歌友装备着一支自动步枪，年龄比我大几岁，身高比我矮几公分。眼前的这个瘦弱的小个子没戴钢盔，军帽皱得不成样子，操着一口柏林方言，好像生下来就是一副怏怏不乐的样子。突然，我吓了一跳,不过马上恢复了平静,原来是他在用打火机点火。他板着脸,一声不吭地抽起雪茄来。

以后我才知道:在战争期间,从进攻波兰开始算,他去过法国和希腊,最后在克里米亚半岛荣升一等兵。他没有胃口继续往上爬了。无论出什么事,他都不会惊慌失措,这点在后来那些危如累卵的紧急关头得到了证实:他是我的庇护天使,是我从格里美豪森的小说里借用的铁哥们儿,是他最后带我走出了森林,越过了田野,穿过了俄国人的防线。

和我相反,这位一等兵刚才一直走到了森林边缘,他看到了营地篝火,再三斟酌后认定林子外面的田野已在敌军手中。所以我们开始找一个未被篝火照亮的地方。这就是说:他在前面找,而我在两步之外跟着。

停下小憩时,月亮好久没被遮住,他趁机给自己脸上抹肥皂,把三天未刮的胡子刮得干干净净。而我,得给这位上司拿着小镜子。

一块地里的垄沟向西延伸,消失在黑暗的远方。我们见状决定冒险一试,离开了掩护我们的森林。这块地好像刚犁过,尽头是蜿蜒起伏的田野。沿着一条灌木丛左右簇拥下的田间小道,我们来到一条小河边,桥上没人把守。我们灌满了军用水壶,喝完了又灌满,他开始抽烟,稍事休息。

到了第三座桥,不知这桥下的河流是不是与我们脚下的小路频频交叉的施普雷河的支流,我们看见不远处燃着一堆篝火。笑声,断断续续的说话声向我们扑来。火光前有一些黑影闪来闪去。

不，伊凡们从不唱歌，看来那群人也不像是醉鬼。也许其中有一半还在睡觉，而另一半在……

等我们过了河，才听到身后有人用俄语在叫："站住！"接着又是一声："站住！"

第三声吆喝声响起时，我们已经过了桥走了几步，一等兵向我下令："快跑，越快越好！"

于是我们撒腿就跑——甚至到了战后，我还在梦中不断拖泥带水地跑，横穿一片耕地，但是翻起的土块粘在靴底上，掉下来又粘上，以至于我们现在冒着冲锋枪的扫射和撕开夜空的照明火箭的照射跑得那么慢，就像电影中的慢镜头，就像在拉长的电影片断中奔跑，一直跑到耕地尽头才跳进沟里隐蔽起来。

俄国人，就是我们说的伊凡，并不打算过来仔细搜寻。喧闹声平息下来了，天上再也没有把耕地照得如同白昼的火箭，只有月亮时隐时现。有一只小兔蹦蹦跳跳地在我们面前经过，不慌不忙，不把我们当回事。

就这样，我们继续深一脚浅一脚地穿越田野，不必再过什么桥了。拂晓时，我们看见一个村庄，它显然还没被敌人占领，因为它静静地安卧在晨雾中，匍匐在教堂脚下，一副太平无事的样子，似乎游离在时代之外。

村口只有稀稀拉拉几个人守着防坦克木障，一个奥地利裔骑兵上尉在那后面接待了我们。真奇怪，我至今清楚地记得这位上尉拉长的或者只是阴郁的脸，甚至连眼袋和上嘴唇上的那撮小胡子都能描绘或者描写出来，尽管我们和他以及他手下的国民突击队员仅仅对视了一分钟时间。他看来天生就是个忧心忡忡的人，我们滔滔不绝地解释，他却打断了我们的归队报告，带着奥地利口音慢慢地发问："噢，你们的行军命令呢？"这问题似乎是顺便提的，就像一句不得不说的客套话。

因为我们没有那张盖了章的纸，成了所谓"不受法律保护者"，确切地说，可以被送上战地军事法庭，所以他让三个手持霰弹枪和防坦克武器的老头把我们押下去，送到一间农舍的地窖里关了起来。其中的一个老头在我们面前炫耀：他是村长，是地方农民队长。

还有一桩奇怪事儿：竟然没人来解除我们的武装。和骑兵上尉浑然一体的是一条项圈镶着珍珠的小狗，他老是抱着它，温情脉脉地安慰，似乎除了这个狗畜生，世上就再也没什么值得他同情了。

押解我们的三个国民突击队员步履缓慢，年老体弱，其中一个施舍给我的上司一等兵半包烟，天知道是什么牌子的。

我也不知道这村子叫什么，在这村子里，我们安然无恙，尽管饥肠辘辘地抵达了德国防线，马上或者不久就可能受到军事法庭的就地判决。这村子叫什么？是叫"小彼得"吗？或者，叫这个可爱名字的是我们后来撤退时经过的另外一个村子？

地窖里的大架子上放着一排排大口瓶，从瓶上手写的标签可以知道里面装的是什么。芦笋、黄瓜、南瓜、绿豆，还有血下水和鹅杂碎，用的全是祖母那一辈子人的聚特林字体。大口瓶上还没怎么积灰。长瓶子里是浑浊的苹果汁和丁香果汁。地窖一角堆放着已经发芽的土豆,那土豆芽都有小指长短了。

在呕吐前不久,我们还在从大口瓶里往外舀冻肥肉,啃着用芥末浸制的酸辣小黄瓜,喝着果汁。然后一等兵开始吞云吐雾,他很少抽烟,不过一旦抽起来就神情肃穆,和我远方的母亲一样会吐烟圈。我把防毒面具罐里的东西倒了出来,装上草莓酱和樱桃酱,这些美食不久后就会让我觉得够呛。

我们等待战地军事法庭的审判,却对担忧的判决一字不提,相反,我们吃饱喝足打起盹来——至少在记忆中,我们在等待的这段时间里并非惊恐万分。等了一到两个小时后,一等兵开始检查地窖门,发现门并没锁,钥匙插在外面,也没人看守。是不是有只猫被我们吓着了?或者,如果真有只猫在这儿,我们可能惊扰了它的美梦?

出了地窖,透过厨房窗户,只见防坦克木障边上并没有国民突击队员在抽最后一斗烟。骑兵上尉早就带着他的小狗溜之大吉了。这村子显然已经撤空了,要不就是村民装样子,似乎他们并不存在,从来就没有存在过。

骑兵上尉或是把我们忘了,或是忧郁症发作把我们扔给了喜怒无常的命运。砍下不久的松树搭成的防坦克木障上,几个麻雀在翻滚跳跃。太阳暖洋洋的,让人真想引吭高歌。

透过木障边上的缝隙,可以看见农田。敌人排成散兵队形上来了,是俄国步兵。从远处看并不可怕,简直就是些玩具小人儿。我再次在射程之内与苏联红军狭路相逢了。还不能一个一个地看得非常清楚,但他们一步一步地靠近了。然而,没有听见枪响。在这些慢慢靠近的小人儿之中,也许有几个与我年岁相当。他们戴着船形小帽、钢盔和毡帽,军装全跟大地一个颜色。他们的脸上稚气未脱。从左到右,一个个都能数清楚,一个个都能当靶子。

但我还是没有端起意大利制造的冲锋枪,正如一等兵不愿端起自动步枪捍卫这个叫“小彼得”的村子一样。我们不声不响地溜走了。即使伊凡们奉命或者出于习惯射击了,我们也不可能开火还击。

这倒并非出于人道,也不值得赞扬。其实更是出于理性,因为没有这个必要,我们才没有瞄准扣动扳机。所以,我常说的那些话,比如我在被战神揪住不放的那个星期里从未通过凹槽和准星捕捉过目标啦,从未扣过扳机啦,从未打过一枪啦,其实至多是些安慰之词,是用来对付残留的羞耻感的。不管怎么说吧,毕竟我们肯定没有开枪。但不太肯定的是:我在什么时候脱下了身上的军装,换了一件罪孽轻些的制服?是我自己决定换装的吗?

不,确切地说要感谢一等兵,是他看了看我领子上的古日耳曼字母,吩咐我换装,并伸出援手使我换成了装。他不可能喜欢我所属部队的标记。由于我,不用多说,他陷入了一个臭名昭著的团伙。

不知在什么时候,也许早在我们待在全是大口瓶的地窖里的时候,或者直到途中休息他抹肥皂、刮胡子然后抽香烟的时候,我听见他说:“要是伊凡们逮住我们,看见你领子上的那个装饰,小子,你就完了。像你这类家伙,他们会格杀勿论,给你后脑来上一枪,崩了再说……”

也许是他不知从什么地方弄来了——用当兵的话来说就是“组织到了”——一件普通的国防军制服。上面没有枪眼，没有血迹，甚至还挺合身。现在我衣领上没有那两个古日耳曼字母了，他看我顺眼了，而我也欣然接受了奉命换装的事实。

我的庇护天使对我就是这样关怀备至。正如痴儿西木在身心受到威胁时有一个好哥们儿相助，现在我，经过修饰的自画像中的我，也有这位信得过靠得住的一等兵。

以后发生的，总是以前有过的。我们所说的“当今”，稍纵即逝的“现在——现在——现在”，总是被过去的“现在”笼罩着。所以，甚至向前逃跑的道路，即所谓“未来”，也只能穿着铅一般沉重的鞋子走。

相隔六十年的时间距离，我如此沉重地看着当年十七岁的自己，在潮水一样往后退的残兵败将中找部队：背着模样像鼓、被挪作他用的防毒面具，穿着一件如同重新剪裁过的军服，边上的一等兵生命力顽强，处世圆滑，对危险的预感万无一失，谁能看得出他以前的职业是理发师。两人在找部队，一次次躲过了“铁链警犬”的检查。到处都能嗅到漏洞。所谓防线难以辨别。在成千上万打散了的军人中，只有他俩没有那张救命的纸。不知道有哪一群乌合之众打仗打得没几个人了，所以现在愿意接受他们？

一直到了从森夫滕贝格去施普伦贝格的公路上，事情才有了转机。公路上挤满了人满为患的难民马车。这两个虽然穿着一样的灰军装,但看上去就是不一样的人利用堵车的机会,到路边的临时收容所去讨价还价,去弄那张盖了戳的烂纸,那张能让你留下小命的行军命令。一桌一凳摆在露天里,桌上放着一沓预先印好的纸,凳上坐着一个打仗打腻了的军士长。他没提什么问题,唰唰几笔签了字,啪的一声盖了章。一等兵说什么,我就跟着说什么。

现在我们安全了,因为我们被分配到一支新建部队,尽管该部队暂时还只是驻扎在这张盖了章的纸条上。这一许诺真是模模糊糊。不过,流动炊事房的轮廓却是清清楚楚:炊具从车上卸下架好,在草地上的集合点开饭了。当兵的把这种战地厨房叫作“红烧牛肉炮”,这会儿锅里热气腾腾,一股大杂烩的香味儿。

现在我们排起了长队。士兵不分等级全得排队,连当官的也不许往前挤。快完了的时候就会没大没小,至于这无政府主义局面延续的时间是长是短却纯属偶然。

今天的菜是土豆汤里加点儿肉。军厨长先在锅底捞一下,然后再在上面舀半勺。因为我们手里除了口粮袋之外,还有扎在那上面的饭盒和刀叉,所以每个人都能领到从锅里舀出的一勺半。气氛说不上沉闷,但也不欢快。典型的 4 月天。眼下还有太阳。

现在我们面对面地站着,步调一致地喝起汤来。“哎呀,”一个几步之外也在喝汤的人说,“今天是阿道夫①的生日!怎么没有额外

① 指希特勒。

给养呢？好吧，来点‘可咖巧’①和香烟，再弄一小杯白烧，干杯！元首万岁！”

现在有人想说笑话了，但说得结结巴巴的。富有感染力的哄堂大笑。又有人开始说笑话。一幅局部看来颇为祥和的画面，只缺个拉手风琴的了。

“这地方叫什么？”

“劳齐茨！”

现在出现了一个知情者：“这儿盛产褐煤……”

1990 年春天，我出于多种原因访问科特布斯和施普伦贝格之间的村村镇镇。我渴望了解现状，把最近发生的事情一一记下，但我的思绪还是飞到了过去。

在那段日子里，好像要重新统一了，即便不能克服二战的后果之一，即德国持续了四十年的分裂，也应该在相互接近的过程中逐步地消除差别。至少这种可能性——这几乎就是个奇迹——是存在的。但是因为人们相信这种过程太拖沓，哪有时间慢慢地等啊，所以后来就用钱来把贫穷的东德和富裕的西德弄得一样了，而且速度很快，比想象的要快。

我去了两次，先是在科特布斯逗留了几天，那里的旅馆已经被成群结队的商务代表占领了，都是为资本打前站的家伙。后来，在初

---

① 指所谓的“可乐咖啡巧克力”，一种德国传统巧克力。

夏，我去了古本，下榻于一家提供早餐的小客栈，店主是个寡妇，她的女儿也老大不小了。这是个小城市，有宫殿、宫殿花园、停业的工厂、合作商场、妇产科医院，还有教堂广场上整整齐齐、干干净净的苏军墓地。找了个小饭馆喝了点匈牙利汤，然后喝了点巴伐利亚啤酒。这是货币改革前夕的事，不过那时已经开始对以如此和平的方式弄到手的东德进行清仓大拍卖了。西德企业的旗帜比比皆是。

然而对我来说，唯一重要的是这个地方本身。目光所及，地上到处都是几十年来挖掘褐煤留下的痕迹。比如在古本宫殿花园后面，挖出来的深坑宛如月球表面，不像是在人世间。地表土堆成了一座座山丘，散落在一片片死寂的地下水洼之间。这地方，天上连个飞鸟也看不见。

妇产科医院后面就是悬崖，我从那儿俯视前方，拿起铅笔和炭笔画了一张又一张。先是从古本城，接着从残缺不全的普里岑村取景，后来我又换了个位置，眺望着一排排烟囱和冷却塔，那是雄风不再的联合企业“乌泵”。

杂色斑纹厚画纸一沓二十张，转眼工夫就用完了。我还画了废弃的传送带，它们缠绕在一起犹如羊肠。无论近旁还是远处都有挖煤机，虫子一样地趴在深坑边上。主题接踵而至，画也画不完。

望着这人造深渊，心中所得远远超过了眼前所见。这景象也使我文如泉涌，在后来的长篇小说《辽阔的原野》中展望西德的东德化，面对着眼前的深渊说出了诸如此类的丧气话。

接着，在一张画和另一张画的间歇，片子又开始倒放，我当时在、现在又开始在追踪自己的足迹了。

必须跨越时光,在森夫滕贝格到施普伦贝格的公路边上找到这样一名坦克兵:他站在快快不乐地操着柏林方言的一等兵身旁,惊讶地注视着这个地方,做起了鬼脸。记不清了,军厨长是在哪里分发的土豆汤,我们是在哪里捧着装得半满的饭盒面对面?

这会儿,6 月的阳光照在我身上暖洋洋的,就像 4 月的阳光照在我身上暖洋洋的一样。这会儿,我看见我们正以相同的节奏舀汤喝。我们站在公路边,而在公路上,上前方反击的一列列坦克和反方向移动的一队队难民堵在了一起。只有一条车道,想让也没处让。地面都裂开了好大的缝。

褐煤开采区在脚下向前延伸,一直到对面的悬崖边。到处都是“乌金”,等着被送进发电厂当燃料,被压成煤饼。无论在战争年代,还是在和平时期,劳齐茨都是露天采矿的好地方,直到两德统一的“转折年”也是如此。我在那年来到这里,见到了比可见的更多的东西。

死寂笼罩着地表土堆起的山丘,笼罩着地下水形成的池塘。现在,此时此刻,我描摹着眼前露天采矿导致的景象,周围的死寂足以让我听到过去的声音,听到坦克部队指挥官的号叫,听到迈巴赫发动机的轰鸣,听到马车上难民的喧闹,听到马嘶,听到儿啼,但也能听到军士长的盖章声,铁皮勺子的碰撞声——那是我们在刮饭盒边上的残羹剩饭,然后耳边就响起了苏军坦克打过来的第一批炮弹的爆炸声。

在舀一勺一勺的间隙，只听见一等兵说："这是 T-34 型坦克。"

我像只应声虫："是 T-34 型坦克。"

在对面，在采煤形成的深坑上方，一批还数得清多少的坦克冲出了林子。它们看起来只有玩具般大小，停了下来，开火了。公路上双向堵住的车辆成了敌人慢慢地精确瞄准的目标。弹着点越来越近了。我们的中型坦克"猎豹"的炮筒正对前方，因为炮塔无法旋转，所以现在赶紧得调整方向准备迎战。只听见命令声，一阵盖过一阵的惨叫声，因为现在坦克为了腾地方，把旁边那些载满难民的马车推到了悬崖边，推到了深坑里，就像倒掉了一堆垃圾。

现在我看见一个英俊得就像画出来似的少尉，他从坦克炮塔里钻出身来，挥舞着双手，好像他空着手也能扫清射击方向的障碍似的。现在我看见西里西亚的农民，他们舍不得丢下自己逃难的行李；我看见布娃娃大小的孩子，他们随着车子侧翻在地；我看见一个女人在叫，但我听不见她的叫声；我看见炮弹时远时近地爆炸，它们好像无声无息地就击中了目标；我直勾勾地盯着——这样就不用再去看四周了——铁皮饭盒里的剩汤，一方面还觉得饥肠辘辘，另一方面又是个惊讶的旁观者，只是个见证人罢了，周围无声片般的活动似乎都与我无关。但是，这会儿我又成了大笔一挥就跃入当今的格里美豪森，杀气腾腾的战争年代里的一个个故事、一次次战役都在他面前排起了队，天知道是谁在他耳边不停地嘀咕；我看见自己同时看见了发生的一切，我以为自己在做梦，然而我却是、始终是非常清醒，直到头上那带子松了的钢盔一下子被掀掉，我失去了知觉。

估计失去知觉的时间不长，如果时间可以测量的话。接着在我身上、在我四周发生的事情，拼缀成了轮廓清晰的画面，又消失在幽灵般模糊的画面中：差不多空了的饭盒不见了，金茨勒牌手表也失踪了。

一等兵哪儿去了？

冲锋枪和那两个弹匣哪儿去了？

为什么我还站着，或者说又站起来了？

我右大腿上鲜血直流，把裤子全染红了。下巴也疼，是钢盔带子拉伤的。我正想和谁一起去拉一等兵——他就躺在那儿！可是左手臂不听使唤了，它悬在那儿无力地摇晃。

一等兵的双腿都被弹片撕烂了，不过上身似乎没怎么伤着。他惊异地看着，似乎不相信……

接着，扬起的尘土把我的视线引向炊事房，它还在安然无恙地冒着蒸汽，直到我们——他被人抬着，我被人扶着——和另外一个伤员一起被塞进一辆简称“救卡”的救护卡车。一个卫生兵跳上了车。其他伤员不得不留下，于是他们大声咒骂，其中有一个死活不愿留下，拉住车门不放……终于车门关上了，锁上了。

现在我们——想来只可能是这样——轰隆隆地朝着战地伤员包扎总站驶去。

一股来苏尔水的味道。我当初可能觉得到了这车上就安全了。战神停下歇一歇脚，至少暂时不会发生什么事，再说我们现在开得也不快。一等兵平躺着，以前他红光满面，因为脸总是刮得干干净净的，但是现在泛绿了，恐怕是胡茬。我觉得他身子都变小了。两腿绑着，包着纱布。

他就这么躺在一块木板上，意识清醒，头部不动，只是用眼角看着我。他努力说出几个字来，越说越清楚，直到终于能用轻轻的但仍然怏怏不乐的声音让我给他拿支烟。他胸前口袋里有盒皱巴巴的烟，我抽出一支，又拿出打火机。

从来不抽烟的我点着了烟，塞在他嘴里，他上下唇不再剧烈抖动，贪婪地连吸了几口，闭上眼，又惊恐地张开，似乎这时才明白了自己的处境。我惊恐地在他身上发现，破天荒第一次：在他的脸上竟然能看出惊恐来。

停车休息时，我只听见另一个伤员在呻吟和卫生员在抱怨纱布不够，还惊异地发现自己的伤口竟然不痛。车又开了，一等兵请求我，不，是命令我把他里里外外的裤子都解开，用手去检查一下他两腿之间。

还在，还能摸得着。听到这样的检查结果，他咧嘴笑了，抽了几口烟，接着晕过去了。他呼吸平稳，那样子楚楚可怜。

裤裆里的这一摸，使得我十二年后在保卫波兰邮局那一章①里这样描写扬·布朗斯基：他用五指证实了那位慢慢死去的看房人科比埃拉没有丧失男性的力量。

① 《铁皮鼓》中的一章。

在战地伤员包扎总站,我俩被分开了。他被抬进了帐篷,我被撂在了露天。我的大腿不包扎不行,但裤子还没有褪到膝盖,就听见周围哄堂大笑,原因明摆着:我总是挂在身上的防毒面具罐被一块手指长的弹片撕开了,就像一面鼓开了膛破了肚,里面的东西全流了出来,草莓酱和樱桃酱把裤子弄得一塌糊涂。从此我一坐下屁股底下就黏糊糊的,后来又招来了蚂蚁,这不是什么好笑的事情。

开膛破肚的防毒面具罐被我扔在了包扎站。不过,要是可能的话,那块苏军恩赐的弹片——它大慈大悲没要了我的命,让我有机会后来成了有儿有女的父亲——我真想全部保留下来,留给儿女看,再留给孙辈看:你们瞧,这是一件物证,说明我这个志愿兵获得了教训,尝到了恐惧的滋味,学会了害怕。瞧,孩子们,这弹片多长啊,而且像锋利的锯齿……

然后我的左肩才被包扎起来,左肩出血不多,但里面可能有一块金属异物,不过并不大,新军服上的那个孔几乎就看不出来。左右摇晃的手臂用吊带固定了起来。因为战地伤员包扎总站所处的位置非常有利,离开货运调车场仅一步之遥,所以记忆的画面中没有出现中转站。战争对我来说就这样飞快地结束了,尽管周围的枪林弹雨分明仍在继续。

黄昏时分,我们被装上了火车。那一定是在 4 月 20 日至 21 日之间的夜晚,因为卫生兵和一个开名单的军医,还有我们这些轻伤员,都在喋喋不休地重复不久前战地厨房周围的那些人的抱怨:今天竟然没有额外给养,而开战后的这些年来,元首生日都会有额外给养发下来。没有香烟,没有油浸沙丁鱼罐头,没有四人一瓶的高度烧酒,也没有别的什么犒赏……

面对这种一无所有的局面,所有当兵的甚至我这个不抽烟的都非常恼火。大德意志帝国到处显露出败象,但哪能比得上眼下这件事情重要。只听牢骚里夹杂着咒骂,这现象在以前还从未有过。

我夹在轻伤员和重伤员之间,货运列车哐当哐当地不知道开往何方。它经常一停就是好久,有时却又马上开车。外面夜幕已经降临。我们三番五次地转轨。车上只有一盏电石灯提供亮光。

大家睡在散发着霉烂味和尿臊味的麦秸秆上。躺在我旁边的是个山地步兵,他头上扎着绷带,正就着手电筒的微光看一本教人虔诚的书,同时嘴唇在不断嚅动。一个腹腔中弹的伤员在我右边翻来覆去,他不断地叫唤,一直到他不再叫唤为止。

没有水供应。车上也没有卫生员来照顾哀号的伤员。无论车是开是停,身边都是声音,呻吟声。突然安静下来了,刚才是最后一声呻吟。

左边的那位开始低声祈祷。惨淡的电石灯下,一个患了癫狂症的人扯下绷带要寻死,跳起,跌倒,又跳起,又跌倒,终于躺着不动了。至于我右边,一点动静也没有。

这个漫漫长夜没有尽头,一直延续到战后那几年我的梦境中。不,我还是没觉得疼痛,只是刚睡着又惊醒。后来总算睡着了,不知睡了多久。

货运列车终于停止了滚动。还算活着的，已经死了的，比如我旁边腹部中弹的那位，全都一一卸了下来。一名军医在名单上打着钩，按伤势轻重把我们分成两类。他动作麻利得很，看一眼就知轻重。

迈森，这个拥有大教堂的古城奇迹般地安然无恙，安卧在春日的晨光里。鸟儿都已起身集合，就像歌里唱的那样。有些伤员，我也在内，贪婪地从纳粹女青年团的丫头们手里抓过满满的果汁杯，而她们对卸下的这类货色显然已经习以为常。

卡车拉走了重伤员。我们这些轻伤员一瘸一拐，相互搀扶着沿着人行便道上山，野战医院就设在山上的城堡里。市民们站在路边，其中还有不少妇女，有几个向行走不便的伤员伸出了援手。我觉得，似乎也有个年轻女子搀扶着我上了山。

我的大儿子弗朗茨四十多岁，精力充沛，愿望多变。我的小女儿内勒在德累斯顿学接生，努力掩盖自己胸中的苦闷。一年前，兄妹俩结伴去刚刚修缮一新的迈森城，从那里给我寄了一张明信片。光的正面是该市的景色，毛的背面上写了几句话，可以解读为儿女的孝心：弗朗茨和内勒在迈森大教堂里插上了点燃的蜡烛，纪念父亲当年纯属偶然的劫后余生。

在城堡里他们只给我简单地处理了一下伤口。野战医院人满为患，连过道里都全是应急床位。医生累得够呛，护士脾气见长。据说什么都缺，尤其缺药品，所以只能在右大腿和左肩上换换绷带了事。左肩上有一块小得不能再小的弹片，这有盖了章的那张纸上的签名为证。我这种伤势看来不必急着动手术，连破伤风针也可以省下了。

行军给养发下来了点，我又背上了满满的干粮袋，只是手表不见了。不过我现在戴上了一顶无檐军帽，大小还正合适。要按我的心愿，裤子最好也换一换，现在这条粘在屁股上总有点尴尬。

他们先许诺以后会给我什么——给我打针，替我换新裤子，接着递给我一张行军命令。对我而言，这将是最后一张行军命令，上面写的目的地是玛丽浴场野战医院。这个疗养胜地不时有名人造访，在文学作品里也经常提到：歌德老人就在那儿爱上了个小妞，碰了一鼻子灰后写下《玛丽浴场哀歌》聊以自慰。① 听说是在埃尔茨山脉后面的某个地方，离苏台德地区很远。

我还在等我的那张盖了章的纸——只有这张烂纸片才能证明我的身份，只见一等兵坐在轮椅上被推出了手术室。他的鼻子似乎更加瘦削了。我还从来没见过他没刮脸时的样子。我的庇护天使失去了双腿，成了一团包扎得严严实实的躯干，就这样从我身边被推了过去。他睡着了，给人留下了一个问题：是应该担心还是应该希望他从这种沉睡中醒来？

他的轮椅被人推着经过走廊，走廊尽头的墙上挂着中世纪的兵器：成捆成捆的戟、弩、双刃斧、箭、棍、剑，还有滑膛枪，可能来自格里美豪森笔下兵荒马乱的年代。都是历朝历代的人为了对付自己的同类而发明的东西。

我目送着一等兵远去。他悄无声息地被推走的画面，这幅只要

① 1821 年至 1823 年，歌德数次去玛丽浴场度假，认识了昔日情人的女儿乌尔里克姑娘。

想看就能回放的画面，拒绝回答以下问题：他还活着吗？如果还活着，在哪儿？他的名字也没提到，因为从来就没叫过他的名字。

受过严格军事训练的我总是叫他“一等兵先生”，无论在夜晚漆黑的松林中，还是在周围只见大口瓶的地窖里，都是如此。他是我的上级，每当我跌跌撞撞地走错方向，他纠正我的行为时虽然不用一本正经的尊称，但还是严肃地管我叫“战士”。他的语调不允许我有任何过分的亲昵。

因此我犹豫不决，不敢相信自己的记忆。在我的记忆中，他就像我在林子里一直唱到听见回应的那首儿歌中的英雄，名叫汉斯，有时也自称“小汉斯”，比如在救护车上，他担心自己失去那个不可替代的器官，曾命令我“摸摸小汉斯的裤裆”，检验一下他是否还是个男人。

不，他裤裆里的玩意儿没丢。不过，我的庇护天使却没有好哥们儿帮他脱险。而我幸亏有了他，不然我早就“翘辫子”了——只要预感到有危险，他就会说：“小心，战士，小心别翘辫子！”

在战后的头几年里，以后也是，只要截肢者的轮椅还是市容的组成部分，或者还能看见丧失部分劳动力的人坐在机关办公桌后面盖章，我就会自问：这是他吗？这个残疾人坐在办公室里，怏怏不乐地提问题，看上去病病歪歪的样子，眼皮也不抬地在你移居柏林夏洛滕堡区的许可证上加一条附注，这人会是当年那个操着柏林方言的小汉斯吗？

我不知道自己是如何越过埃尔茨山脉的。有几段路坐火车，在几乎没有铁路的地方就搭乘马车，一路经过的村镇都记不得叫什么名字了。

一次我坐上了装着木气发动机的敞篷卡车。卡车正在呼哧呼哧地往上爬，突然间，一架简称“歼轰”的美国歼击轰炸机俯冲下来，卡车上顿时燃起了熊熊烈火。我一见“歼轰”袭来，马上就纵身跳车，滚到了路边沟里。如果这是战争片《粉身碎骨》中的镜头，那么如此惊险的动作非得由替身演员来完成不可。

接着是一片空白，没有任何可以拼凑成情节的内容。不管以什么方式，反正我还是继续前进了。无论搭乘什么车，我都严格遵照手里那张行军命令上的规定，它不允许我绕弯路。

有次进了山，我在一对老夫妻家里过夜。老夫妻俩都是教书的，在屋后养了些小兔。他们见我在发高烧，就想照顾我，让我穿上老百姓的衣服留下来，躲在地窖里，像他们说的那样，“等到一切终于结束”。

书架上放着一张镶黑边的照片，是老夫妻俩在塞瓦斯托波尔阵亡的儿子。他死时还很年轻，才二十岁左右。他的西装若是我穿也挺合身，他的书就在边上触手可及。和我一样，照片上的他也梳着左分头。

我没有留下，我要按照行军命令继续赶路，穿着自己的裤子——裤子彻底洗干净了，再也不会招引蚂蚁——翻过大山。老夫妻俩站在木顶小屋前的台阶上，目送着我。

具体情况记不得了，反正我后来到了卡尔斯浴场。这是另一处疗养胜地，具有某种文学底蕴和——有关梅特涅决议的——政治底蕴。我到了这儿就再也撑不住了，膝盖一软倒在大街上。

我发高烧了，原因可能是肩膀上的弹片，或者是没打破伤风针的缘故。左臂开始僵硬，一直到手指尖，但想不起当初是否有痛感了。

真棒，那张盖了章的纸片证明了我的身份。因为我后来听说，一个臭名昭著的“铁链警犬”发现年轻士兵躺在或是蹲在大街上，马上就上去检查他唯一的证件——行军命令。

其实，两处疗养胜地所在的城市都有野战医院，但那战地宪兵坚持要我去证件上标明的目的地。因为我已不省人事，所以听说他就把我撂在摩托车后座上捆扎好，然后直奔附近的另一个设有野战医院的城市——玛丽浴场。在玛丽浴场，对我这个坦克兵来说，战争真的结束了，恐惧感也在逐渐消失，尽管恐惧感以后闯入了我的梦境，成了常客，并在那里定居下来。

第五章　请客吃饭

战地宪兵把我移交到玛丽恩巴德野战医院。我发着高烧,被人放到一张被褥崭新的床上。这时元首已没了,听说他在保卫帝国首都的战斗中阵亡了。人们对他的死亡无动于衷,好像这是预料之中的事。没了他,我也似乎并不觉得少了点什么,因为他那常被神化、永不遭质疑的伟大在总是忙忙碌碌的护士手中逃得没了踪影,她们的手虽然只碰我的左臂,但是却让我四肢都有感觉。

后来我的伤彻底痊愈了,和其他几千个战俘被转移到规模庞大的战俘营,先是在上法耳茨,继而在巴伐利亚露天里,这时我也没觉得没他有多难过,他没了,好像从来就没他这个人,好像他从来就没有真实存在过,可以被忘记,好像大家没元首过得也挺好。

人们宣告了他的“英雄之死”,连他这种“英雄之死”也埋没在众多死者中而成了脚注。现在大家甚至可以说他的笑话了,关于他和情人的笑话,原先他的情人深藏不露,但现在为传闻提供了谈资。管他的形象逃到哪儿去了,比他的形象更容易理解的是野战医院花园里的丁香花,到来的 5 月一声令下花开满园。

好像从此以后发生的一切,不管是在野战医院还是稍后的战俘营,都跟不上时代的节拍,我们在气泡中呼吸。不久前还坚称是事实的东西现在只似是而非地存在,但有一点是肯定的:我饿。

只要我的子孙想听我讲战争结束的详情,问我当时的情况如何,我的回答是肯定的:“我关进铁丝网后就挨饿。”

但是我本来应该这样说:“当它——饥饿——盘踞在战俘营时,不管在棚屋里还是在露天,它就占领了我,就像占领了一栋空房子。”

它咬人,人们背地里说饥饿会咬人。啮齿目动物折磨着几千人,那男孩是其中的一个,我想把他想象成我本人很早就破损的版本。德国军队现已缴械,其实早已式微,完全乱了套,我是它残兵败将中的一员,形象可怜,就算当时能给母亲写信,我也不想给她寄她儿子的相片。

人们用模子在我们上衣背后喷上石灰白的字,洗不掉,缩写字母POW① 把我们变成了战俘。战俘们首先要做的只有一件事:从早到晚,甚至在梦乡里都要——就像俗话说的那样——“忍饥挨饿”。

我的饥饿当然无法摆脱,但事后跟集中营和俄国大型战俘营里规定的食物短缺相比,它还是不足道的,那些地方食物短缺的后果是饿死人了,几十万人被饿死。但只有我的饥饿可以用文字表述,只有

① 战俘营需按国际惯例设置“POW”战俘营的标志。

它对我来说刻骨铭心,我只能问自己:它怎么让人感觉到的?它多嘴多舌持续了多久?

它故我依然,唯我为大,还弄出响声,从此这响声就在我耳际萦回,凑合着被称为胃鸣。

记忆喜欢倚仗空白。铭记的东西喜欢伪装,它不请自来,以不同的名义出场。回忆给予的答复也常常是含糊的,可随意阐释,它筛选时网眼时大时小,感情和零散的思想逐字逐句地漏了下去。

可是,除了可以咀嚼的充饥的东西外,我还找什么呢?既然不再相信最终的胜利,那么是什么触动了叫我名字的男孩呢?只是食物短缺?

都说定居下来的饥饿会咬人,可是这怎能回忆得起来?空胃是事后能够填补的空间?

现在给饱食终日的读者讲讲目前非洲大型难民营中的苦难,不是更迫切吗?或像我的长篇小说《比目鱼》那样笼统地讲讲饥饿,讲讲"它如何以文字传播",不想退场,也就是说没完没了地讲讲饥饿故事,不是更迫切吗?

我的"我"又冒出来了,虽然前所未有、后难再现的饥饿折磨我的起始时间只能大致确定:自5月中至8月初?

可这样确定时间,给时间进程留下凿痕对谁有价值?

我现在无所顾忌地说"我"已很老练,只要我这样做,也就是说试着描述一下我约六十年前的状况,那么当时的"我"虽然对我来说并非完全陌生，但是已不复存在，像个远房亲戚渐行渐远。

有一点是肯定的：第一个接收我的战俘营在上法耳茨（Oberpfalz），近捷克边境。那里吃饱喝足的看守属美国第三军，美国佬吊儿郎当、装腔作势的样子在我们看来像外星人。战俘可能上万，这数目与其说是数的，不如说是估的。

战俘营大致位于弃置不用的格拉芬韦尔部队训练场，铁丝网外有林带环绕。还可以肯定的是挨饿时期的我很年轻，此前不久是级别最低的坦克兵，属于那个只作为传奇而存在的耶尔格·封·福隆德斯贝格装甲师。

一次全营除虱行动让我首次见识了一种叫作滴滴涕的粉末，当时我称了体重，还不到五十公斤，体重过轻，瘦骨嶙峋，我们猜想，这个体重符合专为我们制订的摩根索计划（Morgenthau Plan）①的实施。

这计划是一个美国政治家挖空心思想出的并以他的名字命名，旨在惩罚所有的德国战俘，要求他们尽量节俭：点名后要避免做任何多余的动作，因为每天只配给八百五十卡路里的定量，算下来只有四分之三公升漂着零星油花的大麦粥，四分之一的硬面包，一小份人造黄油或软奶酪或果酱。水有的是。从不节省滴滴涕。

在经历折磨人的饥饿之前，我连卡路里这个词都不知道，食物短缺才让我变得好学。因为我知之甚少，又储存了太多错误的东西，现在一点点意识到自己愚蠢的程度，所以我可能表现得像海绵一样有

① 规定德国只发展农业。

吸附能力。

现在人们给我贴上“时代见证人”的标签,这个集合名词代表着正在消亡的少数人,只要按记者惯例向我提出有关第三帝国终结的问题,我马上就会说起上法耳茨战俘营的生活以及配给极少的卡路里,因为我作为轻伤员虽在野战医院所在城市玛丽恩巴德经历了大德意志帝国的无条件投降,经历了人们不久后所说的“崩溃”,但更有可能只是在那里有意无意地获悉,或者以我的浅薄可能把这些概念理解为暂缓,是作战之间的间隙。再加上投降前加上了形容词“无条件”,乍一听听不出来任何已成定局的意思。

在玛丽恩巴德,春天的天气及与护士的肌肤接触尤为紧迫。我始终浑浑噩噩,年幼无知,认为自己与其说是被解放了还不如说是被打败了,和平是个空洞的概念,自由这个词暂时还用不上,充其量也就是我轻松了不少,因为不用再害怕战地宪兵和适用于绞刑的树木。但是,后来被视为时代转折点并像特许证一样可以买卖的“零点”①没为我敲响。

事件发生地以前是个老式的温泉浴场,四周满是 5 月浓浓的绿意。也许此地过于醉人,所以感受不到这个历史性的日子是个以数字标明结束与开端的日期。几天来,正如邻城卡尔斯巴德②来了俄国人一样,城里来了黑白皮肤的美国人,我们好奇地看着他们登场。

---

① 指战后一切从头开始。
② 捷克一城市。

他们悄然无声地来了，脚蹬橡胶底系带鞋，这和我们走路作响的大皮靴形成了多么强烈的反差！我们惊呆了。胜利者急不可待地嚼着口香糖或许令我印象深刻。还有他们几乎以车代步，甚至很短的路也总是懒洋洋地乘吉普车，这情形在我看来就像一部故事发生在遥远未来的电影。

我们的别墅标明是个医院，前面有个美国兵站岗，准确地说他不是站着，更多的是蹲在脚后跟上，抚摩着他的冲锋枪，给我们留下一个谜：他是被派来看管我们呢，还是要保护我们不受捷克市民武装的袭扰？因为捷克市民武装长期受侮，现在要进行报复。当我这个战败者跟战胜者试着说我在学校学的英语时，他送我了一小包口香糖。

十七岁的人身体可以说已长成，在以前的疗养别墅接受芬兰护士们的护理，可他脑子里想什么呢？

开始他一点不动声色，只表面上在那儿，躺在联排的床上。他已可以下床，在走廊上一步一步走到房前，右大腿的皮肉伤基本痊愈了，左臂因有弹伤从肩膀到手臂都僵硬，得一个手指一个手指地揉捏、活动、弯曲。

很快就痊愈并且忘记了，记住的是被称为“芬兰罗塔”的护士们的味道——由硬皂和桦木洗发水混合而成。

战争把卡累里阿①森林中的年轻妇女派往远方。她们话不多，

① 位于芬兰。

露出机智的微笑，护理我时手很有劲道，可能正因为此，她们的实际操作较之所有德国军团无条件投降的消息给还长着青春痘的男孩的印象深刻得多，这个男孩就是我，在罗塔们手下疗伤。

可几十年后只要问这个时代见证人是怎样经历“解放日”的，不管这个重要的日期在日历上是什么时候，那么对这个问题也没别的答案，是以事后的认知谈问题，像个无所不知的人：“我身上的诸多强制一朝除去，虽然当时几乎不可能明白自由对我们这些被解放者意味什么。”其实我该直截了当地回答：我当时是而且始终是我自己的俘虏，因为我从早到晚甚至做梦都想找女孩，解放日那天肯定也是这样，脑子想的都是这事，只想这个。我用手抚摸，也想被抚摸。

至少还能用右手解一时之需的别样饥饿，比折磨人的肠胃饥饿持续的时间长。野战医院的伙食——可能有一锅煮，红烧牛肉面，周日有煎肉饼，浇上洋葱汁就土豆泥——能让我吃饱，所以没有加重记忆力的负担。到了后来，摩根索饥饿定量支配着铁丝网内的日常生活，这时饥饿才占有了我。

但也可能是这样的：不久前感受到与护士们的肌肤接触，到了战俘营，她们的一连串照片般清晰的画面或者我盼望见到的一个扎辫子女同学的脸成了还愿画，她们就这样默默无声却心甘情愿地为我减缓了一点折磨人的饥饿。

不管怎么说我既缺吃也少女人。我的困境是双重的。其中一个总能感受到。但现在回顾起来，我也没完全受双重折磨，其中的一种饥饿全靠模糊的想象画面用右手，后来左手痊愈后用左手解决，而对付另外一种困境我有可用来交换的存货，不过是在我们从上法耳茨短暂转移到巴德-艾比林附近更大的露天大型战俘营后，我才动用这些存货进行交换。在巴德-艾比林，我们分成了简单的单位，这时才住进有围墙的棚屋。

在那里，我们这些劳动大军与看守们有了接触，不管他们什么时候发出指令，我都充当翻译，此外，这个译员还能拿出一小部分宝贝进行交换。我又开始尝试那点儿蹩脚学校英语了，为的是交换货物，我看过几次母亲做买卖，我此举完全合她的意，她儿子可以一次次地做成买卖了。

什么不能放到空食袋里呀！得到各种交换物品是在玛丽恩巴德，那时差不多有两天没人管我们：德国制度没影儿了，美国人还没穿着胶底鞋入驻呢，装备不足的捷克市民武装还在犹豫是否该填补这个获取财富与权力的空白，这群龙无首的日子对我们很有利。

对不再卧床的所有人来说，一个自由自在的空间打开了，我们在附近游荡，贪婪地寻找东西。我们的疗养别墅及丁香花园旁有一片地，很容易走过去，那里有栋楼，楼有小塔、挑楼、阳台和屋顶平台，同样像个别墅，几小时前它是当地纳粹专区总部所在地，但这个连阁楼都富有层次的建筑也可能只是个纳粹党的分部。不管怎么说，专区头目及其他党魁逃走后，这房子就对我们敞开了，但也可能它是锁着的，得有人用铁棒把它撬开。

不管怎样，反正所有能行走的伤员，也就是说包括此时又可以用左手干事的我，把大大小小的办公室、会议室、做了鸽子窝的阁楼翻了个底朝天，最后还有地下室，这里有个房间，办公室主任用沙发和藤制家具把它布置得可以举办温馨的士兵晚会：墙上挂着身穿制服的党员们的合影。

我好像看到了一幅“信仰与美丽之军”①的宣传画，上面的姑娘们在做操，乳房一颤一颤的。但没见必挂的元首像，也没有大大小小的旗子，不见一件值点钱的东西，所有的橱子都空荡荡的。“什么喝的都没有。”一个中士骂骂咧咧地说，他缺少的左耳在我回忆的万花筒中封存了起来。

终于我在楼上找到了东西。房间里有张写字桌，可能是某个远离战场的党魁办公用的，最下边的抽屉里约有五十根银光闪闪的胸针，堆在一个雪茄烟盒里，针头上的装饰是凸出的圆形掩体，很逼真。这微缩掩体下边有印模冲压的文字证实了一点：我搞到了西墙②纪念品，是战前人们喜爱的收藏物。真正的掩体我只在电影里看到过。

在我还是孩童时，用纵深梯形坦克路障及大大小小的掩体筑成的帝国西部防线在新闻片里常看到，伴着有节奏的音乐，微抖的图片新闻和慷慨激昂的评论始终围绕着西部防线展开。现在我找到的东西带着点英雄无用武之地的味道了。

以前，这种锌白铜制成的纪念胸针是奖给特别勤奋的西墙工人的，1938 年后，苏德台当地的德国人肯定也是西墙工人，他们自愿在

---

① 纳粹时期十七至二十一岁女性的组织。

② 即西格弗里德防线，1916 年构筑。

法国边境附近修筑掩体,表现出色。我眼前始终浮现出《每周新闻》的画面:挥锹的男人,捣实的混凝土。直到战争爆发前不久,都在往旋转的搅拌机里灌水泥。

我们男孩子兴奋地看着防御宿敌的工事逐渐增高。长达几公里的坦克路障已和微微起伏的地形成为一体,在我们看来坚不可摧。在掩体内,我们通过瞭望口寻找目标,认为自己将来就算不是潜艇兵也是在掩体里战斗的英雄。

六年后,胸针可能让我回忆起自己的童年梦和小孩在掩体里玩的游戏,就像我现在回忆自己捡到的藏在香烟盒里的东西,仿佛胸针一一摆在我面前。

除此之外抽屉里几乎没什么了,但我还是能找到几支铅笔、两个没用过的八开本子、刚才褒奖过的银质宝贝和极其精美的写字纸,但想要的百利金(鹈鹕)自来水笔没能找到收入囊中,不敢肯定是否有橡皮和卷笔刀能随便拿。

其他人找到了茶匙、蛋糕叉,捡了些没用的东西,比如餐巾环,有几个人拿了印章及印台,好像他们现在还想批准自己出差或外出休假似的。

啊,对了,我的成果还有三枚象牙骰子和一只皮骰子筒。有时间来掷出对我有利的骰子吗?两个六,一个三,甚至一个五?

后来我们从上法耳茨转移到巴德-艾比林露天大型战俘营时,我和一个同龄男孩用这些骰子赌来着,早在幽暗的松林时我就很想念他,他的确叫约瑟夫,说一口地道的巴伐利亚标准德语。常下雨,我们挖了个地洞,下雨时我们就蹲在他的帐篷里。我们谈上帝和世道。他和我一样也曾当过弥撒侍从,他是长期的,我只是临时的。他始终相信我百无禁忌。我们俩都长了虱子,我们不在乎这个。他也写诗,但想法完全两样,他的志向更远大。但这要到后来才慢慢演化为故事。在眼下,西墙的纪念胸针才重要。

我一下子富了,开始我只隐隐约约地知道自己这些财富的交换价值,后来我们从巴德-艾比林大型战俘营被移送到劳改营,我是一支大队里点过卯的一分子,这个大队的任务是砍伐不太粗的欧洲山毛榉,这时我才得以用学校英语——“这是西格弗里德防线的纪念品”——把三根西墙纪念胸针卖了出去,获利了。

看管我们的哨兵好脾气,他来自维吉尼亚,是农场主的儿子,他没有可以向家人炫耀的战利品,对他来说,单单一个胸针就值一小包好彩牌（lucky strike）香烟,我回到劳改营后,就用这一小包香烟换了一个士兵吃的面包。对不吸烟者来说,这等于四天能填饱肚子的定量。

另外一个哨兵是我们的黑皮肤的卡车司机,淡红色皮肤的农场主儿子出于原则不和他说话。我用两个西格弗里德防线的胸针从卡车司机那里换得一个黏玉米面包,这时一个二等老兵建议我把面包烤一烤,然后他把圆面包切成片,又把面包片掰两半,一片片并排放在生铁炉的炉盖上。这个小圆炉子夏天也生火,因为森林小分队的人晚上把能找到的所有东西,比如荨麻和蒲公英都和菠菜一起煮,有些人甚至煮树根。

自称曾作为占领军在法国度过几年美好时光的士官从干粮袋里掏出了额外的美食——十几只活蹦乱跳的青蛙，是他在森林池塘抓到的，他把活青蛙切开，把大腿扔在菠菜里一起煮。

战争结束前，劳改犯们住在劳改营的棚屋里，这里没有我们熟悉的双层床，而是按长度放两张木板通铺。我们在床的支柱及房屋支梁上发现了用西里尔字母刻的文字，一些打到斯摩棱斯克和基辅后返回的士兵说："这些肯定是乌克兰人刻的。"

连小圆铁炉也是劳改犯们住在这里时用的。我们没多想就把自己看成是他们的接班人，同样也往柱子和梁上刻字——心仪的姑娘的名字和司空见惯的下流话。

我把烤好的玉米面包藏在一张战争最后几天的报纸里，面包让报纸上用粗体字印着坚持到底的口号流传下来。藏在草垫和木床之间的面包可以丰富我每天的定量，我就这样节省地让饥饿有了一定的限度。

第二天晚上我们大队砍树回来时，面包连同包装纸都没影儿了。帮我烤玉米面包因而有权享用四分之一面包的二等兵把这事向棚屋头儿——一个运用传统指挥权的中士——作了汇报。

接下来，肯定被乌克兰人睡过的床和草垫都被翻了一遍，所有留守者的东西也被翻了一遍，他们因病或被指派做内勤而没随小分队一起外出伐木或清理废墟。

一个空军中尉——战俘营里有普通士兵，也有当官的，甚至还有上尉——此前一直表现得威武不屈，可就在他的草垫下找到了剩下的烤面包连同报纸。

他的违法行为在不成文法里名为偷窃战友财物罪，没有比这更严重的了，这种不法行为必须处罚并立即执行。一个正儿八经选出的棚屋法庭给中尉判了刑，宣布惩罚措施后，大家用国防军皮带抽他光溜溜的屁股。虽然我遭窃，是当事人，也是见证人，但我不能或不想回忆自己是否也参与了对他的惩罚。

虽然我仍觉得自己看见了他皮开肉绽，鞭痕累累，但这可能是事后描绘出的画面，因为这种经历一旦演绎成了故事，既然坚持独立性，就喜欢渲染细节。

不管怎么说，小偷被痛打一顿，惩罚过度，大家越打越厉害，因为士兵们见到每个当过军官的人都会怒火万丈，战争中积蓄的仇恨逮到机会就要发泄。我这个不久前只知服从，从加入希特勒青年组织后就被严格训练成绝对服从的人，丧失了最后一点对大德意志国防军军官的敬重。

这个战争快结束时作为“赫尔曼·戈林的捐赠”调到步兵的“空军一族”不久就转到另外一间棚屋里去了。

烤好的玉米面包味道不错，微甜，有点像面包干。我多次用西墙纪念胸针换来烤面包，把它泡在蘑菇汤里。在一片低矮的针叶林里我找到了杏茸，因为从小就熟悉蘑菇和卡舒布人的蘑菇菜，我甚至把一道松乳菇菜，后来又把网纹马勃带回棚屋，像烤杏茸一样，我把它们和当天分到的人造黄油一起放在小圆铁炉上烤。我也对荨麻烩菠菜感兴趣。这些是我第一次自己做的菜。二等兵贡献出了一点儿盐，然后和我一起享用蘑菇。

从此以后我喜欢为客人掌勺，为那些“当今”一次次给我带来的客人，但也为那些虚构的或从历史中请来的客人，最近我请的客人有：米歇尔·德·蒙田[①]、年轻的纳瓦尔国王亨利[②]、后来法国国王亨利四世的传记作家——曼兄弟中的哥哥[③]，先生们围桌而坐，人虽不多，但都健谈，喜欢引经据典。

我们谈肾结石、胆结石、圣巴托罗缪节大屠杀[④]、出身汉萨同盟家族的另外一个兄弟[⑤]，还谈到胡格诺派教徒长期的困境，又把波尔多[⑥]与吕贝克[⑦]进行比较。我们顺带着大骂法学家是害人精，把干燥和稀软的大便进行比较，然后大谈每个法国人星期天锅里的鸡[⑧]，我的客人们喝完鱼汤后享用了松乳菇配油炸牛胰脏丸子，一边大快朵颐，一边就启蒙取得如此多的进步后陷入的悲惨境遇争论不休。对我们来说，有个还未过时的问题也很重要：在巴黎举办弥撒是否值

---

① 法国文艺复兴时期最著名的思想家、随笔作家之一。
② 即后来的法国国王亨利四世。
③ 指亨利希·曼，他创作了长篇小说《亨利四世》。
④ 1572年，几千个胡格诺派教徒来巴黎庆贺纳瓦尔国王亨利与玛格丽特公主的婚礼，玛格丽特公主的母亲凯瑟琳利用这个机会制造了一场大屠杀，新教胡格诺派教徒死伤无数。
⑤ 指托马斯·曼。
⑥ 位于法国。
⑦ 德国城市，托马斯·曼的故乡。
⑧ 指亨利四世的许诺：“要使每个法国农民的锅里都有一只鸡。”

得①。我给客人端上从我们贝伦多夫的核桃树新摘的核桃，可以就着奶酪拼盘吃，我刚端上这份另加的美食，客人们就对加尔文主义是不是资本主义的养母唇枪舌剑起来。

后来的国王笑了。蒙田援引李维②或普鲁塔克③的话。曼兄弟中的老大嘲笑弟弟作品的主题结实耐用。我对引文技艺赞不绝口。

我给第一个客人——资深二等兵端上杏茸后，他却给我讲起了希腊岛屿上的神庙遗址、挪威峡湾的美景、法国宫殿里的葡萄酒窖和高加索最高山脉，还讲了他去布鲁塞尔出差的事儿，一个劲儿讲在那里可以吃到最好的薯条。他走遍了半个欧洲，就这样久着戎装，就这样奔赴远方身经百战，就这样跨越边境纵横四方。吃光盘里的东西后，他为东道主唱起了“在波兰一小城……”。

正如以前国防军总司令部的战报扩展了我的地理知识一样，战争进程也让我的客人——二等兵侃侃而谈，就像在当今持久的和平年代有拍照瘾的旅游者们组织的幻灯晚会上给我们讲他们的所见所闻一样。他后来还说：“我想和我的埃尔娜再到处走走，以后吧，等火药味散去再说。”

虽然蘑菇菜和荨麻烩菠菜使我成了厨师和东道主，但是对厨艺感兴趣的前提条件在饥饿开始折磨我时就存在了，当时伤愈的病号

---

① 亨利四世皈依了天主教，所以成为国王。
② 古罗马历史学家。
③ 古罗马时期希腊传记作家、哲学家。

不得不告别护士们护理的双手,从玛丽恩巴德疗养地直接来到上法耳茨的饥饿营。我做饭的兴趣延续至今,喜欢把不同的东西放在一锅里煮,把一样东西往另一样东西里塞,用调料弄出特殊风味,做饭时想象着活的或死去的客人。

十七岁以前我基本能吃饱,很少挨饿,但在数以万计的战俘中我学会了忍受饥饿的不断折磨,因为饥饿自始至终有发言权,我同时也学会把饥饿当作灵感不断涌现的源泉。我的想象力逐渐丰富,人却明显消瘦。

虽然上万个战俘中没一人饿死,但食物短缺让我们看上去像禁欲者。一个人哪怕没有禁欲的念头,也觉得自己超凡脱俗。这种精神表象肯定也配得上我的脸:我的眼睛越来越大,目睹的东西要比实际存在的多,我也听到了合唱队发出超感官的欢呼。“人不能只靠面包生存”①,这一格言根据重点不同可以是营地恶搞的口号,也可以是聊以慰藉的空话,因饥饿让我们理解了其蕴含的哲理,所以许多人渴望得到精神食粮。

战俘营里有了点状况。大家都行动起来了,结束了昨天还令人压抑的集体迟钝的局面。不再满腹牢骚地四下溜达,不再无精打采,战败者振作起精神来了。更主要的是,我们的彻底失败释放出了能量,这些能量在旷日持久的战争中蓄积起来,现在有了释放的机会,好像毕竟到了取胜的时刻,哪怕是在另外一个战场。

① 语出《马太福音》第4章第4节。

占领军容忍了德国人这种似乎与生俱来的组织天赋，认为德国人要努力表现自己的特殊才能。

我们组织成大大小小的组，全营地的人都有耕耘的作业田地，它在普通教育、艺术欣赏、哲学认识、信仰恢复以及实际知识等方面都使人受益良多。这一切完全按课表进行，既周密又准时。

课上可以学古希腊语、拉丁语，也可以学世界语。学习小组致力于代数和高等数学。各种无边无际的空想和追根溯源的深思都有广阔的自由空间，从亚里士多德到斯宾诺莎再到海德格尔。

尽管如此，职业培训也没被忽视：未来的代理人熟悉了复式记账法，架桥工熟悉了静力学问题，法学家懂得了计策，明天的经济学家懂得了以利润为导向的市场经济法则，也学会了对未来走势有把握的证券股票投机商的策略。这一切都着眼于和平以及能够预料到的和平发展空间。

另外，大家在小组里还研读《圣经》，甚至还有不少人去听佛教入门。战争最后几年败退时虽然乐器损失严重，但许多轻便的乐器还是保存了下来，所以口琴乐队每天都聚在一起，在新鲜空气里勤奋练习，为观众演奏，甚至当着美国军官和海外记者的面献技。所有士兵唱的《国际歌》、《莉莉·玛莲》、流行歌曲，也有够音乐会水准的乐曲如《彼得堡雪橇之旅》和《匈牙利狂想曲》都赢得了喝彩。

此外还有唱歌兴趣小组，不久又成立了阿卡贝拉①合唱队，他们

① 无伴奏演唱。

在星期天以圣歌和牧歌给一些相聚在一起的音乐爱好者带来了幸福与欢乐。

给我们提供了这么多、肯定还要多的全日制课程，我们反正有时间。在上法耳茨大型战俘营，从事外勤的劳动大队没接到活儿，连到附近纽伦堡清理废墟都不让我们干。我们只能在有看守的围墙内学习，地点在帐篷、营房和宽敞的马棚——营地肯定曾是一个骑兵团的驻防地——里，学习勇敢地与饥饿，与饥饿对人不断的折磨做斗争。

只有少数人不参加学习，他们作为战败者喜欢叫苦，为输掉的战役而哀号，有几个人甚至相信在沙盘演兵过程中能赢马后炮，比如库尔斯克的坦克战，比如斯大林格勒的巷战和包围战。但是也有许多人上好几门课，比如上午学速记，下午学古德语文学。

是什么课让我成了学生呢？我从十五岁起，也就是在空防助手合身的军装也合身地穿在我身上之后，就逃脱了学校及学校的分数，我本该理智地选修数学和拉丁语，因为这些课程是我的弱项，另外作为我已拥有的艺术知识的补充，本该再去听听题为“瑙姆堡大教堂早期哥特式创建者雕像”的系列讲座，或选一个疗程的治疗也能对我有所帮助，因为这种治疗针对的是营地里四处蔓延的“青春期行为障碍”。然而，饥饿驱使我报了烹饪班。

这门诱人的课程与其他课程一起贴在战俘营管理处大楼前的告示栏里，告示甚至还画着一个戴厨师帽的小人头招揽学员。是在以前的骑兵团兽医站上这门课，它是所有课程中最荒唐的，每天上两个双课时，自己带写字纸。

我在玛丽恩巴德时西墙银质纪念胸针作为未来交换物让我获益,此外发了笔“横财”真好,我不仅找到骰子筒和象牙骰子,而且还有一沓 A4 纸、两个八开的本子、铅笔,外加卷笔刀和橡皮。

此后的回忆不是在这儿就是在那儿出现了漏洞,比如,我不知道自己那些乳毛般的胡子是否在战俘营时期就不得不刮掉,我一点没把握自己从什么时候起手里有了脸刷和自己的刮胡刀,但尽管如此,我不需要动用任何辅助工具,以前兽医站几乎空荡荡的房间就会浮现在眼前:白墙瓷砖铺有一人高,沿瓷砖上沿是上了蓝釉的架子。同样我也确认与宽大窗子一面相对的是黑板,不过说不出教学用具是哪来的。也许,在给未来的军队兽医上课时就得用黑板?因为要讲授马的特性,其消化器官、踝关节、心脏、牙齿和蹄子,特别是要讲授这有用的四条腿动物成为坐骑和役畜时会生的疾病。绞痛怎么治?马什么时候睡觉?

我对教室的回忆是不容置疑的,不过我也有没把握的时候:上完两节“烹饪初级班”的课以后教室是空置呢,还是人们继续用教室里可擦洗的黑板讲授其他知识,比如古希腊语或静力学公理。可能在那儿首次计算出了后来作为利润最大化的经济奇迹的毛利率,超前演习了冶金行业的合并或者今天经常实施的“恶意兼并”。但是,这多功能教室可能也用于不同信仰的人做礼拜,高大的尖拱窗赋予能产生轻微回音的四方房间一点儿宗教色彩。房间散发出的不是马的气息,而是来苏尔的味道。

不管怎么说吧，事件发生地总想被人策划利用，情节错综复杂，摸不着头绪。我手头从来就不缺可随时调遣的人物。就是说这个故事已讲过一次，大约是在六十年代末，是长篇小说《局部麻醉》里参议教师施塔鲁施讲的，但故事处理得不理想，叙事缺乏说服力，因为他把“烹饪初级班”挪到巴德-艾比林大型战俘营了，也就是挪到了上巴伐利亚的露天里，没让黑板出现。

然而我故事的版本适用于反驳那些过于虚构的文字，在后者中，烹饪大师作为缺乏特征的布吕萨姆先生出场，而我却有确凿的事实，毕竟是饥饿把我赶进了抽象的烹饪班。

我看到他——师傅——站在黑板前，看得清清楚楚，不会跟任何人混淆，虽然我想不起他叫什么了。他已中年，有着耶稣使徒的形象，瘦高，身穿普通军服，想让学生们称他头儿。这个留有蓬乱灰白头发的人以完全非军人的方式要求得到尊重。他眉毛很长，让人见了恨不得上去梳理一番。

一开始他就让我们了解了他的生涯，说他到过布加勒斯特、索非亚和布达佩斯，最后到了维也纳，无论在哪儿都是抢手的厨师长；他还顺便提到其他城市豪华宾馆的名字，说自己在扎格勒布和塞格丁是一个克罗地亚或匈牙利伯爵的私人厨师；甚至维也纳的萨赫酒店他也提到了，以证明自己在厨艺方面的辉煌经历。但我没把握的是，他有没有在传奇的东方快车的餐车上为声名显赫的旅客掌勺，因而见证了精心策划的阴谋与错综复杂的谋杀案，这些谋杀案哪怕对文学上得以认可的侦探来说都得凭借挖空心思虚构的洞察力才能侦破。

不管怎么说，我们的师傅只在欧洲东南部当过厨师长，也就是说是在那个多民族地区，这里饮食既严格区分又相互混杂。

如果可以相信他的暗示，那么他来自偏僻的比萨拉比亚，也就是像人们当时说的是缴获的德国人，像巴尔干国家德意志居民一样，根据希特勒与斯大林之间的条约而“回归帝国”①。可我因青涩少年的愚昧无知，对后果至今还有影响的《希特勒-斯大林条约》知道什么呢？什么都不知道，只知道“缴获的德国人”这种带有贬义的分类。

战争伊始，每个人，也就是说连我都知道，在我出生城市的后方，整个卡舒贝地区以及图赫尔原野一带的波兰农民家庭都被赶出家园，取而代之的是从巴尔干地区缴获的德国人。这些移居过来的人说话土腔浓重，因为像熟悉的低地德语，所以很容易模仿，特别是因为我在康拉德学校与一个来自里加②的男孩同桌，虽然时间很短。

我们厨师长说他已降级为“野战炊事车的炮手”了，其军中仕途止于二等兵。可他那特殊的“逮语”我听着陌生。他不说“一点”，而说“一丁”，把卷心菜叫“大头菜”。只要往黑板前一站开讲，他就口若悬河，连比带画，说话含糊不清，很像大家喜欢的电影演员汉斯·莫泽尔。

---

① “回归帝国”的行动中有大量德意志人移居到波兰，波兰人或惨遭杀害，或被驱逐出家园。

② 拉脱维亚的首都。

有人可能以为他像虐待狂一样用美味佳肴虐待我们这些饿鬼，比如用精煮牛肉配奶油辣根、梭子鱼丸、烤羊肉串、拌块菌的野生稻米饭、裹上糖浆的野鸡胸脯肉配泡菜，其实不是，他是用别的东西，老老实实地用家常便饭来对付我们。真正的口福是他在做细致的"科学考察"时才有，每次"科考"都以一个可宰杀的对象为中心。

我们这些忍饥挨饿的人记着笔记，写满一页又一页：取若干……加一些……然后放在一起……两个半小时……

唉，玛丽恩巴德遗产中的两个八开本子我要是至少能保留下一个该多好啊！授课的滔滔不绝，听课的既有像我这样的小伙，也有年长的父亲。所有的课只有两三节的内容记住了，不过连细节都记得很牢，比如烤香肠，往下滴的熬油。

他是魔幻大师，只用一只手把养肥的美梦按在案板上宰杀了。他甚至能以虚无为原料弄出美味来，把空气搅成浓汤，用三个带鼻音的词软化石头。今天我要是把与我一起步入老年的批评家们召集起来，请他这位贵客吃饭的话，他就可以给他们讲解徒手想象的神奇作用，也就是讲解如何在一张白纸上变魔术，然而他们还是不可救药地自以为是，兴致索然地舀着我做的鹰嘴豆汤连同一起煮的羊排骨，然后匆忙拿起他们简单的工具——文学胆固醇测量仪。

"今天，注意了，我们讲猪。"用土话说完这句开场白，师傅用咔咔作响的粉笔和准确无误的线条在黑板上勾勒出一头发育成熟的母猪轮廓，然后把雄踞于黑板上的猪肢解成有名称的部位，用罗马数字标识出。“一号部位是猪尾巴，放在普通的小扁豆汤里一起煮，味道不错……”

接着他给猪腿各部位编上号，从猪爪到上边的跗部，同样适合一起煮。然后他又从前蹄髈讲到后蹄髈，从颈肉开始到里脊肉再到肋排和猪腩。

在此过程中我们听到了颠扑不破的至理名言：“颈肉像猪肋条一样肉汁更多……”

里脊肉应用面包粉裹一裹，然后放到烤箱里。还有其他一些我至今还在遵循的烹饪法。

对每天只分到一满勺清汤挂水的白菜汤或大麦粥的我们，他建议用快刀在烤猪肉的脂膜上一横一竖各拉一条槽，“告诉你们吧，这样一来外皮特香！”

他审视着我们，目光扫了我们一圈，一个也不放过，我也在内，然后说：“我知道，先生们，我们现在都流口水了对吧。”他停顿了一下，这期间每个人都能听到自己和别人咽口水的声音，然后他基于同情及对我们共同困境的了解宣布道，“我们不再说油腻的东西了，现在我们谈谈怎样宰猪。”

虽然我的八开本子丢了，但回忆的洋葱能帮助我逐字逐句引用师傅那些铭刻在心的句子。现在回顾起来，我看到他演哑剧似的比画着，因为在这示范性的屠宰过程中，关键是要趁热接“猪血”，然后在木盆里不断搅动，这样血就不会凝固了，“你们得搅动，不停地搅！”

因此我们坐在板凳、箱子和铺着瓷砖的地上，在想象的木盆里搅猪血，一会儿左一会儿右，然后再交叉着来，猪血从想象的刀口喷出，冒着热气，然后不住地往下滴。我们相信，自己听见母猪吱吱的叫声越来越弱，感受到血的热度，吸入了血的味道。

在以后的年头，只要我应邀参加宰牲节，都对现实大为失望，因为它远远不如师傅的魔幻术，只是单纯的屠宰而已，只不过是他说的那些话的一丝余音罢了。

后来，我们学着把搅过的血和燕麦粥及调味的墨角兰一起煮，然后把煮稠的血粥灌进洗干净的猪肠，扎成香肠。最后，头儿建议我们按欧洲东南部的标准在香肠填充物里放上葡萄干："每五公升猪血里放三百克葡萄干，开始吧！"

我的品味就这样被强烈地诱引到未来的方向，以至我一生都特喜欢就着土豆泥和酸菜吃粉肠，不仅是因为五十年代我手头拮据图肠子便宜，即使今天我还是喜欢吃到柏林必光顾的巴黎酒吧做的法式猪血肠。醋熘血肠也是我的最爱，这种北德菜是用猪腰碎末调稠的。我请客——不同时期的不同斯卡特牌友——时上的都是这类粗菜。

啊，当打完一轮博克①后，看着或烤或焖的香肠冒着蒸汽，扎紧的肠衣裂开或切开，露出里面的葡萄干和麦片，和凝成块状的猪血掺在一起，这是多开心的事儿呀。上法耳茨大型战俘营里那个比萨拉

① 斯卡特中一种牌型。

比亚厨师长就这样培育出我终生不变的味觉。

“但注意了,先生们,”他说,“猪肉做法还没完呢。”

像以前《圣经》中的莎乐美用纤纤手指指着施洗者①的头一样,他指着用粉笔画出轮廓的猪头——猪头像后蹄、颈部和尾巴一样事先在黑板上编了号——说:“现在我们做好吃的猪头肉皮冻,但不放工厂生产的食用胶……”

接着又讲下一个定理,他说用猪颚、猪嘴和一点猪耳做的肉皮冻——他管肉皮冻叫肉皮斗——要完全自然地凝结。接着,他举行仪式似的讲解切成两半的猪头如何做:放进大锅,盐水没过猪头,小火焖,要满两小时,往里放丁香、月桂叶和整个洋葱,味道棒极了。

六十年代末,也就是抗议浪潮迭起的时期,不满、恼怒和愤怒成了廉价的报纸大字标题和调料。那时我写了一首题为《猪头肉皮冻》的长诗,诗中虽然放了传统的作料,但总是加进“一点儿凝固的、熬浓的和多余的愤怒”,不惜笔墨发泄不满和恼怒,这种不满和恼怒在面对强权束手无策的时代十分盛行,促使后来被称为“六八年那代人”②的革命者举起了像怒火一样通红的标语。

但是在给半个猪头剔骨头时,学生追随着师傅。只见他——他从不胡乱挥动手臂——在静止的空气中用双手给我们演示,煮熟冷

① 《圣经》中的故事讲希律王设宴,希罗底的女儿莎乐美进来献舞。王对莎乐美说:“你要什么我都给。”她出去后征求母亲的意见,她母亲说,要施洗者约翰的头。莎乐美急忙进去见王,求他说,我想要施洗者约翰的头。

② 指 1968 年闹学潮的人。

却后如何把肉和脂肪从骨骼上剥离下来,把猪嘴从软骨上剥离下来,如何刮掉特别容易结冻的耳垂及皮上的胶。他摆弄着想象出来的猪颚,用勺把凝固的脑子从脑壳里掏出,挖空眼窝,给我们看从咽喉上割下的舌头,举起从脂膜剔下的猪脸——真正是一大团——,然后一边麻利地把弄下来的这些东西全部切成丁,一边开始一一列举要往文火煲的汤里放的配料:葱花、小酸黄瓜片、芥籽、醋腌白花菜芽、剁碎的柠檬皮和粗捣的黑胡椒末,还放上一块瘦猪胸肉或颈肉一起煮。

他把红椒青椒——“但不能是辣的”——切成了丁,把所有的东西——肉丁和一大堆配料再次煮开。然后作为最后一道工序,他隆重地把醋倒进了都要溢出来的锅里,好像从一个被魅影罩着的瓶子里往外倒圣水。他说不能倒得太少,因为大家知道,醋凉了味道会减弱。“好了,注意了,我们把所有的东西盛到一个碗里,放到凉快地方,等着,有点耐心,我们有的是耐心。”

他盯着每一个观众——他魔法的牺牲品好长一会儿,这时我们有关自然凝结、不加陌生配料的猪头肉皮冻的理想画面都要结冻了,外面,在以前兽医站的外面,在持续的明媚春光里有人在死记拉丁语单词,在别的班上有人在硬背数学公式。

为了避免大家的怀疑,他眨了一下眼,好像大师也刚从卡路里充足的梦中醒来,然后说,不对,是用上文提到过的电影演员的语调咕哝着:“现在做好了,不要再晃动碗。请吧,现在凝固的程度可以切了,先生们可以上桌了。”

又停顿,再眨眼,之后好像未来就挂在他嘴边:“等以后一切都好起来,能买到足够多的猪肉时,这些东西当早点吃香着呢。”

丢失的东西中最令人心痛的是八开本子,要是能从中引用点什么的话,我讲的事情更可信。

也许,师傅炖汤、剔骨、剥肉、切丁、配料,特别是如同做圣事一般隆重地倒醋时,我没做笔记?

玛丽恩巴德时期的存货中有写字纸,上面我一般只涂写探索姑娘肉体的诗或画几张老兵满是皱褶的脸,也许是因为纸张太宝贵,用来记那些普通的菜谱对我来说太可惜?

对这些问题有直截了当的答案:不管在丢失的什么纸上,不管是否有橡皮擦过的痕迹,回过头来我看到自己飞快地用铅笔记。我听到自己的吞咽声,满嘴是口水,可能像烹饪班里别的学员一样,吞咽口水是为了盖过自己肚子里啮齿目动物不停发出的响声。

所以师傅上课的内容我牢记在心,以至后来或像比萨拉比亚的厨师长胸有成竹预见的那样有“足够多的猪肉”可买时,我不仅写诗颂扬猪头肉皮冻,而且也懂得用满满一锅肉皮冻招待我的客人——在世的以及从前世请来的客人——,请客时我很少忘记向每桌的客人——有一次除了民歌集《男童的神奇号角》的编者①之外还邀请了格林兄弟及画家龙格②——讲述那个抽象的,但却顶住了饥饿的烹

---

① 指德国作家布伦塔诺(Clemens Brentano,1778—1842)和阿尔尼姆(Achim von Arnim,1781—1831)。

② 龙格(Philipp Otto Runge,1777—1810),德国画家。

饪班,而且还变着花样讲,有不同的版本。

我喜欢变换厨师长的老家:有时他来自匈牙利的巴纳特,有时切尔诺维兹①又成了他的出生地,他说在那里遇见过诗人、当时还叫安切尔的保尔·策兰②。他的摇篮在布科维纳③之后有可能又在比萨拉比亚地区。在根据《希特勒-斯大林条约》而"回归"故乡④以前,所谓"缴获的德国人"就这样散居在各地。

有时肉皮冻就着炸土豆吃,有时简单地就着黑面包,味道也不错。客人一批批不同,其中有海外的远方来客,欧洲的和社会民主党的三颗明星——勃兰特、帕尔梅⑤和克赖斯基⑥。此外还有巴洛克时代的朋友,如称一切都无价值的安德烈亚斯·格吕菲乌斯⑦、未染瘟疫时的马丁·奥皮茨 ,但是也有大胆妈妈⑧和格里美豪森——当时他还自称是盖尔恩豪森。几乎所有客人都会把猪头肉皮冻吃得干干净净。有时它是开胃菜,有时是主菜,不过菜谱却是一样的。

两节课一晃就过去了,课上我师傅还就母猪、公猪、乳猪及其用途讲了许多:在他家用玉米棒子——"苞米棒子"——喂猪;在他老

---

① 现在乌克兰境内。

② 保尔·策兰(Paul Celan)于1920年11月23日生于此。

③ 罗马尼亚北部地区。

④ 即"回归帝国"行动。

⑤ 洛夫·帕尔梅(Olof Palme,1927—1986),瑞典政治家,曾任首相。

⑥ 奥地利社会党领袖。

⑦ 安德烈亚斯·格吕菲乌斯(A. Gryphius,1616—1664),十四行诗《祖国之泪》的作者。

⑧ 格里美豪森《痴儿历险记》中的人物。

家专门种植橡树做猪饲料，猪吃橡子后肉结实，而且不太肥；但猪的脂膜也不能不管，这也是人们为什么把板油放在平底锅里熬成猪油的原因；人们可以把猪肝、猪心、猪肺用绞肉机打碎做成香肠，就像宰猪时用猪血做香肠一样，“但注意了，要用墨角兰”，熏制板肉和火腿是一门高超的技术。

我们所有人，连我在内，都相信自己已够虔诚了，而且被词汇丰富的话语喂饱了。这时他结束了课，说道：“好了，先生们，猪讲完了。不过后天，让我们为此高兴吧，我不再讲猪了，我们讲所有的家禽。我现在就可以告诉你们：做鹅没有不用蒿的！”

他好记易懂的警句让我们了解了一切对填鹅有利的内容真是在第三天吗？很可能又过了几天，以前的兽医站里铺着瓷砖、至今还有回声的房间才又迷住了我。在这几天里没别的事，只有“饥饿”这个反刍动物没完没了的故事，那些在营地里迅速蔓延且以讹传讹的传言除外。

人们担心把所有来自德国东部的战俘都引渡给苏联占领军。听说与我方一道作战的哥萨克军团全都被英国人引渡到俄国了，以致有的小组全体自杀以免遭苏联的报复。

可是后来又在底下传言说马上要大规模释放了，其间还有人说要把战俘中最年轻的那些人送去接受再教育：“到美国去！”在那里，老兵们讥讽说，会肃清我们青年纳粹的思想残余。

一个小道消息流传的时间最长，传言说所有已解除武装的战俘将重新武装起来,而且是用美国装备,这一点已计划好,现已通过,马上就要变为现实,“谢尔曼坦克①之类……”

我听见一个中士在发表宏论:“不是很清楚嘛,从现在起要和美国佬……”——这时我们就称美国佬了——“……共事了,一起来对付伊凡。他们毕竟需要我们,没有我们,他们对付不了伊凡……”

大家同意他的话,说不知什么时候又要与俄国人对着干了,这是再明显不过的事儿;伊凡在维斯瓦河那边时就应考虑到这一点,但直到现在,阿道夫完了,别的党魁也完了,戈培尔,希姆莱,还有谁来着?干脆这样说吧,像戈林一样都玩完了,这才又需要我们了。

“好了,我们前线的经历成了阻挡红色洪流的堡垒了。我们知道与伊凡对着干意味着什么,特别是在冬天,对此美国佬一无所知。”

“我才不干呢,我先溜号,两年在列宁格勒城下,然后在普里皮亚季沼泽地,最后又到了奥得河,受够了!”

然而,连这种预示未来的谣传——因为没过几年,这边的阿登纳和那边的乌布利希②各自加盟战胜国,有了军队,双方都有一支德国军队——也随着时间的推移而减少了,只是没有绝迹罢了。

但是,即使最热议的小道消息还能找到足够的听众与二传手——有些军官已经擦拭勋章了——,也不能阻挡全体战俘营人员

① 美国二战期间研制生产的一种中型坦克。威廉·谢尔曼(1820—1891)是美国内战时期联邦军将领,该坦克以他的名字命名。

② 乌布利希(Walter Ulbricht,1893—1973),德意志民主共和国领导人。

对普通课程与专门课程，对读经修身以及文化欣赏的渴望。就我和我的同学而言，没人想穿上美国军服来挽救西方或其他什么，我们继续平和地沉浸于以美味来麻醉折磨人的饥饿。

可能正因为如此，我才觉得，讲完猪的利用之后立刻或很快就讲鹅的双时课仿佛对我后来充分发挥的厨艺有促进作用，特别是对后来的发展有影响。但是现在回顾起来，我发现自己一方面是个拘谨的、迫切地对自己乱七八糟的欲望进行抚慰的男孩，另一方面又是个早衰的玩世不恭者，因为他见过碎尸，也见过吊死的士兵晃来晃去。作为一个经历了生死的人，对任何人的信仰，不管上帝也好，元首也罢，都已化为了零；对我来说，除了和我在幽暗的森林里唱《小汉斯》的一等兵之外，只有一个权威人物，即那个消瘦的，头发已花白的男人，那个眉毛长得需要梳的人，他懂得用词语与手势减轻饥饿对我的折磨，哪怕只有几小时。

厨师长在教我们时肯定还把其他的肉畜宰了，把野味腌了，把各种东西做成了香肠，把鱼和横行的小动物做成了菜。对我来说，他作为一种魔力影响持续至今，以至于如今只要我把大蒜和鼠尾草塞进羊腿或剥去牛舌上毛糙的皮时，他就在一边严密监视我的动作。

有天晚上，我邀请了哲学家恩斯特·布洛赫来柏林弗里登纳区的尼德大街的家做客吃马丁鹅①，鹅掏净后我要选择是往里塞苹果

① 11月11日圣马丁节吃的鹅。

还是师傅推荐的栗子馅，这时我敢肯定师傅也在旁边监督。不管我往里放什么，师傅对徒弟的警告犹如接种的疫苗："做鹅没有不用蒿的！"

当时是六十年代末，革命因为有许多惊叹号支撑，所以毕竟还在纸上坚持着。我选择了栗子馅，布洛赫的盘子里除了半个鹅胸脯之外还有翅膀，此外还有谎言的短腿，它马上引起了他的长篇大论。他称赞栗子馅，边吃边给安娜、我和四个吃惊不已的孩子讲他那关于总也终结不了的尚未完成之人的童话①，一会儿长话短说，一会儿短话长说，讲述过程中从托马斯·闵采尔讲到卡尔·马克思，又从马克思的弥赛亚福音引出了老沙特汉德②以及卡尔·迈，一会儿像摩西从山上往下吼一样，他突然哼起了瓦格纳的音乐主题，接着回忆起口传文学的源头，嘟囔着直起身走步，把一些妨碍走路的东西挪到一边，在把另外一个童话——是《汉塞尔与格蕾特尔》?③ ——的梗概剥离后，举起啃光的谎言短腿，命令他的先知脑袋照亮，刚说起他常被引用的原则④，马上又为一般和特殊的谎言故事唱起赞美歌来。

吃饭的孩子们——弗朗茨、拉乌尔、劳拉和小布鲁诺——张着嘴巴坐在那儿听我们不同凡响的客人高谈阔论，把他的话句句当真，以前师傅——比萨拉比亚厨师长——嘱咐我做鹅馅时都要用蒿调味时，我也是这样听着。

---

① 他认为人的存在是一种尚未存在、尚未决定、尚未完成的存在。

② 卡尔·迈笔下的探险家。

③ 格林童话名。

④ 指"希望的原则"。

他突然走了。不再有厨师长了，那个以邀请的手势——"请吧，先生们"——来缓解我们饥饿的厨师长。有人说，按照最高层的指示，他被调走了。据说最后看见他是在一辆吉普车里，两边坐着戴白漆钢盔的宪兵。

与此同时谣言四起：指挥美国第三军的巴顿原来是个这么有远见的将军，要享誉全球的厨师长做他的私人厨师，为他及他的贵客掌勺。就是这个将军的种种言论中暴露出来的仇俄思想滋养了那个小道消息：我们会被重新武装，会在新开辟的东线投入战斗。

后来传说巴顿将军死于事故，这下谣言再次四起：他被谋杀了，很可能是被毒死的。他的私人厨师——我们想象厨房的大师——因涉嫌谋杀被抓了起来，和他一起锒铛入狱的还有其他间谍和可疑人物。不过，根据一位擅长秘密情报事务的德国专家的建议，对阴谋策划者的诉讼以及因此产生的案卷不予以公布。于是就有了可以做成香肠的小说或电影素材。

至于我，师傅和可能的私人厨师刚走，饥饿就开始用更尖利的牙齿咬人了。不过现在它才促使我勾勒侦探片剧本，情节中东南欧的厨艺让巴顿将军有了自吹自擂、鼓动一场新战争的心情，但却置我师傅于险境，因为好战的扩音器不仅对俄国内务人民委员会①来说是一个需要清除的麻烦，而且西方情报机构也在盘算着采取补救措施：

① 苏联秘密警察机构。

巴顿声太大，话太多，嘴太快。不能容忍巴顿了。巴顿得干掉，哪怕用里面塞了东西的鹅，里面不放蒿而是另外一种调料……

根据剧本，大致可以这样来尝试一下冷战的游戏规则，“盖伦组织”①是不久就会运作的德国情报机构的孵化器，可以用慢镜头来精确地表现它诞生的时刻，也能促进影业的发展。

格拉芬韦尔部队训练场上的战俘营部分解散，5 月底我们被卡车转运到上巴伐利亚的巴德-艾比林露天战俘营，在这里我们在帐篷下挖地窖住。几个星期后，又把我们重新分配，送进劳改营，直到这时饥饿才算缓解，因为我现在可以用我的交换物——银光闪闪的西墙纪念胸针——来增加卡路里不足的摩根索定量了。

香烟仍旧不能诱惑我，所以交换来的东西——美国香烟——给我带来特别好的收益，换到了面包和花生酱；一公斤重的易拉罐腌牛肉还尾随着我的回忆，此外还有厚厚的巧克力排条，我可能也换来了大量的吉利刀片，肯定不是自己用。

有一次，还是在巴德-艾比林大型战俘营时，我用三根骆驼牌香烟换到一小袋荷兰芹，我回忆放有荷兰芹的猪肉圆白菜时嚼着它，这是失踪师傅的菜谱。

换来的荷兰芹我分给一个伙伴，他和我在阴雨连绵时躲在帐篷里，可能用骰子赌我们的明天来着。他叫约瑟夫，就是他说服我——

---

① 德国联邦情报局前身。

态度坚定，细声细语，真的很温和——，我总也忘不掉他。

我想成为这个，他想成为那个。

我说真理有许多。

他说真理只有这一个。

我说我不再相信任何事儿。

他左一个教条右一个教条。

我喊道："约瑟夫，你可能想当异端裁判所的大审判官或者抱负更大吧。"

他掷的点越来越大，掷骰子时还援引圣奥古斯丁①的话，好像其拉丁文版的信纲就摆在他面前。

就这样，我们日复一日地聊天，掷骰子，直到有一天他获释，因为他家在巴伐利亚这一带，而我先得除虱，然后又到劳改营，因我没有确定的家庭地址，所以无家可归。

那里四下传说着两件事儿，以不同的方式涉及我们战俘：一是说起在日本城市投下了两颗原子弹，这些城市的名字我以前从没听说过。对这种双重打击我们听之任之，因为另外一件事儿让我们更能感受得到，对我们来说也更现实：由美国政治家摩根索制定的瘦身疗法在夏末被取消了，我们得到了上千卡路里，甚至每天的定量中还有八分之一的香肠。

---

① 圣奥古斯丁（Augustinus，354—430），基督教神学家。

从此，与所有围墙外到黑市上解决饥饿的人相比，我们可以说是吃得饱多了。听在奥格斯堡和慕尼黑清理废墟的劳动大队的人说，那里的老百姓排长队买面包房和肉店还有卖的少量存货。和平以越来越少的定量分配给他们。我们围墙内的人情况越来越好，大家对生活已经习惯了，虽遭囚禁却觉得安适。

有些战俘，特别是那些家在俄国和波兰占领区的战俘，甚至担心自己被释放，可能我就属于这一类。父母与妹妹及时从但泽逃了出来但还是与古斯特洛夫号一起葬身海底了？因为没有他们的音信，我试着把自己想象成失亲、失家、失根的人。我喜欢自怜，尝试进入各种角色，待己如待孤儿，特别是夜里睡在草垫子上时。

幸好有处境相似的同龄伙伴，但是比起妈妈和爸爸，我们更想在连个女人影儿都见不到的处境中要梦寐以求的东西：大家本可以搞同性恋取代女人。我们有时，不对，我们常常彼此抚摩，摩挲。

后来情况又有好转。我一有机会就大胆地说学校英语，以便学会美国音。因为会说英语，我被分配到负责为美国空军某部厨房洗碗的劳动小分队，来到菲尔腾费尔德布鲁克飞机场营房。我们也负责削土豆、洗胡萝卜。每天早上卡车把我们带到一个地方，简直是送进了极乐乡，因为这种地方一般只会出现在童话中。

那里有一些被称为“流离失所者”的人（displaced persons），背上写着缩写字母DP，他们同样找到了活儿，属于洗衣队与熨衣队。他们是几个年轻的犹太人，只因偶然性的恩惠才在各种集中营中幸存了下来，现在都想去巴勒斯坦，但是得不到许可。

看到天天有大量的残羹剩饭、成堆的土豆泥、熬化的板油、只吃了胸脯肉和腿肉就被丢掉的鸡骨头倒进垃圾桶，他们和我们一样吃惊。因为我们默默地看着这种浪费，所以只能估摸百感交集的心情。是镜子突然破裂了吗？此前我在镜子里看到的战胜国的形象是很完美的。

虽然犹太人和同龄的我们能分到足够的残羹剩饭，但是彼此的共同点仅此而已。对我们的看管松松散散，所以只要劳动休息时有机会，我们就彼此互骂。“流离失所者”彼此大多说意第绪语或波兰语，当他们会说几个德语词，那么就喊：“滚出去！快！快！站住！闭嘴！去毒气室吧！”这是我们不想承认的生活体验带来的语言礼物。

我们的词汇是学舌拼凑起来的大兵德语：“你们这些狗杂种！你们这些骚包！就该好好收拾你们！”

开始美国佬还笑我们的骂战，是我们为之洗碗的美国白人兵。他们骂邻近连队的美国兵是黑鬼。年轻的犹太人和我们听着，不吱声，因我们是在不同的耕地上吵架。

接着对我们进行教育。可那个美国教官——也就是那个戴眼镜、说话软绵绵、总穿着熨得笔挺的衬衫的人——白费力气，因为我们，包括我在内，不相信他给我们看的东西：黑白照片——贝尔根-贝尔森、拉文斯布鲁克等地的集中营的照片。我看到了堆成山的尸体、焚尸炉，看到了挨饿的人、饿死的人和瘦得皮包骨的幸存者，他们是来自另外一个世界的人，让人难以置信。

我们总是重复那几句话："这难道是德国人干的？"

"这种事儿绝对不会是德国人干的。"

"德国人才不干这种事呢。"

我们私下里说："宣传，一切只是宣传而已。"

因为我们是青年纳粹，所以让我们去达豪①短期参观，接受再教育。一站又一站地带我们走遍集中营后，一个和我们一起参观的学徒满师的泥瓦工说："你们看见有喷头的浴室了吗？说是毒气室，其实是新粉刷的，肯定是美国佬事后建的……"

过了些时间，我才慢慢理解并且勉强承认自己在不知情的情况下，或者准确地说，在不想知道的情况下参与了犯罪，这种罪行不会随着时间的推移而减轻，不会失去时效，我依然负有罪责。

像饥饿感一样，人们也可以背地里说罪责以及追随它而来的羞耻感也咬人，不停地咬人。我的饥饿感只是暂时的，可羞耻感……

并不是教官的论点，并不是他给我们看的那些再清楚不过的照片让我的固执不堪一击，更准确地说，思想障碍一年后才得以去除，那是我从收音机里听到前帝国青年团头目巴尔杜·封·席拉赫——不知在哪里讲话的——声音后的事儿。纽伦堡宣判前不久，作为被告的战犯们又一次发言，为减轻希特勒青年团的罪责，席拉赫申明他

① 位于德国巴伐利亚的集中营。

们不知道内幕,说他,只有他知道为了最终解决犹太人问题而计划并实施的大屠杀。

我得相信他,一直都相信。可只要我在厨房小分队当洗碗工和翻译,就很固执。不错,我们是输掉了战争,胜利者不管是在人数、坦克还是飞机上都比我们有优势,特别是卡路里。可是那些照片?

我们和同龄的犹太人争吵起来。“纳粹,你们这些纳粹分子!”他们喊道。

我们反驳道:“赶快滚吧,滚到巴勒斯坦去!”

然后我们又一致笑那些在我们看来奇怪的,甚至滑稽的美国人,特别是那个白费劲的教官,我们问他明显歧视地对待“黑鬼”是怎么回事,令他尴尬不已。

一旦我们吵够了,就嘴巴不干不净地说起女人,说起遥不可及的理想形象,因为不仅我们这些战俘,而且父母被杀、幸存下来的犹太孩子们都按着各自对姑娘的想象患上了性饥渴。到处贴半裸美女像的美国佬让我们觉得好笑。

有那么一两次,刚点完名,有个被称为本的“流离失所者”还没上卡车就塞给我一个铁皮罐头听,里面涂满了浓煎油,他不吱声,因为本来是禁止把剩饭剩菜带到营地来的。

现在回顾一下,我看见面前的本一头卷曲红发。他和迪特在我的一次演讲里提到过,那是 1967 年 3 月在特拉维夫,我受那里的大学邀请前去演讲,当时我三十九岁,因为喜欢对一切长期避而不谈的东西直言不讳而被看成是麻烦制造者。

我的演讲题为《谈适应》，是用德语做的，因为听众大多是德裔犹太人。演讲中我也谈到了本和迪特，谈到了对立的洗涤与厨房小分队，还谈到了想在吵翻的群体之间进行调解的教官。

在我的演讲稿中，他叫赫尔曼·毛特勒，1938 年不得不逃离奥地利，流亡到美国，作为有大学学历的历史学家他相信理性。我在给幸存的听众做的演讲中还穿插了一个故事，详细叙述了他的失败。如果我今天，在相隔近四十年后再来读这个故事，觉得他的失败与我的徒劳沾亲带故。

赫尔曼·毛特勒这个名字虽是杜撰的，但那个我连他实际上叫什么都不知道的脆弱的人比那个固执的男青年——我试图在早年的自画像中认出他来——更清楚地浮现在我面前，因为故事中的迪特也只是我的一部分。

这样一来故事可以保鲜。因为不完整，所以它们的内容必须杜撰得更丰富，它们永远不会讲完，总是等待时机续编或倒叙，就像巴伐利亚青年约瑟夫的故事，他很早就从巴德-艾比林大型战俘营放出去了，我和他一起掐了好几天的虱子，下雨时躲在帐篷里嚼荷兰芹，掷骰子赌未来。一个温和的固执己见的人，必须不断地讲述他，因为这个约瑟夫自从当弥撒侍从以来像我一样作诗，但却有完全不同的未来规划……

只是本和迪特的故事可以结束了，因为秋天我刚过完十八岁生日，厨房小分队就由一组老兵接替了。流离失所者还待了一阵子，可能直到他们最终能找到去巴勒斯坦的路子，那里作为国家的以色列是他们的希望所在，那里一个战争接着一个战争在等待着他们。

教官可能后来还写了一本书，写来自不同地域、处于青春期的战俘的特殊问题，写他勇于面对的失败。不过，换了营地后，我获得了原先不知道的东西，它被称为自由。

初冬，我和其他人一起被转运至吕内堡原野，行李中只剩不多的西墙纪念胸针了，但还存有一包刮胡子刀片。我们坐上了军车，经过空荡荡的高速公路，越过丘陵起伏、继而平坦的地区，这里地形开阔，平和地绵延着。有人说，让我们转移是要释放我们。不时看到炸毁的高速公路桥或一辆废弃的坦克，它们让人想起历经的恐怖。一到目的地，我们就搬进了穆斯特战俘营的棚屋。

英国看守们对我剩下的一部分交换物感兴趣：西格弗里德防线可爱的掩体。后来给了我盖章的证件，对我进行了消毒，让我吃了最后一天定量的伙食，然后把我释放到了英国占领区。我来到四周都是废墟的广阔天地，在这里要体验一下我原先不知道的自由。

第一眼看到了什么令人迷惑：剥洋葱时眼睛开始流泪，看得清楚时可以辨认的字变得模糊起来。我的琥珀把东西保存得更清楚，能认得出包体：先是一只蚊子或小蜘蛛，然后是另外一个包体——炮弹碎片——能回忆起来，它嵌在我的左肩里，不妨说是个纪念品。

生活中的插曲压缩成了逸闻，或想作为真实故事以不同版本保留。除了这些插曲之外,我在战争及战俘营时期的经历还有什么保留了下来?

我看到黑白照片时很吃惊,先是不相信,然后是不吱声。此外,害怕与饥饿也给我上了课。因为参加了没有设备——假如不算黑板和黑板上的粉笔痕迹——的烹饪班,我可以想象出迫切想要的东西,甚至可望而不可即的东西,连同味道和杂七杂八的声音。更主要的是:我学会了请客,客人来自遥远的过去,早逝的他们令我思念——比如年轻时的朋友——或者只在书本里说话的客人,都说他们死了,却虽死犹生。

他们带来另一个星球的消息,甚至在吃饭时还要争论,或想要借助貌似虔诚的谎言故事获得拯救,因为他们已僵化成中世纪的石像。

后来我延长了我的时段,写了长篇小说《比目鱼》,故事中我请来自各个世纪的客人入座,好给他们上菜:多罗特娅哥特时期的斯堪尼亚鲱鱼;上路饭吃的内脏,是女修道院院长玛加蕾特·鲁斯给她父亲做的;莳萝汁大西洋鳕鱼,像使女阿格娜斯为病恹恹的诗人奥皮茨炖的那种;阿蔓达为奥勒弗里茨做的土豆汤;还有苏菲做的有牛头馅的蘑菇菜,拿破仑的总督——拉普将军幸运地躲过一劫没被毒死;蕾娜·施杜伯做的芥末汁腰子,当奥古斯特·倍倍尔来做客时,她给他看她的《无产阶级食谱》……①

当年肚子的饥饿折磨人时,我认真听我师傅的课。配料一旦可

① 都是《比目鱼》中出现的人物,这几个女人是不同历史时期的厨娘。

以便宜地弄到，空气汤、云彩丸、风鸡就都上了我的菜单。早年从我身上消失的“我”一定是个空容器，不管谁把它填满，其中肯定有个比萨拉比亚厨师。我愿意和爱说“请吧先生们”的他坐在一起吃饭。

第六章　井上井下

规定人们视线方向的铁丝网没了。他,或者说是我,带着不到两磅议价买来的茶,轻装走向叫作自由的地方,这个地方局限于英军占领区,是可以活动的区域。

可谁给谁自由?又如何享用这一礼物?这个双音节的词可以任意用许多形容词来解释、延展、缩小甚至完全颠倒,它预示着什么?

回忆的碎片,一会儿这样,一会儿那样分类整理好,彼此拼接起来时漏洞百出。我画出一个人的剪影,他活下来纯属偶然,不对,我看见一张有污点的纸,但却是没有字迹的白纸一张,我就是、可能是或想成为这张白纸,今后生存的模糊蓝图。

某人还是头路左分,身高一米七二。某人身穿迷彩军服,开始每周刮一次绒毛似的胡子,此时面对着给予他的自由——难行的地带。不管怎么说,他敢于迈出了第一步。

此外理想的画面出来讨人欢心——认真的、思索的、在废墟中寻找意义的年轻人,这画面又犹豫着被推翻。

开始时,我怎么也不能把当时状况的图像钉在墙上。有把握的事实太少。我十八岁。放出来时体重没有过轻。身上没虱子,脚蹬美国橡胶底系带鞋走动,回过头来看样子还不赖。

然而,在战俘营日常生活中我是否已不会做年轻人喜欢做的鬼脸,就不清楚了。只有始终不吸烟的人用香烟和银质胸针换来英国茶储藏,包括其有异国风味的包装,以及大量议价买来的刮胡刀片是我的财产,连同杂七杂八的东西及涂鸦的纸装满了干粮袋。可什么东西给我的内心生活配图呢?

看上去,好像无神论的天主教徒深谙所有在当时蔓延开来的信仰问题,同时对这些问题又无所谓。倘若以为他是藏而不露的无神论者,则等于将另外一种宗教强加于他。

他思索着。他思考什么?给不出引文。只有一些外表的东西还没褪色,比如染成铁锈红的军裤和美国棉袄。他的毛线帽——同样也是美国军用物资——很保暖,是橄榄绿色。他看上去几近老百姓。只是干粮袋仍旧是军灰色的。

为了获释,我得说出一个地址,这个地址是同龄伙伴菲利普悄悄塞给我的,上面有对母亲的问候。他是个英俊小伙,天使般的脸上有酒窝,笑起来很有感染力,他像我一样具有那种草率行事的天赋,这种草率让我们自愿服兵役。

他只能待在穆斯特战俘营,后来与一支劳动大队一道被海运至英国;而我可以出去,因为可以证明——多亏拍的片——我左肩有块豆粒大小的弹片,当时已形成包囊,直到今天它还在里边,是我旅行带回来的小礼物,就像被囚在琥珀中的甲虫一样,日久天长。我是左撇子,为了先在安娜后在乌特面前显示自己,我抡起胳膊向后甩准备扔石头或投球时,弹片就发出能感觉到的信号:别这样!我睡觉呢,你吵醒了我……

与菲利普相反,人家认为我不适合在威尔士煤矿下井干活。据说向他妈妈许诺过,以后会回来的,一定的。根据警察处的户口登记,我获得自由后的第一个居住地是科隆-米尔海姆,是片废墟,令人惊奇的是废墟上时而会有路牌留存下来,它们或贴在残存的房屋立面上,或悬挂在耸立于碎石中的杆子上成了指路三角尺。废墟中蒲公英丛生,含苞欲放。

后来我在美国与法国占领区里偷偷地乱窜,如丧家犬,挨家挨户地寻找吃的和睡的地方,还被另外一种饥饿驱使着,寻找肌肤的亲密接触。这时换成了其他城市的废墟布景,面对这些废墟,路牌把我引向歧路,或者引我跨过碎石堆,下面估计埋着人。

或睡或醒:我仍行走在残垣断壁之间踩出的小路上,停下,好像在看景致,在山丘高的瓦砾上,牙齿仍旧咬得咯咯响,因为空中弥漫着石尘和灰浆粉……

我伙伴的妈妈,一个敏捷的女人,头发青灰色,可能是染的,也可能是本色,总是用长长的烟嘴抽烟。她毫不费劲地教会我如何做黑市交易。四果酱①、人造蜂蜜、美国花生酱、唱针和打火石,还有手电筒的电池等,我称过或数过后在厨房桌上成交。此外,我还可以把我一部分刮胡刀片作为资本投入,很快就有了钱。从早到晚,顾客带着价值差不多的货物来交换,甚至毛皮,其中有张银狐皮,都可以换黄油。

每天人们来来往往,菲利普的妹妹在他们中间蹦蹦跳跳,妩媚妖娆像个娃娃,像在为观众表演。她大海泡沫里出生②,是哥哥的翻版。她穿着长筒丝袜配不断换戴的小帽,散发着野花般的芳香。但对她只能想入非非。她有可能像天使一样从我面前飘过,抚摩我头发吗?

得不到她我就偷偷溜进电影院,仍然看到它——废墟中巍然屹立的影城,不管是战争时期还是和平年代,影院的主打影片是《小调罗曼史》,主要演员当时都很著名,我很熟悉:玛丽安娜·霍佩③和保罗·达尔克④,还有因另外一部电影《犹太人徐斯》⑤而声名狼藉的费迪南德·马利安⑥。

《小调罗曼史》在但泽的托比斯影城连演数周,座无虚席,以前这部电影就让空防助手有了梦想。每当电影插曲《白天与梦想之间

---

① 当时一种用四种水果做成的廉价果酱的美称。

② 维纳斯大海泡沫里出生,可能暗指小姑娘像维纳斯一样美。

③ 玛丽安娜·霍佩(Marianne Hoppe,1909—2002),德国电影演员。

④ 保罗·达尔克(Paul Dahlke,1904—1984),德国电影演员。

⑤ 纳粹根据德国作家福伊希特万格(1884—1958)的同名长篇小说改编的电影,用于反犹宣传。

⑥ 费迪南德·马利安(Ferdinand Marian,1902—1946),奥地利电影演员。

的一小时》以熟悉的旋律把她——玛丽安娜·霍佩——带入画面时……这个橱窗前的女人……受到诱惑的女人……独自受苦的女人……她那张收拾得无可挑剔的脸……她脖子上的首饰……她那一闪而过的微笑……一个美人,永不磨灭……

三四年前,我年轻时的崇拜偶像以九十多岁的高龄去世了。

就像当时挨饿的人在科隆高街[1]的小店前排长队一样,现在问题也是一长串:当时叫我名字、做黑市买卖、没什么目标的人,在那段让我四处游荡的日子里想过延续中断了的学习,拿下高中文凭了吗?

我找过学徒岗位吗?如果找过,学什么手艺?

我是否想念父母和妹妹,因而三天两头在政府机关贴出的名单上寻找他们了?

我只是因自己,还是因世道而遭罪?要特别忍受那个或大写或小写叫作“德国集体罪责”的痛苦吗?

有没有这样的可能:我的苦难只是以失去双亲与家园这一附加在我身上的状况作为伪装?

还有哪些损失值得抱怨?

洋葱的答复有盲点:我既没看到自己想成为一科隆高中的学生,也没有学徒岗位对我有诱惑力。我也没在东部难民及被炸得一无所有者登记处提交寻人申请。母亲虽然还能想象出是原来那个样子,

① 科隆市中心的步行商业街。

但并不十分想念她。没有乡愁让我写出诗行。没有负罪感触动我的心灵。

无目的地在废墟与瓦砾堆之间闲逛的人看来只关心他自己，因为找不到其他的烦恼事儿；或者我满怀无法诉说的痛苦逃进了科隆大教堂来着？当雄伟的大教堂四周的城市化为废墟时，这个有着双塔的庞然大物耸立在那儿，外表满目疮痍。

只有一点是肯定的：春天，我通过菲利普妹妹的介绍，在一户农家找到了活儿，地点位于下莱茵河地区的贝尔根海姆-埃尔富特区。那时我可能已经让他妹妹讨厌了。

一定是在春天。凑合学了两下，我可以看见自己趺趺撞撞地跟在犁后面或牵着马笼头走，而农民在开垄沟。从早到晚地耕作。能吃饱。只剩下另外一种饥饿，它既不能用粥也不能用糊来解决，反而滋养了我的性欲，结果它越来越厉害，越来越下流。

我和一个体弱的雇工睡在一间狭小房间里。农家有个东普鲁士的姑娘，是和她只能凑合做做猪饲料的老父亲一起被安置在这个农家的，她虽然只是个挤奶工，但除了猪以外还有十二头牛和四匹马的东家早已霸占了她。他和妻子只去教堂，每个星期天都去，他就是这样信天主教。

伊莉沙白——她就叫这个名——站在我演出不断的镜框式舞台上，高个子，大骨架，或站在园子篱笆前，或在院子门口的阴凉处，或在奶罐之间被映得浑身闪亮。她不管站在哪儿，不管走路或弯腰，都是一幅画，她的吸引力太大，我肯定追随着她身上牲口棚的气味写出一打子诗，这些诗韵押得很糟糕，是利用给甜菜间苗和劈柴的间隙涂的鸦。

那里的地区鲜有诗意：有时阳光明媚，可见各有归属的土地，有时阴雨连绵，景色朦胧，除了村里的教堂塔楼之外，不允许有任何凸起物。

夜晚听那个雇工打鼾，白天听东家能震破四方院子的嗓门，此外就是十二头牛，浅黄睫毛的女神用手为它们挤奶。这一切无法忍受，于是我继续流浪，吃不饱，虽然我在农家吃得很饱，剩下的饥饿——这一点密密麻麻地写在洋葱皮上——是另外一种。

我一直走到萨尔州，那儿有个哥们儿，也是从穆斯特战俘营释放出来的。我找到了他的地址，于是我暂时有了一条真正的羽绒被，睡在他和他妈妈住的一幢小房子的阁楼上，他妈妈待我像亲儿子。

这听起来像有家的感觉了，有了安全感的味道，但萨尔州的饥饿程度比别的地方更厉害。可能法国占领军想秋后算账，不仅惩罚那些 1935 年投票赞成"回归帝国"的人，而且株连全体萨尔人。伙伴家的小房子是排房，位于麦尔兹希附近。

我那伙伴的名字我从来就不知道，只知道别人叫他刚果。不久，他要去法国外籍军团——他已看到自己在沙漠天空下与反叛的柏柏尔人①打仗，我和他一起乘着人满为患的火车到乡下去，一直乘到洪

① 非洲北部的部族群。

斯吕克山,我们以为到了天边,那个地区丘陵起伏,令人伤感。

这种火车旅行当时很普遍,叫作囤粮之旅。我有剩下的英国茶、刮胡刀片和到处都紧俏的打火石,是科隆黑市上得到的投资红利,我们用这些东西换来土豆和洋白菜头。我们挨家走,有时什么也换不到,但除了可过秤或数得清的交换物外,我得拿出更多的东西来。

一个农妇明显有身孕,和她那位已定居的法国客籍工人知足地同吃同住,我轻率地、善解人意地给她看了手相,预测未来,她给了我们一块羊奶酪作为报酬,此外还给我们一块熏肥肉。农妇坐在桌旁,很满意,因为我能从她手纹上看出男主人不在家,就算不是太久但也有很长时间了。自 1943 年起他就在东线失踪,但他作为立式镜框里的相片始终在家。

我哪儿学的这套可疑的本事?天生就会?是从吉卜赛人那儿偷学的?他们从波兰偷越"自由城邦"过来,我小时候,他们在朗富尔的大街上是很吃香的,无论是作为磨刀匠,还是作为补锅匠。

上法耳茨有个很大的战俘营,我在那里上过抽象的烹饪班,一是为了打发时间,二是可以对付真正的饥饿,可能那里也开过教人看手相的培训班,吸引了像我这样的学生。

不管是天生、偷学还是上过课,反正当我在洪斯吕克的深山里很专业地宣布未来会朝着好的方向发展时肯定没什么顾虑。手纹对农妇和那位总是胆怯地躲在后面、同吃同住的男人的好处有多明显,我看手相本领带来的利润就有多丰富,而且利润的卡路里含量可观。

但到洪斯吕克山的囤粮之旅特别的收获毕竟不是肥肉。农妇的小姑子对我有了爱意，她因鲁尔区的家被炸毁而逃到这里避难，找到了活儿干，她的爱意既不能用秤来称，也不能按个数来数。

本来是我的伙伴刚果不管她走到哪儿都紧追不舍，但是没捞到动手动脚的机会。他被抓得伤痕累累，像个雇佣兵似的骂骂咧咧、跌跌撞撞逃出了羊圈，但马上又傻笑了，因他性情温和。他是个宽肩小伙，什么事都顺其自然。

对他来说战争太短。他不可救药地酷爱冒险。可能正因为此我才继续跟踪他：五十年代中，法兰克福大学生剧团把我的第一个剧本搬上了舞台——两幕剧《洪水》，戏里有个战后返乡的志愿军团士兵，是性格差不多的人。他的伙伴勒奥叫他刚果。他们去过老挝和印度支那，演的角色是浪子……

在去最近的火车站的路上，我才意识到自己走了桃花运。农妇的小姑子用手推车帮我们把一口袋土豆、洋白菜头、羊奶酪、搞来的一块肥肉以及其他囤积的东西——是一袋干红花菜豆？——送到火车站。

月亮出来时我们上路了，田间小路开始时有点上坡，过一会儿又下坡，大概有三四公里长，路的长短和时间一样只能回忆个大概。

刚果拉车，不让人换他。我们在后边推，开始谁也不说话，过了会儿却说个不停。我们彼此问看过什么电影，但绝没有亲热地拉手。这对儿一般高的恋人喜欢一个年轻的女演员，称她为“克乃夫”，预见到她以后会成为影坛明星，声誉鹊起。这部电影叫《桥下》，前不久我还在某个电视三台中看过。

因为开往巴特-克罗茨纳赫的慢车两个多小时以后才到，刚果就躺在候车室的一张长椅上，马上睡着了。我们站在小屋前，脱落的字母表明这是车站。月亮或云彩匆匆飘过。除此之外还有什么可看可说可做，哪怕只是祝福点什么？

这时，年轻女人——我还以为她是个没定亲的姑娘——请我用手推车陪她一段路，不是因为她害怕，只是她要人陪陪。

事情一定发生在初夏即将满月时。我们在田间小路的两侧看到了刚割下的干草垛，在去的路上，它们对我来说无关紧要。它们之间的间距相等，一直排到森林边，森林边像黑黝黝的边框把天空镶了起来。时而云彩投下的阴影罩住了整整齐齐的干草垛，时而它们又泛着银光，亮闪闪的，很是诱人。也许在去火车站的路上，成堆的干草垛已给我们提供了一次又一次的机会。此时，我觉得刈割过的草地越发散发出芳香。

我们离开了火车站、睡着的伙伴和囤到的食物，刚走不远——或许我们需要更长的时间？——我就放下空的手推车，抓住她的手，两人离开大路，向最近的干草垛走去。

事实上，肯定是我乖乖地被拽到草垛上，因为我仍认出英格身上不少的细节——不仅仅因为她是第一个。她脸扁平，如同满月，上面落满许多雀斑。但在干草垛上它们不算什么。有一点是相当肯定的，那就是她那双没合上的眼睛发绿而不是发灰。她的手在我看来很大，因田间劳作而显得粗糙。这双手知道如何帮助我。

干草的气味当然无与伦比。我饿得要命，急不可耐，她不得不叫我慢一点，不要那么硬上，而要像她的十指那样温柔。

有多少东西要发现。什么东西那么湿那么深。一切都明摆着，可以摸到。我抓到什么东西又软又圆。什么东西软了下来。我们能发出什么样的响声，能像动物那样叫唤。

然后，干草的味道在我们身上发威了。我们深陷其中，试着再来。或者一次就够了？只希望，初学者当时一学就会。

然后呢？之后呢？可以设想，我们在草垛里说悄悄话，轮着说，或者只是我在说。不记得在干草堆里能说出什么悄悄话。只记得英格突然实实在在地说话了，好像得为自己解释一番，又停住了。战争中的家庭情况。波鸿城郊被炸毁的联排房。她未婚夫阵亡了，在南边巴尔干，有两年了，因为那里到处都是游击队。他是矿工，本来可以免服兵役——她的原话是“脱不开身”（uk）——，但斯大林格勒战役后人们还是马上让他当兵了，而且是工兵，先是被派往大博世波培训，后来离开那儿上了前线，再后来，他信里是这样写的，只是到山里架桥……

她还说了些别的，但我忘记说什么了，连她未婚夫叫什么也忘了，她总是说这个名字，很亲密的，习惯使然，好像他就躺在她身边。

难道是我在干草垛里悄悄地说这说那？也许说了些有关星空深奥的东西？月亮出来或消失时说起了月亮？可能是刚刚想出来的诗，因为每当什么事使我困惑，我就来几行诗，或押韵或无韵。

在她有些担心或纯粹出于好奇问我想当什么，工作上有什么打算时，我回答得结结巴巴？还在干草堆里时我就说过“艺术家，肯定的”来着?

一层层的洋葱皮丰满光亮,洋葱对此一无所知,肆意删改的文本之间只有空白,除非我来解释那些字迹无法辨认的地方,凑出些什么名堂来……

我的记忆里总是堆着废物,对它们每次都以不同的方式分类整理,我记不起来用什么法子把英格或者说我想把她逗笑,但她没把我逗笑;因为躺在她身边的初学者在即将满月的月亮下突然难过得像个动物并且不知道为什么,抚摸与安慰都不管用。连刈割过的草地的气味似乎也叫人受不了了。

我们从被压平的干草垛里站起身来,她找她的短裤,我扣我裤子上的纽扣。然后我们弄掉身上的草,是各弄各的,我想。不过,她后来把干草垛再弄整齐时,我可能帮助她来着。从远处看:一对夫妻在夜间干农活儿。

之后就没有那种绝望的孤独感了。没有,在我帮助英格把我们的床和其他干草垛再排成行时我们没唱歌,甚至都没有哼歌:只有四只勤劳的手。

不确定的是,她说自己姓什么时,是否也说了“假如你愿意的话写张明信片吧”。她的姓不管怎么说都像波兰语,以 kowiak 或像某个来自鲁尔区的足球运动员的姓一样以“斯基”结尾。

再没别的了。也许还有?也许犹豫来着,只是眨眼的工夫。然后我们朝反方向走,她推着空的手推车。

可能是我第一次完事后就已像老手似的不四下张望。发生的事就过去了。“你们不要转身”,[1]一首儿歌里这样唱道,我后来,很久之后写的一首诗也叫这个。

可是在很短或是较长的归途上,某人闻他左手的手指来着,好像要马上把几分钟前还抓得住的东西作为财产固定在记忆里。

我回到候车室,蹲坐在那个脸被英格抓破的伙伴身边,他仍睡着,这时我身上还有她和干草垛的气味。然后当我们带着囤积的食品乘车朝巴特-克罗茨纳赫方向去时,心情始终那么好的刚果怪笑着,但没说任何脏话……

至今。那次匆匆的离开总让我回想。为什么那样匆忙?好像我因为害怕必须逃走一样。过了很长时间火车才来。时间就这么白白浪费了。

我事后吃后悔药:你当时不能和那个叫英格的姑娘躺到旁边的草垛里——没过多久又饿了,然后再躺到另外一个干草垛里吗?

是呀,为什么非要回到卡路里严重不足的萨尔州?洪斯吕克山,那个地区,哪怕荒凉,信天主教,丘陵起伏,你慢慢也会习惯的,你本可以把它作为电影素材,对连续剧挺适合。

你的伙伴刚果没有你也会溜走的,但会带着土豆、洋白菜头、一块块奶酪和你用看手相的本事换来的东西,他反正想去阿尔及尔或摩洛哥,因为他打仗还没打够,想在那里为了伟大民族的荣誉而毁了

① 参见《铁皮鼓》。

自己。

你完全可以时不时地根据农妇的手纹说些吉利话，好让她安心卧床休息，告诉她会顺利生产的。可如果有那么一天在俄国失踪的农民站在院门口……迟到的战后归乡者……在门外……①

我还常常翻动地头两边的干草垛，倒不是因为那个有张月光照在上面的扁平脸和无数雀斑散落其上的年轻女人，更多的是寻找那个早年的我，他消失了，只留下些干草垛上的声响和味道——那是我首次尝试肉体合二为一，过于匆忙的尝试。人们也把这种努力叫作爱。

然后是空白，画面干扰。没有其他征服可以回味或者成为冒险行动，但季节像被钉住了似的粘牢了：仍旧是1946年的初夏。

后来我在涅尔腾-哈尔登贝尔格地区有另外一个伙伴，他是农民的儿子，有轻微的语言障碍，我在他那儿蹭了几天饭，然后就马不停蹄地四下奔波，一会儿在威希河山地，一会儿又到美国占领区的黑森边境，最后又合法地去了英国人占领的哥廷根。

不过，再也没有干草垛了。再也不能从手上读出盈利了。除了无目标的动荡不安之外，什么都没有。对这种动荡不安而言，任何固定住所都没诱惑力。但我肯定不是在这里就是在那里的警察局报了户口，好得到最必需的东西，食品证。

---

① 德国战后作家博尔歇特（1921—1947）的名剧《在门外》，叙述一个战后还乡者的悲惨经历。

可我到哥廷根干什么呢？肯定不是上大学。而且拿什么毕业证书？自十五岁起我就没见过学校里面是什么样，老师叫我害怕，所以我后来的手稿充斥着老师的身影：比如《铁皮鼓》“课程表”一章中的小学老师施波伦豪尔小姐，《猫与鼠》中的体操教师马伦勃兰特，接着是《局部麻醉》中的受苦人、参议教师施塔鲁施，还有《大脑产儿或德国人正在死绝》中无儿女的教师哈姆与朵特夫妇：教育工作者对我来说就是这么多产。甚至一部名为《三十二颗牙》的剧本除了涉及卫生问题外，也涉及教育的妄想。

虽然我在学校外学会了如何把九八式卡宾枪拆成零件，用几分钟又把它组装起来可以射击；虽然我可以操作八点八口径高炮上的引爆瞄准器和坦克上的火炮，因为我是受过培训的炮手；我通过苦练也学会了迅速隐蔽，听到命令时说“是！”，学会了列队行进；后来我学会了搞到吃的东西，察觉险情，也就是说学会躲开战地宪兵队的“铁链警犬”；看到碎尸和一个藤架上有被绞死的人时也能承受；因为害怕而尿湿裤子，很快学会了害怕，开始在森林里唱歌，站着也能睡着，可以编造谎话为自己圆场，可以在没有油、鱼、肉和各种蔬菜的情况下为自己发明出可口的烤肉和汤，而且还把远古的客人请过来吃饭；我甚至还学会了看手相预测未来，尽管如此，我离高中毕业相差万里，没资格上大学。

这时我在哥廷根火车站——我常在热闹的火车站周围游荡——前碰到了有年头没见了的老同学，记不清是在康拉德学校，圣彼得学校，还是在圣约翰学校与他同桌，是坐在他前面还是后面。

他劝说我，显而易见有道理，因为我跟他走了，我们穿过轰炸中基本保存完好的城市，走到他和他妈妈的住处，这是一个为从东部逃难过来的人建的难民所，不过没有发育成熟的妹妹。

所谓尼森式小屋是隆起的半圆形白铁皮简易屋，一排排房屋之间晾着衣服。他家只有大麦粥加白菜梗，给了我一张行军床。她的大儿子在争夺蒙特卡西诺①修道院的战役中身亡，丈夫被俄国人抓获，然后被带到地尔斯巧②或其他什么地方后失踪了，剩下唯一的儿子要顶替不在家的人。

没几天我就经不住诱惑，和他一起去上一所特殊高中，他声称过去与我同桌，如今在这所学校可以把耽误的课补上，并通过努力背单词重新唤醒逝去的岁月。他劝我道：那里可以补做学生，甚至可以争取拿到高中毕业文凭，因为他和我一样缺这张文凭。他说已重新背上了真正的书包，哪怕是人造革的，我只背着干粮袋。他还说，没有高中文凭的人就要掉一半价，许多人都是这样。“你搞搞清楚吧！没有高中文凭的人什么都不是。”

顶多能坚持一节课多一点。第一节课啃的是拉丁语，还凑合，拉丁语就是拉丁语。但第二节课是历史课，这是我以前最喜欢的课，它涉及的时间领域很广，提供了足够大的空白场所，是我想象力的避难处，虚构的人物可以入住，他们通常是中世纪装束，被卷进了无尽无休的战争。人是什么？什么也不是，只是粒子、合伙人、随大流者、不

① 位于罗马附近，曾发生激战。

② 即波兰的特切夫。

完整历史中的一小段。当我又坐学校座椅时，我可能是这样评价自己的：好比彩色球，每次别人把它踢进场地时颜色都不一样。

哪怕漫游时期中的许多事我都忘了，比如有多少同学——他们年纪都比我们大，经历战争的时间都比我们长——上完拉丁语课后马上集体去上下一节课，但我还能清楚地近看历史老师：个子不高，壮实，板刷头，不戴眼镜，但下巴处有个蝴蝶结，在一排排桌椅之间来回走动，用脚后跟转身，突然像生了根似的站住，就好像听到了世界精神①不容抗拒的命令，然后以一个经典问题开始了他的历史课："我们讲到哪儿了？"紧接着主动自答："讲到埃姆斯电报②了。"

这可能符合教学计划，但我不想停留在俾斯麦及其欺骗伎俩的问题上。1870 和 1871 年和我有什么关系？

我上这个被称为"战争体验"的速成班是近来的事。前天这门课才结束。

我日思夜想一直都在学这门课，没停留在任何地方。

以铁与血打造出了德国的统一③，但这样一场战争能带给我什么？

埃姆斯电报和我有什么关系？

还有什么全都该重新咀嚼？该用什么日期把记忆钉住？

---

① 可能指黑格尔的世界精神概念。

② 拿破仑三世因西班牙王位问题要与在埃姆斯疗养的普鲁士国王威廉一世进行谈判，威廉一世将会谈情况写成电报发给俾斯麦，俾斯麦删改了电报内容后公开发表，拒绝与拿破仑谈判，拿破仑气急败坏，向普鲁士宣战。埃姆斯电报是普法战争的导火索。

③ 应是俾斯麦的话。

这个刻苦的学生想省略、跳过、挽回、因难堪而隐讳哪段时间?——我的?

仿佛小个子老师用声名狼藉的电报给了我提示词,我站了起来,拿起永远不离身的干粮袋,什么都没说就走了——没有什么教育意义上的命令阻止我,不仅离开了落下功课的战争参与者们的教室,而且也永远离开了学校及其由纪律组成的污浊空气。说不定,我对自己这一离校举动还非常欣赏。

我再也没碰到过我那个同学,他肯定读完了高中,可能此后一生自以为很有价值。但由于我的出版社及其印刷厂都坐落于哥廷根杜斯特大街,所以哥廷根对我来说始终是值得去的地方,而且不只是出于一个原因。

就算把刚才勾勒的生活插曲的所有细节忽略不计,一次不寻常的相遇还是凸显出来:我义无反顾地离开学校后,马上来到了火车站的候车室。

我想到哪儿去?有旅行计划吗?

也许本能地要去南方?远走高飞,哪怕非法进入美国占领区,要去这里位于阿尔特廷和弗莱拉辛之间的一个巴伐利亚小村子,希望几番寻访后能找到我的伙伴约瑟夫再为未来下把注?

哥廷根火车站候车室里坐满了人,我看见自己无助地寻找座位,跨过箱子和行李。人满为患的候车室里空气污浊,令人窒息。终于有个空位子。我旁边——好像我仔细打量他来着——是我眼中最叫人喜欢的身穿迷彩国防军服的样本:永远的一等兵,就算左臂没有那两个小三角也能认出来。

我好像老是遇到像他这种人。以前的一等兵把我这个“小汉斯”领出了幽暗的森林,像信赖那人一样可以信赖这个人,当然后者高大些,筋骨好些,体格强壮些。我对自己说:可以信赖永远不想当二级下士的人。精明,老练,狡猾多端,他总能办成事儿。进军、阵地战、白刃战、反攻、撤退,每个战争规定的动作他都熟悉。他找空子,虽然受伤致残但还是逃走了,可以信赖他。

他坐在我身边,伸出木头假肢,抽着烟斗,是一种叫不出名堂的东西,与烟叶毫不相干。他看上去似乎不仅熬过了最近的战争,而且也在三十年战争及以后的七年战争①中幸存了下来,是那种超越时间的人。他把军帽往后推到脖子上。我们的谈话差不多是这样开始的:“哎,年轻人,不知道去哪儿,对吧?”

看不见木头假肢,只能隐约感到染色的军裤下有假腿,只是到了后来,那假肢才变得重要起来。“怎么样,我们先去汉诺威转一圈,那里还有一个火车站。也许我们在那儿就有办法了……”

于是我们上了下一趟慢车,分段买票,每十几站或更多站一买。跟着拥挤的人群,我们坐在人满为患的禁烟车厢里,一等兵的烟斗才不管这一套呢,他的烟草烟雾缭绕。

他还吸着烟,就从干粮袋里掏出一小块面包头和一段香肠,说香

---

① 1756年至1763年,英、普同盟与法、奥、俄同盟之间的一场战争。

肠是艾希斯费尔的特产，还说人们都知道那里的香肠最好。

他拿出一把伞兵用的小刀，把香肠切成小指粗的片，给我的比给自己的多，因为他得不停地抽烟。他就这样喂他的“伙伴”——他是这样称呼我的。

记忆中我嚼着风干的血肠，但下意识里瘦肉香肠或肉肠也同样齿颊留香。不管怎么说，他抽烟，我嚼香肠，看着窗外两边的丘陵地带，什么也不想或只想些乱七八糟的事情。

一个老太太坐在我们对面，头戴一种战前的钟形帽，她抱怨烟雾太大，用尖尖的手指指着禁烟的告示牌，为示意自己在受害咳嗽着，不停地抱怨，甚至尖叫着喊乘务员，同时挑动车厢里别的乘客抗议“不要脸的吸烟骚扰”，把“不要脸”这个词中的字母组合按汉诺威人的方式噘着嘴发音以示高雅。这时我那把我称作“伙伴”的伙伴用右手拿起那把油光锃亮的刀，威胁着往后使劲儿挥动，用另一只手把烟斗拿开，以这种姿势站在那里一动不动坚持了一秒多钟，然后他突然用刀一砍，透过裤腿扎进了右大腿，刀留在腿上颤动了好久。他一边这样做一边还笑，笑得让人心里发毛。

戴帽子的老太太吓得逃出了车厢，她的座位马上被站在过道上的一人占了。以前的一等兵松了刀子，把刀折回原位放入口袋，然后敲了敲烟斗，把烟灰抖掉。我们离汉诺威越来越近了。

剩下的是些偶然自发抓拍的东西，记忆把它们归了档。当时一声不吭嚼香肠的人仍看见插进木假肢里的刀子在颤动，但不能肯定这故事发生在哪儿，是在从哥廷根开往汉诺威的火车上？还是在反方向去卡塞尔的火车上，后来在往南去慕尼黑的途中愈演愈烈？后来我到南方想在巴伐利亚地区——在因河河畔的马克特尔或别的什么穷乡僻壤——看望我的伙伴约瑟夫，一年多以前我还和他一起嚼荷兰芹，掷骰子赌未来，还为圣灵降孕的问题而争吵。我在他父母家没找到他，他有可能已待在一所神学院里，努力适应经院哲学的紧身衣。他以一分①的成绩通过了所有考试，而我却……

此外，这个故事也可能在另外一个装木头假肢的伙伴身边发生——伙伴中有许多装假肢的人。是血肠还是瘦肉肠，是折刀还是立刃刀，是在去还是来的路上，都无所谓：记忆储存并浓缩的东西以备用，添加到时而这样讲、时而那样讲的故事中，不问其来源，也不管是否还有别的可疑之处。

事实犹在：见我没地方可去，刚到汉诺威，在哥廷根候车室坐在我身边，不管怎么说，可能装着假肢的一等兵建议我，到那里的布尔巴赫-钾盐有限公司管理处找找活儿："他们找年轻人下井，那儿你能得到最繁重工种的食品供应卡，黄油管够，还有地方住。快去吧，年轻人！"

两个伙伴在汉诺威火车总站前，在某个恩斯特·奥古斯特②骑马纪念碑旁，碑上的青铜已被弹片炸成了蜂窝状。

---

① 德国学校里的"一分"相当于我国的"优"。
② 恩斯特·奥古斯特(Ernst-August,1629—1698)，汉诺威王储。

年纪长的伙伴给年纪小的建议他照着做了，因为不管年纪小的伙伴那时的情况怎么样或者随着时间的推移可能变成什么样，有一种经验他铭刻在心：他虽然不相信任何自称是成年人的家伙，但不会不相信特征明显的一等兵这类的人。自从某个当过理发师的人把他从森林中带出穿过俄国人前线后，他就了解了这种人。几天后当T-34坦克向撤退道路开火时，一等兵的腿被炸烂了，差点没把命丢了；但我在候车室的伙伴幸免于难，落个假腿。他知道应在哪儿干什么或不干什么。他的建议我得听。

再说，我也喜欢“井下”这个词。我真的有兴趣爬进地球内部，不必再看那些一会儿一个样的地方，离开，被吞噬掉，消失得无影无踪，就像注销了户口一样，但是如果确有必要，甚至可以在地壳深处干活儿，干那些被人认可的最繁重的活儿。也许我还暗自希望，在井下能找到点儿在光天化日之下看不见的东西。

我决定照他说的做。为了感谢他的建议，我走前把剩余的烟票都送给了装假肢的伙伴，因为我仍旧没烟瘾，当时烟卷已经垄断了市场，具有稳定货币的购买力；它们是我屈指可数的财产。

于是我去面试了，不必等候，问了他们有没有工作，没费什么事儿就在布尔巴赫-钾盐有限公司登记在册，当上了挂钩工。我的工作岗位在西格弗里德一号矿山，位于萨尔施泰德区的大吉森村附近。在那里我领到了电石灯和矿山自备的木鞋。寝室是简易工棚，是我多年来再熟悉不过的棚屋，里面是双层床，我睡上铺。

村子大概位于希尔德斯海姆和汉诺威之间,这里地势平缓,适合甜菜种植。只在西南方有淡青色的威希河山地起伏。初夏的大地绿意盎然,井区的矿井架、石磨坊、旁边建有浴室的锅炉房耸立其上,此外还有矿山领导的别墅式楼房和废渣山,废渣山比什么都高,一部分堆成锥形,白花花的,一部分是长条的缓坡,向前延伸,每天不断有矿渣、废渣往上倒:矿车合上后在索道中不停地行驶,车装得满满的爬上坡,卸完后又滑下坡。它时高时低的尖叫声总在我耳边萦回,以至于至今只要去我的出版商施泰德的印刷厂,乘车从拉策堡出发经吕内堡和汉诺威再到哥廷根,总要四下看看白花花的废渣山,它们耸立在农田中,日久天长如今已成了地形的一部分。矿山设备,连同西格弗里德一号矿山的设备,早在几十年前就停产、清除了。

简易工棚里是六人一间房,里面有我熟悉的双层铺。食堂的饭没味道,但管饱。此外用矿工最繁重工种的饭票还可以买不少额外的食品:早点或晚班前有香肠、奶酪、厚厚的黄油和鸡蛋,每天有额外的牛奶预防尘肺病。木鞋是在井下穿的。我们在浴室更衣,把衣袋拖到罩板下,下班后洗澡。

我的挂钩工岗位在九百五十米深的运输巷道,那里有电机车,它空驶几公里或者满载货物,钾盐碎矿石从上面巷道的通风设备运往主出井筒罐笼的升降机。矿工换班时也是听信号铃声乘坐罐笼上下井。

我的任务就是挂上或空或满的矿车,在出井筒之前摘钩,在电机车开往对钾盐矿石实施爆破和粉碎的硐室途中关启风门。在巷道穿堂风中不断奔跑，在轨道上跌跌撞撞，我的膝盖总是碰破。

是其他挂钩工教会了我。电机车慢速时我得从最后一辆矿车上跳下，跟着电机车跑，每次把风门的人造革挡风门帘拉到一边让电机车通过，然后把风门合上，追着最后的矿车跑，跑着跳到车上。

大多数情况下，和我一起当班的电机车司机给我留有足够的时间，所以我只有一两次没赶上小火车，只能跟在后面走，独自走很长一段路。

动作如此紧凑，颇有挥汗如雨的苦差事的味道，最繁重工种的饭票挣得不容易。其实劳动强度并不大，因为几乎每班都停电，一停就是一两个小时不是什么不寻常的事儿，拉闸限电在哪里都是常见事儿，人们听天由命忍受着。

我们无所事事地坐着，不是坐在停开的出井筒货物提升机边上，就是——因为半途中突然停电——坐在一个炸开的大厅大小的硐室里。硐室空间足够大，现在和将来都可以用来清除我们所有的核废料，让它在里面放射，放射……

后来我把长篇小说《狗年月》最后一章的情节放到一处矿山，当然开采的不再是钾盐矿石。所有的巷道和硐室里摆满了在那里生产的出口产品——稻草人，它们或僵硬地摆着姿势，或因有内置机械而能活动，穿得像人一样，是人类社会的写照，向人类表达了苦与乐。它们是商品，自有其价格，订货供应，在全世界销售。因为人被认为是上帝的翻版，所以上帝可以被看作原始的稻草人。

拉闸限电时，井下只有电石灯发光，让我们巨大的影子在硐室的高墙上影影绰绰。他们从新开凿的巷道，从沉寂下来的震动溜槽，从硐室的深处走来：矿工、凿岩工、放炮员、采矿工长，我们这些挂钩工和电机车司机。一群乌合之众，有些只受过短期培训，大都是年轻的辅助工，有些出身于工人世家，其中有几个快退休了。他们在拉闸时就待在一起。

不一会儿，他们侃大山的话题就停留在政治上了，嗓门很快大了起来，相互争吵，差不多要动手了，之所以没打起来，只因为又来电了，路灯又亮了起来，震动溜槽开始隆隆作响，电动机车也开始嗡嗡响起来，出井筒货物提升机发出隆隆声。掺杂着各地方言特色的争吵马上停息，接下来大家都默不作声或咽下最后的话开始干活儿：电石灯晃动着，灯光下他们变得越来越小。

我只听着，无选择地偶然听听他们的争执，但一般情况下都被动，像下巴痉挛不能说话似的，当哑巴。对我来说没电这段时间是补课，在井下常态的酷热——我们即使不动也会出汗——中，我想听懂他们吵什么，但理解不了多少，觉得自己很笨，也确实笨，但不敢问年纪大一些的伙伴。我感到自己被拉过来扯过去，因为他们吵着吵着开始拉山头，大致形成对立的三派。

最小的一派表现出共产主义的阶级觉悟，预见到资本主义行将灭亡，无产阶级必将胜利。他们对一切问题都能解答，喜欢举起紧握的拳头。采矿工长属于这一派。他在井上是个善于交际的人，在矿山附近有一栋独宅。有时我和他家大女儿一起去看电影。

第二派人数最多，高喊纳粹口号虚张声势，寻找导致旧制度崩溃的罪人，带有挑衅意味地哼起了“旗帜高高飘扬……”①，他们竟敢猜测和诅咒：“要是元首还活着，看不把你们这些人都……”

第三派比较温和，总是想用越来越不像样的改良建议来平息争端，一方面反对没收财产，如布尔巴赫-钾盐有限公司的财产，另一方面赞同工会控制下的大工业国有化。这一派时而分裂，时而又因有人加入而壮大，有人诋毁说他们是社会民主党，共产党则骂他们是“社会法西斯主义”。

虽然许多事情我不懂，不知他们为什么争吵到白热化程度，但我这个站在一边的挂钩工和笨脑瓜看得出，没完没了争吵得厉害时，总是共产党和顽固纳粹派联手，以提高嗓门压倒剩下的社会民主党派的声音。刚才还是死对头呢，现在却一红一褐组成了联合阵线，共同来对付社会民主党人了。

争吵总是以这样的模式进行，像中了邪一样，每次断电都形成相同的派别。对我来说很难持久地支持一方，作为一个受各方鼓动，但自己没有坚定立场的人，我可能有时算这派，有时算那派。

我的电机车司机是个轻度残疾人，他原是凿岩工，爆破时出了事故。他属于社会民主党。我们换班后到了井上，离开浴室时他给我讲了这种本身就矛盾重重的联盟：“现在的情形很像1933年前夕，当时的共产党与纳粹分子反对我们，直到后来纳粹分子先清洗共产党

---

① 纳粹歌曲。

人，之后马上就轮到了我们。什么团结，早就没有了。瞧，他们永远不会接受历史教训。他们总是想，要么全要，要么全不要。他们恨我们社会民主党人，因为我们在必要时有一半也就知足了……”

现在我不想说，就着忽闪忽闪的电石灯上的这堂世界观的课让我茅塞顿开，让我首次见识了战后的政治，给了我一盏启蒙的小灯，但是，挂钩工开始渐渐明白，是哪伙坏人毁掉了一个曾被共产党和纳粹诋毁为“制度”的国家，是什么最终给了这个国家致命一击。

虽然在井下我没成为成熟的社会民主党人，但在井上我却被灌输了一些思想，那是在一个星期天的早上，我的电机车司机带我到清除了废墟的汉诺威去，因为社会民主党主席库尔特·舒马赫①在那里露天演讲，有几万听众。

不对，他不是在演讲，他是在吼叫，就像过去所有的政治家一样，并不只是纳粹省党部头目福斯特尔在但泽的五月草场上狂喊。可我这个后来的社会民主党人和永远信奉“一方面另一方面”的人记住了一些震耳欲聋的话，这个吼叫者给人的印象是弱不禁风，他挥动着空荡荡随风飘的袖管，站在直射的阳光下，吼声却在几万听众头顶上回荡。

在纳粹期间他被关押了好几年，后来他成了禁欲主义者。一个柱上圣徒提高了嗓门，号召全民族奋起革新。按照他坚强的意志，废

---

① 库尔特·舒马赫（Kurt Schumacher，1895—1952），德国政治家。

墟中应诞生一个社会与民主的德国。句句铿锵有力。

事与愿违——因为吼叫本该令人反感，舒马赫同志说服了我。

说服了我什么？后果如何？一定过了好几年，过去的挂钩工在乌托邦科目中尝试过几次远离目标的大跳跃后，才转而调整为社会民主党的步幅，致力于维利·勃兰特的“小步走”政策。又过了好几年，我在《蜗牛日记》中给前进步伐开出了药方：始终用腹足行走。留下黏液的痕迹。用怀疑的石块铺就的路。

但还在井下的时候，我的政治胶囊——空壳——已经千疮百孔，布满裂缝，我试着拥护某一派。就这样西格弗里德一号钾盐矿免费给我补了课，但课的效果却是左右摇摆：就像大教堂般高的硐室里光影更迭，明暗交替，我一会儿赞同这个，一会儿又反对那个，一会儿站在这一边，一会儿又站到另一边，但只要不知悔改的纳粹分子对我胡说八道，我总是沉默不语。

挂钩工关闭、打开风门，然后跳上矿车，这时电机车司机总是出于关心小心慢行。他警告说不要强行统一，当时为在苏占区成立一个由共产党和社会民主党组成的统一党的事又争吵起来。一方面，我在井下吵架时鹦鹉学舌，重复电机车司机的话；另一方面，采矿工长，三个女儿的和蔼父亲，却在井上成功地把《共产党宣言》里的句子给我译成了战后卡路里不足的现实。

双方都鼓动我，互有胜败。我这个好听众或许对他们的热情起了推波助澜的作用。但在今天，也就是在资本占绝对优势，在我完全无权无势时，如果我把当时的挂钩工叫到面前，把他引诱到我站着写字的斜面工作桌旁，开始温和地，然后严厉地审问他，提出一些暗设陷阱的问题弄得喜欢躲闪的他很尴尬，那么，从穿着工作服的年轻人顺口说的话中可以听出，更有可能是采矿工长的大女儿在倒班之间把他引诱到有前花园和游廊的独宅里，她能说服，何须鼓动。

不是美人，但也不乏魅力。从童年起她左腿就跛。是意外事故？她从没提及过。要不就是当她抱怨自己显而易见的不幸原因时，我没好好地听？

她说话发气声，语速快，急促，好像她的时间很紧。我想象她有一张椭圆的长脸，眼睛是棕色，眼距小，黑发直直地垂下，眉头紧蹙，做思考状。她很聪明，遣词造句有逻辑。颤抖的手是滔滔不绝说话时的第二声部。她最爱用的一个词就是“仔细”：仔细看，准确说，仔细想……

她在厂办公室当学徒，用打字机把我几首急就章的诗誊清了，这样一来诗看上去一行一行地有点意思了，读起来朗朗上口，纯粹从视觉效果来评价的话，完全可以付印。在誊清时，她不言不语地把我写错的字改正。

我们尽可能多地黏在一起。她跛脚我不在乎，脸蛋和颤抖的手显示出足够的吸引力。她胸脯平平，很苗条地站在矿区门口等她父亲，也许还等我。她是那样娇小、轻巧，以至于我可以把她单薄的身体举到适合的高度，站着进入她体内。我们看完电影从萨尔施特回来，总要在游廊或走廊里云雨几分钟。

我不能到她楼上的闺房去，她也不想到有双层铺的棚屋来。她总是关心我，听任看完电影后的那个压轴戏，不管是她也愿意还是只有我想要，而我也学会了遵从她的请求小心翼翼进入她身体。

比起在游廊或走廊屏风后给我们的那几分钟，我们在甜菜地之间的田间小路上更能清楚地感受对方。她说话时指点着。一切都直言不讳。前面是高耸的矿渣山，白花花的，在多少有些阴沉的天色中闪烁，面对着它，我们谈论许多刚看过的电影，有一部叫《煤气灯与影子》，故事很恐怖，发生在多雾的英国，另一部叫《凶手就在我们中间》，"克乃夫"在里面演一个角色。

我们也谈论了并不存在的上帝，贬低信条时尤其上劲。两个存在主义的弟子，对这个当时很时髦的概念不知道或只是听说过。两个人都读过《查拉图斯特拉如是说》，不知在什么地方偶然听到过"本原""被抛"之类庄严词中的巨无霸。这一带没干草垛。

地上初次结霜后，甜菜就可以收割了。我们在天黑后带着口袋和筐到地里去，用短把锄头飞快地刨。我们不是唯一在夜里收割的人。我们的敌人是带狗的农民。

采矿工长的妻子在战争最后一年去世了，成了鳏夫和三个女儿父亲的他常给人以无助的感觉。回来后我们在他的指点下，一起把甜菜削皮切碎，然后放到洗衣间的洗衣锅里煮成糖浆。要用一个大木勺在咕噜咕噜响的锅里不断地搅动，搅的动作、气味以及黏糊糊甜得要命的味道还记忆犹新，连同姑娘们切甜菜时的三重笑声。糖浆倒进了矿山自制的大腹瓶子里。锅里剩下的东西用来做麦芽糖，里面放上点儿八角。

边煮糖浆边唱歌,父亲曾教给女儿们几首工人歌曲。他很喜欢说,不管是集中营的拘押还是在惩戒营的前线劳役,都没能削弱他的“阶级觉悟”。

女儿们叫什么来着? 其中一个——不过,是哪一个呢? ——叫埃尔克。有时说话尖刻,不过在煮糖浆时几乎从来不为政治问题争吵。

我十九岁生日那一天,在遥远的纽伦堡执行了对战犯的绞刑。在甜菜收割前不久,我和几个伙伴在九百五十米深处的巷道庆生,之后,我在大吉森村长办公室发现了一个远亲的名字和地址,他和妻子与女儿作为被逐出家园者①到了吕贝克避难。我马上写信了还是犹豫了一阵子?

像在占领区所有城乡一样,在机关办公室走廊上贴着长长的寻人名单,上面写着失踪者的姓名和信息,还有死者的名字一个挨一个,够多的。红十字会和其他组织负责寄发和补充名单。还特别贴出了孩子的照片,有护照照片大小。从东普鲁士、西里西亚、波莫瑞、苏台德地区及我的家乡但泽来的难民和被逐出家园者,此外还有不同军种和军衔的士兵,家园被炸毁、被疏散的人,成千上万的人在彼此寻找;无名无姓的婴儿想找父母;母亲们要找逃难时失散的儿女;

① 指战后被从波兰等地驱逐的德国人。

幼儿照片下经常只写着发现的地点。

寻找，找到。就这样，女人们盼望未婚夫与丈夫归来；男女恋人彼此思念；每个人都有寻找的人，连我也在每星期更新的名单上寻找我的双亲和小我三岁的妹妹。

因为我完全违背理性地始终认为他们还在家——母亲像以前一样站在柜台后，父亲在厨房里和面、做点心，梳着辫子的妹妹在客厅里玩——，所以我就不能或者不愿想象我的家人在异乡：被强行赶出故乡，无家可归，没有熟悉的家具，墙上没有镶框的油画，远离同时为客厅和卧室供暖的瓷砖壁炉。

收音机还在餐具架上吗？谁听哪个台？母亲的，其实是我的玻璃书柜怎么样了？现在谁在翻看艺术相册？相册里全是我收集的香烟画片，精准无误地贴着。

想起来了。马上或者只是犹豫了一小会儿，我就给以前住在但泽-施德利茨的远亲写了信，但还没等他们回信，我同屋的一个来自上西里西亚的伙伴结婚了，新娘是一个当地村子里的寡妇。

一头金发的新娘很爱笑，很扎眼地站在我面前，满头的发卷。然后我看到她穿着用降落伞的绸子伞面做的婚纱，伞面是用几袋50公斤的钾盐换来的。

我和另外一个伙伴——他和我一样也是挂钩工——必须充当证婚人，因为村子里找不到做此事儿的人。新郎是土生土长的卡托维兹人，说一口那里通行的波兰德语，他兴致勃勃地吹口琴，教我们唱一支有四段词的歌，我只记住了两三句，如“安特克腿上长虱子，马上搞来持抢证”。①

在战争寡妇的功能厅里，四个人开始闹新婚。从大吉森、周围村子和萨尔施泰德既没有亲戚也没有邻居来，不仅新娘的妹妹，甚至她父母都拒绝与女婿同桌吃饭，因为在下萨克森人看来，女婿是外国人而且还是个穷光蛋。异乡人永远是异乡人。

我们无节制地喝着，好像得代替所有缺席的客人止渴。新郎、证婚人，还有特别热情的新娘，都努力活跃气氛，开开心心。吃炖猪颈肉，用水杯喝酒。谁喝得多谁喝得少，我已经记不清了。酒席上有足够的土豆烧酒以及其他黑市上能搞到的东西，甚至还有蛋黄利口酒。我们灌了这么多来路可疑的酒水，以至于所有人都可能失明，因为每天报纸都在报道家宴上集体中毒的事儿，罪魁祸首是假酒里的甲醇。但是我们不断地为自己及新人的健康干杯，扯开嗓子诅咒没来的客人。

我们四人不知什么时候倒在以前的战争寡妇的婚床上了，虽然眼睛没瞎，但这真是瞎闹。之后这么多肉体之间发生了什么事，洋葱皮过去和现在都不想知道。顶多新娘可能知道、感到或预料到了在那夜余下的时间里发生了什么或没发生什么：和谁有事儿，和谁几乎没事儿或者根本没事儿，和谁反复有事儿。

床还是第一次婚姻留下的，床头墙上挂着一幅油画，上面或是美

① 上西里西亚矿工的讽刺歌曲。

丽的天鹅成双成对,或是一只鹿孤单地鸣叫求偶。

等我们次日清晨,不,准确地说是次日中午醒来,新婚的金发女人已在客厅兼厨房里摆好了早餐,有荷包蛋和板油的香味。她的笑金黄色,把微笑送给丈夫和两个挂钩工,三个人都不敢注视对方,在那直发愣,几乎不说话,要说也是说下个夜班的事。

一个新婚之夜就这样走了样,细节不清楚,井上在提升井架的背风处及从卧室可以看到比什么都高的矿渣山,新婚之夜提供的话题要比实际发生的多。然而在井下,拉闸限电时矿工们继续他们的争吵,总是那一套,我都听烦了,不想掺和进去。我以前加入过纳粹青年团这件事好像排放干净了。我不想和这种在争吵中延续的往事有任何牵连。旧理念没有一种能吸引我,哪怕它曾是唯一有效的理念,放之四海而皆准,但现在出现了裂缝。

可是除此之外,裂纹用什么来补呢?裂纹虽然看不见,但里边已经裂开了。

估计是不断地、漫无边际地对意义的求索才在长时间被迫休息时挽救了挂钩工,他离开争吵的伙伴们,只在电石灯照耀下开始啃一种死语言的铁一般的规则和词汇,而且还真成了学生。

这种荒诞的状况十分清晰地保存下来,以至于至今我还能听到自己在背动词变位表。毫无疑问:那个挂钩工就是我,他在地壳的九百五十米深处勤奋学习,锲而不舍地试着提高他那可怜的拉丁文水平。他像当学生时那样做着鬼脸,同时背诵短小的警句:qui quae quod cuius cuius cuius. . . ①

我嘲讽他,称他是“滑稽人物”,但是他没分散注意力,想用什么东西来填补空虚,哪怕是用一种语言的废物,他的伙伴在巴德-艾比林战俘营里已掌握了这种语言,并称之为“永远统治世界”。还有呢:约瑟夫甚至说做梦都梦见这种语言不可推翻的规则。

语法书和辞典是一个退休中学高级教师好心借给我的,她住在战争结束前不久惨遭重创的主教城市希尔德斯海姆,我支付报酬——不吸烟者的香烟——后在她的阁楼上补课。

我是偶然碰到她的,不知道在哪儿了。她戴着厚厚的眼镜,与怀里的猫一起坐在有酒红色靠垫的沙发椅上。“学点拉丁文没坏处。”她建议说。

我只要不上班,就乘公共汽车来补课。课后她最多请我喝一杯薄荷茶。

可是到了后来,远近亲戚寄来的明信片结束了我向学生行为的倒退。我读到的内容完全一致:父母与妹妹在战争与驱逐中幸免于难,表面上看没受到什么伤害,他们不久前成功地从苏占区迁到英占区。是从梅克伦堡。只带着两个箱子越过了边境,在祖父母逃难的城市吕内堡暂留,后来因为北部已经人满为患,他们就被安置在科隆附近的莱茵地区,具体地说是在贝尔根海姆-埃尔富特的一个富农

---

① 拉丁文指示代词单数第一格阳性、阴性、中性及单数第二格阳性、阴性、中性的变格形式。

家里安顿下来。

分散在各地的亲戚们寄来的明信片上还有更多的内容：被摧毁的故乡城市——“我们的但泽已不存在了”，人们经历了各种倒霉事。还能读到“所谓的罪行”，不过人们以前不可能知道这些罪行，来信人说：“但是，波兰人强加在我们身上的那些不公正待遇，却只字不提……”

此外，亲戚们还提到了遭受的暴行、失踪的人、死去的人、祖父，说他不断地抱怨，对木工作坊的损失想不开：“圆锯，刨床，地下室里还放着门窗上用的小五金……”

他们异口同声地抱怨困境，它普遍存在而且与日俱增：“我们这些被驱逐出家园的人特别惨，到哪儿都不受欢迎，可我们和这里的人一样也是德国人呀……”

父母在莱茵的临时地址可能是大吉森村长办公室给我的。不管怎么说我乘车去了，也没跟矿上辞职，下早班后马上就上了公共汽车。那时快过圣诞节了，更可能是新年伊始。有点什么事耽搁了我，是热恋着我的采矿工长的女儿吗？

道路两旁都是雪，雪越下越大。我带上省下来的一公斤黄油和两个大腹瓶，是从矿上实验室想办法搞到的溴瓶，里面装着甜菜糖浆，这是最后收成中我的所得。

不，我既想不起来采矿工长大女儿的离别泪，也想不起她父亲是否祝愿仓促离职者一路顺风，但我动身时肯定有矿上资产落入了我的海员行李袋——我的东西不是放在箱子里，而是装在这个行李袋中,原因待我慢慢道来。二十多年后我重返这个下萨克森地区,故地重游是要为成立选民自发组织助一臂之力,当时正值联邦议会选举,事关勃兰特“新东方与德国政策”。在希尔德斯海姆的竞选集会结束后,我对社会民主党候选人讲了我在井下当挂钩工的经历以及停电时大家争论不休的故事。

于是他了解到,社会民主党的犹豫不决何时起开始决定了我政治上的步幅。但因为我那些总带噱头的描述可能对这个同志来说太离谱,或是像对长篇小说《狗年月》的补充,所以他在我走后还到仍在赢利的布尔巴赫-钾盐有限公司查看了战后最初几年的花名册,它足以证明有个叫我名字的人“带着矿上的木鞋”离开了西格弗里德一号矿。

那里现在已不再开采,种的更多的是油菜籽而不是甜菜。但白花花的矿渣山仍旧耸立在平坦的田野中,总不让人忘记它。它使人回忆起那段时光:偷甜菜与断电是日常,最繁重工种的饭票非常紧俏,一个聪明的女孩订正我的错字,自由可以作为文字大屠杀进行尝试,一个始终不开窍的挂钩工在西格弗里德一号矿井的采矿巷道里上了课。

我从汉诺威坐火车到科隆,接着又乘公共汽车来到我熟悉的下莱茵地区。陪伴我的是持续的寒冷。冬天来得那么早,才 11 月底就冷了,所有经历过那个冬天的人都难以忘怀。持续的寒冷带来大量的降雪和长时间的霜冻,河流结冰,水管爆裂,城里缺少供暖的收容所,煤和焦炭的运输也停止了。挨冻的人挨饿,挨饿的人冻死冻伤。

1946年与1947年之交的那个冬天尤其对孩子和独居老人来说是致命的，因为除了普遍的短缺之外还缺少燃料。运煤车被洗劫，树木被砍，连根拔起。运河里装载焦炭的驳船被冻住，只得不分昼夜地守护。幽默是特殊的取暖替代品，也许正因为此，莎士比亚的《仲夏夜之梦》才在汉诺威和科隆的市剧院上演，演员们在简易舞台上充满情趣的场景中奔跑，观众们可以用鼓掌来为自己加热。

虽然极冷，卡路里又不足，但生活还在继续。我才逃离了九百五十米深井下巷道的温暖，现在却在井上无取暖设备的火车里和冰窖般的汽车里挨冻。

所有的乘客都挨冻，但我想，在处处都能感受到的严寒中我冻得尤其厉害，虽然挂钩工可能有所准备，身体生热；虽然食品供应卡让最繁重的工人吃饱，储藏了不少卡路里；虽然采矿工长的大女儿关心我，为我这次旅行织了无指手套。

不过也许是这样：我虽然高兴地期盼着与家人重逢，但是内心也感到害怕，怕与父母相见会失望，因为父母和妹妹对我已经陌生了，可能会更加感到寒冷，站在他们面前的儿子和哥哥俨然是个陌生人。

我紧抱着海员行李袋和里面的东西，是省下来的黄油和装满甜菜糖浆的大腹瓶子。

浪子①返家，这或许让人吃惊，因事先没告诉他们。可当我下了

① 见《圣经》故事。

汽车，母亲、父亲和妹妹都站在弗里斯施台腾车站上，似乎想给我一个惊喜。其实，他们只是想去贝尔根海姆办迁居证。纯属偶然？

后来母亲肯定地说，我们的相遇是天意，她坚信所有的一切，不管是幸运与不幸，连我能活下来这件事也算上——因为我本来可能死了——都是服从更高的意志，都是命里注定。此外，据说一个吉卜赛女人已给她算过命，说儿子马上就会回来："妈妈的宝贝"会带着礼物回来的，礼物只能是指糖浆和黄油了。

儿子惊呆了。他们穿着变得太肥大的大衣站在那儿，一副寒酸样。母亲忧虑憔悴；父亲的毡帽战争结束了都没丢；妹妹没了辫子，她已经不是孩子了。

据说，我当时惊叫着向她问好："姐姐，你是个大姑娘了。"而她在不确定的问题上总是和哥哥的回忆不一样，用她的话说"更接近事实"，她今天还坚持认为有个算命的："真的，她早就算到……"

不久前，我们和几个孙辈回到我们那早已陌生的家，把格莱特考和索波特之间的海滩走个遍，我们兄妹聊得甚欢，什么都聊，也聊到了新教皇，而孩子们在海边找琥珀，这时她说："妈妈不是非得给点什么可以吃的东西，其实我们什么也没有，吉卜赛女人在你回来之前给妈妈看了手相，向她保证：三天后她的宝贝儿子就回来了。"

不过才两年多一点，但却觉得恍若隔世：1944 年 9 月，父亲陪我到火车总站，当时但泽所有的塔楼与山墙还完好无损。他扛着我的纸板箱，一句话不说，圆圆的小党徽别在西服上。我，还只有十六岁，穿着齐膝的裤子和已嫌小的上衣，兜里揣着入伍通知，和他一起站在站台上。母亲不愿送儿子,不愿看着儿子乘车到柏林去——像她认为的那样——去送死。现在命运又让我们相聚了。

我们彼此拥抱,反反复复停不下来,没有话说,或者只说些没用的。太多的事情在没有开头也没结束点的岁月中发生,说不过来,有些事儿等过了很久才说,因为太可怕,或者干脆就不说。

母亲把多次遭受的强暴咽在肚子里。她老了,常生病,她爱开玩笑的开朗性格已难见踪影。

这个瘦骨嶙峋的小个子男人是我父亲?就是以前那个举止总是很自信、努力摆出魁梧姿势的父亲?

只有妹妹看上去毫发无损地经历了发生的一切。我觉得她几乎太成熟,明亮的眼睛好奇地望着我这个“大哥哥”。

直到现在我才开始明白在战争最后几个月里始终没怎么明白的事情,不管是在野战医院、战俘营,还是在后来无目的地自由自在游荡的日子里,因为当时我只关注我自己和我的双重饥饿。遭受损失后,一切都面目全非。没有不遭受损失的人。不仅是房子变成了废墟。与战争的反面——和平一起见光的还有罪行,现在要清算这些罪行,事后用武力把作案者变成牺牲品。

我面前站着被驱逐出家园的人,虽然他们是一个一个的人,但在成千上万人群中只有统计学意义上的价值。我拥抱了劫后余生的人,就像人们说的那样,只是虚惊一场,不管怎么说,人还活着,只不过……

我们彼此之间久未通信。“我家小子又回来了!”父亲对所有下车和上车去贝尔根海姆的人喊道。可我已不是他当年送到但泽火车总站的那个男孩了,那时犹如注定永恒之城里有不少教堂敲响了大大小小的钟与我告别。

有关机构把父母与妹妹安排在一个农民家,这种强制性安排在当时很普遍,因为很少有人自愿接纳难民和被逐出家园者,特别是在那些没有明显遭受损失的地方:房屋、牲口棚和粮仓似乎可以放心地继承,另外宽大脑瓜上也没伤到一根毛,所以那里的人并不认为自己和遭受损失的人一起输掉了这场当初以必胜心为之雀跃的战争。

只是迫于当局的压力,农家主人给我父母腾出一间房,里面一分为二,脚下是水泥地,这间房过去是为猪准备饲料的。

抱怨没用。“你们从哪儿来还回哪儿去!”对自己的土地毫不担忧的农民这样回答,他像我在去年春天离开的那个人一样笃信天主教。无论何处,对外乡人和——正像人们所说的那样——漂泊者总表现出不信任,甚至怀有敌意,看来也只能这样了。

到处天寒地冻,寒气从没有地下室的房间的水泥地往上冒。存得不多的冬季土豆受冻了,解冻时用手指一按就软软地瘪下去,不管连皮还是削皮煮,都像水像玻璃似的,甜得令人作呕。旁边的猪圈飘来气味,煮饲料房间的外墙里面结了冰亮晶晶的。

我们睡在一个房间里,妹妹和母亲,儿子和父亲睡在一张床上,比我童年时还要挤,当时我们在朗富尔的两居室里四个人睡一个房间,可那儿有白瓷砖壁炉,而这里只在前屋有个生铁炉灶,我们晚上紧挨着围着炉灶烤火。我们说着,对许多事三缄其口,常以意味深长的沉默来摆脱尴尬。

炉眼用碎煤球填,碎煤球是父亲用背包从工作地点带回来的。他在附近的褐煤矿找到了工作,当上了门房的助手。他那一手写得清清楚楚的好字派上了用场。他做记录,换班时监督进出。

碎煤球作为实物津贴发放。父母最终在矿山附近的上奥森姆村找到房子后,甚至还分到大量的“黑色金子”,长长的,不碎的,还有煤球。

父亲干活的工厂是个工业基地,一排排烟囱冒出大量烟雾。这个工业基地叫北方幸运女神,后来《铁皮鼓》中的一章里有在上奥森姆矿工村的公墓里迁葬的情节。当尸体一块块挖出来时,奥斯卡·马策拉特有段内心独白,里面他提出了一个改头换面的哈姆雷特式的问题:“结婚还是不结?”

就算不是归乡,那么我也是回来得突然。可能到家约一个星期后,父亲背着碎煤球,带着他认为的“好消息”下班回来了。“小子,”他说,“我给你找了一个挺不错的学徒岗位,做管理,还是在企业高管办公室呢,那儿真叫暖和……”

他还说了许多,而且有几分得意。而且他也是出于好心关心我,但他不知道儿子异想天开的愿望。他淡蓝的眼睛不眨了。

也许我听到了很容易记住的鼓舞人心的句子:“未来在褐煤”,这句话后来常被发行量很大的报纸经济版引用。此外,我肯定还听到了不容置疑的指点:“你没有像样的毕业证书还能找到学徒岗位,你该高兴才是……”

当儿子只是以大笑对他表示感谢时,我那好心的父亲得多失望呀。是的,恐怕我笑他来着,他的建议离我的渴望是那么遥远,让我觉得是那么可笑。

“让我天天坐办公室? 可笑! 三个星期我就得逃,也许把矿山的邮票全拿走。你想让我当罪犯?”

然后,忘恩负义的儿子说出了他想去哪儿,他本来的愿望是什么。

可我到底想做什么呢? 也许是,父亲充满爱意地逼我去办公室当学徒,才让我的愿望有了具体的方向?

我有一沓子或押韵或无韵的半拉子诗——有几首被采矿工长的女儿用打字机誊得干干净净,还有满满一打素描,表现的都是战俘营里和后来简易棚屋里的那些长得很像的伙伴,更主要的是我有生动的想象,有时是微缩画里的小人儿,有时又是纪念碑似的巨人,各种各样的人,一丝不挂的,穿着衣服的,长腿站立的,摔倒在地的,悲伤得弯下腰的,还有半兽半人的形象,我脑子里装满了人物形象,因为心里历来装着各种人物形象,所以我想成为雕塑家,就是用简单的陶土塑造人物形象的人,这些人物形象上下左右可以触摸到,实实在在地占据着空间。

我可能把这一大概的意思对我父亲说了,不再是笑着说。他听了马上就开始说这是“挣不了钱的艺术”和“发疯的想法”,声音很大,很激动,我还很少听到他这样说话。

他把眼下的前景告诉我,警告说:“这在困难时期是挨饿的职业,在困难时期没人知道明天会怎么样。打消这个念头吧!”我本该同意他的看法。

看着我们住在没粉刷的房间里,母亲多次表示后悔,当初怎么就没把伯克林①的油画《死之岛》从朗富尔住房的墙上拿下来,去掉画框,卷起来,塞进逃难行李呢。她,是个头脑冷静的买卖人,但所有的艺术对她来说都是神圣的;她,在我这个命中注定大难不死的儿子身上,看到了自己那些死得很早的兄弟们的生命在延续;她,一方面赞同丈夫的担忧,但另一方面还能从想象中获得微小的、让她微笑的希望:她的宝贝儿子有一天会创作出一点美的东西,也可以是凄美,不管怎么说是凄美得令人高兴的东西,只要涉及我,只要涉及我那不知天高地厚的计划和玫瑰色云彩般的梦想时,她就暗暗地怀着这种希望。

不久微笑就让步于谨小慎微,这种谨小慎微是因经历过惊吓而不得不持有的态度。她坐在煤球炉子旁,用原色羊毛为农家女主人的孩子们织长袜,以此换来黑麦面粉和燕麦糁作为报酬,刚才还对“未来音乐”②的想法报以微笑,现在犹豫了,对此半信半疑:“儿子呀,你真的以为今后可以靠这个,靠艺术生活吗?”

在一张报纸上——或者当时已有了画报之类的东西?——我发

---

① 伯克林(Arnold Böcklin,1827—1901),瑞士画家。

② 引申意:现实中无法实现的幻想。

现了一篇配图的文章,文章说离这儿不太远的杜塞尔多夫艺术学院又开始在一些画室里进行教学了。这篇报道是去年夏天的,在一张照片上可以看见一个教雕塑的教授,他留着刘海,名叫埃瓦尔德·马塔雷,四周围着学生。

在另外一张配图上,大师的雕塑以简单的形式表现了一头卧着的母牛,这件作品可能我母亲会喜欢。“可你没有高中文凭,怎么能被正式的学院录取成为大学生呢?他们会笑话你的!你是进不了大学的。”

我不管这个,我什么也不在乎。几十年后,儿女们同样开始走自己的路,同样走了许多弯路——比如劳拉就不听父亲的建议,虽然很有天赋,却不想成为艺术家,而只想做并且永远做制陶工,这时,我就回忆起自己当时是如何不假思索地从家里窘迫逼仄的住处逃脱出来,而且并不认为这一步是在冒险。这个窘迫逼仄住处本来会成为父子之间不断争吵的空间。

就这样,短暂的做客游戏结束了。玩这游戏,大家都难受,特别是“爸爸的宝贝”,即我的妹妹瓦尔特劳特。现在回头看,我觉得她漂亮、活泼得有些可笑,似乎没什么内心烦恼,只要一笑就有酒窝,也不扎辫子了,而是鬈发垂肩。她应成为什么,能成为什么呢?她好像只是个未被玷污的年轻女孩,真的看不出“当俄国人来时”她在但泽经历了什么,甚至遭遇了什么。大家不提此事。

大约过了十四天的家庭生活后,我一大早带着不多的行李,就是那个海员背包,踏着厚厚的积雪走了。雪花不断扬起,飘舞,新的雪花又落在雪地上。大约四公里远的施托莫火车站是我的目标,只能借助电线杆才能认清方向。我上路了,艰难地前行,为了消除我的第三种饥饿:对艺术的渴望。

第七章　第三种饥饿

他从小就不好对付，既不能用苦行僧般的节制——局限于黑白二色，也不能通过见纸就不放过的涂鸦瘾，甚至饱读诗书到了见字就烦的程度，他还是打发不了。永远没个够，我总渴望获得更多的东西。

一般的饥饿，世人都知道是什么滋味，它可以用油花都舍不得放的洋大头菜汤，甚至用冻土豆对付几小时；对情欲的渴望，这种不请自来、急促喘息的、扑哧尖叫声压不下去不断产生的欲望冲动可以伺机或者迅速用手短暂解决掉；但是我对艺术的饥渴，那种把一切都画下来的需求，不管是静止的还是运动的，不管是能投下阴影的物体，还是无形的东西，比如至高无上的精神及其死对头——始终流动的资本；无论我把罗马教宗的圣灵银行当作伤风败俗的神庙用门前雕像来装饰，这种以画笔占为己有的渴望却无法消除，日思夜想。但就在我想学习艺术时，或者说学习那些按我的一孔之见算得上是艺术时，这种渴望却被诺言喂饱了；首先是 1946 年与 1947 年之交冬季的状况阻碍了我的梦想实现。

我踩着齐膝高的雪，身上冷一阵热一阵地走到施托莫火车站，没买回程票，相信自己刚找到父母和妹妹就又逃离了家庭。火车慢腾腾地开，到了杜塞尔多夫，并没人张开双臂欢迎我。

这城市的状况即使不像科隆、汉诺威、希尔德斯海姆那么糟，也被炸毁得很厉害。我穿过城市，因大雪或缺电，有轨电车停运。我边走边打听，终于到了艺术学院的大楼前。这幢旧房子阴森森，位于老城边缘，虽然它对我敞开着，传达室里却没人对我高呼“欢迎！”或“我们一直在等你来！”

我开始敲几个房门，按了下门把手，然后迷惑地走过关闭的画室，穿过走廊，沿着楼梯跑上跑下。

我还能听到自己的脚步声，还能看见自己呼出的雾气在已僵化成多层冰窖的建筑物中消散。我不要疲倦，可能自言自语为自己鼓劲来着：别放弃！坚持到底！想想你的同伴约瑟夫，他说过：“天上不会掉下馅饼……”我正要离开，突然碰见了以老头形象出现的艺术，他酷似一幅无声电影时代遗留下来的艺术家肖像。像我一样，他呼出来的气也是白的。

差不多两年后我才知道详情：我面前的老头可能有五十多岁，叫恩泽令，作为艺术教授受聘，他知道有资格终身享受退休金。他裹着一件黑披风，围着一条黑围巾，再加上一顶艺术家戴的黑色宽檐毡帽，影影绰绰地看不清脸。可能他刚去过画室，画室里男女裸体石膏真人般大小，白得可怕，冻在那里。不过，也许他只是想把家里的寒冷与学院的寒冷换一下。

我马上受到质问：“您在这儿找什么，年轻人？”

我的回答直截了当:“我想成为雕塑家。”也许我说的是“非要成为艺术家不可”?

只是回忆的片刻,伸手去拿洋葱的片刻。这是决定命运的时刻,毕竟关系到取舍,甚至关系到存在与否。出汗的洋葱皮对此怎么说?

也许,我和我的艺术知识——来自幼年时收集的香烟画片——已经让眼前这个黑衣人感到讨厌了。但是,每当我想起这次楼梯间的相遇,就无法引用当时对话的原文,因为它已经被埋在永久的冻土里了。至今我耳边仍然只有艺术教授令人沮丧的答复,不过那句话一字不少:“我们没煤,关门了。”

他的答复当时听上去是板上钉钉,但有人——这人明摆着是我——却不泄气,打发不掉。我当时肯定再三重申想成为雕塑艺术家的愿望,让这愿望像修辞格一样在屋里不断回响,给人留下深刻的印象,最后这位只在年轻人眼里才是老年人的教授似乎相信了:我长期处于饥饿状态。

他开始提问。我十九岁的年龄,可能对他来说没意义或尚可接受。对我原本如此重要的出生地他不置一词。宗教,对他来说根本就用不着问。我上学时曾师从以画马出名的画家弗里茨·普夫尔①,他在但泽技术大学给绘画爱好者业余班上课,我在他那儿学过一点临摹,但这些也没有从眼前这位教授嘴里引出表示首肯的四个字:“原来如此!”他不想听我那些结束得还算及时,但已足够丰富的

① 弗里茨·普夫尔(Fritz Pfuhle,1878—1969),但泽画家。

战争经历。真是万幸,他没问毕业的事,没问那张到处能为你打开大门小门的高中毕业证书。

相反,恩泽令教授简短地指点一番,根据他的指点不必七拐八拐——先向左,再向右,接着靠右走——就可以在兴登堡大街找到附近的劳动局。

他说,我应让那儿的人介绍一个做石匠和石雕工的实习岗位,这个行业不缺活儿干,什么时候都需要墓碑。

最后,我的这位职业顾问还喜欢扮演预言家,他虽然没胡子,但还是可信的:“年轻人,那边完事后您可以到我们这儿来求职。那时我们肯定又有煤了。”

毫不迟疑。我,从战争结束后不想再听任何人命令,最多还能接受老资格一等兵的建议;我,是个被蛇咬,因而不可救药地与人作对的战争少年;我,好不容易才学会对所有的承诺提出疑问;这样一个我——或者不管当时我是谁,却照着他说的做了,虽然不是盲目的。预言家的话指出了唯一可行的方向。除了去劳动局,也真的不能说服我到别的地方去,不管谁说的话。他说完,我去了。

那些毕业或即将毕业的孙辈在不知道到哪儿去做什么的时候常来问我,哎,要是今天我能给他们指指路,让他们可以直接照办多好呀:“路伊斯,你先做这样,然后再那样……”

“荣亚,你应该上完或者不上完高中就……”

“卢卡斯、莱昂,我建议你们赶快……”

“只有这样,罗莎娜,你以后才可以开始……”

不管怎么说，半小时后我拿着盖了公章的纸条很开心，那上面手写了三个墓碑厂的厂址，都在市公墓附近，因为它们都有从事墓碑绘画艺术的义务。办事过程中没有官僚主义，没有要求看毕业证。

记忆力很奇怪，变化无常：突然雪化了，霜冻消退了，不限电了，甚至有轨电车也恢复了行驶。第一个厂子位于韦尔斯顿纳公墓附近，我到那面试，才走了这一家就留了下来，因为在尤利乌斯·戈贝尔师傅的车间里，一个上了年纪、名叫西格尔的石雕工正在凿刻一尊肌肉相当发达的耶稣受难像，是宽石墙上的浅浮雕，耶稣的头始终朝左，难受的样子十分逼真，过路人都会看上一眼。

受难的耶稣看上去身强体壮，用辉绿石凿成。倒不是雕像令我着迷，但有机会学到熟练的手艺还是有诱惑力的。我答应在这儿干，虽然戈贝尔告诉我说，在学徒初期只能做些横平竖直的石匠活儿。他穿得那么庄重，不大合乎职业规范，而且后来也几乎没碰过一块石头，没敲打过一下。

他的形象更像个说话和风细雨的墓碑兜售者，不太像师傅之类的。他向未来的实习生指了指已完工的墓碑，它们整整齐齐地摆在车间大楼前，等着丧家选购。一个学徒工正在扫除这排垂直的石墙上本来就已在融化的积雪。

墓碑上还没有死者的姓名及生卒年月，石碑有米石①、枕石和宽

① 一米高的石头。参见《铁皮鼓》。

岩石,或粗糙或抛光,价格不一。丧家想买的话,不仅在戈贝尔这儿可以买到不同档次的石碑,而且比特路边上还有好多家墓碑厂,那里同样有石碑展出。做人生无常——为了避免直截了当地用“死”这个字眼——的买卖就是在困难时期也生意兴隆。

戈贝尔逐一清点各种大理石和花岗岩的品种,分出砂岩和板岩,抱怨新开采的石材短缺,然后指了指堆在旁边茂盛野草丛中的旧石碑——这些旧石碑要重复使用,就得把刻字的一面凿平。他说出一个工具零件的名称,抱怨带威迪亚钢芯的凿刀已缺货多年,并说大家都知道这种凿刀只能用很贵的外汇买,因为产自瑞典。

后来,许多年后,我在作品中就工具写了整整一章,比如凿石锤、凿子、沟槽凿,还写了西里西亚大理石、比利时花岗岩、石灰以及壳灰岩。当时,我终于可以在纸上用文字宣泄了,写的是公墓生意,写着写着,我作为职业盗尸者就有所发现。事情不就是这样吗:文学赖以为生的是遗留下的纽扣,是重骑兵坐骑的一个除去锈斑的马掌,是人的死亡,就是说,是风化的墓碑。

就这样,漫游者上路了,在通向艺术的崎岖道路上,在诗与真之间的羊肠小道上前行,在路上他总是与《铁皮鼓》相遇。书里堆积的那些内容早已投下阴影,还在它们被关在封面和封底之间并很快学会奔跑之前就这样了。①

---

① 《铁皮鼓》在发表前已产生了影响,格拉斯在1958年就因为朗读其中的片段而获得著名的“四七社”的文学奖。

众所周知,在纸上可以肆意发挥。比如,我让老工匠科涅夫离开戈贝尔的企业,给他建了个自己的小作坊,这样他可以教我第一部小说中的驼背主人公如何用量角器、尖形凿、齿形凿和錾子把刚采来的毛石凿成一块平滑、两端磨光的米石用于单体墓穴;我那个话多、厌恶作为生存基础的黑市交易的主人公奥斯卡·马策拉特像我一样,差不多一教就会,只是我没驼背,也没有可作小说素材的经历。我开始了作为实习生的学徒生涯。

什么不能成为叙事题材呢?以往的经历是未加工过的,不断修改的文本直到印成书后才算定下来,如何把处于原生态的经历变为文本,可以举墓碑为例,那些过期就要清除掉的旧墓碑乱七八糟地堆在一旁。根据戈贝尔师傅的意愿,刻有楔形文字的墓志铭要彻底磨平,墓碑正面不能留有任何痕迹让人想起某人,比如名叫弗里德里希·格鲍尔,生于1854年,死于1923年的人。于是要轮换使用各种工具,使辉绿石重新拥有崭新有光泽的石面,上面以姓名与生卒日期的形式把另一段生命刻成楔形文字,在主管部门规定的期限内可以永远保留。就这样,雕凿的墓石是反复使用的,它们是我们后世有限生命的基础。名字消失了,但是碑文,比如“死亡乃生命之门”,可以保存在预留的长方框中,永久不衰,不必磨平,不必清除。

对宣告死亡、继而复活的材料有话要讲,同样,也完全可以说出活生生人物之间的相互影响。但我想先局限在老工匠科涅夫身上,即使对他到底姓甚名谁也没多少把握。

他的确受疖子之苦,尤其是脖颈容易生,全是鼓起的伤疤。每年春季,比如1947年一开春,脖子上几个脓包破了,原先想出来的是脓包摸上去有鸽子蛋大小,挤出的脓肯定能装满平平的一小酒杯。所以只要科涅夫的疖子开始破裂,学徒们就沿着比特路肆无忌惮地唱道:“冬天走了,科涅夫痛了……”①

戈贝尔公司在小说里简单地叫韦贝尔。没错,他确实特意在牌子上用大写字母标出了自己的墓碑厂。因为他与其说是手工艺师傅,不如说是商人,所以他在城郊的荷尔特豪森又买下一个石材厂,有了它,几年后他很懂行地装潢了一些新房,用的是石灰华墙面,大理石地面。他在经济奇迹的初期很快发了,其发迹史本可自成一章。

我签下实习合同时,戈贝尔公司还有其他原因吸引着我:除了少得可怜的一百帝国马克——工匠科涅夫付给学徒工奥斯卡工资时同样如此小气——月薪外,还答应给我这个资深挨饿者分享菜汤,是一锅煮,里面有肉,每周两次,不够的话保证可以添加。

厂房后就是住宅,戈贝尔的妻子在家里做汤,汤里放各种各样的调料。她在我眼里是德高望重的女人,牛眼,头发编成环形辫子,就像以前帝国妇女领袖的发型一样,与脸型很相称。虽然她没孩子,但人们恨不得给她别上早年授予的光荣妈妈金十字勋章,她像怀孕女人一样占地方,关心他人,总是想方设法让搭伙人吃饱。

---

① 戏仿歌词“冬天走了,离别让人心痛……”(Winter ade, Scheiden tut weh ...)

把墓碑卖给莱茵河左岸农民，除了现金进账外，还能得到十公斤荚果、一大块肥肉和几只尚未燎毛的母鸡作为货款。双体墓穴前若是竖一块美因河的红砂岩墓碑，那么一只可以宰杀的绵羊作为同等价值的交换物就归她所有，绵羊的肋骨及松软的肋腹肉用来做菜汤。用两只马丁鹅就可以换来儿童墓的碑座。油腻腻的汤里那些杂碎，如翅膀、脖子、心和胗子，我们吃起来可香了。

她为所有在厂房里吸石材粉末的人提供伙食：三个干瘦的学徒工、两个来自西里西亚的伙计，他们是同胞兄弟，专门负责凿碑文，还有老伙计科涅夫、石雕工西格尔以及我这个初学者。我的举止如此自信，以至于西里西亚兄弟俩中的一个马上过来劝我：别以为自己有什么特别，把自己当艺术家。

后来他讲给我听布雷斯劳的故事，告诉我这座城市起先还完好，接着敌我双方反复争夺，最后就被摧毁了。在讲述过程中，他并不怎么抱怨街上有数不清的死者，他们被清理小分队掩埋在万人坑中，而是更多地抱怨他没能为成堆的死尸立一块墓碑。

西里西亚兄弟俩都是文学爱好者，他们能背诵安杰勒斯·希列色斯①的格言诗并把诗句刻在墓碑上：“人，坚守本质吧：因为当世界消逝时，所有偶然性都会消失，留下来的只有本质。”

就这样，我成了戈贝尔公司拜师学艺的员工。只是我的居住地

① 安杰勒斯·希列色斯（Angelus Silesius，1624—1677），德国神秘主义诗人。

问题挺麻烦，带来的行李，也就是海员行李袋和一直与我亲密无间的干粮袋足以说明实习生无家可归。但是因为我身上还遗留着一点儿母亲的天主教传统，当戈贝尔问起我的宗教信仰时我能说出谁是唯一的救世主，所以很快就找到了补救办法。

他显然在办公室给圣父打了电话，向最高机关推荐了我，说我追随真正的信仰，瞬间就给我搞到了睡觉的地方，就算不是天堂，也是天堂的分行，这就是在拉特-布劳希街上的慈善院。

如上所说，比特路四周有多家墓碑厂，比如专门经营砂石和玄开岩的莫格公司，它在《铁皮鼓》中以大企业C.施莫格的名字出现。从比特路车站可以乘有轨电车到我未来的家，很方便，只要在沙都广场转一次车。多亏母亲的祈祷，我仿佛有庇护天使相助，我没插手，一切都非常顺利。

回忆提了十几个建议——一下子发生了这么多的事儿——完全是自愿的，而且是免费供叙事者选择：我应继续待在石雕厂？还是该在裂缝处进行叩诊，了解自己内心的感受？现在该回顾但泽的公墓，从而提前动用后来的小说《铃蟾的叫声》中的内容？还是应该马上搬进临时住处？

杜塞尔多夫-拉特慈善院由方济各会的修士经营。三四个神甫和六个杂役僧侣给一家慈善机构提供供给，它位于炸得面目全非的曼内斯曼公司附近，先是收留流浪的手艺人，后来越来越多地收留无家可归的人以及独居的老头，据说修士们在二十年代甚至还收留了一个名叫屈尔腾①的连环杀人凶手。因需求不减，这一建筑群作为具有慈善功能的飞地，经历了一次次政权更迭，奇迹般地保存完好，四周只有很低的围墙和篱笆，不管是和平年代还是战争时期，从来不缺前来求助的人。

富尔根求斯长老是修道院院长，主管着企业。当我前去造访时，一个身穿僧衣、给人以严厉印象的中年修士不问我信仰程度如何，而是马上让我在散发着霉味的捐衣箱里乱翻，因为他想看到"新来的人"——身穿迷彩军装的年轻人——穿上平民衣服。此外，我还少一条在戈贝尔车间干活穿的帆布裤子，挂钩工的工作服在井下磨损得太厉害了。

从头到脚：我简直可以焕然一新了。院长甚至从箱子里拿出内裤和两件换洗的衬衫，此外还有一件毛衣，显然是用五颜六色的碎毛线织成的，毛衣还可以让我在很长一段时间里得以御寒。此外，富尔根求斯长老非要给我一条蓝底红点的领带，说"星期天派用场"，暗示我可能要上隶属慈善院的慈善小教堂。

一切都挺合适。就我最新的自画像而言，我看上去一定很棒，因为只要回忆像衣柜一样打开，里面除了一条节日穿的熨好的裤子外，还挂着我战后的第一件上衣，上面有很容易辨认的鱼骨图案。

主楼很坚固，这要归功于十九世纪八十年代的建筑方式。我被安顿到这栋楼的侧翼住，这并没提供什么新鲜事儿，最多是习以为常

---

① 德国著名的杀人犯和纵火犯，1938 年被斩首。

的事儿换个花样。我找到了睡觉处，是双层铺上铺的受益人，以前当空防助手和青年义务劳动服务人员，然后当坦克兵和战俘，最后当挂钩工时都是睡上铺。旁边还有四张双层床，屋子里没窗，到了晚上才知道，这里住着大学生和学徒工，他们或比我小几岁，或比我大几岁。像我一样，他们渴望找女孩，常谈论女人和女人肉体。但是，即使他们能如愿，充其量也就是跟某个有意的小姐去附近格拉芬贝尔格尔森林里走走，可森林在 1947 年冬天像四周的一切一样，僵直地矗立于永久性的冻土中。

此外，森林中的小路通向一个医疗救助站，几年后这里一个病人向护理员布鲁诺要了五百张白纸，引起了种种后果。①

我们的房间没窗，因为夹在房子中间，青年男子的气味几乎无法消散，不过整个房间烧得很暖和，房间保暖性很好。一个打杂的僧侣住在紧挨我们房间的斗室里，他的僧侣名我忘了，但他的身影却清晰地留在我记忆中，体形瘦长，总是匆忙，身穿棕色僧衣给人以轻盈感。

我们把他看作天使再现，特别是他始终发红的眼睛似乎在看着圣母玛利亚，哪怕在监视发面包这类世俗事时也如此。此外，僧侣腰上系着一根绳，上面挂着钥匙串，他走动时钥匙叮当响，人们老远就能知道他来还是走。我从没见过他坐下过，他总在走动，匆匆忙忙，仿佛得听从什么人的呼唤来回奔波。没人知道他掌管着多少把门

---

① 参见《铁皮鼓》的相关情节。

钥匙。

这个打杂的僧侣给人以跨越时间的感觉，以至于猜不出他的年龄。他管人时不动声色，但总是透出一种友好，他不仅管我们——根据钉在门上的房屋管理条例，我们不允许接待“妇女来访”，而且也管着一大厅呼噜声不断、只能费劲喘气的老头。这些人就算没上百个，至少也有七十。床挨着床，它们几十年来代表着由慈善机构管理的养老院，人死了，总会不断有新人进来。

监管的僧侣从他斗室里的一扇通风窗日夜看管着大厅和大厅里的人，这些上了年纪的人弱不禁风，毫无生气，只有在陷入不安，或咳嗽发作没完没了，或突然吵起架时才动一动。

我们听到他通过小窗子在说话，声音轻轻的，仿佛在对孩子们说话，有催眠作用，直到我们进入梦乡。从他的口音可以听出他来自藻厄兰。

有时，不知姓名的僧侣允许我通过小窗看上一眼，我看到了人苟延残喘的生存状态，所见的场景历历在目，以至于我看到自己成了这七十到一百张床上的一个，而且真的也像吸烟者那样得了无法治愈的咳嗽，成了需要护理的病人，任凭打杂的僧侣看管着。有时我违反规定在被子里点上烟斗，他通过小窗骂我，骂声很轻，很狠。

我们卧室的另一边是一扇门，通向老头们的饭厅，但这扇门只能他走。饭厅有高高的窗子，面朝院子，到了夏天，院子就在栗子树的绿荫下，树下是长椅，那里总坐着不停咳嗽或患哮喘病的老人。

早餐时，两个管厨房的僧侣把满满一大桶麦糁羹放到我们房间的桌上，羹用奶粉拌，奶粉是加拿大方济各会的僧侣们提供的。尽管嘴上抱怨,牢骚不断,但加了奶的麦糁羹味道毫无改进,始终有股煳味,时轻时重,味道始终如一,想让你的味蕾永远记住它。

我们吃完后,老头们开始用晨汤填肚子。厨房的僧侣们用汤勺通过小窗口分汤,连他们都使劲说那些老头,仿佛他们得管孩子。

因为位于拉特-布劳希的慈善院多年让我便宜地吃住,所以我可以说,一直到货币改革以及这件改变一切的事件发生之后,我的早餐始终不变,总是如上所说的加奶麦糁羹、两片混合面的面包、一汤匙的植物黄油和——配给量是变的——李子酱、人造蜂蜜或嚼起来像橡皮一样难吃的软奶酪。

有时在星期天,通常在重要的宗教节日,比如基督圣体节,能分到一个煮鸡蛋,午饭吃完煎肉饼或重汁炖鸡肉丁后,甚至还能吃到松软的果冻甜食或香草布丁。相反,晚餐千篇一律,记不住吃了什么。

工作日不管学生去上课还是学徒工或实习生去上班,每人都有一份饭带着,装在一个可以上锁的浅铁盒里,人们称它是饭盒,饭菜放在一起煮,但饭菜味道差不多,叫不出里面的配料。

我们的食品证由厨房扣押。我们每顿都能吃饱。只把布票和烟票发给我们。

我有吃有住,每天乘车上班。要不是我那种次要的饥饿,与慈善院外普遍的困境相比,我过得还算不错,那种饥饿时时刻刻,特别是在乘有轨电车时表现得尤为厉害。

从杜塞尔多夫-拉特开来的有轨电车总是人满为患,停在慈善院附近，每到一站都会响铃，直到沙都广场站，我在这儿换开往比尔克和韦尔斯顿纳公墓的电车。

车上我从没座位。男女乘客紧挨着站着，有的睡眼惺忪，有的完全清醒，有的默默不语，有的喋喋不休。我耳闻目睹还能嗅到莱茵河地区的方言呈现给我的东西：逸闻趣事、闲言碎语、旧衣服的味道以及——战后特定的——阴盛阳衰的现象。

我站到年轻姑娘们中间，一半是有意挤一半是被往里推，我被挤到发育成熟的妇女中间，即使我没被卡在她们中间，我的裤子仍然蹭到女人们的外衣。有轨电车每次停车与启动，衣料与衣料，衣料下的肉体与肉体就会贴得越来越近。

冬天有大衣和棉衣还好点，但春天衣服较薄，彼此之间就有摩擦。膝盖碰到膝盖，裸露的手臂和手靠得太近了，因为它们得举得高高的去够扶手。

到工作地点有半小时车程，在此过程中，我那本来就自说自话，此外还容易冲动的阳具就半硬甚至全硬起来，刚从转车的困顿中解脱出来，它就让我裤子紧了，甚至我努力地让思想开小差，它都软不下来。早晨加奶麦糁羹吃得饱饱的，现在另外一种饥饿气势汹汹地来折磨我了。

而且天天如此。我总是感到不自在，担心这个大玩意儿被人看到，让人觉得我不正经，招人烦，更怕引人不快，遭骂。

但紧挨着我的那些穿裙子与衬衫的乘客没人恼怒，也没人眼睛看着我向售票员小声抱怨。只有阳具的主人知道它在起义，在自己裤子里造反,同时又感到无可奈何。

现在乘客们彼此已经脸熟了。他们准时乘坐按时刻表还算准时的有轨电车,人们也敢笑了,笑脸很快消失,然后再笑。人们彼此点点头,虽然彼此仍旧陌生,但走得越来越近。

年轻姑娘与媳妇们有说有笑,从她们的谈话中我得知或猜到她们在百货商店、长途电话局、克略克纳工厂的流水线及办公室工作。我有意往职业妇女中间挤,很少往家庭妇女身上蹭。

自秋季起,每天早晨拥挤的人群把我挤到两个戏剧学校女生身后。两人都穿着花衣,相当做作,不顾四周站着的听众,大谈哈姆雷特、浮士德、著名的格林德根斯①、同样著名的弗丽肯席尔德②以及更为著名的霍佩,接着又谈起了当时杜塞尔多夫剧院的大明星:捉摸不透的伪装艺术大师、严格遵循传统舞台规范的代表以及我的偶像,自学生时代起我就在银幕上看到他。

因我每天都听这些关于戏剧的闲聊,所以对艺术的饥饿和另外的饥饿一道被唤醒了,以至于我恨不得跟她们一道聊,比如聊格拉贝的《玩笑、讽刺、讥讽》③,这出戏可能在上演。但我没吱声,紧贴着这两个装腔作势的戏剧学校的女生,虽然她们在卡路里不足的年代胸脯平平,瘦骨嶙峋。她们喋喋不休,聊得甚欢,没感到从较深层的意

---

① 格林德根斯(Gustav Gründgens,1899—1963),德国演员。《浮士德》中魔鬼梅菲斯特的扮演者。

② 弗丽肯席尔德(Elisabeth Flickenschildt,1905—1977),德国女演员,导演。

③ 指德国作家格拉贝(Christian Dietrich Grabbe,1801—1836)的喜剧《玩笑、讽刺、嘲弄和更深刻的意义》。

义以及因我那极为丰富的想象力的作用在她们身上发生了什么:同时或前后脚。

她俩都愿意外表像格蕾欣①和凯特馨②。要听懂她们排练的那些独白片段,对我来说真是勉为其难。弗丽肯席尔德的颤音R她们是练成了,但要像霍佩那样,她们还缺乏特征。她们不停地说,口若悬河。但我们之间从没说过话。

后来格林德根斯把萨特的剧本《苍蝇》搬上了临时改建的舞台,我作为观众相信在舞台上看到了撩我心绪的姑娘们:在喧闹的合唱队里化装成昆虫。

接着我又挤到白领姑娘或长途电话局的女话务员中间,她们困扰着我,使我陷入困境,痛苦着并快乐着。我几乎想不起她们的脸庞,不过我靠得太近的一个姑娘长着一双眼距很宽的眼睛,她面无表情,连看也不看我一眼。

每天早上半小时有轨电车的车程我总处于亢奋状态,直到看到墓碑这种亢奋才消停,抛光的墓碑一排排立在比特路旁的墓碑厂前的场地上,在那儿等人用楔形文字刻上姓名与日期。烧煳的加奶麦糁羹的余味也渐渐消退。

我把装满饭菜的饭盒交给师傅的妻子,好让她在午饭时用蒸锅加热,雕刻工西格尔、老伙计科涅夫、西里西亚的碑文雕刻工和干瘦的学徒工们的饭盒也在那儿加热。

---

① 歌德《浮士德》中的人物。

② 德国作家克莱斯特(1777—1811)剧本《海尔布隆的小卡塔琳娜》中的人物。

只有周二及周五我不带装在干粮袋里的饭盒去上班，这两天是肉汤和菜汤日，菜不仅有营养，而且还好吃，当然，学徒工和我都得付出代价，而且马上。

师傅的妻子出身莱茵河左岸的农家，显然喜欢动物，紧挨着石料仓库有个类似牲口棚的木屋，她在那里养了五只来亨品种鸡，还养了一只山羊，是奶羊，每天要吃青草。它蓬乱的白毛上长着一对粉红色的乳房。它的表情里不乏傲慢。它是否真的有奶不太清楚，但只要我问洋葱，师傅的妻子就会用手把满满一对乳房的奶挤出。

一天又一天，学徒工和我得轮换着用绳把山羊牵到长草、不断长草的地方，摆出的墓碑之间找不到青草，因为那里是放母鸡的地方，母鸡后来给我提供了创作母题——有首诗就叫“中央公墓的家禽”，但篱笆外长有足够多的草。

一旦沿比特路所有的绿草甚至荨麻都被吃光，那么只能把通往韦尔斯顿纳甚至更远的荷尔特豪森的有轨电车线路的路基当作草地，轨道两旁有青草，够吃几天的。

学徒们或被科涅夫称作小伙计的人不在乎每天中午履行他们的义务，用绳子牵着高傲的牲口外出，虽然这样一来，他们大部分午休时间就被挤掉了。有个戴眼镜的学徒工受不了这份和石头打交道的工作，后来去了邮局，听说他在那儿成了公务员，大有作为。他当时给羊寻找饲料花的时间甚至比规定的还长，远远超出了休息时间。

但我带着叫格诺维瓦的羊去散步成了苦差事。一是根本不愿意，二是出于观众原因：那儿的市医院大楼一个挨一个，隐蔽在树后，与轨道路基平行。医院位于公墓与墓碑店附近的并非少数。大门口有许多人来来往往，不仅是探访者。

中午时分，护士们很愿意单独或结伴在树下溜达，兴高采烈的。她们呀，说个不停！看见我这样子，一个年轻人带着倔强的山羊，她们才不会笑笑而已呢。

她们冲我喊，还带着冷嘲热讽，我没法子，只得忍受。我穿着常有补丁的帆布工作服，总是跟那头倔强的牲口较劲儿，因为它总想往反方向跑，还大声地咩咩叫，所以我把自己弄成了滑稽小丑或者我自己觉得像小丑。与吸引敌人箭头的圣塞巴斯蒂安①一样，我成了刻薄话的靶子。

当时我可能举止腼腆，没马上厚着脸皮和这些穿着白大褂、喜欢取笑的护士打口水仗，不让她们再嘲笑人。我很害臊，所以毒舌刚走，我就踢山羊格诺维瓦。

感到自己被羞辱的人往往想报复，但报复往往无的放矢或者像我的报复一样，结果很乏味：本该是姑娘们对我发出的引诱呼唤，却变成忍气吞声地挨骂、遭诅咒。

于是我中午的表演有了相应的后果：在后来的小说手稿里，主人公奥斯卡·马策拉特在喂山羊的那段时间里不再发育，因而成了医院的病人，他立刻就能和护理他的护士中的一位幽会，甚至病刚好一

① 罗马皇帝的近卫队长，虔信基督教，被绑在树上乱箭射死。后来每年的1月20日为圣塞巴斯蒂安节。

出院就请护士格特鲁德小姐喝咖啡,吃蛋糕。而我则相反,想不出一句邀请人的好听话来,仍旧只是一只倔头倔脑、乳房晃动的山羊的附属品,既滑稽又可悲。

奥斯卡会甜言蜜语,而我却笨嘴笨舌。

他甚至能兜售他的驼背而赢利,脑子里都是鬼点子,而我却只会想到一些笨拙因而常被误会的姿势。

他运用古老的勾引技巧,竭尽花言巧语之能事,而我呢,人们最多能听到我吞咽,把话吞咽下去。

哎,我要是像奥斯卡那样厚颜无耻多好呀!哎,我要是像他那样诙谐多好呀!

此外,我好像尽触霉头,有一次我已找到了动听的话,还准备了其他献媚的词来讨好一个独自散步、脸蛋漂亮无比的护士,可偏偏在这当儿,成了我累赘的山羊开始撒尿,声音又大时间又长。

怎么办?看别处?在轨道那边并排的墓碑上寻求支持?

一切都白搭。奶羊格诺维瓦撒起尿来没完没了。我们这一对儿可笑到了极点,给人一幅可怜的画面。

假如不是另外一种回忆能同时唤醒的话,至今我想起来还会羞得脸红。这另外一种回忆适合叫山羊持续的尿流停止:虽然是在以其他方式施过肥的饲料场,但不久我就有所获,是在名叫“唯蒂希”和“狮堡”①的舞池。作为舞者,我是很受欢迎的,这种以年轻的舞姿

① 参见《铁皮鼓》。

跳出的收益在几年前的诗作里由一个老人获得，他相信自己的腿脚仍旧灵活，能跳《最后的舞蹈》①，哪怕时间只有《死亡探戈》②曲那么长。

疯狂跳舞的周末。但工作日我在科涅夫指导下，学用一种叫圆木的木槌一下一下均匀地敲，在粗凿的石灰岩和比利时花岗岩上削出或凿出平面来，不久我就能给大小足够做儿童墓穴的一块西里西亚大理石四周镶嵌凹形线条，甚至我都敢在定制的米石上凿出连珠镶边来，用于装饰一位退休教授的墓穴。

老西格尔教我用一个带三腿支架的点刻机，把十字架上的耶稣石膏模型一个点一个点地翻制到还很粗糙的辉绿石块上，用这个方法把大量石头削掉。支架上装有活动针，它从躯体模型上取最低与最高点，支架三个腿总在石膏与石头之间来回换，这样可以取尺寸。要把所有轮廓明显的地方翻制到石块上就得削石，最后还要用开槽凿子凿，为的是针点刻得极为准确。工作时谁要是不老实，西格尔越过眼镜框的上方看着你，马上就识破你的花招。这个年轻时曾雕刻过汉堡俾斯麦纪念碑的人教我如何让石头成形。

我打锤子都打出了老茧，握尖凿握出了茧皮。肌肉结实了，很美，摆得上台面。我看上去像个真正的手工艺者，所以我后来自我安慰，如有必要，比如政治局势倒退，作品再次遭受审查，国家禁止写作

---

① 《最后的舞蹈》是格拉斯一本诗画集。

② 探戈舞曲名。

的话，我可以当石匠养家糊口，这一点有把握，也给了我自信与沉着，因为众所周知，死神从不休息，甚至在困难时期也需要墓碑。戈贝尔的单体和双体墓穴供不应求。

所以我们一下一下地凿。在此过程中，我吸入比利时花岗岩飘扬的粉尘，硫黄味臭得就像老头放屁。但到了周末就能抖干净身上的石材粉尘：从周六跳到周日。

周末是这样开始的：那个看管咳嗽的老头和我们这些双层床受益人的僧侣；那个穿着飘飘然的僧衣、带着叮当响的钥匙串、从早到晚做杂务的修士，周六下午静静地站在他敞开的房门前，一脸虔诚地凝神看着我们精心打扮。

我从富尔根求斯长老捐衣箱里翻出一条黑裤穿上，在洗衣房打杂的僧侣把裤子熨出了笔挺的裤线。此外再穿上印有鱼骨图案的上衣，我看上去一定像个职业舞男。可惜我们有十个床位的房间里没有镜子。

一个已上了点年纪的大学生教我如何打不大不小的领带结，他是一等兵那类的人，上大学想当工程师，后来在曼内斯曼公司做经理，他懂得如何抓住管道生意景气的机遇。有几个人把皮鞋擦得锃亮，另外几个用糖水固定发型。个个看上去都光鲜得很。

只要我们像去挖宝似的出门参加周末舞会，我们那位凝神的僧侣就把手缩到僧衣的袖管里，以僵硬的姿势看着我们这群人。

我很早就是舞者。觉得这很容易。战争开始前后，只要市民在

“青格勒高地”酒馆欢聚或在朗富尔很受欢迎、用彩带装饰的“小锤子公园”的大厅里有舞会,我就不仅只当观众并为后来的写作积累具体的素材;只要郊区的小市民穿着便服或者屎褐色的制服彼此嬉闹开心,我这个十三岁的小孩就由士兵们孤独的新娘领着学会了跳舞,也就是说我很早就会跳莱茵地区的交际舞、一步舞、狐步、英国华尔兹甚至探戈,所以在战后的岁月里,我很快就成了舞台上炙手可热的人物。

旋律来自狄西兰爵士乐队(dixielandband),他们在演奏《擦鞋男孩》(Shoeshineboy)、《虎威》(tiger rag)和《赫巴巴利巴》(hebabariba)舞曲的间隙,甚至还会根据客人的要求为探戈伴奏。舞厅到处都有:杜塞尔多夫老城的地下室,格雷斯海姆,伯爵山附近也有,其比邻的森林里有疗养与护理院,它们不仅以后会因一位爱回忆的病人闻名遐迩,而且森林现在也帮了我的忙:兴奋的舞者和长途电话局的某个姑娘在林中小路上找到了诱人的长椅,或者在路边如愿以偿地发现一处青苔覆盖的宝地,可以双双躺下。

回忆消失在黑洞中,它是换树游戏①,捉迷藏的游戏,模糊不清,只能依赖触觉而存在。我叫不出任何人的名字,一个姑娘的名字海尔玛除外,她大乳房,“狮子堡”舞厅灯光突然暗下后宣布女士们可以选舞伴时,她便邀我跳狐步,以后她就和我亲密起来了。

那是个疯狂跳舞的岁月。我们这些战败者对大西洋彼岸战胜国

① 交换舞伴游戏。

的音乐如此痴迷，奏一曲勃鲁斯的《不要禁锢我……》(Don't fence me in...)能让人长时间放松。

是庆贺自己劫后余生、忘却战争导演的意外事件的时候了。不管是可耻或可怕的事，还是背后潜伏着什么，一概不提。从周六到周日，往事以及万人墓穴构成的丘陵被铲平了，成了舞池。

多年后我舞跳得少了，而让后来伯爵山疗养与护理院的一个病人在上述“狮子堡”舞厅踏着《罗莎蒙德》(Rosamunde)乐曲跳一步舞，直到这时奥斯卡才允许直言不讳地说出并逐字记下所有的一切，也就是我一周又一周地束之高阁的、因讨厌而竭力淡化的一切。过了半个世纪，这些讨厌鬼现在又要敲门进来了。

回忆基于一些回忆，而这些回忆又在翻寻另一些回忆。这样一来，回忆就像洋葱，每剥掉一层就揭示出一些早已忘却的事情，一直追溯到幼儿时长出的乳牙。可是后来锋利的刀刃帮助洋葱达到了别的目的：一层又一层剁碎了，它让人流泪，泪水模糊了双眼。

我很快发现，更准确地说，看见自己坐在慈善院里绿荫匝地的栗子树下的长椅上，我每次都与一个老头坐在一起并想把他的脸画在纸上。

我用铅笔画混浊的眼睛和耷拉下来的眼袋，画干瘪的、边缘皲裂的耳朵，画不停咀嚼的嘴巴；我画额头，布满皱纹的一片耕地，现在画发亮或被稀疏的头发乱七八糟遮盖着的脑袋，还画颞骨上那薄薄的略有弹性的皮肤，画脖子，像起了皱的皮革。

用柔和的铅笔及特殊的柔光可以塑造鼻梁、颚、耷拉的下嘴唇及后倾的下巴；七横八竖的皱纹刻画出额头。铅笔画的线条变粗了，消散了。眼镜片后面的阴影里是什么？两个深洞、鼻孔、里面露出灰白的鼻毛。黑白之间有无数的灰色调：这是我的信条。①

从小我就画铅笔画，近景昏暗、粗糙的破砖房，是想象出来的。旁边总放着橡皮，直至它变为碎渣或丢失。它是辅助铅笔的文具，是为什么我很久很久以后在一组诗里颂扬它的原因："我的橡皮与月亮，两者都渐亏。"

现在老头们半侧着身子坐在慈善院里的长椅上为我当模特，他们像服从命令似的保持目光不动，一坐就是一两个小时。许多人患哮喘，说犯就犯，呼吸有笛声。有时他们嘟囔一些无头绪的事情，第一次世界大战、凡尔登和通货膨胀在他们胡言乱语中闪现。香烟就是我的货币，我用它支付报酬：付给他们两三支烟卷，一做完模特或长时间咳嗽后他们立刻就抽，抽到只剩下烟头。

因为一直不抽烟，所以我任何时候都有支付能力，支付给画像模特的最多，用光了我的烟草储备。只有一次，一个发须飘乱的老人义务给我做模特，而且正像他所说："纯粹为了艺术！"

但是，栗子树下的画家哪怕再努力也没人指正。有个代课女教师战争全面打响时很快作为艺术教育工作者被派往斯大林格勒，我

① 格拉斯反对非黑即白的绝对主义立场。

很想从那些画在含木浆纸上的铅笔画中拿出几张给她看看,实习石匠认为,这些画儿有的好有的不好。

我大约十四岁时,她在圣彼得高中教课。每周六她都不得不教一帮粗野的家伙,他们显得很无聊,一些人在纸上乱涂,最多不过是画长毛的女阴部和阳具超长的小人儿。

班里那些迟钝的学生她就不管了,粗野无礼的半大小子几人一组玩起了斯卡特牌或者睡上两节课。她给其余的人布置画透视画的作业,她只关心两三个学生,这几个学生在她看来还有那么一点儿天赋。

于是我有幸成了她关心的对象,甚至她还邀请我到索波特参观她的花园画室。她和一个长她许多的法律人士结了婚,丈夫是总参谋部军需官,在东线后方管后勤,年轻的太太住在四周杂草丛生的小房子里,我去她家也不知道有多少次了。

我穿着短裤或希特勒青年团冬服的长裤,乘有轨电车经奥利瓦到格莱特考,再从那儿满怀期望地沿着海滩上的沙丘或海边浪花步行去她家,不过没有在漂到岸边的海草里寻找琥珀,而是快到索波特第一个城市别墅区时向左拐,走过已开始发芽或自晚秋起野蔷薇果已红红火火的灌木丛。花园门发出刺耳的声响。

北极光照耀着封闭的阳台,从这里我很容易看到结实矮壮的雕塑、石膏或陶土还未干的肖像头。后面是罩着布的画架,我看到她穿着溅上石膏末的围裙,手上拿着烟。

她是柯尼斯堡人,但不是在当地的艺术学院,而是在但泽工大找到了老师——普夫勒教授，他是著名画马的画家，我后来也是在他那儿上的业余班。

她头发剪得很短，发型早就过时了。叫我名字的高中生肯定是拐弯抹角地爱上了莉莉·克勒讷特，但没有含情脉脉的目光，没有肌肤相亲的尝试。她走近了我，以完全不同的方式令我眼花缭乱。

也许有意，也许经过深思熟虑，她在放烟具的小桌子上——我的老师不停地吞云吐雾——放了一堆旧的艺术杂志和商品目录，它们有我的年龄或比我年龄还大，有些插图是黑白的，有些是彩色的。

于是学生翻阅杂志，看到了迪克斯、克利、赫费尔和费宁格①的禁画，也看到了巴拉赫②的雕塑作品《修道院的学生》，还有莱姆布鲁克③伟大的《下跪的女子》。

我还看到了更多的东西。但具体是什么呢？可以肯定的是我觉得发热，这些东西我以前从来没看到过，它们太吸引我了，同时又令我震惊。这一切都是禁止的，是“颓废艺术”。

《每周新闻》总是给电影观众放映第三帝国认为美的东西：雕塑家布莱克④和托拉克⑤用大理石雕刻出比真人还高大的英雄形象，竞相展现僵硬的肌肉。

---

① 迪克斯（Otto Dix，1891—1969），德国画家。克利（Paul Klee，1879—1940），瑞士画家。赫费尔（Karl Hofer，1878—1955），德国画家。费宁格（Lyonel Feininger，1871—1956），美国画家。

② 巴拉赫（Ernst Barlach，1870—1938），德国表现主义雕刻家。

③ 莱姆布鲁克（Wilhelm Lehmbruck，1881—1919），德国雕塑家。

④ 布莱克（Arno Breker，1900—1991），德国纳粹时当红的雕塑家。

⑤ 托拉克（Joseph Thorak，1889—1952），德国纳粹时当红的雕塑家。

烟民莉莉·克勒讷特瞄了我一眼，乱了我心绪，这个留着短发、丈夫不在身边的年轻女子，我亲爱的老师，给我看违禁的出版物，仍然给我看某个莱姆布鲁克的作品，但也指点我看容许创作的雕塑家如维默尔①和科尔比②的作品，老师这样做不无危险，完全可能被自己——像她所说的那样——有点儿天赋的学生告发。出卖人是常见的事儿，只需要写封匿名信就够了。那个年头有不少信仰坚定的高中生把他们的老师——比如一年后我的拉丁文老师施塔赫尼克大人就是这样——送进了施图特霍夫集中营。

她在战争中幸存下来，六十年代初我带着我五岁的双胞胎儿子弗朗茨和拉乌尔去石勒苏益格-荷尔斯泰因州，晚上在基尔的科尔多斯书店为读者朗读我的小说《狗年月》中的片段，第二天我在弗伦斯堡碰到了莉莉·克勒讷特和她同样在战争中幸存的丈夫。她仍旧吸烟，我对她冒险在艺术上给我的指教表示感谢，她听后笑了笑。

哎，我这个不吸烟者用软铅笔在栗子树下画那些咳嗽的老头并用香烟酬劳他们时，她要是在我身边给予批评指教该有多好！

慈善院里没味道，但留有余香的羹消除了我基本的饥饿，但还有另一种饥饿，这种饥饿虽然在工作日上下班的有轨电车上有所增强，但周末舞会后因有与我亲近的女舞伴们而得以缓解，剩下的就是第三种饥饿——对艺术的渴望。

---

① 维默尔(Hans Wimmer，1907—1992)，德国雕塑家。

② 科尔比(Georg Kolbe，1877—1947)，德国雕塑家。

我看到自己坐在格林德根斯剧院便宜的座位上（当时已上演了还是第二年才上演歌德的《塔索》?），几乎淹没在此起彼伏的画展的洪流中：夏加尔①、基什内尔②、施莱默③、马克④，还有谁?

慈善院里施塔尼斯劳斯长老用里尔克⑤、特拉克尔⑥、挑选出的巴洛克诗人以及最早的表现主义作家养育了我，我读了方济各会图书馆的藏书，这些藏书纳粹统治结束后由他保管。

参议教师是和女儿一起从伯莰劳逃出来的。在他那位不难接近的女儿的陪同下，我去罗伯特·舒曼音乐厅听音乐会，其间缓解了我对一切刺激耳目的东西的饥渴。

然而，读书癖和对艺术品的被动进食反而激起了我的艺术饥饿感，促使我自己进行创作。

于是我笔下流出了源源不绝的诗行：我诗歌的新陈代谢。下班后我在戈贝尔石匠铺里凿出了第一批小型灰岩雕刻品：女性裸体躯干和一个富于表现力的女孩头像。此外，哮喘的老头们获得香烟报酬后展现的东西填满了我的百利金牌写生簿：一页又一页都是呆滞、干枯、疤痕累累、皮包骨的脸庞。各种各样，不管是有胡子楂还是胡子，不管是眯缝的还是流泪的眼睛，注视着我的都是苍老这两个字。只要我让时间倒转，又看到春季清澈的、夏日以及秋日阳光照耀下的

---

① 夏加尔（Marc Chagall，1887—1985），俄裔法国画家。

② 基什内尔（Ernst Ludwig Kirchner，1880—1938），德国表现主义画家。

③ 施莱默（Oskar Schlemmer，1888—1943），德国画家。

④ 马克（August Macke，1887—1914），德国画家。

⑤ 里尔克（Rainer Maria Rilke，1875—1926），奥地利诗人。

⑥ 特拉克尔（Georg Trakl，1887—1914），奥地利诗人。

栗子树下的长椅，我就看见自己在画那些睡意惺忪的脸庞，它们在我的画纸上已提前死亡。

因为不吸烟者的作品成果已丢失，所以不记得我是否也让同屋的人做模特了，可能有些人已入画，如表情闷闷不乐还有些麻点的慈善院院长，富尔根求斯长老，此外还有里尔克的爱好者施塔尼斯劳斯长老，一个感觉敏锐、胆小怕事的人，他喜欢引用巴洛克僧侣斯贝·封·朗恩费尔德①《抵御的夜莺》中的诗句。我真希望面前有张纸，上面画着那位行动匆忙、监管我们的僧侣，他的目光总是期待着圣母奇迹的出现，让人一看就知道是天使的形象。但是，那许多丢失的大量画作中肯定只有老头们的肖像。

在尤利乌斯·戈贝尔、老伙计科涅夫、石雕工西格尔以及他的点线机那儿干了一年，两次菜汤喝了一周又一周，用绳牵着山羊格诺维瓦遛的时间已够长，这时实习生认为得换个实习企业了。

离开了咩咩叫的牲口，离开了点刻的十字架上身强体壮的耶稣像，离开了在蛾眉月上用屈腿和支撑腿站着的大理石圣母，离开了违规抛得锃亮的花岗岩，离开了我作为圆形雕饰雕刻在儿童墓石上弯下的玫瑰。我再也不想看到墓石之间来亨鸡啄食了。

位于比特路尽头的大企业莫格公司吸引了我。那里主要加工砂岩、凝灰岩、辉绿石等，都是在埃弗尔采石场新开采的。那里几乎没

---

① 斯贝·封·朗恩费尔德（Friedrich Spee von Langenfeld，1591—1635），德国诗人，神学教授。

人会要带有墓志铭文的沉重的旧墓碑，那里我不会有山羊这个累赘。

和科涅夫以及这位老伙计的魅力告别不是件容易的事。春天我们屡次在多鸟的墓园把一位至三位数的墓石连同底座固定在地基上，我们看着别人的遗骸迁葬到其他墓穴中。在他身边做死亡的买卖能够忍受，跟他在一起可以痛快地骂人。

但是，因为科涅夫在后来的日子里找到了机会，与其助手奥斯卡·马策拉特一道走进“北方幸运女神”这一章，一道安放大理石和辉绿石，见证了希望进行的遗体迁葬，与奥斯卡一道——他也是这样建议我的——把装满中午饭菜的饭盒交给公墓火葬场加热，所以墓雕艺术与公墓规章的话题已说尽。作为补充，顶多还能对诗与真说点什么，谁借谁之口说些什么，更准确地说谁在说谎，是奥斯卡还是我，到底应该相信谁，这里或那里少了些什么，谁在为谁摇动笔杆子。

但因为那位马策拉特先生从没被莫格公司聘用过，我希望没把我早年经历的晚产日期推迟一阵子。

把暖箱中自己孩子的蛋壳扫在一起哪怕很有吸引力，通常簸箕里只能找到来路可疑的残渣：追求细节者的固执，以前去掉的念头，它们等待着复活，比如有传言说我刚带着西格尔师傅的祝福离开戈贝尔公司，山羊格诺维瓦就在每天中午外出吃草时，连同绳子一起挣脱了一个学徒工后逃脱了，最后的咩咩声是从开往比尔克方向的有轨电车下发出的。

听说戈贝尔的太太，那位有着牛眼的德高望重的女人甚至猜测说，格诺维瓦只因我的离开而伤心不已，跑上轨道让车轮碾死了自己。

在莫格公司的头几个月里，我与学徒工和伙计们要完成一项任务，凿出的成果不是为了打造公墓的氛围，更多的是消除城市公园，也就是宫廷花园里战争带来的破坏，不至于总是满目疮痍。

那里砂岩雕像被炸弹碎片炸得要么头没了，要么成了独臂残疾人，需要做的是在这里安上戴安娜女神缺少的头颅，在那里依据照片或者石膏母本重新装上美杜莎缺少的首级。缺失的四肢及天使一分为二的小脑袋也要补上。莫格公司也接到过雕塑小天使全身像的任务，他们都有滑稽的小手，肉滚滚的身子，小酒窝，还有一头浓密的鬈发。公司老板很有预见性，成功地得到了城市主管部门的青睐。

所有学徒工都出身于本乡本土的石匠家庭。有他们的帮助，我学会了石材凿坏的地方如不巧妙地要点花招进行掩盖，那么痕迹就会永远留在上面，无法抹去。我们就这样修复战争造成的破坏，也就是马马虎虎做些修补的活儿，以此打发我们的日子。石料黏合剂的配方既不能太浓也不能过稀，这个配方我应该感谢西格尔师傅，告别时他把这个需加保护的职场秘方告诉了我。

但是，就我长期饥饿的真正对象——艺术而言，直到有人定了若干九十公分高的躯干雕像复制品时才给我定了标准。至少，公司老板把用毛毯小心裹着的模型拿出来时，样子显得很神秘。

石膏能让人清楚地认出创作者是威廉·莱姆布鲁克，他曾是得到认可的，甚至卓尔不群的雕塑家，但在纳粹统治时期其雕像作品被清除出所有的博物馆。我当学生时就在老师莉莉·克勒讷特那儿遭禁的艺术杂志中与他相遇,虽然只是匆匆一瞥。老师称他为“真正的伟人之一”。

但在莫格公司里,莱姆布鲁克这个名字并不出现,最多私下里议论议论石膏模型的来路。一个伙计开玩笑说:“一真变三假。”

有许多砂岩需要加工。订单显然来自一个从事复制品买卖的艺术品经销商,他把这些复制品冒充真品在艺术品黑市上卖。战后那些年里有许多不知情的买主,有些是本国的新富,有些是从美国来的:造假时代开始了。

不管怎么说,用明亮砂岩复制的三尊雕像做完可售,刚放上我们的木架不久就卖出去了。

无臂的躯干雕像的头微侧,高度测量从大腿中部到头顶。骨盆倾斜表明有一条屈腿和一条支撑腿,这是莱姆布鲁克中期的作品,诞生于第一次世界大战前不久,地点可能是巴黎。

一如往常,我们把用铅笔标出的许多小点从石膏模型的表面翻制到石材上,用的是传统方法,有着活动触针的点线机还是挺管用的。

莫格老师傅亲自监督我们工作。传统石匠家庭出身的学徒工虽然会耍许多花招,但只要“重量级”的莫格一出现,偷工减料就没戏了。他用两个手指拨开其叠在一起的眼皮,检验每个细节,然后又先后垂下左右眼皮,看上去就像尊菩萨。他从来不用机器及其固定在可转动的金属臂上的尖针,任何一个有毛病的地方都逃脱不了他的眼睛。

我有件事做得可耻,我得承认,那就是我在雕像背部静中有动的平面上草草了事儿,特别明显,必须修整,也就是说,肩胛骨之间缺少的石层应该补平,但从整个平面上凿下的东西没了。

谁知道,今天谁在为拥有我的一件莱姆布鲁克的复制品而高兴?是以前那个不知姓名的买主的顾客,还是后来——在转手后——拥有这件以假充真的作品的人?但是始终有个愿望,找个机会向他,向第一次世界大战刚结束就结束自己性命的威廉·莱姆布鲁克请求宽恕与原谅。

哎,我要是能尝试一下自己那种有时管用的虚拟邀请法该有多好!把三个人一起聚到一张虚构的桌子边上:他,这个莉莉·克勒纳特在我面前誉为无与伦比的伟人、年纪轻轻就在佩尔特斯-莱斯-胡卢斯及兰格马克附近阵亡的画家马克和莫尔格纳①。

如果那样,我们四人就能在我的稿纸上聊天,聊当时的现实问题——人们如何慷慨激昂地走上战场,但接下来只聊艺术。从那时起艺术变成了什么;它如何挺过了每一个禁令,可刚从外部限制中解放出来,很快又变得狭隘起来,成了教条,消失在抽象中无影无踪了。

如果那样,我们可能嘲笑这些事情:安装的无用废物、时髦的浅见、躁动的录像狂、从一件大事到另一件大事的跳跃、被视为神圣的

① 莫尔格纳(Wilhelm Morgner,1891—1917),德国表现主义画家。

废铜烂铁和始终盯着眼前的艺术领域里爆满的空虚。

然后,我就可以作为东道主和厨师犒劳这些从死神那儿告假的客人了。先上的菜是鱼肉汤,是用大西洋鳕鱼头做的,用新鲜的莳萝调味。接着,可以上塞满大蒜和鼠尾草的羔羊腿配小扁豆,浇上调味的茱乔栾那汤汁。最后上的是山羊奶酪和核桃。茴香烧酒斟满了,碰杯,大骂世道。

来自威斯特法伦的莱姆布鲁克话不多,奥古斯特·马克却喜欢聊天,可以听到他说在突尼斯短暂旅行时——与保罗·克利和路易斯·莫里耶特[1]一道——经历了什么样的灯光秀和其他什么样的惊险,当时是1914年4月,离战争爆发只有几个月。威廉·莫尔格纳会让我们看清哪些画儿是他的——也许是非具象画?——如果不是在弗兰德被一颗子弹……

不过,对莱姆布鲁克不幸的爱情不置一词,听说对方是个稚气十足的伶界美人——演员伊丽莎白·贝尔格纳[2],他是为了她才自杀的,但我对此说法表示怀疑。是战争在他头脑中,在许多人头脑中没结束……

饭后肯定有机会对莱姆布鲁克表示感谢,他是我学徒期从未请教过的师傅,他给我制定了标准,以这个标准来衡量,我知道了什么是失败……

---

① 路易斯·莫里耶特(Louis Moilliet,1880—1962),瑞士画家。
② 伊丽莎白·贝尔格纳(Elisabeth Bergner,1897—1986),德国电影演员。

然后呢？然后是货币改革，这个日子是今昔的分水岭。对每个人来说，货币改革都意味着结束，也预示着起始。它使旧币贬值，吹嘘新币价值。它很快从许多吃不饱人群中过滤出一些新富。它断了黑市的后路。它预示着自由市场的到来，使得贫富长期共存。它把金钱神圣化，让我们所有人都变为消费者。总的来说它活跃了买卖，同样也提振了比特路旁墓碑厂的订单量，而在以前，这里是物物交换和实物贸易决定价格。

就在这个改变一切的日子到来之前不久，莫格公司中标，承担一家银行大楼立面的修缮任务，战争造成的破坏让银行建筑看上去满目疮痍，显然这样的门面让银行家们觉得丢脸。预感到来的买卖要以漂亮的外包装应对，一切按期并根据预算进行。

也就是说，壳灰岩石块上被炸弹碎片损坏的地方必须凿掉，填上用新开采的壳灰岩制成的四棱形石块，用木楔钉牢，勾缝，四棱形石块填得天衣无缝。客户叫什么？我们猜测是德累斯顿银行吧，它最近更名为莱茵-鲁尔银行了。

这期间的照片只剩下一张，上面是个年轻小伙，站在高高的钢管脚手架上放眼世界，仿佛对它一目了然。为表示自己的职业，这个左撇子很专业地一手拿石匠用的圆木，一手握着尖凿。

可能一个同事抓拍来着。照片背景有个凿好的凹陷处，它可以让人们清晰地看到用天然石材装饰德累斯顿银行立面的工程有多大。虽然内部烧毁尽了，但多层的银行大楼还是在枪林弹雨中幸存了下来，现在渴望获得新的资本，重振银行雄风。

年轻的石匠独自在画面上,因为曾为各种体系,也为有组织犯罪的体系服务过的金融堡垒的董事会不想被摄入画面,对它来说,能修好银行正面墙上明显的破损处也就行了。银行的确想再重振威望,至少在表面。

消瘦的年轻人头戴鸭舌帽,身穿工作服,自信地站在钢管脚手架上看世界,他就是我,摄于货币改革前不久。一幅大干快上的自画像。

黑白相片上,我高高地站在银行前的脚手架上,人很远,但能认出来。银行楼上还不能入住,因为还有火灾的痕迹,但大楼底层的营业大厅应先开张营业,迎接顾客。

我们石匠在楼上坐着午休,用勺把饭盒里的东西吃光。因为一楼与二楼之间的天花板有一处被打穿,只是将就着用厚木板盖上,所以可以通过厚木板之间手指宽的缝看见营业厅里的情况。

于是我看到那个 X 日①到来前的几天里,新货币的纸币和硬币摆在长桌上,银行职员正在整理,清点,捆扎,把硬币卷成圆筒,做好创奇迹的货币发放前的准备。于是我成了历史的见证人。

恨不得让胳膊说长就长,然后去够钱,恨不得能扔下一个钩子。与几个同事一起苦思冥想出一个计划,这样一来,就算不是罪犯,也快成了劫富济贫的绿林侠盗罗宾汉了 。最新出炉的信条离得这么近,这么诱人。

---

① 参见格拉斯诗歌《蛋》(Das Ei)。

在此之前，我在工地上的小时工资是九十五帝国芬尼，再算上加班工资，周工资总共五十帝国马克左右，可是马上就变得不值钱了。

我本该能预感到，未来将同时在楼下德累斯顿银行的营业大厅和上千个发行点马上用现金付清而且从此有了价格？

突然可以拥有一切，几乎一切。昨天装饰还很寒酸的橱窗，现在摆满原先囤积的商品大肆炫耀。谁手头备有什么，很快就能重新赚钱。表面上看，商品短缺只是一种假象，像是历史骗人的残余。因为过去的一切全都贬了值，也就是说不值一提，所以每个人都勇敢地向前看，哪怕要很努力。

我不知道我用四十德国马克的酬劳给自己买了些什么，这新货币以耀眼的公正名义发给了每个人。也许买了真正的辉柏嘉铅笔和新橡皮？还是史民基公司生产的二十四格水彩颜料盒？

很可能大部分钱都用来买去汉堡的火车票了，是我邀请母亲来玩，她想看看她姐姐贝蒂和玛塔伯母，她是我伯父的妻子。大伯阿尔费雷德是警察，以前与堂姐堂兄住在霍恩弗里德贝尔格路旁联排房住宅区，现在住在北边叫施塔德的什么地方。

汉堡像科隆一样，处处是废墟，要看第二眼才会注意到残余的烟囱，它仍耸立着，而多层的出租公寓全都倒塌了。

接下来令人吃惊的是，有家剧院还在运营。因为母亲一直爱看戏，无论是歌剧、轻歌剧还是话剧——我小时候就和她一起在但泽市立剧院看过《白雪皇后》[1]的童话，所以我们晚上去看斯特林堡[2]的《父亲》，由赫尔曼·施佩尔曼斯[3]主演。幕落下时她哭了。想不起我们拜访了哪些亲戚，但还能清楚地记得乘火车往返的情形。

去的路上，先是驶过炸毁的鲁尔区，然后我看到威斯特法伦平原在左右两边闪过，这儿看上去好像根本没有震撼世界的事情发生过。我看到母亲坐在我对面一声不吭。

她不喜欢我提问，非得让我看外面的风景不可，还说“真是赏心悦目啊”；“看，草地多肥呀，还有许多牛……”。

我还是要问：“俄国人来的时候情况怎么样？到底发生了什么？为什么姐姐总说些可笑的事儿？爸爸也总是吞吞吐吐。怎么了？你的情况怎么样？俄国人把你们…… 后来波兰人来时……”

但她三缄其口，我充其量就是听到：“现在已经结束了，特别是对你妹妹来说。别问那么多，问了也没用。我们还算走点运……还活着……过去的事就过去了。”

后来返程时，母亲让我跟父亲说话时别那么粗暴、严厉。她说父亲真的经历了许多艰辛，失去了一切，包括他和她都挂在心上的商店，但他不抱怨，只关心宝贝儿子。还说假如儿子回家看看多好，可惜来得很少。“下次请别吵嘴。”过去的事儿就让它过去吧。“对他

① 安徒生童话。
② 斯特林堡（August Strindberg，1849—1912），瑞典杰出作家。
③ 赫尔曼·施佩尔曼斯（Hermann Speelmans，1902—1960），德国演员。

好点儿,孩子。要不,我们好好玩会儿斯卡特牌。你来他总是很高兴……”

在我母亲生命的最后几年里,她也从没说过一句话透露当时的情形,一个字都不提。从她话中我听不出来在清空的商店里、地下室或屋里别的地方发生过什么,她在什么地方被俄国士兵强奸了几次。她死后才听妹妹隐隐约约地提起,当时母亲是为了保护女儿才取而代之献出自己身体的。无话可说。

我对埋在心里的往事也是守口如瓶:我没提的问题……坚定的信仰……希特勒青年团的篝火……我要像潜艇英雄普里恩艇长那样死去的愿望,而且是慷慨捐躯……我们给它起名为“这事儿咱不干”的青年义务劳动服务人员……然后是元首如何命大存活了下来……严寒中纳粹党卫军的效忠誓言:“哪怕人人背叛,我们依然忠诚……”当“斯大林管风琴”①向我们飞来时:许多死去的人,大多数像我一样年轻、不成熟……接下来是我在森林里因恐惧而唱起了“小汉斯……”,一直唱到有人回答……我的救星一等兵,他的两条腿完了,而我刚好躲过俄国人坦克的炮弹……到末了仍坚信最后的胜利……一个梳着辫子的黑发姑娘抚摸着轻伤号,直到他进入高烧性谵妄……折磨人的饥饿……掷色子……然后是照片上看到的难以置信的事情:贝尔根-贝尔森,堆积的死尸——看下去,快点,看下去,别转头,干脆说吧,只因无法描述……

---

① 指喀秋莎火箭炮。

不，我不向后看，或者只是充满恐惧地瞄上一眼。自从以新币支付给我同样多的工地石匠小时工资，不久又涨了七十芬尼后，我就只看眼前了，我是指只往前看了。不缺少活儿干。

帝国马克刚作废，莫格公司就得到了公墓业务之外的订单。到处都得修复被战争毁坏的房屋立面，门面生意特别兴隆。建筑脚手架很快搭起，以支付计件工资的形式来清除战争的痕迹。后来流行的立面装潢艺术的第一批畸形儿浮出水面。钙华石这种元首最爱的大理石尤其受欢迎。

此外，我们下班后在一家新开张的肉店里铺大型斑石板，要把店铺的墙面和售货柜台装潢得光亮、色彩斑斓。我们为新富们买下的别墅砌起高高的凝灰岩围墙。

只是我还没能搞艺术。所有因战争而残废的砂岩雕像重新有了头、膝盖骨和轻盈的衣服褶裥。能看出我那错误百出字迹的莱姆布鲁克躯干雕像被当作真品卖了出去。慈善院的老头们也不想再为我坐在栗子树下当模特了，因为现在不用香烟票就能买到香烟。

我很能花钱，用新币买礼物送给父母让他们惊喜。虽然如此，我第三种饥饿哪怕用加班挣的额外工资都无法对付。只有立面生意兴隆。这时终于有了艺术学院的消息。

我有满满一文件夹的铅笔画——一连串在咳嗽间歇帮过我忙的老头，还有三件小型雕塑，是根据莱姆布鲁克的作品自由创作的女人躯干雕塑和富有表现力的头像。我用这些作品如期递交了入学申请,还附上了一份评价不错的实习证明,是莫格师傅签的字。

此外,富尔根求斯长老还向他喜欢的伙食搭伙人许诺说,每天晨祷时代我祈祷申请成功,而且是在慈善院小教堂里的圣安东尼石膏像前,这个真人大小的彩色塑像统管一切事务。

我向他汇报了经过:我差点儿就没被录取,因为一共有二十七人申请,但只有两个名额。虽然交上去的肖像画能让考试委员会发现了一个有发展前途的才子,但还是我做石匠和石雕工的实习对接受我的申请起了决定性的作用。但是马塔乐教授现在不想再招新生了,所以冬季学期的雕塑基础课我应师从某个我不知道的马格斯教授。这时拉特-布劳希慈善院修道院院长向我提供了另外一个从艺的可能性。

我经常和他闲聊,在此过程中他向我解释了或用他的看法让我清楚地知道了仁慈的奇迹、三位一体的深层意义以及其他的奥秘,外加方济各会符合神意的贫穷。

这种与一个无信仰者的闲聊——有时他给自己和我斟上一小杯甜烧酒——让我想起在战俘营里掷骰子时和同伴约瑟夫的聊天,他也像条搜寻犬似的想找回我已丢失的童年信仰——对有爱心的耶稣和受人祝福的圣母,而当时他已经对一大堆神学上的刁钻问题烂熟于心。

像巴德-艾比林附近大型战俘营中的约瑟夫一样,现在富尔根求斯长老也这样说服我,虽然他不像我那个巴伐利亚同伴一样聪明绝顶,而更多的是狡猾有心计。在被他称作办公室的主楼转角处的房间里，他为他的伙食搭伙人绘制了一幅前景图，其中世纪的维度十分诱人，使我回忆起了学生时代的幻想。

不久前，他说道，方济各会的中央修道院的高龄雕塑家卢卡斯长老去世了，现在有个创作室，里面有天窗、做模型的石块和装满颜料的箱子，创作室经精心设计延伸至室外，一直到修道院花园。同样，那里也有许多工具，一个分量很重的石料库正在等候雕塑的行家，那里甚至还储有卡拉拉大理石碎块，伟大的米开朗琪罗当时就喜欢这种大理石，这是虔诚的教徒捐献的。现在该愉快地作出决定了；没信仰不要紧，信仰肯定能在雕塑圣母的创作活动中产生，只要圣母像完成后我再受托创作圣方济各和圣塞巴斯蒂安像，信仰就会巩固；若能虔诚、忘我地创作且永不松懈，一般来说就会醒悟，剩下的事儿——经验告诉他——就是宽恕了。

我对他的前景规划及与此相关的虔诚愿望表示怀疑，他笑了笑。我指出了我的第二种饥饿，并说这是无法治愈的慢性病，不仅如此，我还进一步向他描述了我对年轻姑娘、成熟女性，对女人本身的痴迷，在这方面比起圣安东尼面对淫猥——发生在希罗尼穆斯·博世的佛兰德创作室里动物和怪物身上——的诱惑有过之而无不及，直到这时，富尔根求斯长老才放弃了争取我的努力。“是呀，肉欲”，他说着把手缩进僧衣的袖管里。面对魔鬼诱惑时，僧侣们总是做这个动作。

几十年过去了，我不断创作，对成就习以为常，对名声感到无聊，对受到的普遍妒忌既感到恶心又觉得可笑，在政治战场上与左右埋伏的对手暂时停止了争吵，作为有双重职业的艺术家，作为丈夫、父亲、房主、纳税人，此外作为获奖者和一个日益庞大的家庭的供养者，我相信生活已把我完全拴住，以至于我不管是入梦还是梦醒，都为自己设想出各种各样的逃避方式，这时我就问自己，如果我在巴德-艾比林大型战俘营掷色子时听了现在已是主教的同伴约瑟夫的话，要是我乖乖地吞下他那些说教式的抗怀疑药丸，恢复了我童年的信仰，要是然后——无论是否在高校学过雕塑专业——遵从修道院院长的劝告或建议，先是尝试，然后作为见习修士，最后立下誓言，逃进了富尔根求斯长老赞不绝口的修道院创作室，那么，我这些年过得会怎样？

要是我当上了修士，会给我起个什么僧侣名？除了希望我雕塑的圣人之外，我还会弄出什么人物雕塑来？我会像瑙姆堡的大师一样把政界、经济界的世俗创始人的塑像成双结对地放在基座上：在这儿让艾哈德·阿登纳总理和被宽恕的民意调查员诺尔-诺伊曼①女士并排在一起，在那儿又把胖子路德维希·艾哈德②与长腿女影星希德嘉德·科内夫撮合在一起？要是这样，还不如为大教堂的大门弄个浮雕：跌入地狱。或者表现亚当与夏娃在智慧树下如何勤奋，不断地从原罪中获得快感。

要是这样，虽然第一我能吃饱，第三成了还算虔诚的艺术家，但

---

① 伊丽莎白·诺尔-诺伊曼（Elisabeth Noelle-Neumann，1916—2010），德国社会学家，传播学家。著有《沉默的螺旋》。

② 路德维希·艾哈德（Ludwig Erhard，1897—1977），德国政治家，曾任德国财政部长和总理，德国“经济奇迹”之父。

是第二种饥饿,总是醉心于他人肉体的饥饿,就会一有机会或寻找机会一次又一次地引诱我,使我变成无可救药的凡夫俗子。

第八章　我如何成了烟民

谁要是由于职业的原因而不得不长年累月地盘剥自己，他就会成为享用其剩余东西的人。许多东西都不在了。多亏手头的辅助材料才成形的东西，又变了形，跳跃向前，然后反向讲述，作为吞食一切的怪物吞下小说，再析出滔滔不绝的话语。叙事文学的新陈代谢跟着抒情诗的新陈代谢。在排出了许多粪便之后——这一切都成了书——希望终于发了芽，终于成了清理得干干净净的空房。

但还是有一些残余留了下来，那是偶然留下来的。比如，有一份证件，注明日期是1948年与1949年之交的冬季学期。杜塞尔多夫国立艺术学院为它盖了章。它摆在那儿，折裂、破旧和伤损了，贴着统一规格的证件照，一个年轻男子的相片，褐色眼睛和黑头发表明他来自南欧国家，与其说他像意大利人，倒不如说他更像来自巴尔干半岛。他极力装作中产阶级人士，系着一条领带，但基本情调却似乎是战后不久成为时尚的存在主义，在新现实主义的影片中确定了手势和表情，脸色阴沉得就好像被上帝遗弃了，自我满足地望着照相机的镜头。

毫无疑问，关于这个人的书面附注以及颇为郑重的亲笔签名确认了可想而知的东西：让我感到陌生的这个傻小子就是我，当时是学艺术的一年级学生。那条领带大概出自乐善好施的富尔根求斯长老的慈善衣箱吧。为了在一家名为“自动快照”的照相馆里拍快照，还特意给领带打好了结。胡子已刮光，又精心地分出了头路，我看到自己被拍了下来，很蹩脚，没有表情，为揣测敞开了足够的空间。

我和这个像我的人对存在主义有着执著的偏爱——或者说，我偏爱一切可以理解为存在主义的东西——那是一种从法国引进的、适合德国废墟状况的货色，可以当面具戴，很适合我们这些“黑暗年代”的幸存者，就像当时对纳粹统治的年代所说的那样，它有助于作出悲观的姿势。人们依照各自的郁闷情绪，看到自己就好像站在十字路口或深渊前面。人类整体当时也处于同样危险的地位。诗人本恩和哲学家海德格尔为关键的基调提供了适当的名言。而已经过彻底检验的、不久即可预期的核死亡则负责其余的事。

在大甩卖中十分活跃的交易也包括了叼在唇上的香烟。它从旁边指明了方向，无论是发出微光还是没有点燃，它都在彻夜的长谈中颤动不已，把最后汇总的人类存在总结为“一切存在的抛弃”。它总是涉及无意识中的意识，涉及个人和群体，涉及情感丰富的自我和无所不在的虚无。自杀又叫作自尽，适合于用来反复谈论。在人群中吸着烟考虑此事，可以说是一种良好的氛围。

在护照相片那么大的照片上，在那么深入的、迷失于荒诞中的谈话过程里，这个年轻人就像所有跟他在一起庆祝一个没完没了的终局的人那样,先是成了一个上瘾的喝茶客,然后才成了烟民。可是,给我头一次犹犹豫豫拿烟的动作确定一个日期,我觉得相当困难。

我的故事按时间顺序的进程就像一件紧身胸衣那样紧箍着我。啊,现在我可以划船回去了,在波罗的海的一个浅滩处上岸,小时候,我曾在那儿用湿沙子堆过城堡……啊,我又一次坐在阁楼的窗子下,埋头阅读,后来我再也没有那样过……或者跟我的伙伴约瑟夫一起,再一次躲在帆布帐篷下,为前途掷骰子,而当时,前途似乎还相当新鲜,没有玷污……

无论如何,那时我已经二十一岁,自以为成年了,但仍是真诚的不吸烟者。当时,我和来自克雷费尔德的一个姑娘一起,还有她的动物雕塑——狍子和马驹——得到了考试委员会的好分数,被分到泽普·马格斯教授的雕塑班。我们是班里最年轻的。

当时曾有人,大概是富尔根求斯长老吧,劝我别吸烟,让我用葡萄糖来代替它的提神作用,因为他可以供给我葡萄糖,那是加拿大的神父与教士们捐赠的。

我注意到,工作室里其余的人,包括那个装了玻璃眼睛的残废军人,都是烟民。就连裸体模特儿,一个体态丰满的家庭主妇,在休息时也吸烟,那是在她用非承重腿和承重腿站了半小时以后,尽管当时我已经把我的葡萄糖分给了她。

有一个女生是年纪稍长的女人,曾试图关照我。她扎着高束的头发,也就是那种自打仗以来被讥讽为“解除警报的发型”,她也吸带过滤嘴的女士烟。她那位得到我们教授的青睐的女友——说不定她就是他的情人呢——也烦躁地抽那种自卷的喇叭烟。不过,只要马格斯一跨进学生工作室,她马上就会把烟摁灭在一团泥巴里。大家都喷云吐雾,有一个同学甚至抽烟斗。

我作为过分热心的初学者,大概是马上或很快就看会了怎么伸手拿烟,或者亲手卷烟,正如我看惯了那些长至膝盖的白大褂一样。所有的男生和女生都穿着白大褂,围成半圆形,站在架高的泥塑前,同时,又看得见站在较高位置的裸体模特儿,用模板和泥刮仔细塑出身体的细部。他们与护士和助理医生有些相似,正在等主治医生来巡视;因为马格斯除了戴着巴斯克帽以外,也是穿着白大褂出场。

我穿着从慈善衣箱搞来的斜纹布裤子和旧毛线织的花哨毛衣,觉得自己比别人低一等。我母亲为她所说的“新出炉的大学生”感到自豪,但因为儿子缺少穿得出来的衣服太显眼,她就用床单缝了一件纯白大褂,只是在靠近脚或者头的一端已经磨破了。在那时候拍的照片上,我见到自己就是这么个打扮。

比我成为烟民那犹犹豫豫的开端更清楚地出现在我眼前的是最初交给初学雕塑者的任务:一件超过真人大小的古罗马时代晚期女人石膏头像,那是马格斯教授从学院的古典珍品收藏室挑选出来的,可以说是硬塞给了我,让我用黏土复制它。

安装在木制基座上的铁管支架,再加上交叉捆起的木棍,合称为“蝶架”,给了黏土以支撑。那头像连同浓密的鬈发略微向左转,同时呈倾斜的侧面姿态,所以给准确的复制增加了困难。

我用两脚规和铅锤帮忙，那像的肩部表明了身体向右有轻微的转动。材料对于我而言也是全新的，湿润和柔软的黏土，我们在傍晚离开工作室时总是用浸湿的布把它盖上。

因为我眼前总是浮现出与古罗马时代晚期全然不同的形象和头颅，我心里禁不住暗自诅咒。然而，我越是觉得那件石膏像凸显出双下巴，我学到的东西也越多。我好奇地寻找并发现隐藏于细节中的美，比如，那眼皮的弧线和悬吊的耳垂。

这个见习石匠和雕塑家过去是雕凿坚硬的物料，而现在，他在第一个学期却是学着把柔软的材料敷上去，让灰绿色的黏土成形，很像圣父那样用黏土造人，倘若不是亚当，那就是捏出一个夏娃的头。

辛勤忙碌了若干天，因为要在什么地方欢庆一个节日——是不是圣马丁节？——然后又在学院的旧楼里安安静静、聚精会神。那个复制像渐渐成形了，很像它的石膏姐妹。裸体写生和素描是面对一副男性骨架的全部骨头，学生们称之为廷涅斯或舍尔，两个在莱茵兰很受喜爱的人物，关于他们的英雄事迹流传着许多笑话。

这座城市有可展示的东西，艺术馆经常有展览。莱茵地区的脱离派，“青年莱茵兰”画派，表现派，“艾大娘”画廊的收藏品，以及杜塞尔多夫当地的名流。我看到了戈勒、施里贝尔、马克坦茨和雕塑家尤普·吕布扎姆的作品。当时走红的是一个叫普德利希的画家。

一个小型展览展示了保罗·克利的水彩画，他原本是学院的老师，后来被纳粹免去了职务。据说，威廉·莱姆布鲁克曾在我们的工作室待过,他在去巴黎前是某个延森教授的得意门生。此外,还有其他逸事:奥古斯特·马克在这儿学习过,尽管他只是短时间学习了需要学的东西。早期的优秀人才,他们的名字被怯怯地说出来。

有时,我冒昧地去其他工作室参观,比如,一个叫约瑟夫·博伊斯①的怪人被视为天才,其实,他只不过是埃瓦尔德·马塔雷的学生;当时谁又能料得到,后来他竟把人造蜂蜜、各种油脂和毛毡的价格抬高到了不可估量的程度呢?

或者,到奥托·潘科克②的围栏去作一次短暂的拜访,在那个鸟兽苑里,人才在野草中成长,在吉卜赛人的家族群中进进出出。那儿没有人穿白大褂。

在雕塑家恩泽林③的班里,他在专业上简洁明确地给我出主意。我在那儿碰到了诺贝特·克里克④,他仿效他的老师,逼真地把鲜活的裸体少女转换成石膏的裸体少女,直到没几年后,他厌倦了他的光身姑娘们,继而用扭弯的装饰性钢丝雕塑为时代精神效劳。

到处都似乎有天才出现。他们不想讳言,从阿尔普⑤到扎德金⑥的"现代派"已经进了博物馆。这些模仿者毫不羞惭地冒充自己是杰出的无与伦比者。

我是否也曾助跑并跳到了超凡的高度呢?或者是我对艺术的渴

---

① 约瑟夫·博伊斯(Joseph Beuys,1921—1986),德国前卫雕塑家,装置艺术家。
② 奥托·潘科克(Otto Pankok,1893—1966),德国画家,雕塑家。
③ 恩泽林(Joseph Enseling,1886—1957),德国雕塑家。
④ 诺贝特·克里克(Norbert Kricke,1922—1984),德国雕塑家。
⑤ 阿尔普(Hans Arp,1886—1966),法国雕塑家,诗人,欧洲前卫艺术领袖。
⑥ 扎德金(Ossip Zadkine,1890—1967),俄裔法国雕塑家。

望已经得到了满足，因为我确信有了一个总是保证半满的食槽？

可能是在坚硬的石头上的技艺训练保护了我，让我脱颖而出。马格斯①出身于法耳茨地区的一个石匠家庭，他也对我严加管教。有某种很平常的东西，但是，在德国人的美德清单中却列在最上面，那就是勤奋，它督促着我前进。

我虽然仍远离自然光线，住在位于拉特-布劳希的慈善院宿舍那间放了十张床的房间里，但是，宽敞的学生工作室连同朝北的高大窗户，以及黏土、石膏和湿抹布的气味，却成了我真正的家。我从当石匠学徒起就习惯了早起，所以，经常是最早站到雕塑架前的学生，也往往是最后一个用布盖起习作的人。否则我又去哪儿——哪怕只是几个小时——打发我的时间呢？不，我并不孤单：我的十指都在忙于可塑的物料，双手糊满了黏土。我体会到某种好似幸福的东西。

只有这样才能解释为什么在星期六，学院关门前不久，我总是给正面那扇大窗户下面的气窗打开一条缝，然后在星期日上午，从楼外沿着凹凸不平的天然石块砌的墙面攀登，进入工作室。

这听起来十分冒险，可以拍成一个电影场景：攀楼者狂热的奇思怪想，或者说另一个路易斯·特伦克尔②征服艾格尔峰北崖。但因为雕塑家们的工作室以及石膏作坊和青铜作坊占了一楼，我的周末攀爬便成了轻巧灵活的游戏；我并非虚构，而是过多地这么做。没有人对此反感，即使房屋管理员也视若无睹。

---

① 马格斯（Josef Sepp Mages，1895—1977），德国雕塑家。
② 路易斯·特伦克尔（Luis Trenker，1892—1990），著名的登山家和影星。

第一个学期的期中,我甚至成功地说服了“狮堡”舞厅的一名女舞蹈家也来参加星期日的攀爬活动。然后,她就在略显温暖的工作室里,因为总还算有一个暖气局部供暖,给我当模特儿,站到一个可以旋转的木制圆盘上。因为她爱慕我,所以跟我爬墙,并为我当模特,尽管她不无怨言。

平日给我们做模特儿的那个家庭主妇,其丰满的身体符合法国艺术大师迈洛尔①及我的老师的理想观念,而这位站在非承重腿和承重腿上哆嗦不已的周末女舞蹈家却不同,她体形较瘦。她的锁骨、骨盆和脊柱都清晰地显现出来。她站在那儿膝盖稍显外凸,任凭我把她的僵硬的妩媚转向合适的光线。

她有某种神经质的气质,所以只要僵硬的站立姿势太费力,她就爱哭。我工作麻利,一言不发。只要她一开始烦躁,我就给她吃葡萄糖,而不是让她休息。她那蓬乱的头发及阴毛呈现出红亮的颜色。

使用我这个名字的学生就这样自私地做出了他的第一件独立完成的雕塑。每次工作一结束,我们就顺着外墙爬下去。我们从来不把工作室用作爱巢,总是乘电车去格拉芬贝格,在那儿,雷格泰姆音乐一直鸣响到午夜之后。我这位周末模特儿跳舞也很灵便,身子柔韧,脚步轻盈。

我按照她的尺寸——她是叫埃尔斯贝特吗?——先用黏土做了

① 迈洛尔(Aristide Maillol,1861—1944),法国雕塑家,画家。

一些草样，由此得到一个石膏像——手拿苹果的姑娘，后来又铸成青铜像，保存了下来。在戴着巴斯克帽的教授大多是绷着脸的监督下，从那些秘密的草样中衍生出我的第一件较大的雕塑，一个微笑的姑娘，差不多一米高。

她远离迈洛尔的丰满，站在那儿，盆腔凹陷，两臂松垂。马格斯许可这样。他，好几座纳粹时期的战士纪念碑以及柏林奥林匹克运动场上那两个肌肉发达的巨人据说都是他雕塑的，他似乎很喜欢我这件半高的塑像。此外，在 1949 年与 1950 年之交的冬天，这个带点儿傻笑的姑娘和我的女同学特露德·埃塞尔那件同样高度但臀部特别宽的雕塑一起，作为学期的成果受到了赞扬，被选入学院的年刊。这件染了色以后让人以为是铜像的石膏像被正面拍了照，怪异而调皮地立在承重腿和非承重腿上。这个微笑的姑娘占了一整页，印得很清晰。

学院这本年刊的出版当时对我并不算太重要，后来回想时才显得很有意义，一直到我母亲 1954 年 1 月底患癌症去世，它都是我声称自己有艺术家气质的唯一凭据和证明。正是她，忧心忡忡地容忍了我的“发疯举动”以及那些大有希望的旅行，正如她所说，那是前往“神奇仙境旅行”，盲目地相信她的儿子，而这时，她终于有了可以让她怀着少许自豪向亲戚和邻居展示的东西：“喏，你们瞧，我的孩子做出了什么……”

我只能猜想，这幅照片怎样成了我母亲心目中的圣像。啊，要是我能给她献上更多的东西就好了：令人喜悦的成果展示。不过，她觉得我的毛笔画难以忍受，阴沉得过于可怕了。按照她的愿望，后来我找我的朋友弗朗茨·韦特借来油彩，在打上底色的硬纸板上逼真地画出了她最喜爱的花，一束紫菀花，那是我唯一的油画。

两年多来，我的父母亲一直住在北方幸运女神褐煤矿附近那套由矿里提供的，虽然狭小但采暖良好的两居室住房里，有厨房，地点在上奥森姆，那是个住了很多矿工的村庄。房租很低。家具是一件件添置的。

每次我去看望他们，往往不先通知就去了，学院的那本年刊总是放在沙发床旁边的小茶几上。母亲把它翻开到准确无误的位置，就好像料到我会来似的。她始终希望自己的儿子有出息，现在得到了证实，这给了她新的希望。

也许是这个拿得出手的成果证明及印出来的作者名字让父子之间经常的争执也小声些了，缓和了我们俩交往时的语气。前一年，我妹妹已开始在杜塞尔多夫的圣母医院实习，每次我们一起去看望父母亲，都能享受到这幅照片促成的家庭和睦。即使父亲或儿子在餐桌旁玩斯卡特牌时失去了一次大满贯的机会，这种和睦也还能延续；小时候我是偷看母亲学会玩牌的，她打牌时叫分很狂热，但是很少输。

她小心地保管着那本年刊，所以，那个将近一米高的总是微笑的姑娘对于我也许一直到现在都有深远的意义，尽管当时我对那尊石膏像以及其他只有中等高度的塑像都很不在意。后来又一次搬家，那是 1952 年年底，我把它们都撂在了工作室。随后，一个同学就把那尊孤苦伶仃的塑像拿走了。

十年后，我已经有了足够的名气、荣誉和金钱，那个同学才告诉我这件事。于是，我就为了它能继续存在铸了尊青铜像。《拿苹果的姑娘》，也就是我爬墙取得的那件成果，也发生了同样的情况。埃迪特·沙尔，曾在我们班做过短时模特儿，后来，她又在德国北部以及西班牙从事过种种艺术工作，正是她在我突然退学后挽救了那尊石膏像。它让人想起一个时期，我觉得，除了很具体的物品外，那个时期总是朦朦胧胧的，就好像呈现在感光不足的照片上。

可以捕捉到的东西实在太少了，顶多只有情绪在间隙中闪动。到底什么是沉闷压抑或者轻松愉快的，还不明确。没有什么事表明我是行动的或受苦的人。我也想不起当时我痛苦而详细地回忆了什么，洋葱不肯帮忙。我只能揣测在学生工作室和慈善宿舍外面还发生了什么。我看到自己只是那许多草样中的一个，跟原件只是稍微有一点儿相似。

在第二个以及第三个学期，除了醉心于艺术，以及不稳定地热衷于新的、相互迅速抵消的影响外，这个学艺术的大学生或许还渴望着爱情，他仍然是个舞迷。但是，那些年国家在政治上分裂，冷战刚刚开始，在遥远的朝鲜爆发了战争，我到底是站在这一边还是那一边，却并不明确，即使明确了，也不知道有什么理由。那是高呼没有结果的口号“美国佬滚回去！”的时期。

最先在杜塞尔多夫站住脚的经济奇迹使得一些人成为暴发户，

我面对那些家伙产生的厌恶是一种深切的感受。我对他们肯定是持不断的反对态度。但是,已经有了选举权的我在第一次联邦议会大选时投了票吗?似乎没有。我只是关注自己的生计及相应的生活问题,很少关心日常的政治。顶多是在重新武装成为人们的话题,最后又变成事实时,这个打过仗的年轻人,这个经历过战火考验的孩子,固然参加了群众性的抗议活动,但是在政治上并不积极,简直可以说是“事不关己,高高挂起”。

阿登纳总理就像是一副面具,我所憎恨的一切都藏在那副面具后面:冒充基督教的伪善,撒谎说自己清白的迭句,以及乔装打扮的犯罪团伙显现出来的老实。在种种赝品当中,似乎只有我所缺少的钱才是真实的。外表背面的阴谋和天主教的幕后交易冒充政治。杜塞尔多夫的汉高公司生产一种“宝莹”洗衣粉,随后,就派生出了“莹白证明”这个词。不少身上沾有褐色污秽的人都借助它开脱了罪责。他们从此便作为清白的人炫耀他们的官职与威严。

而社会民主党人呢?社会民主党的库尔特·舒马赫,当年我作为年轻人曾在汉诺威的废墟背景前见过他,听过他的讲演,如今我认为他已是被人遗忘的大人物,可是在五十年代初,他却以爱国的激情吓了我一大跳。一切散发出国家气味的东西都令我讨厌。民主的小事被傲慢地拒绝。不管有什么样的政治建议,我都表示反对。在一座钾矿山深达九百五十米的矿井底,作为社会民主党的观点灌输给我的东西,似乎落入了无底深渊。利己狂只能看见自己,感觉到自己,我不愿意碰上,要是碰见了,我们就发生争吵。

在夜晚的交谈中，我们喝了许多茶，抽了许多烟，还享用了存在主义提供的许多废话。这又涉及整体，但正如我们相信的那样，已是在更高的水平上。当我们争吵起来时，矛盾并不是由于过去那场战争的罪行，更不是由于当前的党派纷争，而是由于我们在概念的模棱两可中打打闹闹。

也许，从夜晚喋喋不休的话语中能听出一种模糊的反法西斯主义和空洞的亲犹太主义。在试图弥补的过程中，耽误了的反抗激发出炫耀的勇气和无须证明的英雄主义。我似乎也是那些勇敢的嘴巴斗士中的一个，而记忆这条吞噬垃圾的管道幸而没有存储他们的废话。

在我的新老师奥托·潘科克影响下，情况有了一些改变；但泽普·马格斯仍是我所尊敬的，但又几乎不是异乎寻常或影响深远的大师。他从来不谈论艺术。他对形式有坚定的、好像是不可动摇的观念，他赞美朴实。六十年代初，他以《花岗岩纪念碑》为题出版了一本书，朴实在书中颇有教益地获得了石头雕凿的艺术表现。在他的监督下，我一直十分勤奋，努力学习技艺。

可是在工作室以外，又是什么构成了我的日常生活呢？我阅读可以借到的书刊，以及施塔尼斯劳斯神父暗中塞给我的东西。罗沃尔特出版社用轮转机印刷的小说便宜地上市了，有福克纳的《八月之光》、格林的《问题的核心》。从我的笔下不断诞生出新的诗歌，时而受特拉克尔影响，时而受林格尔纳茨影响，或者同时受两个人影响。我在慈善宿舍里吃必不可少的食物，偶尔也做橱窗装饰师，或者在建筑工地上当石匠帮忙，挣到刚刚够用的钱。在莱茵河岸边的民间射击比赛上，我还给发福的啤酒客和兴高采烈的女士画像，一幅两马克。这些足够支付电车月票、电影票、戏票、周末舞会票以及我终于说到的烟钱了。

或者，因为我父亲仍在下莱茵的褐煤矿工作，他的矿工社保机构每月发给我五十马克助学金，这样我才成了烟民？

至少在使用我这个名字的年轻人认为他必须吸烟时，我就开始经常吸烟了。我喜爱的烟丝叫“黑克劳泽”，很适合亲自动手卷烟。而工厂生产的香烟，如红亨德尔或雷瓦尔，哪怕是一盒只有五支的香烟，我也买不起。

我吸烟似乎是很早就学会的。可是，没有什么危机让我依赖尼古丁成瘾。既没有爱情的烦恼也没有根本性的疑虑迫使我吸烟。大概是热烈的交谈及其表面上噼里啪啦作响的深邃思想让这种愿望产生了吧：我至少应当属于这个烟民集体，像他们当中的一员那样拿起烟丝和烟纸。这让我吸烟成了瘾，或者宽大些说，我成了习惯性烟民。

在尖形的纸袋里有黑克劳泽烟丝，纸袋外面是蓝色，里面是银色，我这个左撇子总是把它放在相应的裤兜里，随手可取。我偷看井上的老兵和井下的矿工怎样自己动手卷烟，学会了这个手艺，所以，这个小伙子能给他的烟筒提供储存的半打自卷烟。

七十年代中期，我因为害怕吸烟导致腿病而改吸烟斗，在“自卷烟”这个标题下，把自己多年实践的体会写到了纸上：“卷烟时要去掉所有不合用的细屑。把烟纸朝凸起方向卷三分之一,卷到停止的部位后,用舌头舔湿时别匆忙,要放慢,凭着感觉让烟纸外缘的涂胶处受到食指的阻力……”

在我的文章中,我夸奖那种“在荷兰能买到的不涂胶也粘得住的卷烟纸”,最后还提到了它的一个特殊优点:“……自卷烟的烟蒂各不相同,但总是敏感地翘曲;我的烟灰缸每天都告诉我,我面临的危机是否又有了进展。”

从今天的角度看,若是我把以往的岁月分为三个阶段——分为不吸烟、吸自己卷的烟和吸烟斗三个阶段,那么,在战争期间以及和平之初的几年里,不吸烟的人显然占了很大好处。用烟票和后来发的烟卡做交易,让不吸烟的人得到了不少实惠——黑市上的一支“正规烟”,正如当时称呼烟厂生产的香烟那样,有时能换到一个鸡蛋,而烟民却只能把享用一口接一口的烟作为他得到的好处,总之,吸烟是一种坏习惯,但当时我不愿放弃。

到了五十岁的年纪,自己卷烟已成为一种嗜好和虔诚的行为,依照医生的劝告,我才放弃了每天自己卷烟并吸烟的实践。当时有一个我以为是朋友的人,送给我烟丝样品,于是我改为吸烟斗。一直到现今,只有在用黏土做雕塑——塑造人或者动物——十个手指都不得空闲时,我才把烟斗放到一边,让它冷却后被遗忘。

事后其实可以这么想:要是我完全从事雕塑工作,不是用单手或双手写作和打字,不是忙于写叙事文学的书稿,而它们显然刺激了我去抓烟草制品的烦躁动作——有一段时间我还吸雪茄和小雪茄,那么现在，我面对那些国民的教育者也就无须这么顽固坚持，他们虽然使他们的狂热信念文明化，仅限于禁吸尼古丁，甚至还准许给不知改悔的烟民留出狭小的吸烟区，但是谁知道在不久以后或者明天，他们还会想出什么来作为表示关怀的惩罚呢？

我将会作为规规矩矩的不吸烟者，及时地放弃过分着迷的写作，少咳嗽一些，不再吐那种带灰色斑点的浓痰，让不再疼痛的左腿更好地步行……咱们还是就此打住吧！

在我尚不吸烟时，或是在我迷恋上这种持续不断的消遣后不久，我在泽普·马格斯教授的闷闷不乐的监督下学习。他每天巡视一次，给出简要的指导，让雕塑的湿泥表面尽可能长久地保持粗糙，因为他说，过早的光润会蒙骗人的眼睛。“那样只是看上去似乎完成了。”这是他常说的理由。

后来，我把这个方法应用到书稿写作上，反复地让书稿显得粗糙，再一稿稿地通顺起来。我也总是在雕塑旁写作，因为我已经养成了站在雕塑架前的习惯。马格斯是不准学生坐下的。

一直到1950年底，我都是他的学生。一些较瘦的姑娘塑成了，或者看上去像是塑成了。在这段学习期间，我坚决拒绝对那些通常是胖乎乎的甚至肥滚滚的模特儿进行忠实的模仿，而是把迈洛尔式的丰满形象拉长。有一个同学——就是那个装了玻璃眼睛的老兵——一天又一天地吹出贝多芬九部交响乐的主题和乐旨，此外还有他的钢琴协奏曲。

他吹口哨的技巧堪称完美,令人惊叹。组曲和奏鸣曲,还有从巴赫到勃拉姆斯的经典作品,他都吹得富有艺术性,打动人心,让我从此能够区分第三交响乐和第五交响乐,区分舒伯特和舒曼的作品了。他总是怀着有节制的激情吹口哨,既不过分大声,也不只是吹给自己听。他应同学们的要求,重复那些特别优美的旋律,这一个或那一个柔板,《克莱采奏鸣曲》以及小夜曲。假如我没有记错,也就是加以明显夸张的话,他甚至能吹出整段的巴赫赋格曲。

这个老兵一边吹奏其他同学熟悉而我却从没听过的乐曲,一边弄平一件真人大小的女子迈步行走塑像的表面,它带有古埃及木乃伊的某些特点。他用一块平平的模板久久地抹来抹去,直到一段吹出的快板说服他再用齿状工具把木乃伊的表面弄粗糙。然后,又是一个徐缓的乐句帮他重新抹平。他的模板上上下下地滑动。只有在马格斯庄重地巡视时,这位吹奏高手才中止他的音乐节目。

我就是这样顺带地受到了音乐的熏陶,而我是多么渴望受到教育啊!假如不是我与老师发生了原则性争论,我肯定还会得到这位口哨专家的更多好处。

当时,并不是我想找人吵架。老师也似乎对我以及我每天的勤奋工作感到满意。当一件浅浮雕跪像的石膏模型需要他亲手变为壳灰岩石像时,他甚至叫我到曼内斯曼公司所在地的河边去帮忙,还付给我像样的小时工资,因为他的那件建筑饰像要在那儿装饰政府大楼的大门。交工的期限十分紧迫。于是我也爬上脚手架,在屈斯特公司两个伙计身边对格伦茨海姆壳灰岩凿个不停,那是一种硬度很不一致的岩石。

不过,在塑了一些姑娘的立像后,我也想塑一个卧女的形象,让她的两腿宽宽地展开。可是,马格斯对这种不加掩饰的暴露隐私相当反感,他认为,那是粗野的姿势,表现不出"朴实而完整"的形态。他劝我把那两条腿并拢。

可是,这个学生却拒绝接受教授的规矩和指示,这样就迫使老师做出了一个决定:"这样的事在我的监督下从没发生过。"他又补充道,"而且永远也不许发生!"

或者他甚至动了手,把他认为分得太开的东西又按紧了? 黏土十分柔软,自然让步了。

回忆给出时而对他有利、时而对我有利的评价。我在他做出纠正的干预后马上又打算恢复卧女展开两腿的状况,于是,黏土又让步了。

不管怎么说,师生之间的争执是压低了声音的,但又是严格坚持原则的。因为我们不是黏土,所以,谁都不肯让步。那个装了玻璃眼睛的老兵与天才的口哨专家是我们班的班长,他试图调解也没有结果。

于是,我更换了老师。马格斯甚至介绍我到奥托·潘科克的工作室去。对马塔雷,那个让现在颇有影响的学生约瑟夫·博伊斯得到了真知秘传的人物,我已经不再感兴趣。我似乎已经到了该摆脱榜样的教育强制、寻找自己的道路或弯路的时候了。

潘科克不是雕塑家,他几乎只是用炭笔画黑白画,或者搞木刻,甚至被人说成色盲，但是，他却吸引着那些想要有突出表现的学生，而他们都像近来的我这样固执。我与我的同学们继续友好，比如贝亚特·芬斯特，那朵不懈绽放的墙边小花，尤其是特露德·埃塞尔和她那位帅气的曼弗雷德，一个来自佛里斯兰北部像诺曼人那样头发拳曲的小伙子，后来他被拐带到巴黎，但那又是另外一个故事了。

我的新老师大约五十出头，可是，留了早早花白的大胡子，看上去显得更老。他的威严让他看上去有点儿像圣父，尽管别人都说他并没有圣经式的严肃，在与他的学生交往时相当随便和宽容。学生们并不把他当老师，而是当成有影响的人物。不光是因为他个子长得高，总是高屋建瓴地望过去，对许多事都忽略不理。

因为他刚直不阿，所以，总有嘲讽者陪伴着他，他就像早期的基督徒，或者更确切地说，他就以这样的形象出现。他身上表现出某种温和的革命性。所以我觉得，他那和平主义的信条，在反对重新武装德国人的木刻画《基督毁掉武器》中得到了艺术表现。这幅画作为宣传画广为张贴，在很长的时间里都起着榜样的作用，也就是说，直到八十年代抗议苏联和美国的中程导弹时，不，现在它仍然继续发挥着作用。因为我在上个世纪末曾用多余的奖金建立了一个帮助吉卜赛人的基金会，所以不难理解，那个基金会每两年颁发一次的奖金就是以奥托·潘科克命名的。

在纳粹时期，当局对他下达了不准绘画和展览的禁令。他有时与吉卜赛人在一起生活，跟他们漂泊四方，创作了大量的木刻和木炭画，把这个历来遭受迫害且人数锐减的少数民族的生活浓缩为图画。

因为他了解吉卜赛人,所以,他能把他们的困境与恐惧表现在基督受难的组画中,在那些大幅画作上,布满了很多介于黑与白之间的灰色。

吉卜赛人,不论老幼,都是他的人。不仅在奥托·潘科克自己的工作室,而且在他学生的工作室里,奥斯威辛-比克瑙的幸存者们都作为人数减少的氏族进进出出。他们属于一眼望不到边的潘科克家族。他们不仅仅是模特儿。他们与我们生活在一个时代里,正如我们希望的那样,显然,那些古老的遭到破坏的纪律准则重又焕发了光彩,继续发挥作用了;而我们的表现就像坏孩子受到了修整。

一座剧院里大幕与场景的变换,剧中的人物各自按照记忆,时而这样、时而那样地化装登场,在道具室不受拘束地挑挑拣拣,就好像他们是自由虚构的那样。就因为在这个留着意味深长的拳曲胡子的好心人周围的环境与保护范围里,一切可能与不可能的事都可以想象,都可以用图画来想象。后来,墨水不愿耗尽,一个想象出来的人物在潘科克的围栏里找到了位置。他一章接一章地经历了那部耗费时间的小说。在每一章,他都处于事件的中心。他被动或主动地介入这样或那样的事情。而且,奥斯卡·马策拉特还在我当作保护区回忆的工作室工作中充当模特儿,得到相应的报酬。

他受到画家和雕塑家的欢迎,适合于富有表现力与象征性的描绘。而且,因为这个人身体矮小且驼背,他既体现出那个已经过去的时代,也体现了那刚刚开始的时代的疯狂。因为他介入了这样和那样的事，所以，他同时又可以是这一切的反面。谁遇到他，就像是站到了哈哈镜前面。只要他一出场，所有太靠近他的人都会呈现出另外的形象。

奥托·潘科克想把奥斯卡当成模特儿来加以改变，这样他自己也就发生了变化，变成了他本人的漫画，变成了喷煤灰的库亨教授。只要奥斯卡一听见绘画者的西伯利亚炭笔在纸上沙沙作响，他就勾勒出一幅对应的画，在画上用话语抹黑他所看到的一切。

他对待教授的学生们也差不多，因为模特儿在学生们的画架上起着形成风格的作用。他只是在见到吉卜赛人时绕个弯儿避开，就好像他不得不害怕似的，害怕他们看穿他以及他用词语和图画耍弄的狡黠把戏似的——而他特别担心的就是使他失去了魅力。

我是潘科克最有吸收能力的学生，也并不只是在库亨教授喷煤灰的那些章节里被省略未提，而是干脆迷失在无穷无尽的话语喧闹中，这种喧闹最后被改成小说，投放到了图书市场上。

我成了单纯的写作工具，追随着情节的发展变化，什么都没有忘记，既没有忘记已浇铸成混凝土的事实，也没有忘记呈现在逆光中的伪装：奥斯卡的出场。

他决定谁不得不死去，谁可以奇妙地活下来。正是奥斯卡，迫使我再一次走访了我早年待过的地方及其特殊的氛围。他给了我特许，把冒充事实的一切都隔在问号之间。他，这个拟人的糟糕对比，教我把一切坏事都看作好事。他，不是我，把潘科克变成了库亨，把这个温厚的和平主义者变成了一座火山，而火山的爆发带着强大的威力使所有的纸都变黑。他的在场使得纵酒狂欢成了一片黑。他看到黑，变黑了，他的驼背投下了漆黑的影子。

只是在边上顺便注明，奥斯卡·马策拉特也给马格斯当过模特儿，并且马上把他改名为马鲁恩教授。我的一些同学都在马鲁恩和库亨那儿看到过他的驼背，所以，后来也都被当作样品，以满足他要给一切命名的写作狂热。比如，我的朋友弗朗茨·韦特，我跟他在潘科克的温和监督下共用一个工作室，他在小说里成为封·维特拉，分到一个幽灵般的角色。还有我的朋友格尔德马赫，下面我还会讲到他，他成了克勒普，在床上煮面条的人。他身为共产党人却又敬重英国女王，在他的笛子演奏中把《国际歌》与《上帝保佑女王》搅和到一起。

作者虽然对他这个虚构的人物渐渐变得百依百顺，但毕竟还是得为他的善行与恶行负责。奥斯卡一方面善于狡黠地剥夺我的资产；另一方面，却又像施主似的把著作权交给以他的名义发生的一切。谁从事写作，谁就要放弃自己。但是，财政部门不愿意认同，作者的生计就是靠一些单纯的看法，也就是杜撰，所以无须纳税。

这样我就必须承认，要把我当时的瞬间放在可以证明的事实上扫描，现在让我觉得很困难。因为正如在其他插曲中一样，只要我一打算说到正题，就总是有人讨厌地插话。作为公众认可的小说主人公，奥斯卡吹嘘他的有据可查的长子，要求我，只要有可能做成交易，就烧那个尽人皆知的扁豆菜。

奥斯卡坚持要求优先权，他了解一切更清楚，嘲笑我那千疮百孔的记忆;正如可以读到的那样,在他那儿,洋葱喜欢有别的功能和意义。

为了给自己减轻负担,从归咎于自己的未成年状态中解脱出来,我直截了当地开始了我最早的长途旅行。从7月一直延续到9月的漫长暑假使得旅行成为可能。

从1951年起,每一个联邦公民都可以申领一份旅行护照。经过不太长的等候,护照申请就得到批准。我已经挣到了必不可少的旅费,在建筑工地上当石匠,去年冬天又帮着给狂欢节彩车搞图案装饰:用石膏在金属网和粗麻布上刮抹,在我们那辆彩车上让阿登纳和乌布利希手挽着手。当时颇受欢迎的狂欢节歌曲《谁应当付钱,谁有那么多钱》依然在我的耳边回响。

不过,我挣到自己的经济支持主要是通过砌壳灰岩与钙华的墙面。窗户下面的天然石块墙裙需要更新。每小时工资一马克七十芬尼。

从7月中旬起,我已做好旅行准备。我答应与父母保持联系,若是不写信,就多多寄明信片。背包分量不重:衬衫,换洗的短袜,水彩盒,装满画笔和铅笔的小箱,速写本,几本书。在一家专门销售美军淘汰物品的店铺里买了个睡袋,很便宜。那儿也有军队向前推进时期的鞋子,很适合做旅游鞋。

我遵循德国人的天性,像以前的条顿人、霍亨斯陶芬王朝的皇帝和崇敬艺术的在罗马工作的德意志人一样,前往意大利。我确定的旅行目的地叫巴勒莫，小时候我梦游过那儿，作为腓特烈二世的侍从或猎手，最后，在霍亨斯陶芬王朝没落时是康拉丁的随从。

促使我翻越了阿尔卑斯山的另一个动力是一次创伤，我不能用匆匆写出的诗歌，也无法用增加烟草消费来抑制那伤口的疼痛：我的第一次真正恋爱——假如把中学生的爱情空想撇开不算的话——难以挽回地失败了。

她，安妮罗丝，像我一样学雕塑。灰色或蓝色的眼睛，我觉得她很漂亮，当时也知道这是为什么。走起路来裙裾飘扬的她，来自斯图加特，在那儿做过雕塑家鲍姆的学生。那是 3 月或者 4 月初，至少是一个预告春天或者说佯装春天的季节，但是，变化已经在孕育中。

在我们开始相爱前不久，我终于离开了拉特-布劳希的慈善宿舍，没有大张旗鼓地告别。在于利希街上有一间无人居住的浴室，有浴缸却没接水管，但是有五斗橱和行军床。

因为我妹妹已经在圣母医院的管理楼实习，她在那儿能让我享受到一顿免费的午餐，所以我得到了圣方济各会修女的仁慈照料，而且，还能找到机会在舞场上与这个或那个护士共度余暇，带着她们短暂造访于利希街，给这位转租房客的行军床加重负担。另外，在那个住人的浴室里还铺着一块椰棕地毯，不过，我不想说明它的长度与宽度，因为奥斯卡也许又会来跟我商量，想跟我合伙租住。

与护士们在于利希街的交往只延续了很短的时间就突然结束了。当时，安妮罗丝进入了我的视野，于是，其他女性都被排除了。

我的眼中只有她，也只想见到她。像通常的那样，这种目光变得狭窄起来，一切都通向占有。我马上就过于匆忙地琢磨为我们准备一个宽敞的窝儿。没有水管的浴室太狭小，此外，它也曾有过不洁的记录。

于是，我和画家兼音乐家霍斯特·格尔德马赫一起，让童年时在朗富尔做邻居认识的泥瓦工领班维尔纳·卡普纳帮忙，在杜塞尔多夫的施托库姆把一幢厩式建筑的楼上扩建成带侧房的工作室，给我们无家可归的爱情布置一个经久耐用的庇护所。在塞满双层床的棚屋与房间里住了多年之后，我第一次有了属于自己的房间。

无论如何，爱情与自私同等地刺激着我对建筑的爱好，在后来的岁月里也促使我多次寻找机会，先是在柏林的施马尔根多夫废墟工作室，后来在弗里登瑙的尼德街大工作室，还在马尔施多夫的韦威尔斯弗莱特工作室，在属于丹麦的波罗的海默恩岛上的小工作室，在葡萄牙的老房子，最后在贝伦多夫厩房，有效地实施了改建和扩建，为我而且只为我一个人，保障了进一步从事脑力工作的空间。

很大一部分建筑材料如水泥、石膏板、空心砖以及天窗和门的金属框，都来自无人看守的建筑工地，或是那个由警察儿子晋升为泥瓦工领班的幼时邻居便宜地搞来的。门外还需要安装一段铁楼梯。

我们从一个拆房公司的老板那儿买来了楼梯，相当便宜。格尔德马赫弄来了小圆铁炉及几米烟筒，烟筒穿墙而过，把烟排出去。我的父亲在褐煤矿工作，一直有丰厚的实物补贴，所以，我能得到煤砖，在春季就作为冬季的储备存放起来。

这个厩式建筑只消花很少的费用就能租下来,在一幢出租公寓的后院,公寓楼下的卫生间可供我们使用。院子里歪歪斜斜地长着一棵小树,我已记不清是什么样子了。

格尔德马赫带着他的长笛、风笛和装满绘画用品的百宝箱住在前厅。安妮罗丝和我住在有天窗的工作室,上面就是屋顶,晴天时头顶上就是可以细数的星星。双人床垫架着四块砖,放在画布框架上。当我们融合成为肢体相当多的肉体时,不管白天和黑夜,都有隔壁格尔德马赫的木笛吹奏出布鲁斯舞曲,间或是儿童歌曲陪伴着我们。

我们限时的幸福一直延续到了夏天开始的时候。安妮罗丝和我,我们在寒冷的季节里也感觉非常温暖,若不是我的初恋突然间戛然而止,那种做爱的乐趣简直无法满足。

我的恋人的母亲,一个从一开始就在远方构成威胁的女人,在潮水般涌来的信件与电报中命令她的最终顺从了的女儿:毫无推托地返回斯图加特,马上!

剪报可以证明她在当地报纸上看到的可怕消息。一篇文章详细报道了一桩少女谋杀案,少女被一个石匠用他的工具残忍地杀害了,锤子和凿子作为照片证据刊登出来。接着,她就以一个发狂母亲的笔迹,直截了当地把我与那个杀人的石匠等同起来。此外,在附来的剪报中还提到,那凶手来自东部,是个左撇子。

虽然安妮罗丝犹豫了一个长夜加半个白天,但母亲最终还是胜利了。那次分手令人心碎。我觉得,接近完工的带天窗的工作室空旷得可怕。还有那张此刻已显得过于宽大的床。令人怀念的施瓦本口音。她那些短小有力的手指。突然间弃绝了一切柔情,只留下一条可怜的、汪汪叫的狗,我企图听懂它的哀鸣,但是,我的尝试完全是徒劳,根本无法破译被遗弃的狗的想法。

原来总是他在迅速产生厌倦后不辞而别地离开姑娘和女人。这次,他却看到自己被人甩掉,被搁置起来了。

我的朋友格尔德马赫用不同的木笛吹出德国本土的爵士乐,一直吹奏到夜深,但是却无法安慰我,尽管他技艺精湛地把《门前井旁》变成了一支布鲁斯舞曲。

建筑工地上的工作多少有些帮助。我有一本插满了自由城邦珍邮的集邮册,是母亲从遭受驱逐的混乱中抢救出来的,我用它从艺术学院的住房管理员那儿换到了一套完整的画室设备。他从地下室的杂物里挑出一个模特台,两个旋转盘,几个金属圆规,以及一个标有"第二习作室"字样的画架,我不知道是谁把它传给我的,它今天仍放在我的贝伦多夫工作室。

即使有这样的交易,但是,不,什么也无法弥补我失去恋人的损失,顶多只能是出去旅行。

于是,我迅速地申请了签证。在等待期间,我在建筑工地上砌墙面。在贴身的一个皮夹里,我积攒了三百多马克。那次启程就像是一次逃亡。

我搭便车向南迅速前行,直到强制的疯狂迫使我在斯图加特的高速公路休息站中止了第一段推进。

我乘上一辆货车，朝市中心方向驶去。那个地址叫兔儿山巷。我上山寻访一幢掩隐在冷杉树后面的别墅，我的恋人由于轻信的恐惧逃离了一个杀人成性的石匠后就躲在那儿，此时遭到拘禁，因为她听从了她的巫婆母亲的怂恿。

难道我想要当解救美人的王子？

难道是报复或微小的希望在督促我？

只要电影一开始回放，停下来，我就看到自己在拂晓——或是在夜里？——站在那扇紧闭的花园门前。园门锈迹斑斑，歪斜地吊在门枢上。那扇铸有花饰的熟铁门，我摇了又摇。我打着手势要进去，大声咒骂母亲和女儿，还用两个手指打口哨。但是，没有人来给园门打开一条缝。我继续咒骂，接着又哀求，恳切地哀求，也许还伴着眼泪。

现在我倒想看一看，刚才回放但现在又正常放映的电影有什么没提供：这个愤怒的年轻人，把花园门从门枢里抬了出来，双手用力扔进了那幢惊恐不安的别墅的前院。

我年轻的时候就希望自己能这么强壮。这个发狂的暴怒者想要把熟铁门扇扔得远远的。失恋让我非常痛苦，我简直不知该带着我多余的爱情去哪儿。

可是，电影却放映得全然不同：虽然在长篇小说《狗年月》的故事进程中，某一个并不是我的人出于狂怒的报复，把一扇大门从门枢里卸了下来——作为象征性的一抛——扔到了一个戴绒球帽的哲学家的花园里，但那是发生在黑森林的山脚下；而此时出于全然不同的缘由，我只是无所作为地站在斯图加特的哈森贝格巷，垂着双臂。

这个年轻人默默地站在紧闭的大门前，因为他——现在我对此很肯定——在夜间曾光顾了别墅，那里有一扇亮着灯的阁楼窗户。他徒劳地等候他所熟悉的身影，不停地咀嚼他的烦恼。可是，窗帘后面没有任何动静。没有小鸮啼叫。没有夜莺如泣如诉的啼声表示同情。电影就这么结束了。我跑下了山。

我不断地换乘汽车和卡车，在因斯布鲁克，甚至让一辆摩托车载上我和我的痛苦。痛苦一站站地明显减轻了，我穿过勃伦纳山口，进入了柠檬花绽放的国度。

我长途跋涉而来。乘着三轮小卡车，乘着驴车，乘着托波利诺，[①]在那个年代广受欢迎的双座车。皮靴也跑烂了，再继续前行，横穿西西里岛，在锡拉库萨和巴勒莫之间，有一片没什么特色的地区包围了我。什么都不再投下影子，我待在那儿，等着汽车、推车或随便什么有轮子的东西，我等了好几个小时，才见到从光秃秃的群山间的山谷里走出一伙带枪的人。他们走近了，越来越近，几乎不可能是来打猎的，更像是黑手党的乡村使者，他们终于在这个戴草帽的陌生人四周围成了一圈。

我倒空了背包，把我的全部家当一目了然地摊开。他们的首领，

---

① 菲亚特旗下的一款微型车。

穿着一件类似僧袍的长外套，盘问了我的来历与旅行目的地。然后终于出现了一辆托波利诺双座车，越来越近地驶上山来。首领握紧挎在胸前的卡宾枪，拦下了那辆车。那惊恐的司机是个乡村医生，不得不把强塞给他的乘客送到了卡尔塔尼塞塔，把我卸在了那儿的集市广场上。

我常以过多的版本给我的孩子们讲述接下去的冒险，以便现在能做出正确的抉择，比如，那种版本，按照其扣人心弦的过程，使用一支德国产的卡宾枪，我知道那是相当轻便的 K98 式，总之，用一件占领时期的战利品，通过警告射击帮助我继续搭车。归根结底，正是黑手党从纽约，在其教父“福星”卢西亚诺的远距离操纵下，帮助美军登陆部队在 1943 年占领了西西里岛。

这个在全岛有许多分支的“可敬团体”的成员们，显然把我当成了一个既可怜又虔诚的朝圣者：在前往朝拜神圣的罗莎莉路上的诚心忏悔的香客，众所周知，那地点在巴勒莫。总之，他们帮助了我。从卡尔塔尼塞塔起，一位卡车司机自行地把我送到了旅行目的地。

先前我曾周游过托斯卡纳和翁布里亚，一直到了罗马，而且，终于在乌菲齐美术馆观赏到了那些艺术品的原件——有提香画的《乌尔比诺的维纳斯》和波提切利画的《维纳斯的诞生》，还有皮蒂宫里陈列的索多马作品《圣塞巴斯蒂安》，那个被箭射穿的少年在树木与景色前痛苦而优雅地蜷缩起身子——我从小就由于彩色的香烟画片对它们十分向往。我毫不费力地来到了一个鼻梁高高隆起的戴红帽男子像前,那是皮埃罗·德拉·弗兰切斯卡的侧面像。

我在青年旅馆和修道院过夜,在橄榄树下和葡萄藤间过夜,有时甚至在公园的长椅上过夜。我总是找一家正在营业的大众餐馆,吃便宜的面条,浮着油花的面包汤,还有那不勒斯牛菜,那是我初次吃到的牛下水,一种穷人的食物,在世界各地都有,用牛的第四个胃做成,叫作瘤胃,把它洗干净,洗得很彻底,就像一块毛巾。

后来我曾多次用番茄、大蒜和白豆烧这个菜,做成一锅烩,给客人端上餐桌。我用它来招待的客人大概有:瑙姆堡大教堂的艺术大师及其模特儿,全都出自市民或农民家庭,他们在13世纪初的武力征服后才定居于萨勒河岸边。

艺术大师为格尔堡伯爵夫人和康拉德伯爵,赫尔曼总督及爱笑的蕾格琳狄丝,冥思苦想的西佐伯爵和忧郁的赞助人蒂莫·封·屈斯特利茨,最后还有埃克哈德二世及其无儿无女的妻子,闻名遐迩的乌塔·封·瑙姆堡,都用凿得的石灰岩塑了像,而他们也确实都对大师有过帮助。

在大教堂的西圣坛塑有后来被称为哥特式早期的创建者像,当时还没有西红柿和白豆。不过,为我那些围在无名大师周围的客人烧一个用新鲜蚕豆和牛下水做的菜还是可行的,它们曾让我在罗马的民间厨房里十分便宜地吃饱肚子。

甚至连一个箍桶匠的妻子,美丽的格特鲁德,曾给难以接近的乌塔·封·瑙姆堡做过模特儿,也品尝过这道菜;目光阴郁的车夫,长得与西佐伯爵很相像,却没能得到足够的牛杂碎;还有金饰匠的小女儿瓦尔布嘎，她的笑靥转到了波兰公主蕾格琳狄丝脸上，也要求再来一大勺。

在德意志民主共和国时期，我终于得到了那个严格封闭的国家的官方批准，前往马格德堡、埃尔福特、耶拿和哈勒做巡回朗读——那是在柏林墙倒塌前两年，乌特和我参观了瑙姆堡大教堂。我们惊叹那些在高处伫立的创建者像，乌特抬头仰望着乌塔。有个内行的女人给我们参观团讲解这些雕成石像的人物的真实社会背景："艺术大师自觉地放弃了刻画圣徒的俗套，而是以那些辛勤劳动的、当时已有阶级觉悟的人为蓝本……"

然后，我们的女导游断言，即使法西斯着重针对乌塔的狂热的宣传崇拜，也没能减少集中在这儿的塑像的接近生活的美丽。我们离去时，我听见了蕾格琳狄丝的笑声。

我启程去意大利旅行时预先准备了三个地址。第一个地址是斯图加特的兔儿山巷，但我很快就把它撂开了。第二个地址要感谢我的妹妹瓦尔特劳特，她在春天结束了她的学徒期，然后在罗马附近给那个教团的虔诚修女们帮忙，教团除了有各种医院及亚琛的本院外，还监管着国外的几家分支机构。

有一个托儿所属于其罗马分部，我妹妹就在那儿给修女们帮忙。她们总是来来回回地忙碌，在修道院的菜园里干活，似乎没时间祈祷。甚至连修道院的女院长也一起出力，分发东西，堆放衣物，在采收橄榄时干活。这是一家敞开大门和忙于救济的修道院。

在去西西里岛并从岛上返回的路上,我在那儿的一幢附属建筑里受到了款待。那是修道院的一间可以望到阿尔班丘陵的小屋。

每天晚上都有一大杯葡萄酒。饭菜是一个来自威斯特法伦的胖胖的厨房修女送来的,在离开之前,她总是很乐意对我说一些教人虔诚的话。

她借助于空酒杯,杯子被一束斜射进来的阳光照耀着,晶莹透明,以随时有效的方式给我这个不信教的人讲解圣灵降孕的奇迹。她的食指像提供证明似的指向明媚的光线及完好的玻璃杯。

所以人们说,傍晚的阳光具有大天使那样的目的性,她带着明显的威斯特法伦口音说出了如许的坚定信仰。

那位厨房修女还向我宣传要远离所有的性行为,她的笑容是那么透明,就好像她也是玻璃做的,对奇迹随时做好了准备似的。然后,好像再也没话可说了,她的双手就消失在将她保护得严严实实的衣服袖口里。

修女一走,我就凑着完好无损的杯子喝起葡萄酒来。那时,我头脑里肯定闪现过不正经的念头。年轻时,我曾扮演过一个不仅仅是大声说话的大天使角色。关在战俘营期间,我的伙伴约瑟夫在掷骰子的游戏中极力劝我信奉唯一正确的信仰,当时,我亵渎了那位贞洁的处女,列举了以圣母的名义折磨两种性别的人的所有刑具。

我妹妹在那些忙碌的修女中似乎很幸福。在战争结束时,她童年的信仰由于士兵们的暴力消失得无影无踪,而现在她重又找到了,这也可以说是取得了成果吧。

第三个地址来自迪娜·菲耶尼，一个精力充沛的女人，那是她在我的旅行开始前不久塞给我的。她做过阿里斯蒂德·迈洛尔的最后一个模特儿，后来在巴黎用他的雕塑开展兴旺的贸易。

她来到杜塞尔多夫，是为了把一件真人大小的青铜像卖给这个城市。那个裸体女郎是以早年的她为蓝本塑造的，后来高高矗立在宫廷花园的一个基座上。

我们惊奇地注视着她的出现，就像在惊叹一个自然奇观。晚上，她用德语和俄语为我们唱革命歌曲。这时，她不断地弄得我的朋友格尔德马赫不知所措，又从特露德·埃塞尔那儿抢走了可爱的曼弗雷德，把他径直拐到了巴黎，后来，他就在那儿渐渐地变得耳背了。

为了让我近来的爱情烦恼能抵御这一类侵扰，她把她已经离异的男人的地址塞给我，此人住在罗马的梅迪奇别墅，享有一份法国的奖学金。迪娜·菲耶尼还顺便告诉我："他喜欢接待客人……"

确实，他接待客人毫不烦琐。在他那空空的、像是没人使用的画室里，我迅速地适应了环境，仔细地加工一座胸像，因为这活儿是按照一张不清晰的照片制作的，它把我的这位满头鬈发、逍遥自在而无所事事的东道主表现为一个泥塑的头像。这件雕塑很有表现力，但是，就像一个牧神的草样一样没完成。

在一张古老的大理石长桌上，我和他以及其他享受奖学金的人一起享用丰盛的菜肴；他们研究艺术品的工作就消耗在漫无边际的谈话中，我只能从姿势上弄明白他们的意思。人们在品尝各道菜肴之前、之间和之后抽着烟。在那儿,一个法国电影导演完全能用隐蔽的摄影机抓拍到时代的典型情景。

在西班牙式台阶上面,梅迪奇别墅就像一幢专为疲劳困顿的艺术家们开设的疗养院。几步开外就有宽敞的花园,那里有阴凉的石凳供人休息。

白天,我常在罗马的街上溜达,甚至超出了炎热所允许的程度。凉爽只能保持在教堂及小礼拜堂里。我还看到,每一眼水井以及石柱的残余都成了隐喻。成群的黑衣教士以他们的宽檐帽提供了迅速完成的动作速写。我用鸽子和海鸥的羽毛蘸着一满钵调稀了的中国墨汁作画。一切都令人惊讶,可以成为绘画的题材:出租马车前正在打盹的马,街上嬉戏的儿童,晾在长麻绳上的衣物,阳台上的胖女人,没有树阴的空旷广场。

我买了一顶草帽。对于吸烟者来说,国家牌香烟是最便宜的。只有迪娜·菲耶尼的前夫,住在梅迪奇别墅像个被放逐的王子,给我吸高洛伊牌的。我自己卷烟用的黑克劳泽烟丝很快就一点不剩了。

每天都有一件礼物。我在按照自己意愿做的初次旅行中已经走了相当远,这次旅行虽然时间有限,但是一直没停止,因为一直到我上了年纪,后来的每一次旅行——包括我与乌特一起从一个大洲到另一个大洲,与她一起到了中国、印度和墨西哥等地——我都是先仔细地做出计划,预见到会有收获,我一把它们跟我初次出行跑烂意大利靴子的每天收获来结算,就总是觉得很便宜。

我专心地体验着，这就是说，我不停地吸收营养，总也看不厌，试图有所挑选地减少过量的供应，但是毫无效果。我惊讶地站在多姿多彩的大理石像前，陶醉地站在埃特鲁斯坎人手掌一般大小的青铜像前，在佛罗伦萨和阿雷佐查寻瓦萨里的作品，在皮蒂宫以及罗马的波各赛宫，我看到学生时代的香烟画片越来越多地成为豪华画框里的真品。

我描绘风景、街道及广场呈现的景象，像惯常的那样写诗，它们往往是由正午宁静的炎热或一个阴凉公园里的水井引发出来的。我既高兴又难过地循着德意志罗马画家福尔的足迹①，他年纪轻轻就淹死在台伯河里了。我有了萍水相逢的朋友，在十字路口与人相遇又分手，我节衣缩食，只是偶尔吃一份柠檬冰淇淋。我轻捷地跑上西班牙式台阶，让我妹妹给我拍摄戴草帽的照片，以便再画一幅自画像。我在翁布里亚的一家修道院里修复一尊圣母怀抱婴儿的受损石膏像，以换取我的食宿，晚上就在佩鲁贾的林阴大道上闲荡。在一个葡萄架下面，五彩缤纷的灯泡照耀着，我同一个英国女子跳舞，她看上去很像波提切利画的天使；我迷失在那不勒斯街道的喧嚣中，从那儿给我母亲写了一封长信，用丰富多彩的细节填满她那没有得到满足的思念；我在墨西拿做画工，为丁烷气罐画广告，挣一些钱做以后几天的旅费，又像后来我常讲述的那样，被乡下的黑手党成员包围，在去巴勒莫的路上假冒朝圣者，收下他们送给我的西红柿和山羊

① 福尔（Carl Philipp Fohr，1795—1818），德国画家，从慕尼黑徒步去意大利，1816年抵达罗马。

乳酪。

我觉得自己就像鸟儿一样自由，怀着没有消退的旅行乐趣，以冒险的方式得到实惠，但也只是千千万万年轻人当中的一个，他们在战后的最初几年里试验他们对自由的想象，跨越终于开放的国界，漫无目的或者目标明确地搭乘便车，或者像当地人说的那样“碰运气”，前往阿西西、庞培、阿格里根特和随便什么地方。我还遇到过一些背包旅行族，他们在七年前还穿着这样或那样的军服，亲历过蒙特卡西诺修道院周围发生的战斗，或者在盟军登陆的安齐奥至内图诺一带海滩上相互厮杀，但是现在却穿着便服，相当平和地参观他们先前打过仗的地方。我看见通向士兵墓地的路标井然有序，排列成行的十字架足有整营的规模，还看见杂草丛生的废墟。大海显得温乎乎的。

我在路上也遇到姑娘，她们从瑞典、加拿大和苏格兰来，独自一人或两人结伴踏上旅程，从各处都有明信片寄往哈帕兰达、多伦多和格拉斯哥。可是，我对她们都不是无拘无束，因为按照施瓦本的标准，窘迫仍然束缚着我。到了巴勒莫，我这个所谓的朝圣者没有像答应乡下黑手党的那样去朝拜神圣的罗莎莉，却作为造访美术学院的客人进了罗索纳教授的雕塑班，而且，突然向他的女学生奥罗拉·瓦尔瓦诺敞开了心扉。门闩松动了，帷幕拉开了。我该怎么说呢：第一眼……

她约莫十七岁，与她的妩媚一起被人小心地监护着。我只能独自坐在教堂偏僻的长椅上，用很少的话语，远离所有的语法，向她表明我在她身上看到了什么,我的愿望迷失于何处,我要借助她那毫不猜疑的接近排遣多少内心的烦恼,她那受到保护的美丽又何以让我感到伤心。当然了,我也喜爱她名字的音韵。

当奥罗拉得到罗索纳的允许,为我的一件塑像做模特儿时,旁边总是有她那个板着脸瞪视的弟弟或者不时打盹儿的祖母监督。只能有目光的对视。指尖总算还可以相触。我们只能借助英语词汇说几句。但是,作为可能发生的隐约的爱情,却如羽毛般悬浮在空中;就连那个按照奥罗拉的原型但是被我夸张地拉长的头像也只是成了个草稿,据说在我离开后不久,由罗索纳的一个学生塑成了石膏像。

我动身离去——而她留下了。延续了五十多年的阻隔仅有一次被打断,那是六十年代初,促成了一件在这里想忽略不提的事。我们互通了音信,什么都没有忘记,教堂里昏暗的隐秘,轻声细语,匆匆亲近的瞬间,全都没有忘记。

但假如我留在了巴勒莫,那又会发生什么呢？那恐怕只能在另一部全然不同的电影里想象,作为在西西里岛天空下发生的一部悲喜剧,一直想象到身弱体衰的老年。希腊人、撒拉逊人、诺曼人和霍亨斯陶芬人在那个海岛的瓦砾场上留下的东西,当然会被我浓缩成一部叙事繁复的长篇小说的材料。我那些得到满足和无须满足的愿望啊!

那么但泽呢？在巴勒莫,我对那个已经失去的城市但泽又会想到什么呢？

我朝着切法卢方向踏上归途。在第一辆运货卡车上,我这个搭便车者坐到了副驾驶的座位上。我打开一个小包，里面是我在路上吃的干粮，除了饼干和干无花果外，还有半打煮熟的鸡蛋。奥罗拉真是体贴入微，她是我没能实现的、作为包体在琥珀中永远存在的爱人。

9月中旬，我在学期开始的时候准时地回到了杜塞尔多夫。施托库姆教堂街上那个改建已接近完工的画室，我觉得不再是毫无生气了。我马上用黏土塑了一尊圣方济各修女的胸像及一些小塑像，塑的是薄片状的侧面像，看上去就像埃特鲁斯坎人的作品。除此以外，还有“小笛子”格尔德马赫，也带着多种乐器以及他那排挤一切的气味在场。

潘科克对我的旅行收获，也就是那些素描和水彩画，只是赞许地粗略看了看。他有很多学生从远方归来，都有不少的东西要展示。

直到这里，回顾意大利之行省略了一个次要的情节，它涉及不少人物，后来就独立出来，给几乎什么都吃的小说提供了食物，所以，这篇继续下去的报告顶多只还有一些残余可供采用。

在特露德·埃塞尔的弟弟汉内斯拍摄的照片上，格尔德马赫同我与弗朗茨·韦特一起抽着方头雪茄。我们装模作样，各自扮演着自己的角色。

啊，我的朋友们！我仍然怀念着这两个人，他们俩都没能活到老。两个人都对自己的才华也许还有他们本身有所怀疑，而我比他们活得久，我足够结实。

我与霍斯特·格尔德马赫,又叫“小笛子”的友谊,以及我对拉格泰姆和布鲁斯舞曲的持久兴趣,促成了一个三重奏爵士乐队的建立。第三个人是弹吉他和班卓琴的君特·朔尔,他学的是艺术师范,后来确实成了美术老师,是个心情总显得很好的人。

我分到一件普通的物品做打击乐器,那是最早的爵士乐就使用过的——请想想新奥尔良吧!——一块洗衣板,我用八个手指上的顶针在其波纹板上敲打出节奏来。

在“齐科斯”,旧城的一家又窄又长的两层餐厅里,弥漫着虚假的匈牙利气氛,我们每周演奏三次。一个吉卜赛人敲镲,在其余的日子里,他带着儿子和低音提琴在餐厅里表演。

我们挤在通往楼上的楼梯下面,只能得到免费的伙食和微薄的报酬,一直演奏到午夜之后,面对的是那些暴富的听众,多少出了点名的艺术家及其追随者也在其中。因为“齐科斯”的老板夫妇,奥托·舒斯特和他的老婆,都似乎是一个虚构的故事情节中的人物,他们后来很适合那个次要的情节,而奥斯卡·马策拉特在其进程中用铁皮鼓排挤了洗衣板。

完全如他所愿,他让他的那些人物顺从,给了“齐科斯”一章的篇幅,题为“洋葱地窖”,赋予它过高的含义,借助于砧板和刀子,将那家高雅餐厅里既呆板又贪婪的顾客们刺激出眼泪来:切碎的洋葱,一种特殊形式的宣泄手段,适合让后来所说的战后社会“没有能力悲伤”有少许的透气性。

事情就是这样的。谁要花钱,就能大哭一场。付了钱的眼泪带来轻松。最后,付了钱的顾客成为口齿不清的孩子,顺从地跟随奥斯卡的鼓声。由此可以得出结论:洋葱优于田地和菜园里的其他产品,最适合在文学上应用。至于洋葱是否一层层地帮助回忆取得进展,或者软化已经干涸的泪腺,进而使眼泪流成河,那当然都是譬喻,至于“洋葱地窖”嘛,它毕竟还得有利于餐厅的生意。

再多的话就无可奉告了。用到文学里的东西,本身就不言自明。但是,即便“洋葱地窖”比“齐科斯”更长久,我也一直没能摆脱奥托·舒斯特那家宰客餐厅里的污浊空气;煤油灯让餐厅有了相应的氛围及朦胧的光线。

我们这三个临时乐手很少休息。午夜过后很久,最后的客人都走了,我们才用塞格德辣味红烧牛肉填饱肚子。我吸烟不多,但喝酒很凶:葡萄渣酒和李子白兰地,尖声叫喊的女士们替我们付账的烧酒。一家吵吵嚷嚷的餐厅,其价格向所谓的经济奇迹学会了不断攀升。

我变得放荡了。学院只还能偶尔见到我。每一个夜晚都吞掉下一个白天。无聊的传言。劣质烧酒的气味。客人们滑稽可笑的、相互抵消的脸。千疮百孔的记忆中的洞眼。就像是映在一块毛玻璃后面,我还将信将疑地记得:我们三个人——格尔德马赫连同他那抬升到嘶哑程度的笛声,朔尔连同他那弹拨和敲打的班卓琴,还有我连同我的时而克制、时而又节奏极快的洗衣板——在某个很晚的时刻迎来了一位有名的客人。

完成一场数周前票即售罄的大型爵士即兴演奏会后，我们早年崇拜的偶像与他的追随者一起走进了“齐科斯”。从不远的距离，也就是隔着五六张桌子吧，他想听听我们演奏的爵士乐，而且，他显然很喜欢格尔德马赫那尖锐笛声的突然爆发，因为那声音毕竟是不同凡响的。

这位尊贵的客人，正如后来所说，打出租车从旅馆取来了他的小号，突如其来但又显而易见地望着我们那个位于通往楼上的楼梯下面的角落。现在我看见他了，他把那个铜家伙放到唇前，来到我们这些报酬微薄、冲着餐厅里的喧闹演奏的人旁边，吹出响亮的号音，接上了“小笛子”那剧烈结巴的笛声，让眼珠骨碌碌地转动，吹出一段小号独奏。名叫格尔德马赫的独奏者这次用笛子作答，形成了铜管乐和木管乐的二重奏，真是地地道道的书包嘴大叔①，正如我们从畅销唱片、收音机及闪光发亮的黑白照片上知道的那样。现在，他按住小号退了下来，又让他的声音跟我们的合在一起，响了一阵子，让我和我的顶针有了另外一种节奏，又让朔尔的班卓琴活跃起来，从而激起了大家的共同欢呼。现在，我们的“造钱者”②吹起了短笛，等到他一结束他的走钢丝，这位贵客就以赞许的小号声跟我们分开了，像大叔似的朝每个人友好地点点头，然后不见了。

多么有意义的来访啊！不是朔尔的班卓琴，也不是波纹板上我

---

① 这里指路易斯·达尼埃尔·阿姆斯特朗(Louis Armstrong，1901—1971)，美国著名的爵士乐小号手与歌手。

② 原文是英语 Moneymaker，指格尔德马赫，格尔德马赫(Geldmacher)在德语中的意思是“造(赚)钱者”。

那些顶针，而是“小笛子”轻而易举地获得了成功。在短小的旋律之后，就像酷爱远游前往亚拉巴马的漫游人那样移植德国的民歌，这就是我们的诱鸟。他以他那个版本的《法尔茨猎手》——或是圣诞歌曲《哦，圣诞树》？——得到了路易斯·阿姆斯特朗的赞赏。

这个四重奏相当大胆，但又具有梦幻般的准确无误，真是恰到好处。虽然我们四个人一起只是演出了很短的时间，仅只五分钟或七分钟，但何时幸运能更长呢？——我觉得那次演出虽没有闪光灯拍摄的照片做证，却依然如在耳畔和眼前。作为我们轻松愉快的努力取得的荣誉，它比我后来得到的所有奖赏都重要，甚至胜过了那项金额最高的大奖，荣获那项大奖帮助我在古稀之年得到了带讽刺意味的快乐，让我从此好像有了一个附加的职业头衔。

是的，即使职业的变化诱使我在回顾中再一次体会，到底什么在纸上是可信的和持久的，即使在平淡的现实中并没有发生过这次值得纪念的相遇，它对于我来说也历历在目：近得触手可及，小号金色的回响，无须任何解释，消除一切否定的怀疑。

除了弗朗茨·韦特和我在画布上或包装纸上的大胆试验遭到失败外，在潘科克的围栏里发生的事情并不多。再没有什么奇迹让我们感到虔敬，除非是品尝特露德·埃塞尔的鱼汤，那是她用许多鲱鱼为饥饿的朋友们烹制的，堪称美味鱼肴。

这时我妹妹有了奇特的变化，就像发生了一次真正的奇迹似的，她从罗马归来，离开了修道院的监护。但是，让父母亲大吃一惊的是她想要当修女。

父亲连声悲叹,母亲体弱多病。我喝酒过量。弗朗茨·韦特开始语无伦次地讲话。格尔德马赫陷入愤怒之中,把脑袋朝着坚硬的墙壁撞伤了。在朝鲜以及别的地方正在打仗。我们对自己表示怀疑,靠着借贷过活,而那些暴富的无赖却在炫耀他们的财产。

可是在“齐科斯”,我毕竟还是挣到了足够的小费,足以资助我在 1952 年夏天进行第二次长途旅行。我在冬天很节省,一心想离开,离开杜塞尔多夫,离开这个冒充“小巴黎”的城市,这里的艺术家群体在欢庆独特的“颜料盒节”时往往化装得放荡不羁。

大约这段时候,前后有长达几周的时间,我身边同时有两个很容易哄逗的女舞伴,作为欢歌劲舞的狂欢节的纪念。一个是在狂欢节上认识的,另一个跟随我到施托库姆的教堂街去参观画室,我在小圆铁炉上用平底锅做菜盛情款待了她,有胡椒兔肉、酸猪腰和煎马肝,以及别的让我的女舞伴们瞠目结舌的佳肴。

一个身材颀长,另一个体态丰满比例匀称;不过,我的心或者更准确地说它的心房和心室似乎仍始终无法让人入住,在有兴趣和机会时做不到这样双重忠实地向两个姑娘献殷勤。她们已经结束了裁缝的学徒期,现在想为艺术效劳,但是还不清楚天赋怎么样。

至少我们感到满足。又因为占有是无法转让的,我们相互交往的过程虽不无紧张,却没有悲剧性的结局。我们愿意暂且就这样。

当时,有一个由英国占领当局资助的文化机构叫“桥梁”,她们俩报名在那儿学一个法国哑剧。其中一个叫布丽吉特，她在我离开后随她的老师去了社会主义阵营，在东柏林做芭蕾舞动作设计师；我在那儿时她就开始强调她的名字是法国式的，这让她不费力地成了莱茵地区的乐天派。

另一个来自波莫瑞，但作为柔弱的姑娘相当动人，长腿上穿着艳绿和紫色的长袜，把国王林阴路当成了时装设计的T形台，后来又留在杜塞尔多夫搞了一段时间哑剧。几年后，她在一部常被人引用的长篇小说里成了缪斯乌拉，但是，她在文学之外却叫尤塔，我和其他小天使都因为她的形象这么称呼她；如今，每当我们两个老人从远方互致问候时，我还是这么亲切地称呼她。

我策划我的法国之行时并没有想带上布丽吉特和尤塔，当时她们只能在姗姗来迟的哑剧运动中见得到。她们在镜子前面练习奇特的步法，并且伸长她们的脖子。

我再一次搭便车出行，在前往巴黎的路上，接着又在地中海与大西洋海岸之间，大多是给过度疲劳的卡车司机做陪客。我往往不得不大声唱歌，以免他们睡着了。

拂晓前后，在巴黎的大集市上，在那些如今已荡然无存的大厅旁，很容易等到一个搭车的机会，不论是往马赛方向，还是往瑟堡或比亚里茨方向。不管是到了哪儿，到了一个大海或另一个大海的海滩上，随后总是回到巴黎，在那儿换个住处，先是住在教堂门附近生满臭虫的青年旅社，后来住在一个叫卡茨的克莱斯特作品翻译家处，从那儿一眼就看见圣叙尔皮斯河。

后来，卡茨因为那些打打杀杀的戏剧喧闹以奇特的方式变疯了。他不断援引他残留的译作中杀死男人的女豪杰，跟谁打招呼都高呼一句“我的天鹅临死还在唱《彭忒西勒亚》”。在音乐厅咖啡馆，他摆架子，夹着单眼镜坐在那儿，让我很难为情。据说他来自美因河畔的法兰克福。他在闲聊的时候很健谈，但只要一问到他的出身或者他在战争中是怎么活下来的，他就不大吭声了。

在必要的时候，我就到与我同龄的法国人那儿去睡觉，他们在阿尔及利亚或者印度支那服过役，以我熟悉的方式受到战争的磨炼。无论语言多么混乱，我们都能相互了解。可以说，谁若是见过单个的死尸及成堆的死尸，那么，每多活一天都是白赚的。

有一段时间，我住在一个阁楼上，从那儿看得到房顶和烟囱，还不用交房租，因为我给一对争吵不休甚至动手的贵族老夫妇收拾厨房——他们的姓是圣乔治——作为回报免掉了房租。

每一次，他们的争吵都是在上午从客厅经过长长的走廊传进厨房。我常常是一言不发，徒劳地做出安抚的姿势，站在这一对老夫妇之间。可是，他们不愿留意我这个旁观者，常用我刚刚洗净或者还没洗净的碟子互相抛掷。

他们面对这个厨房帮工始终彬彬有礼，甚至很友好，在我刷洗盘子的时候，他们只好节制他们的愤怒。他们的决斗显然需要一个目击证人，因为他们彼此击中的机会不多。

有时，他们甚至用刀子和叉子互掷。有一次我不得不在老先生的左手背上包扎了一处伤口。在缺少语言知识的情况下，我只能揣测到底是什么激怒了两位互掷者，而且导致冲突白热化：也许是一场遗产争执吧。在许多许多年以前，比如，在迫害胡格诺教徒的岁月，这种纠纷就开始了，或甚至更早，在迟迟不愿结束的玫瑰战争时期。

顺便提一下，老先生与老夫人相互总是尊称“您”。他们的争执就是这么拘泥于礼节。其实，我也可以吟唱着插入一番评论，从而成为一幕三人戏剧的参与者，而我的朋友卡茨可以做导演。

此外，我们的厨房闹剧有时也在相当考究的住房里进行。我记得那个临时的住址叫佩莱勒大街。

到底是谁扫起了那些碎片呢？很可能是我，面带无所谓的表情。每一天餐具的损失对于我来说并不重要，因为圣乔治夫妇的口角仪式发生在一个总在吵吵闹闹的时代。论战双方彼此论点针锋相对。当时我没有读过加缪的作品，但是，他与萨特之间的口水战正为所有人议论，虽然人们主要是说空话套话，并不能熟练地旁征博引。事情牵涉到荒谬本身以及西绪福斯传说，那个幸福的推石头上山者的故事。

大概是卡茨感染了我，他能毫不费力地从克莱斯特谈到加缪，从克尔恺郭尔谈到海德格尔，又从这两个人谈到萨特。卡茨喜欢绝望的东西。

在当时存在主义救世说的两位神明之间持续多年且超越国界的那场争执中，我先是犹豫不决，后来激烈地站到了加缪一边，而且，因为我怀疑任何意识形态,没有宗教信仰,所以,推石头就成了我日常科目。我喜欢这样的家伙。这个遭到众神责罚的罪犯,人类生存的荒谬对于他是确切无疑的,就像日出和日落一样,所以他知道,他往山上推的石头决不会留在那上面,他成了值得我崇拜的圣徒。一个超越了希望与绝望的英雄。一个对无休无止地推石头感到快乐的人。一个永不言弃的人。

在巴黎,虽然只是顺带的,就像是悄悄进行的,我开始尝试做出党派的抉择,在小酒馆的谈话中,有或者没有卡茨在场,表明自己的立场。我慢慢觉得,政治上的力量对比是可以考量的。我已经介入其中,在必要的时候跟自己争论,同时靠便宜的饭菜生活:炸土豆片和布丁,还有法国式血肠。

我的法国之行只有一些平淡的收获,除了速写本以外,还有一沓中等尺寸的图画:用海鸥羽毛和竹管在纸上勾出几乎不中断的一笔,画出女人和男人的脑袋,在路上、咖啡馆、公园长椅上、地铁里以及不断变换的住处,我先已画出了草稿。还有两打水彩画是画在包装纸上的。题材是戴帽子和不戴帽子的脑袋,半身像,但也有市郊的街道。我用水彩反复画出桥梁甚多的圣马丹运河及小酒馆的景象,一张张都在变化,可以看到毕加索和杜飞乃至苏丁的影响。表现力有所提高,它们已从前一年意大利之行那些涂抹的印象中脱颖而出。快速完成的艺术品,以及发现自我或某个我想成为的人的尝试。可是,我到底想成为谁呢?

一路上写的东西，也同样是寻寻觅觅地向前摸索。一组诗歌，内容围绕奥德修斯的舵手，不值一提。但随后有一首没完没了的诗，一个当代圣徒在诗里成了荒谬的主人公：作为年轻的泥瓦匠，他放弃了工资与面包，中断了所有与家庭和社会的联系，成为遁世者，在他所在城市的集市广场上砌起一根圆柱，从那儿俯视着每天的熙熙攘攘，也就是俯视着尘世，以便从高高的位置向尘世倾泻载满隐喻的咒骂。他只允许他的母亲用长竿给他送食物。

这部由德国早期表现派以及阿波里奈尔和加西亚·洛尔迦供给膳食并且吃得过饱的史诗，虽然显得像大力士，却没有完成。它值得一提，只是因为在下面的年月里，在一个长期发酵的过程中，这个静立不动的圣徒塑像变成了一个活动的大脑产儿，用仅有桌边那么高的目光，从相反的视角来诋毁尘世，不过，他用的是叙事体。

在法国之行快要结束时，我绕了一段路，因为有一个地址足以成为诱饵，引我到瑞士走一趟。于是，我就到了阿尔高州，走进整洁的小城伦茨堡。

我去看望女演员罗斯玛丽·洛斯。我曾在杜塞尔多夫的一家电影院遇到过她，当时放映的影片是《奥林匹斯的孩子们》。在我们匆匆拥抱且长久交谈的过程中，她想必把我当成了显而易见的饿鬼，因为在她离去之后，我收到了塞满瑞士产品的包裹，有“小笛子”格尔德马赫和我都很爱吃的阿华田可可粉、大板巧克力、干酪和格劳宾登火腿。我用我的支付手段向她致谢：一些或长或短的诗歌。

在伦茨堡，她与姐姐一家住在父母亲那儿。那幢单家独户的住宅几乎难以同社区的其他房子区分开。她父亲是邮递员，古登堡书刊协会与社会民主党的成员。在一个平平常常、只是喝咖啡和吃点心的下午，她有一个女友前来告别。此人出身富裕家庭，十九岁，动作夸张得像一个未来的舞蹈家，脑袋高高地架在长脖子上，不等我打听就宣布，她不愿意像父母亲希望的那样当教师，而是要直接去柏林，到那儿师从玛丽·维格曼，一位著名的舞蹈老师，学习跳那种赤着脚蹦跶的表现性舞蹈。

多么勇敢的、用极为动听的书面德语宣布的决定啊！接着，原来只是朦朦胧胧的愿望在我心里自动地变得圆满了。我向坐在周围的洛斯一家以及这位将要学习舞蹈的女生保证，我也想前往柏林，因为西德的气候不适合我。

于是开始了一场闲聊，颇有成果。当时她或者我就猜测，也许我们会在柏林相遇，但柏林是个大城市，很容易迷路，不过，假如凑巧的话……

因为我在法国的路上——等候搭车机会的时间比较长——曾反复画鸡，所以，我把这位未来舞蹈家的夸张动作与我观察到的鸡的步态作了对比，那是一种我试图作为恭维却白费了力气的对比。

然后，我们一边喝咖啡，一边吃点心，又一次谈起了柏林。罗斯玛丽·洛斯当着我的面断定，我宣布将要换个地方，这么个灵感就像是从上面来的，显然心灵在这个决定中起了作用。

后来，安娜走了，因为她还要去别处告别。这时，有人从社会民主党的角度挖苦道：这位酷爱旅行的小姐属于一个富裕的有教养的家庭，家里做五金生意，持自由思想民主党的观点，让家庭的财产得到了维护与增值。她肯定是个结婚的好对象，对这个从德国跑出来旅行的一无所有的家伙尤其有利……

可能是被讽刺掩饰起来的嫉妒给争论的话题染上了不祥的色彩——罗斯玛丽和我作为争论的双方虽饶有兴致，但很快就筋疲力尽了，我因为对自己老练的无拘无束心里有数，就从容地吸着烟，香烟的牌子叫“巴黎女人”，是主人从黄色的烟盒里拿给我的。

无论如何，围坐在咖啡桌旁的一家人仍完全沉迷在部分是标准德语、部分是瑞士德语的交谈中。这时，忽然有一个男孩，三岁上下，我那位目光炯炯的电影女友的姐姐的儿子，挎着一面儿童鼓，走进了烟雾缭绕的客厅，用木棰朝圆铁皮上用力敲击。

他右边敲两下，左边敲一下。当时他毫不在乎聚集在一起的成年人，穿过房间，再绕过围桌而坐的人，不停地敲鼓。他既不理会递给他的巧克力，也不受傻里傻气的叫喊声迷惑，就好像他已看透了一切，看透了每一个人，然后突然就掉转头，按照原路离开了房间。

一次带着余音的表演，一幅留下的画面。但是，还要经过很长的时间，门闩才能拉开，放出带有动力的大量图画，以及我从小就存储起来的话语。

安娜·施瓦茨，她的出场是那么短暂，但绝不只是留下了她的名字。

就这样，我那原来还不明确的愿望，离开创造了经济奇迹的杜塞尔多夫，离开其爱喝啤酒的旧城繁华以及艺术学院的天才喧闹，受到了突如其来的推动。我要去柏林寻找一个新的、有挑战的、如我后来申请入学时所写的“绝对的老师”，在更为严酷的气候中约束我那到处乱窜的才华。

夏初，在去法国旅行之前，雕塑家卡尔·哈通①的一个展览吸引了我，特别是他那些显得相当大气的小雕塑。他是柏林美术学院的老师。我收拾起一些画作、几件石膏像的照片、塞满了诗歌的纸夹以及一份简明扼要的简历，以一封信的形式向他提出了申请。晚秋时节，录取通知书终于寄到了。

我没有向很多人告别。母亲悲叹道：“去那么远啊。”父亲说，柏林是一个“很不安全的地方”，不光是由于那里的政治形势。妹妹正准备进亚琛的修道院护士学校，祝愿我得到“上帝的赐福”。

在施托库姆的工作室里，没有完成的圣方济各派头像变干变硬了，那些新埃特鲁斯坎风格的小塑像也同样。我力倦神疲。离开杜塞尔多夫让我感到轻松。

在欢度了除夕夜之后，“小笛子”格尔德马赫，朔尔带着吉他，那个敲镲的吉卜赛人的儿子带着低音提琴，在清晨送我到了火车站。弗朗茨·韦特也在场。每一个人都抽着方头雪茄烟，就好像那是最后一支似的。我们再一次演奏我们的爵士乐。然后，洗衣板和顶针

① 卡尔·哈通（Karl Hartung，1908—1967），德国雕塑家，水彩画家。

留在了站台上。此外,还留下了更多的东西。

我乘上往来于东西德之间的列车,在 1953 年 1 月 1 日,冬季学期的中间出发了:我带的行李很少,但是,我带的词语和心中的形象却很多,它们都还不知道这次要去哪儿。

第九章　柏林的空气

啊,我的朋友们!火车开动了,弗朗茨·韦特仍然在做鬼脸。他在站台上手舞足蹈,真是个飘忽不定的形象,不可思议,因为他总是做出变化的姿势。他时而迈开长腿趾高气扬地走,像一只白鹤,时而又浮躁不安,像要长出羽毛,突然飞走似的。然后他停下来,落在后面,又变成了人,一个多变的人,就好像站在书里,但现在又出现在图画里,呈现出变化的颜色,最后拉得过长,引人注目:真是另一个埃尔·格列柯。

前不久,我们还同在一个较小的工作室里,奥托·潘科克的特殊学生都可以待在那儿,待在一起却又走着不同的路:他作为舞蹈者越过了彩虹的各级色彩,而我的运动轨迹是黑白颜色的伸展与交叉。

有时我看着他,他同时用好几支画笔讲述圣徒的故事,让那些烈士的鲜血像喷泉一般涌出。

在他的画布上,他讲得非常清楚——红挨着蓝,黄贴着绿,不然他的话就乱了,搅起那种具有轻盈之美的诗歌,但是,写下来又马上失去了香味。

他能用词语堆起云彩，又通过音节的渐渐收缩让云山垮塌。他，自己很脆弱，却作为响当当的天使高喊，任何凑起来的东西都经不住天使的意志。他满怀乐趣地用一把餐刀毁坏他的画。

在我元旦早晨启程后不久，或者再晚些，也许是一年以后，好像早就瞄准了那样，一块砖击中了他的头。

人们说起，在杜塞尔多夫旧城靠近兰贝图斯教堂的地方发生了一场殴斗。接着又说，有一个叫弗朗茨·韦特的爱说笑的家伙，沿着国王林阴路，在白雪覆盖的车顶上，越过那些密集停放的汽车，越过欧宝、博格沃德和奔驰，越过弓腰拱背的大众车，庄重地跳着他的舞。但因为这是一个轻盈跃起并柔和着地的跳舞高手跳的舞，所以，没有任何车皮受损。

这件事后来得到了证实。他在车顶之间跳跃，在跳跃中还做出种种怪相，这是他做得到的。这时，他的后脑勺被一块砖——或是一块铺路的石头？——击中了。就这样，团结一致的车主们积攒起来的怒火结束了他那没有目标的跳跃。

后来，伤口在外表上痊愈了，他被送往格拉芬贝格。那是强制遣送，因为他几次三番地惹人注目。就在我动身之后那一年，我曾到精神病院去看过他，带去了一些甜食。他的形象似乎更飘忽不定了。他很奇怪地小声说话，用细长的手指指向走廊窗外的阔叶树。

弗朗茨，这个受到神灵娇惯的宠儿，据说有一天跃出了那扇窗户。他沿着走廊助跑，最后，完全无视那块窗玻璃。他想要再飞一次，变成鸟儿或空气，变成林间的清风。

我的一个儿子用了我这位亡友的名字，也用了我那个在波兰邮局违反本意地成了英雄的表舅的名字。这一个和那一个弗朗茨。当我在拂晓中启程时，小弗朗茨，就像我们称呼他的那样，留在站台上渐渐远去了。

极度的不安使得弗朗茨·韦特烦躁不已，而在他身边一动不动地站着霍斯特·格尔德马赫。此人的姓名难免会把人引向歧途①：虽然他无所不能，会双手作画，还能用几个手指让他的笛子发出闻所未闻的音响，但是，他造钱却没有天赋。

我曾用他这个大有可为的姓氏让我可怜的母亲大吃一惊。当时她担心地问我，作为艺术家，我打算靠什么生活，比方说，用什么来支付按月付款的电车月票，“你又用什么买烟和别的东西呢？”在回答时我忽然想到，只需随便提一下格尔德马赫和我跟颜色与纸张打交道的熟练技巧就行了：转眼之间，我们就能成功地造出那样的小玩意儿，就像真的一样。

毫不奇怪，我可怜的母亲从这个朋友的姓氏联想到了最糟糕的事情，想到了在一个地下室制造假币的情景。她不仅在那儿看到了这个“造钱者”，还看到了她的儿子，这个叫人担心的孩子正在那儿给他做帮手。她猜想，在这样的应予严惩的假币作坊里，不管是造纸币还是造硬币，都肯定有我参与其中。

---

① 格尔德马赫在德语中的意思是“造(赚)钱者”，参见前注。

后来，或者更确切地说，在我母亲去世多年后，妹妹才告诉我，我们的母亲当年在上奥森姆，只要一听见家里的门铃响就会心惊肉跳，以为是村里的警察来了，或者更糟糕，是刑警部门的侦探来了。

其实，"小笛子"格尔德马赫只是对他自己以及他的脑袋有危害。他为了证明脑袋的硬度，干脆把脑袋朝着抹了灰泥的墙壁或是光秃秃的墙体猛撞。这样的事常以没有规律的间隔发生。而平时，他却是个温文尔雅、彬彬有礼的人，总是再三向人问好，不仅在踏进别人住宅时把鞋后跟在垫子上仔细蹭干净，而且在离开时又马上认真清理。

他延缓的出场与退场都按照奇特的习惯，在来和走的时候他总是敲门。可是，在跟笛子打交道的时候，他却像对他的脑袋那样毫不宽容。我多次看到，他把笛子一支接一支地弄坏，从莱茵河大桥上一截截地丢下去，然后又怀念它们。

他不按乐谱演奏，可是，他的乐曲却使得儿童歌曲、圣诞歌曲和女佣歌曲都融入了采棉黑人歌曲的旋律，非常动听，能让人情不自禁地随着节拍起舞，真让人以为他手头有一本墨迹尚新的总谱呢。此外，他还能做灵巧的装饰师，怀着对每一个细节的激情，把极为平常的旧城小酒馆改造成适合放映美国西部惊险片的电影沙龙，或者改造成密西西比河上一艘豪华轮船的一个个隔开的小舱；除了款待那些有钱的顾客外，杜塞尔多夫也给幻想的烹调艺术提供安慰。

他既是约翰·布朗，也是约翰·布朗的母亲；既是老摩西，也是野牛比尔。他作为约纳斯留在鲸鱼的肚子里，与酋长之女舍南多阿一起哭泣,乃至于涌出一股清泉,成为大河之源。在通俗艺术成为时尚以前很久,他就是通俗艺术极其隐秘的发明者。他用黑色的轮廓框住了平面上饱和的色彩。

在《铁皮鼓》出版那一年,就像先前一个清洁女工用咖啡渣作出的预言那样,非正当的荣誉开始污染我。在当时的基彭霍伊尔出版社编辑迪特尔·韦勒斯霍夫那儿,我把霍斯特·格尔德马赫的爵士乐插图乐谱集《哦,苏姗娜》塞进了该社的选题计划。那本现在早已售完的书是横开本,让布鲁斯舞曲、灵歌和福音歌曲大放异彩,但如今只能在旧书店里或者互联网上找到。

"小笛子"比弗朗茨·韦特坚持得长久。六十年代初,我开始埋头写作《狗年月》的时候,他来到柏林,到卡尔斯巴德街看望我们,当时,他因为喝了过多的啤酒已经发福了。

在那儿,在那个从战争恐怖时期到战后变成颓败的屋架都似乎住着人的半废墟里,他把安娜、我们的儿子们以及小女儿吓着了,小女儿劳拉就是在筑起柏林墙那一年出生的,是一个严肃的只会试着微笑的小女孩。

他,自己受到过惊扰和恐吓,也惊扰和吓坏了别人。

他看上去就像被人追踪似的,倒退着离开房间,又避开人行道,在街上走路时也试图抹掉自己的足迹,擦去指纹,见到可疑的人就想躲进我的工作室侧房,还请求我买一架特制的,因而也就不算便宜的照相机,他低声说,用它可以通过裤腿把石头路面拍下来。

他又哭又笑,比以前更糟糕地用额头撞墙。有一天,他没有带笛子就消失了,从此以后再也没回来。

在这前不久,他有过一个头脑清醒的阶段,我们一起为纪念威利·勃兰特,当年的西柏林市长,录制了一张唱片。他使用不时更换的笛子,从高音笛直到老式笛;我采用了十几首诗,都选自我的第三本书《轨道三角地》,而我的信条《苦行》也收在那本书里。

很可惜,那盘磁带丢失了。五十年代末,我为安娜写过一个芭蕾舞剧本,《鹅与五个厨师》。他在那盘磁带里以过分甜蜜的柔美和尖锐刺耳的假声为该剧配了乐。该剧在埃雷拜因剧院举行了首演,但是很遗憾,当时安娜已不在那儿了。

一切都渐渐消失,只有几张唱片是我舍不得丢弃的收藏品。这两个站在我身后的朋友,始终铭刻在我的记忆中:一座人满为患的监狱,没有一个人能从中获释。

我们是约好的吗?还是巧合又一次充当了导演?我对面坐着一个人,看来我只能小心地凑近他。在开往柏林的空荡荡的列车里,他或者我也完全可能坐在另一节车厢。

卢德维希·加布里尔·施里贝尔,人称卢德,比我大二十岁。他作为画家和雕塑家属于另一代艺术家,他们在 1933 年还不成熟,所以没有马上被禁止。当他后来无法再把自己的画放在施图克特画廊或者“艾大娘”画廊里展出时,战争开始了。于是,他就在战争期间当了兵。

前不久,他在格鲁内瓦尔德街当上了教授,在一幢没损坏的大楼里培养未来的美术教师。我从他在“齐科斯”是个喝酒很厉害的顾客时就认识他。他大多是孤身独坐,在一口又一口酒之间以葡萄渣酒湿润额头,就好像给自己反复洗礼似的。

不知在什么时候,但肯定是在一次演奏休息时,我放下我的洗衣板,把顶针撂在旁边,大着胆子跟他搭讪。他听说我想去柏林,到哈通工作室去当学生,就惊喜而又热心地向我提议,除了带上必不可少的画夹以外,再带上一封他的亲笔信:这样有好处,能给人亲自推荐的印象。

现在,我就坐在他对面。他吸的是红亨德尔烟,而我用我储备的黑克劳泽烟丝卷那种细细的喇叭烟。我们彼此错开了目光。

在杜塞尔多夫,他作为容易激动的孤僻人士相当出名,会突然动手打人而招人害怕。他去看望了他那个婚姻已名存实亡的情人。而卢德也与他的妻子分居了。

当火车启动时,他的情人留在了站台上,就像我的朋友们用班卓琴、笛子和低音提琴送别我,然后留在站台上一样。

卢德不时地叹气,默默无语。我倒是愿意讲点儿什么,但是又不敢。他经常往返于柏林和杜塞尔多夫之间,往返于画室和情人之间。

匆匆的几次碰面和他那些木制小雕像让我对他的情人的那张瘦脸熟悉起来。依塔,他这么称呼他的情人,确实送他到了火车站,虽然并没有一直送到站台上。

一直到了鲁尔区,1 月的清晨才射来暗淡的光线。卢德和一些画家在战前就是朋友,他们分别叫戈勒、马克坦茨和格罗特。纳粹统治的年代和战争阻碍了他们的发展。直到晚些时候,他们才试图摆脱他们的榜样。在他的画里,柔和的色彩层次更胜过严格的构图。

我存有施里贝尔的两幅水彩画,那是他在被英国人俘虏期间画的:色彩明亮而又有节制的公园景色。后来,我们成了朋友。他在喝了三四杯烈酒之后往往谈起流逝的岁月,有时竟勃然大怒,用手掌劈倒酒馆里无辜的顾客。

在旅程中,最初我们没讲多少话。我们睡着了吗?大概没有。在这列往返于东西德的火车上,是否有一节中欧卧铺与餐车公司的餐车呢?显然没有。

有一次,列车已行驶到了白雪皑皑的下萨克森。他试图以暗示说明什么,大概与身体的变化有关吧。我猜想,他是想借助涂抹上去的石膏让他的一尊雕塑更丰满。最后,可想而知,那是他的情人怀孕了。卢德突然哼起了歌,接着,又唱起了天主教歌曲,歌词大意是庆祝一个埃马努埃尔的降生;不过,他和依塔的儿子在后来洗礼时使用的名字却是西蒙。

卢德原来的妻子从严格的侧影看也是瘦长脸,两只鼓眼睛靠得很近。在一个展览会的开幕式上,我曾在人群的喧闹和拥挤中见过她,她显得孤寂迷茫,寡言少语。

在马林博恩,民主德国铁路警察的检查平安无事,卢德神色阴沉,迟疑地从衣袋里掏出他的证件。

我们俩在路上带的行李都不多。在我那乱七八糟的杂物箱里,除了衬衫和短袜,还塞满了我的手工工具,有石匠凿子,一卷画,夹满诗歌的纸夹，荷兰芹面包之间有一块烤羔羊肉，那是我从“齐科斯”带到路上吃的干粮。我穿着那套慈善院时期的西装坐在那儿。

但愿我知道，除了换一个地方的乐趣以及逃离杜塞尔多夫污浊空气的渴望外，我的脑子里还想到了什么。可是，无论我使用什么样的辅助工具，都没有听到任何想法的回声。

说到行李架上的杂物箱，以及穿着人字形花纹西装的这个年轻人，我只是表面上人在那儿。当时，我在从西往东的旅行途中，有无数的话语涌来，简直把我的脑壳炸开：那么多让人冥思苦想得精疲力竭的垃圾，那么多缄默的喧嚣，我看见从列车旁跑过来吓人的形象——全都是不愿离开我的头脑产物。

身体可以接触，因此，我对面这个人是真实的。卢德维希·加布里尔·施里贝尔，我们尝试着彼此交往，后来成了密不可分的好友，这时我才叫他卢德。

我就这么简称他，不过，有时也叫他卢德科夫斯基、卢德施特罗姆、高级教士卢德维克、酒友卢德里希凯特，然后又扩展为刽子手拉德维克，或木刻家卢德维希·斯克里弗。一个又一个世纪演变，他被编入讲述的历史，同时也成了我在七十年代中期完成的小说《比目鱼》的合伙人。在那本书的短小章节中有一个标题是《卢德》，因为就在我写啊写的时候，我的这个朋友去世了。

从此就没有了卢德。从此，卢德只是活在我的记忆中。这也正是我无法摆脱他的原因。恰如我描述的那样，我在去柏林的初期遇到了他，我们经常见面，有时还发生摩擦：“他宛如顶着狂风走路。

他向前倾得很厉害,走进关闭的房间,走进挤满学生的工作室。额头与颧骨凸起,可是,一切都经过精细的雕镂。稀疏的头发很柔软。眼睛发红,因为他时时都顶风。嘴和鼻翼周围很柔和。他的铅笔画那么纯净……”

就这样,勾出轮廓,用不多的笔触画出来,尽管他比现在我写这篇悼词时年轻大约二十岁。当时,他正在开往柏林的列车上,坐在我对面。在除了我们俩之外几乎空荡荡的车厢里烟雾弥漫。

当时,到底是太冷还是太热呢?

当时,他就已经像反对圣像崇拜的人那样怒斥抽象派画家,还是在后来的酒吧柜台闲谈中才那样?

当时,我们共享了那块夹着烤羔羊肉的荷兰芹面包吗?

外面,我们正穿越一片薄雪覆盖的平原景色,因为空旷无人,所以就挤满了想象出的人。从马格德堡起,只能从旁边想象残留的废墟,卢德开口说话了:他谈到儿子,确信那是他生的儿子,大声赞美他的埃马努埃尔;他谈到海地特人的艺术以及我们失去的伟大艺术形式;他谈到迈锡尼以及米诺斯工艺美术的明朗。他还以不完整的句子谈到埃特鲁斯坎人的青铜器,然后谈到法国南部的罗马式雕塑以及他在那儿当兵的时期,后来他又到过挪威和北冰洋战线,“俄国佬藏在雪地服下几乎辨认不出来”。最后,在朝瑙姆堡大教堂及其哥特早期创建者像的方向做了意味深长的指点后,他又谈起希腊,但没有提及他在这个岛或那个岛上服役,而是赞美古风的严谨,那种安定下来的艺术形式及其今天仍让我们激动的内在明朗。我们迟到了,只不过是后来人，是凡夫俗子……

当年在欧洲的广阔草原之间当兵的他似乎只是醉心于艺术。他没有去抓斟满的酒杯，而是从他最喜爱的书《乌兰斯匹格传奇》里引述了老巴斯的那句饮酒名言：“到了该让酒杯丁当作响的时候了……”

他，这个擅长喝酒的人，即使没有烈酒，也能说得醉醺醺的。

随后，到了波茨坦，我们清醒过来。站台上满是人民警察，不时传出萨克森口音的、用扩音器改成命令式德语的通知。我们应边界警察的要求，再一次出示了我们的证件。随后不久，我们就穿越了西柏林：松树林，小菜园，以及房屋的废墟。

卢德再三沉默，像是出于习惯地叹气，突然，又没有明显理由地把牙齿咬得咯咯响，因此，他很适合给后来的小说作者充当称为“咬牙者”的人物。当列车驶进动物园车站时，他像顺带似的邀请我，去他的格鲁内瓦尔德街画室过夜。

他从何得知我没有住处呢？难道他害怕孤身独处，害怕独自待在他那些没完成的雕塑之间？

我们在那儿喝酒，但是没引用《乌兰斯匹格传奇》。我们用水杯畅饮高度数的烈酒，享用他有准备地端上来的菜：熏鲭鱼炒蛋。那是他在画室厨房的电炉上给小平锅里加了盐和胡椒后炒成的。

在他的画室侧房里，我躺到两张木板床中的一张上，很快就睡着了，但是，我看见他仍然站在盖着布的塑像之间，用砂纸打磨一件石膏胸像的表面，其侧影很像他那位遥远的情人。

第二天,我在施吕特街找到一个房间,每月房租二十马克,是从一个烫了白发的寡妇那儿转租来的。她说:“不言而喻,这里谢绝女人来访。”

在摆满了无用家具的房间里,房客面对着一张祖父时代的厢式床。那挂钟不走了,也许是在为时间的停滞担保吧。女房东告诉我:“只有我丈夫能给它上发条,别人都不行,连我也不行。”

那寡妇许诺她将会在每个周末燃起瓷砖壁炉,当然了,要另收附加费。

不久前,矿工联合会给我的助学金已从每月五十马克提高到六十马克。此外,“齐科斯”的老板奥托·舒斯特在一次事故中以未澄清的方式丧了命,老板娘让我为她丈夫塑一个浮雕像,给了我个像样的价钱。于是,我预先支付了房租以及附加费。

租住房外墙正面花饰保存下来了,只是因弹片受了点损害,现在,我由于它而有了一个固定住址。侧面的房屋在战争结束时被炸飞了,前面和后面的房子就像人的最后一颗臼齿那样留了下来。后来,从早春季节起,我从窗口望出去,看见狭窄的院子里有一棵板栗树,饱满的花蕾引人注目。

租住房对面的废墟上有一堵残存的房屋立面,可是,街道的左右两边已没有瓦砾堆,只有清理出的空旷场地。风在那儿盘旋,此外还有雪粉,后来又卷起尘土,在整个城市均匀散开。无论我走在哪一条路上——去施泰因广场上的学院还是去户籍管理处——齿缝间都有砖屑咯咯响。

在整个柏林,在东区以及西边的三个占领区,都堆积着石屑。到了下雪的时候,雪落在上面,那空气就像真正柏林的空气了,正如歌里唱的那样,没有了尘埃;从女房东放在厨房的那台收音机里,不停地传出流行歌曲的哇啦声:“这是柏林的空气,空气,空气……”

十年后,我写了长诗《清理废墟的女工说》,诗里的最后一节诵读“阿门”:“……柏林就撒在那儿,尘土飞扬,/接着又来了萧条。/清理废墟的女工被封为圣徒。”

在这里一切都更开阔,看上去很空洞,显得很可怜,接近战争结束时的样子。在大块的隔墙之间有许多空地。几乎没有新建筑,可是有许多板棚与小店。选帝侯大街极力想成为一条雅致的休闲街,但只是徒劳。只有在哈登贝格街上,在动物园火车站和阿姆克尼地铁站也就是后来的恩斯特-罗伊特广场之间,我看到靠近施泰因广场有一处施工的脚手架,据说柏林银行很快将在那儿耸起它奇形怪状的四层楼。

在阿兴格有只要几芬尼的豌豆汤——人们需要的东西真不少啊——还有小面包,这里叫圆面包。一切都更为便宜,甚至包括马克斯·克劳泽公司的书写纸:“给我写,给她写,请在马克斯·克劳泽公司的纸上写!”这句话作为广告我永远记得,而它也随着双层公交车从一个城区驶向另一个城区。

我总算到达了。车子一到,从杜塞尔多夫带来的一切就甩了下去。也许一直就是这样吧，我觉得很容易把累赘甩掉，只要一到达就不再往身后看？

不管怎么说，美术学院（简称 HfBK）的大楼很自然地接纳了我，就好像它为了我在战争年代里特意保存完好似的。而卡尔·哈通，我的新老师，也无须说很多的话。他把我介绍给他的学生们，也介绍给那位裸体模特儿，此刻她正在休息，手里编织着袜子之类的东西。

他们给了我一个衣帽钩挂斜纹布裤子，还分了我一个空的雕塑架。洛塔尔·梅斯纳来自萨尔州，像我一样自己卷烟抽，所以他把他的烟丝递给我。一个男性集体接纳了我，而哈通唯一的女学生，那个弗洛妮，身材粗壮结实，也在这个集体当中。

在学院的主楼和绿树环绕的内院后面，有雕塑教授沙伊贝、辛特尼斯、乌尔曼、贡达、迪尔克斯、海利格尔和哈通的工作室，那儿也是他们的学生的工作室。从我们的工作室窗口越过荒野往左望，就看到工业大学的建筑，往右望，能看到音乐学院的一角。更远处是一些残留的废墟，一半被树丛遮住了。

哈通的学生们仿照模特儿用黏土做成雕塑，虽然受老师的形态意向影响，但看上去还是相当独立的。那个唯一的女生给她的裸体卧像塑出了丰满的身体，她似乎是班上最有才华的一个。

我们的工作室可以说是相当平淡。没有放荡不羁的习气，也没有人企图冒充天才。最年轻的学生，那个格尔松·费伦巴赫，来自黑森林一个木刻匠家庭。有两三个人来自东柏林，在相邻的工业大学吃专门供应东柏林人的便宜食堂。费伦巴赫告诉我在附近的霍夫曼连锁店里能买到便宜的面包、鸡蛋、人造黄油和软乳酪。

第一个星期我就在电炉上给大家煎了鲜鲱鱼，作为我入学之后的宴请。我先把鲱鱼放在面粉里裹一下，一磅鲱鱼的价钱是三十五分尼，从每周集市上新鲜买来的。从此以后，它们将填饱我的肚子。

刚到那儿，除了仿照模特儿塑一尊裸体立像外，我就开始塑造一只形态粗壮的鸡作为自由的创作，后来，我又用赤陶土把它薄薄地按进石膏模子，烧成了我的第一件小陶塑。前一年法国之行画的鸡继续发挥着影响，就好像那些母鸡和公鸡仍在长久地督促我作画和写诗似的，一直到我写出了那首《风信鸡的长处》。

哈通平时总是与学生保持距离，但是有一次在作了校正巡视后，他讲起了他去罗马尼亚雕塑家布兰库西的巴黎工作室拜访的情况。“当时我是占领军的士兵。”他准确地补充道。布兰库西的形态语言给了他深刻的印象，那确实是“基本形态的浓缩”。然后，他在指点我塑造的鸡时又重复了他的一个标准句：“自然，但是要自觉！”

宛如北极光照进宽大的工作室窗子，他说话十分清楚。他下巴上的黑胡子也同样，经过了修剪与整形。一个总是有条不紊的人。他善于把当时流行的“抽象”概念与每一个待抽象的物品或身体联系起来。至于我仍然是具体的，这符合他对“抽象”的理解。对穿过一扇隔门涌入教师工作室的煎鲱鱼气味，他有些反感，但随后就体谅了我们的困境，有时，还慷慨地馈赠我们在霍夫曼连锁店出售的土豆沙拉和煎肉饼。他和施里贝尔是朋友，后来，他容忍了施里贝尔对他的学生的日益扩大的影响。

一天，还是在1月，因为我是学期中间入学的，得补一次口试。学院的院长，卡尔·霍费尔①，开头没发言，而是三四位教授做了试探性的交谈。在谈话的过程中，我那些附在入学申请报告里的诗歌引起了贡达教授的特别兴趣。他夸奖了“圣像组诗”里的几首，引述了几个采用第二格的比喻，评价是“大胆但极为冒险”。这让我感到难为情，因为我以为这种抒情诗的形象创作手法已是过去的事了。

从其他教授的嘲讽评论中可以听出，贡达在多年前写过一部长篇小说，甚至还真的出版了。而且，他被看成里尔克的崇拜者。接着，我把施塔尼斯劳斯神父给予我的阅读收获，里尔克的《马尔特手记》，引入了话题。

随后，我们谈到里尔克曾为雕塑家奥古斯特·罗丹当过秘书和传记作者。贡达和我用书上读到的东西抛来掷去。我记不得是我还是他引用了什么，大概是那首写巴黎旋转木马的诗吧：“在某个时候，有一只白象……”

在座的教授们，其中也包括哈通，都不出声地坐着，直到霍费尔打破了他的沉默，简明地宣布，现在已经够了，新生录取了，我们谈起里尔克是会没完没了的。

那次考试至今仍使我惊讶。它不是考试，而是对那些热衷于比

---

① 卡尔·霍费尔（Karl Hofer，1878—1955），德国画家。

喻的诗歌进行了没有批评的评价。也许是这个新生被看作将来大有希望的诗人,理应得到一份政府的特殊津贴吧。

卡尔·霍费尔就好像孤零零地坐在一圈人当中,容忍我先是畏缩,接着又很自信的表演,他的耐心更让人惊讶。我还以为自己会被盘问得更严厉呢。

霍费尔那张流露出失落表情的脸永远保留了下来。他主持那一圈人开会,既在场又有些出神,就好像他那些在轰炸的夜晚遭焚毁的画不想离开他,他在脑子里仍在一幅接一幅地作画似的。

后来我只是偶尔碰见他,每次碰上,他都是在学院的大厅里缓缓踱步。不久后,他就卷入了同一位艺术教皇的争论,没能活得更长久,而那场争论至今也没有结果。

就在第一天,学院大厅里左后边的电话间引起了我的注意。我看到有人在那儿,就松了一口气。要是那里有三四个人在门前排队等,我就感到如释重负。我不安地避免注视它,这已经成了我的习惯。只要它是空的,直截了当地邀我进去,我就会每次都陷入诱惑中:现在,现在,现在……

我曾多次走进它,给自己打气,然后,拨出那个背得烂熟的号码,但是,在传出接通的第一声信号后,我就立刻挂上了听筒。对方应了一两声,却得不到回答。我的硬币就这么浪费了。

不过,那个电话间是无法永久避开的。它在等候,表现出耐心,似乎在等我这个优柔寡断的人:一个窥伺的圈套。不久,它又出现在我眼前，在我去施泰因广场的路上，或是从工作室回到学校内院的时候。

它朝我迎面而来，又在我身后尾随。对于施吕特街的这个房客来说，它在睡梦中仍然敞开，像邀请似的空着。它使我成了那里的常客，我被那拨号盘吸引，被一个个数字吸引。在梦里，我因为持续的占线信号而一事无成。但也只有在梦里才传来应答，让人兴奋地进入一次较长时间的通话。

说我胆小，可以算得上是把我的举止形容对了一半。那一个接一个数字的号码就像是一串念珠连祷的组成部分，反复地说出，又保持原样，但只是短时间有用。

有一次，我排到电话亭前等候的行列里，一边与辛特尼斯班上的一个女生说笑，这对我显然有好处。她叫克里斯蒂娜，身上有些好像马驹的东西，那就是她的马尾式发型。我真想用手抚摩它，但也仅此而已。她在我的前头跨进了电话间，这时，忽然有一个人离开了，那个人很像我，天生害怕具有约束力的话语。

我的爱情就这么谨小慎微地保护在粗坯状态，懵懵懂懂地隐藏在温柔的话语下，这对我已经足够了。我享受着我的犹豫，担心接下去的事，所以想回避，因为每当我准备跨进那个小房间时，我知道，只需献出两枚硬币，拨出一个又一个号码，然后谦恭地听着一声又一声信号，那就会听到玛丽·维格曼舞蹈工作室的秘书怎么接电话，有礼或者无礼地询问你的要求，于是你说出一个人的名和姓，与她通话是你的迫切愿望，接着便是等候，直到她跳跳蹦蹦地跑过来，用十分悦耳的书面德语说“是我,请讲”,那么你就完啦,没了退路,被拴住了,因为你势必会受到控制。你不能再悄悄溜掉,只好开始说一些事,熟悉你自己,接近实实在在的人,而她的名字原本只是随便写下来的。

然后,我通过电话与一个叫安娜·施瓦茨的学舞蹈的女生说了简短的几句话,我们的第一次约会就实现了。进展真快啊。一个电话就够了。

虽然我要费很大劲儿才能记住我们后来的儿辈及孙辈的生日,但那个日期我还是记得很清楚的:我们是 1953 年 1 月 18 日会面的。大凡值得纪念的历史事件,比如,重大战役与缔结和约,我总觉得就像是在眼前,第二帝国按照俾斯麦的意愿建立的日子,至今仍有用处,我有时想起那个冰冷的日子——那到底是个星期六还是星期日呢?——但对于那一天的过程已经不大清楚了。

我们约好了中午一点钟见面,地点在动物园火车站的地铁出口处。因为我曾在森夫滕贝格和施普伦贝格之间负过伤,丢了那块金茨勒手表,身上没带多多少少能知道时间的东西,所以,我过早地站在车站的大钟下面,犹豫不决地跑来跑去,陷入诱惑之中,又克制了一会儿,但后来还是走到对面那排店铺的一张柜台旁喝了两杯酒,所以,当安娜准时来到时,我的呼吸散发出酒气,而她当时看上去还不到二十岁。

她的动作中带着一些男孩子气。寒冷使得她鼻子通红。该怎么跟这个年轻的姑娘打发中午以及整个下午的时间呢?把她带到这个转租房客的房间去？那个寡妇房东拒绝女人来访，所以我没有这个想法，即使想到了，那也是要严格避免的做法。于是，我就提出到附近的康德街去看一场电影，但是很不巧，那儿正放映一个西部片。于是，我做出了以前我从没做过的事，有礼貌地邀请施瓦茨小姐去陶恩琴街的席林店喝咖啡吃点心，或是我们去了选帝侯大街的克兰茨勒店？

在文字中找不到，我们到底是怎样以及在哪儿度过了那个漫长的下午。就假定是随便闲聊吧：赤着脚跳舞的事儿怎么样？您小时候上过芭蕾舞课吗？您的新老师，那位有名的玛丽·维格曼，到底怎么样？要求很严格，恰如所希望的那样？

或是我们大谈诗歌的那些无冕之王，谈柏林东边的布莱希特和西边的本恩？当时我们关心政治吗？

或是在吃第一块糕点之前，我就充分考虑到了相关的效果，冒充自己是诗人？

我能像个淘金者那样不停地振摇筛子，但是没有漂亮话，没有风趣的碎片，没有大胆比喻的回响能够经久不变。我们在这儿或那儿还吃了多少块小蛋糕甚至大蛋糕，也没有一片洋葱列出来。我们就这样或那样地打发了时间。

与安娜的真正会见是晚上才开始的，我们随着人流走进了当时很有名的“蛋壳”舞厅。如果说我们跳了舞，那其实并没说出什么来。我们在跳舞中配合默契，这才更接近实情。我在回顾我们的十六年婚姻时不得不承认：直至我们融合为一，成为天造地设的一对，安娜只是在跳舞时和我真正亲近，尽管我们两人都在满怀爱意地尽力接近对方。但我们相互又常常视而不见，到处乱跑，寻找根本没有或只是幽灵的东西。后来，我们做了父母——受到责任的约束——却仍然迷失了对方，只还跟孩子们亲近，最小的是布鲁诺，他们简直不知道自己该留在哪儿。

“蛋壳”舞厅里的乐队交替演奏迪克西兰、拉格泰姆和摇摆乐。我们忘情地跳着各种舞蹈。这显得很容易，就好像过去我们一直在一起练习似的，就好像心情绝好的一对获得了成功。我们在跳舞的人当中站好位置。我们几乎没察觉人家在观看我们。我们真希望就这么长久地跳下去，坦诚而亲密，短促的目光和手指的轻按，分开是为了再配合，成对地旋转，踮起脚来，只想这样：跳到筋疲力尽才分开，又合为一体，然后飞腾起来，轻盈，比思想更快，却又比流逝的时间慢。

最后的布鲁斯舞曲结束，将近午夜的时候，我才送安娜上了电车。她住在施马尔根多夫的转租房子里。在跳舞的间隙，我想必说了“我要娶你”的话，随后，她说她已有了固定关系的男朋友，而这又促使我说：“没关系，咱们等着瞧吧。”

这就是轻松愉快的开始，抵消了随后而来的所有沉重的东西。

啊，安娜，我们在一起经历了多少时间啊！又有多少无法填补的空缺，多少应该忘却的事情啊！我们意外遭遇的事，以及热切盼望的东西。我们相互感到高兴的事。我们视为美好的东西。还有那些骗人的东西。我们干吗相互疏远,又相互伤害呢?我为什么仍长久地叫你“小安娜”,不光是出于对“小”的偏爱,而且还再三地这么做呢?

人家在背后说我们是画册里的一对伴侣。我们似乎拆不开,彼此有缘分,而情况也确实如此,般配的一对。你故意高傲,而我有熟练的自信。在迅速切换的画面上,很适合庆贺这年轻的一对,我看见我们俩合二为一。在东区和西区的剧院里,我们欣赏《高加索灰阑记》和《等待戈多》,或是在施泰因广场的电影院里,观看法国的经典影片《北方旅馆》《金盔姑娘》和《残暴的人》。我闯到你的住处,你说,还不。我们和卢德·施里贝尔一起,在雷迪克的长柜台旁一杯接一杯地喝酒,直到我酩酊大醉,你不得不把我拖走。你到学生工作室来看我,哈通叫你“瑞士缪斯”,而我也去玛丽·维格曼的培训班看你跳赤脚舞。你不会烧菜,我就给你证明,羊肉烧豌豆既便宜又好吃,风味又很特别,从煎鲱鱼的主刺上剔下鱼肉又是多么容易。当我耽误了末班电车,想要留下来过夜时,我们俩希望,你的女房东,那个肥胖的疯婆子,会毫无察觉。

我们共同的朋友,乌利·黑特和他的妻子赫尔塔,同我们一起亵渎上帝与尘世。罗尔夫·斯齐曼斯基,我们叫他提图斯,我与他醉酒之后冲着柏林银行的大门撒尿,因为我们以为那幢新建筑是厕所,还为此不得不支付了昂贵的五马克罚款。后来还有汉斯·拉马和他的妻子玛丽亚,他们拍摄了你最早的跳舞照片:你,浑身照得通亮,身穿芭蕾舞短裙,脚蹬芭蕾舞鞋;你很早就想摆脱那种表现性舞蹈,转向古典芭蕾舞,尽管你的脚面太低,两腿也不够修长。

我们去黑贝尔剧院看芭蕾舞演出的次数超出了我的希望:那些可以数出的旋转和令人惊讶的大跳动作啊！只要大幕一落下,乌利和我就吹起口哨来。

我们也想看到我们在纸上被编成故事:我为一个舞剧写了剧本,在舞剧的进程中,一个年轻男子戴着气球帽,在逃亡之中跑来跑去,还恐惧地浑身发抖,他被两个警察紧紧追赶,最后,藏到了一个穿乡下服装的女舞蹈演员裙子下,而她完全可以由你来饰演,他寻求庇护,钻进去了,一直到危险过去,接着是末尾的双人舞:剧情粗俗古怪,远离了传统的道德。

那个剧本从来没有在舞台上演出过,后来改写成叙事作品,以慢动作的跳跃和哑剧式的进程像无声电影的抽动动作那样进入了《铁皮鼓》的第一章。

我们相爱,也爱艺术。6月中旬,我们站在平时空荡荡的波茨坦广场旁,在那儿观看工人们用石块砸苏联坦克。我们没有离开美占区,而是留在其东部边缘上,近在咫尺地亲历了什么叫强权暴力以及无能为力,所以,投掷石块的姿态与发出的声响铭刻在心;这就是我之所以在十二年后写出我那部德国悲剧《平民排练起义》的原因。起义工人在剧中没有计划、没有目标地转着圈跑,而知识分子总是有一个措辞稳妥的计划帮忙,但是又因为他们的高傲而失败。

当时,我们只是在一旁观看。再多的事情我们不敢。因为你是从瑞士有安全保障的环境里来,受到的惊吓是全新的;而我受到的惊吓则唤醒了往时的恐惧。我认识那种坦克的型号:T-34式。

我们看够了,认为该走了。暴力吓走了我们。想要做点儿什么,用石块砸坦克,那至多只能在思想上成功。我们有我们自己,还有艺术,这也差不多就够了。

于是,我们买了一顶两人用的小帐篷,橙红色。带着这顶帐篷,把它装在背包里,我们夏天想到南方去旅行。啊,安娜……

第十章　癌症无声地袭来时

这次我们越过了圣哥达山口。在我们第一次共同尝试搭便车之前，安娜和我去看望了我的父母亲，随后是看望我妹妹，她住在亚琛，在一家圣方济各修道院当见习修女。那次旅行前的旅行确实是持续不断的痛苦。

母亲皮肤苍白，眼圈深暗，满面病容，父亲很担心。两个人都很难过，因为他们就像永远失去了女儿似的。不过，他们的苦闷显然是隐藏在内心的。他们尽力亲切地接待我们，尽管对我们的到来也稍感意外。正如母亲所说，以前我还从没做过这样的事：给父母亲展示我的“对象”。厨房的狭窄情况是安娜从没见过的。一部分家具是妹妹用省下的工资买的。

我试图回想我们那次探亲之旅，但是没把握，因为我几乎想不起餐柜的位置，窗帘的颜色，以及地板的情况了：那到底是松木地板还是一种难辨颜色的复合地板呢？在桌布的边缘上是钩了一圈花边吗？我们为什么在厨房里吃饭，而不是在客厅里？或是反过来？

我想象安娜的样子，她怎么站在炉子旁，炉子里烧着北方幸运女神褐煤矿生产的煤饼。我想象她坐在餐桌旁,餐桌上没有像通常的那样铺上一块蜡布。大概是父亲吧,为这次预先通知的来访做了一个拿手菜:酸甜的柯尼斯堡丸子汤与咸土豆。

现在,他给安娜舀了"一满勺"汤,让她尝味道。母亲走来走去,不知该说些什么。现在,安娜规规矩矩地坐在桌旁,回答她在学校里学习的情况,用十分好听的书面德语回答那些企图弄明白瑞士这个远离战争的神奇国家的问题。现在,她从窗口朝着褐煤矿的方向望过去,看见了冒烟的烟囱。

不知在什么时候,最晚是在告别之前不久吧,母亲在卧室里把儿子拉到一边,说:"你对待这位安娜小姐可不能像别的人,喏,不能像随便什么人那样。她出自好家庭,这一眼就能看出来……"

我们几乎没谈到妹妹,或者只是小心翼翼地谈到她,因为苦恼的混浊液已经有些沉淀了,不该再翻搅起来。我也许草率地说了些"假如她在那儿幸福……"一类的话。

我最后一次转过头去看,看见我画的紫菀花,看见那些新添置的家具,一件又一件。我看见父母卧室里的五屉柜,柜面上放着妹妹的一张镶了框的照片:她在照相时笑眯眯的,露出了她的酒窝,身上穿着一件花卉图案的连衣裙。

这时,我听见父亲说:"他们所说的修道预备期已经结束了。现在她是见习修女,我们的小玛尔耶尔。她又叫拉法埃拉修女……"

她作为修女也有一张照片,是黑白照片,那张脸显得很天真。她骄傲地望过来,但似乎又担心那身新衣服是否合身。她的身子看不见,就好像没有似的。在这个打扮的女儿左右两边站着父母亲,两个人都戴着帽子。他们显得有些窘迫,不大得体。

从五十年代末到六十年代,修女常在我的散文和抒情诗中出现。《与修女变魔术》是一组诗歌,同时还配了画。“她们只适合风!/她们总是驾帆航行,也不测水深……”

水墨涂成的修女画呈现为大幅的黑白交替的游戏。在大张纸上使用饱满的画笔:跪着的、飞翔的、跳跃的、朝着地平线方向顶风航行的修女,发号施令的修道院院长和集合起来开圣礼会的修女,单个的、成双的和摘了宽檐帽的修女,我都要感谢妹妹的不幸,因为她十分虔诚地被组织起来的伪善欺骗了。当安娜和我到亚琛的修道院护士学校去看望她时,作为拉法埃拉修女,她正害怕地等着对上帝宣誓。

她披着厚重的头巾,站在内院里,在我们的对面哭泣。四周是古老砖墙围成的方形院子,常春藤一直攀到屋檐的水槽那么高,情趣盎然。院子里,有修剪平整的黄杨树篱围绕着花坛,镶嵌着仔细量过的路。一切都井然有序,没有荒草,道路都平整过,就连玫瑰花也发出优质肥皂的气味。

我们等着她哭完。她断断续续地哭诉着她的苦恼,就好像每一个词都要壮着胆才能说出口似的:她原来把修道院生活想象得全然不同……像两年前在意大利那样,从事社会福利工作,在那儿才过得像圣方济各修女一样快乐呢,可是在这儿,她只是祷告、服从,甚至鞭笞自己,就连极小的过失都要受罚,一切都是罪孽……现在,她很乐意吹一吹口哨,跨一步越过三级台阶……是的,就连这些也禁止……什么都必须吃完,那种厚厚的肥肉三明治……不,对穷人和病人没有丝毫的帮助,只知道忏悔、反省以及诸如此类……她很想从这儿出去,离开这儿,尽可能快……是的,今天就走……

然后,在短暂的犹豫之后,泪珠依然在淌落,她说:“可是那个嬷嬷,她很严厉,我告诉你们,总是很严厉……”

于是我请求,或者不妨说,我提出要求,与那位可怕的女狱官谈一谈。于是,她毫不犹豫地穿过修道院的内院,朝我们走过来,让安娜和我称呼她为阿尔方斯·玛丽亚嬷嬷。这名字不男不女,我们还以为她是雌雄同体,又是从上头派来的大天使,主要职责就是领导一个教养院呢。

我妹妹想离开修道院的要求对她丝毫不起作用,就好像什么都没说似的。她大谈谁都知道的蛊惑和引诱,说一颗虔诚的心要学会抵御它们。“对吗,拉法埃拉修女?”

修道院封闭的方形院子在等着一句话。只有麻雀在大声地叽叽喳喳,见习修女沉默不语。戴着眼镜的大天使用准确清晰的话替她说道:“我们将安排一次为期九天的祈祷,以增强我们内心的安宁……”

我妹妹对这个可以说是出自一张苍白小嘴的命令只是谦恭地点头,安娜和我都吓了一跳。阿尔方斯·玛丽亚的眼镜片映出了胜利的喜悦。

我们动身离开了。九天的期限过去，一封信以不失天真的字体教导我们，说祈祷及恭顺的反省足够厉害，让妹妹在总体上抵御住了诱惑，多亏上帝的厚爱，她以信仰的力量顶住了魔鬼的引诱，决定继续放弃世俗的生活。而我这个哥哥，虽然没有明确地讲出来，扮演的却是恶魔的角色。

作为答复，我写了一封信，正如可以猜到的那样，又是那位修女领班先得知此事。我在信里恐吓地直言不讳，说我这边也定了一个期限，不足九天。假如妹妹仍拒绝离开那座修道院监狱，我表示将再一次造访。后来我妹妹说，那不是一封信，而是一封电报，其中的威胁性内容产生了效果。

不管是信还是电报，那次威胁毕竟成功了，给那个红砖围墙的强制体系打开了一条门缝。妹妹一获释就去找了个理发师，显然关在修道院里并没有让她渴望世俗需要的意识枯萎，她只花了很少的钱——她上路当然不会得到比一次布施更多的钱，但是那个理发师却十分巧妙地成功了，给她那按照修女标准剪短的头发提供了某种发型的模样。“姑娘啊，”理发师对她说，“这样你就敢回到人们当中去了。”

生病的母亲，忧郁的父亲，总算有少许快乐回到了他们的两居室住所。不过，快乐并不长久，在妹妹回家后，他们这个以前相当活泼的女儿再也没有了笑声。

在眼下正匆匆流逝的今年的春天,大约复活节前后,我妹妹和我这个大家庭的部分成员一起访问了格但斯克,回顾但泽以及我们的童年。我带上了几个年龄较大的孙辈,劳拉的女儿路易萨与其双胞胎弟弟卢卡斯和莱昂,布鲁诺的女儿荣亚和拉乌尔的大女儿罗萨娜,还有弗里德尔,那一对双胞胎的朋友,他们由祖父带领着,游览了全城以及郊区弗热希尼亚,即原来的朗富尔,还应邀同我们的卡舒贝亲戚见了面。我们一路上聊这聊那,而孩子们踏着轻轻拍打波罗的海的浪涛寻找细小的琥珀。最后,我和妹妹谈起了五十多年前她在修道院的那段插曲。

我感到阿尔方斯·玛丽亚,那个态度生硬的修女领班,好像仍然纠缠着她不放。更叫人吃惊的是妹妹竟然保持了她的天主教信仰,当然了,带着她这个当年的助产士和工会干部在政治上的左倾倾向。她对新近选出的本笃会教皇持相应的怀疑态度:“即使他确实是个德国人,我也高兴不起来。”她停了一下又说,“是的,要是这次选出一个巴西的红衣主教,或者选出一个非洲的主教就好了……”

我们两个老人——她身体结实而丰满,而我背脊滚圆,步履不灵活——走过格莱特考和索波特之间海滩上的细沙;而那些孩子,莱昂热心地打头,卢卡斯沉思地随后,罗萨娜像往常一样努力地迈着细长腿,路易萨有些迟疑,荣亚瞪着梦游般的眼神,在大叶藻中间出没。我们俩认为上一个教皇即那个波兰教皇当众死去是无耻的作秀。

我说的是“令人作呕”,她说的是“极不得体”。

我还插入了更糟的修饰语,而她吞下了几个很可能胜过我的形容词。

然后,我们又一次试图从相互的回忆中重温我们的童年故事。我讲述了十七岁时在战俘营里曾与一个同龄的伙伴在帆布帐篷下面躲雨,因为肚子饿了,我们就嚼荷兰芹菜籽充饥。

妹妹根本不相信我的讲述,怀疑地歪着头。我说,那个伙伴叫约瑟夫,说话带巴伐利亚口音,是地道的天主教徒。

“喏,那又怎么样呢?”她说,“这样的人很多啊!”

我保证,没有谁能像我的伙伴约瑟夫那样,说话深思熟虑又狂热偏激,细致周到又温柔亲切,就像救世主似的。“假如我没记错的话,他来自旧厄廷一带。”

她的怀疑更深了:“真的吗?这听上去相当夸张,简直像是你编的一个故事!”

我说:“喏,如果你对我在巴伐利亚的野营生活不感兴趣……”

她马上说:“那好,你讲吧……”

为了让我的话更加可信,我承认了有某种不确定因素:“我们只不过是成千上万人当中的两个。”但随后我不想否认,约瑟夫也像我一样受到虱子的骚扰,因为持续的饥饿,我跟他一起凑着一个小纸袋吃荷兰芹菜籽。不过,他的信仰十分坚定,宛如过去的大西洋防线,他很可能姓拉青格,而今天他肯定是教皇。我是以我熟悉的谨慎方式说的,因为小声说才特别有效果。

这时我妹妹笑了,像退休的助产士那样大笑:“这又是你杜撰的一个故事,小时候,你就用这些哄过妈妈。”

“真的，”我说，“1945年6月初与我一起在巴德-艾比林战俘营的那个瘦小伙子，他在能见度好的时候仰望巴伐利亚的阿尔卑斯山，在下雨的时候就躲到帆布帐篷下。他是否真姓拉青格，我不能赌咒发誓，可是他当了教士，对姑娘毫无兴趣，从战俘营获释后马上就要去学习讨厌的教义之类，这却都是真的。至于这位拉青格做过红衣主教会主管教义学的负责人，而现在当上了教皇，他在巴德-艾比林营地确实是成千上万俘虏中的一个，也都是真的。”为了让我的话可信，我说这些事就刊登在《图片报》上。

接着，我就继续给妹妹讲，而孩子们对我以前与天主教神学的相遇依然一无所知，仍在大叶藻里捅捅拨拨，路易萨、罗萨娜和弗里德尔把他们的小收获自豪地拿给我们看。我给妹妹讲那个小烟盒，里面装满了针叶树的针叶和三个骨制的骰子，那是战争结束前后，我在玛丽浴场趁着有利的时机，把它与掷骰子的皮杯一起据为己有：“因为我们，约瑟夫和我，没有别的事可干，我们就打赌，也就是说，通过掷骰子赌我们的前途。当时我想当艺术家，想出名，而他想当主教，甚至更高，鬼知道他还想当什么。我们在打赌时装出好像我们能互换角色似的。”

我面对喜欢时时怀疑我的妹妹可能有些夸张，因为我断言，约瑟夫和我面对我们头顶上寂然无语的星空，他了解那后面的天上住所的准确地址，但是，我却空荡荡的什么也看不见。我们写了炫耀词语的诗歌，但并不满足，所以，最后我们想通过掷骰子来做最后的决定，到底谁能成为什么样的人。这还因为我为了刺激我的伙伴直截了当地声称,就连一个不信神的人也有可能成为教皇,正如教会发展史证明的那样。

“是啊,”我以此结束对早年经历的报告,“约瑟夫比我多掷出三个点。这可以说是倒霉,也可以说是幸运。就这样,我很可惜地当了作家,然而他……假如我能如愿以偿地掷出两个六和一个五,那么,今天就是我而不是他……”

我妹妹只是发出了一声短促的惊呼:“说实在的,你真是谎话连篇!”然后她就不作声了,但似乎仍在琢磨一个无可辩驳的反对意见。我感到她还是有所保留。

快要到索波特了,我们走上林阴路,孩子们互相展示他们的收获,一些米粒大小的琥珀,这时,妹妹才斜着眼睛,越过眼镜边让我考虑,假如是她的哥哥而不是那个约瑟夫成了教皇,那么,我们这次家庭郊游,与可爱的孙儿女们在一起的圣灵降临节郊游,就会一无所成。“或者你想说,即便作为教皇,你也能把这么一大堆孩子生到世上来?”

然后,我们又在青春岁月的抽屉里搜寻,像惯常的那样回忆,相互并不一致。只有当我称呼那位阿尔方斯·玛丽亚嬷嬷为“假装虔诚的坏蛋”时,我们俩才不约而同地笑起来。

在那之前,那以后,又有什么呢?洋葱对先后的顺序不太清楚。洋葱皮上有时是门牌号码,然后又是像小虫子那么讨厌的流行乐曲歌词和电影片名,如《女罪人》,还有特别传奇的足球明星,但是,都很少有准确的日期记录。因此,只要牵涉到时间,我就不得不承认,许多准时开始或结束的事情,在我这儿却是迟迟才响起。

年纪越大,我就觉得这个时间顺序的拐杖越脆弱。即便我因为有用处而打开已经发黄的艺术品目录,或者想通过互联网用五十年代中期的几本《月刊》①使自己信息灵通,一些对我影响很大的事情却依然只是个大概。

只有这是准确无误的:安娜和我带着我们的橙红色帐篷动身去南方旅行之前,在柏林爆发了一场艺术争论,而且一直延续到下一年,但不会更久,直到卡尔·霍费尔去世。即使今天,它也还会让当年的那些先锋派很恼火,怀着对"现代精神"的要求,当时进行了彻底的争论;而我从旁边表明自己的态度。

霍费尔很气愤,是因为他受到了伤害,他捍卫具体的、由人的形象来决定的绘画,反对抽象画绝对保持的优先地位。当时,抽象画的艺术手法被宣布为"非形象绘画",在艺术品目录中被赞颂为最现代的现代派。

他在争论中的对手叫威尔·格罗曼,一位艺术评论家,按照霍费尔的说法,那人只承认那些能导致"滑入虚无之朦胧"的东西。他在文章中反对当时的不容异说,竟然提出警告,要防止接近"纳粹头目的纳粹国家"。

霍费尔参加争论并不是由于他的职务,因为他是我们学院的院

① 《月刊》是美国中央情报局在当时的联邦德国资助的一份刊物。

长,这个老人显然是作为一个战士,奋力地进行抗争。他认为,艺术由于康定斯基这样的“平面装饰家”受到了损害。他为保罗·克利辩护,称他为“作画的诗人”,支持他反对那个俄国人的“极为花哨的拙劣作品”。

于是,他被众口一词地骂作“僵化与落后”,骂作“现代派的疯狂对手”,被笼统地骂作“反动派”。词语、概念与最新潮的学说竞相赶超。争论一直闹到了艺术家协会当中。协会的成员纷纷退会。

霍费尔最后把美国也指责为种种新教条的产地——新事物本身由于新奇在那儿很有价值,对做生意有好处,所以,他被骂作乔装打扮的共产党人。与此同时还产生了一种怀疑,虽然像当时常见的那样,那种怀疑很快就销声匿迹了,但是,几十年后却又被重新提起。档案研究人员认为,美国中央情报局出于政治上的考虑,倡导抽象的和非形象的绘画,因为它用在装饰上没害处,还因为这样的话,“现代派”的概念就可望成为西方的永久财产。

我从今天的角度回顾那场争论,衡量争论的意义,那么很清楚,在霍费尔与格罗曼之间,在严格的人物画家与那个年代艺术教皇之间的纷争,给我的美术工作指明了方向;恰如加缪与萨特之间的争论决定了我后来的政治态度,让我成了加缪的拥护者那样,我决定站在霍费尔一边。

霍费尔惊呼:“哦,圣洁的克利啊,但愿你知道,以你的名义发生了什么!”这成了一个名句。他让我们这些五十年代早期学艺术的大学生明白了,“造型艺术的中心问题始终是人以及人的永恒戏剧”。他充满激情地呐喊，他的呼吁一直影响到我的晚年。

也许正因为如此，我还大体清楚地记得，那场争论影响很大。一直到霍费尔去世后，学院的老师和学生在选举继任者时仍分裂为两派。它对于我也影响深远，这不仅仅因为我参加了大学生的罢课，反对选出一个在艺术上无足轻重的人当霍费尔的继任者。

卡尔·哈通认为，时候到了，该把我的一些画，包括《城市上空的蝗虫》和《甲壳虫 K》等作品，在画的下面还配了诗，呈送给艺术家协会，争取在即将开始的年展中展出了。可是在几周以后，他又不得不遗憾地通知我，评审委员会虽然看出了那些画的质量，但还是认为“过于具体”而否决了。

从那时起，我摆脱了所有教条的束缚，贬损各种教皇，后来，也包括那个想要按照他的尺度来测量文学天空的家伙，让自己与风险结缘，作为孤僻的人，抵制当时的时代精神。这样做的结果便是：仅只在个别的展览上，并且总是在离开时时变化的时尚之处，我的艺术作品才站得住脚，而且就这样一直被冷落至今。

从到柏林的第一年起，我就走自己的路。我的创作并不是站在模特儿面前的创作——姑娘站在非承重腿和承重腿上的通常的裸体像，值得我学习，我还得继续学习下去，而是那只粗壮的鸡，接着是一个在树桩上伸展的鸟体，还有那条网眼花纹的鲽鱼，它们给我指明了方向。《比目鱼》的最早插图就以那条鱼为原型，而在诸如《复活节前不久的手摇风琴》和《洪水》等诗中——正是《洪水》促使我写了第一个剧本——我找到了原来只是随意寻找的语调,而柏林的空气中掺杂了砖瓦的细屑,显然也对此有利。

此外,还有爱情给了我动力:我为安娜写作和画画,而她的全部心思都放在舞蹈上。当玛丽·维格曼,她的那位老师,受人委托为下一年在拜罗伊特举行的节日文艺会演编舞时,汤豪泽①在一群光着脚的、几近赤裸的姑娘之间朝圣,体验到了极度的喜悦。

到了演出准备就绪的时候,乌利·黑特和我在彩排前不久去看他的妻子赫尔塔及安娜。虽然这两位学舞蹈的女生备受跺脚之苦,但是,她们都渴望舞台和演出。

有一次,乌利和我在一个公园里见到一些化装奇特的形象。他们当时都各自站着,头上戴着天鹅绒四角帽,裹在黑色的披风里,作为姗姗来迟的瓦格纳门徒,指挥着看不见的乐队。他们背后似乎有非常多的听众。在随身带来的乐谱架上翻开的总谱帮助了一些人,而其他人把一切都记在脑子里。

此外,在怪异的祭祀环境里,我对拜罗伊特和那些暴富的乌合之众的做作只有觉得可笑的反感。挺起的燕尾服胸前吊满了流苏,那些花钱当上了贵族的家伙炫耀自己。一次到附近树林去郊游的回忆,记录在一片刚刚剥下的洋葱皮上。

在穿越童话般昏暗的混合树林步行了较长距离后,突然出现了一片草地。传来的喧闹声和吹奏乐表明,在草地上的长长啤酒桌旁,

---

① 汤豪泽是瓦格纳同名歌剧里的主人公。

人们正在欢庆一个民间射击比赛。许多人聚集在这里。人们身穿盛装,戴着羚羊毛装饰的帽子。小摊子吸引人们向堆起的铁皮盒投掷,朝靶子射击,以赢得人造花及其他奖品。

我从小就学过向人瞄准,但是,从来没有开过枪。现在,出现的是无害的目标,还有气枪,装好了直径很小的子弹。一开始我有些犹豫,抓不抓那枪托,摸不摸那枪管呢?但随后我就站到了射手的位置上,想为安娜射到一枝玫瑰花。

枪的凹槽和准星已仔细对准,扳机已接近击发点。但是,我那一枪却像命中注定似的,只是射中了一个小陶器,里面放了一只童话中的送子仙鹤,作为给射手的奖品。仙鹤的长喙上叼着一只小篮子,篮子里躺着一对双胞胎。要知道,这件事发生在人们开始用药丸避孕之前。

还有谁比我更惊诧呢?即使我随后就射到了玫瑰花,也无法安慰安娜。这个针对我们三年后出生的小儿子弗朗茨和拉乌尔的预言,既没能用大杯的啤酒冲掉,也没能用暗示瓦尔特和富尔特,那一对活跃了“少年气盛岁月”的小兄弟平息下来。我提到让·保尔的出生地,附近的那个小城文西德尔,奚落我这次糟糕射击造成的结果,也没能成功。后来,我再也没有为安娜瞄准过玫瑰花。

前一年,拜罗伊特只不过是一个含含糊糊的允诺。在城市东部的工人造反以后,在柏林市长恩斯特·罗伊特去世前不久,学期假开始了。安娜去了瑞士。不久后,我在行李里装好我们的帐篷,也同样向南方进发了。

在伦茨堡——不知用了什么说辞——安娜让她的父母亲对我的来访有了准备;他们隔着殷勤好客足以克服的距离打量我。但是,这个一无所有的家伙背着旅行背包,穿着灯芯绒裤子,从德国来到这里,却显得比陌生还陌生。为了缓和我的外表印象,我预先刮掉了主要凭一时兴致而不是为了自我修饰留起的大胡子。现在,别人一仔细瞅我,我就觉得自己像是光光的。安娜的姐妹,一个是姐姐,一个是小妹,总算让我在这个不习惯的环境里脚步轻松了一些。

一家人带着我,宛如就职访问那样,来到早已寡居的奶奶那幢豪宅里,她作为法国南部加尔文教派的女子,嫁入了一个茨温利教派的家庭,此刻正坐在朝向花园的平台上。他们隔着我用法语闲聊,就好像我是空气似的,对我不理不睬。几乎没有一句话跟这个远方来客有联系,我觉得自己就像是一部严肃的家庭戏剧里配错的角色,在一边喝着淡咖啡,嚼着过多的饼干,尴尬地望着一瓶李子烧酒或花园的方向。在花园里的杜鹃花丛后面,临着街有一扇不算太偏僻的小门,朝向维尔德格方向的布鲁格。

我就是搭了便车从那儿进来的。小门引诱我再从那儿逃走。干吗不马上就走呢?越过平台的胸墙,只需一个侧腾越,就能跳进花园;要想迅速离开,我还是足够灵活的。

干吗不走呢!立定跳,无须助跑,然后马上跑开。越过草坪几步,就穿过小门,到了街上,在那儿拦住下一辆或再下一辆汽车,或者搭上邻近的赫罗果酱厂的一辆卡车,然后,就逃离了这种令人尴尬的展示地位，无拘无束，自由自在了。

我在这儿寻找什么呢？有什么样的赦免证明能解救我这个冥顽不灵的多疑者呢？在茨温利教徒和加尔文教徒之间，我这个不是基督教的天主教徒觉得就像是误入了歧途，宛如胡格诺教派战争期间的一个溃散的天主教徒。况且，没有一小杯李子烧酒在近处。走吧，只有走！

我偷偷地摸了摸上衣胸前的内袋，那里揣着我的旅行护照。我坐在那儿，思想上已准备一跃而起，只不过两条腿仍在犹豫。我已经在深呼吸，同时，费力地望着安娜那边，她大概也跟我一样难受，预感到情况不妙。这时，奶奶忽然把她那张披着银色卷发的脸朝我转过来，没戴眼镜地盯着我，觉得很有趣，出于纯粹的好奇，粲然一笑，用略带口音的高地德语跟我讲话，同时让鬈发不停地颤动："我听我的儿子鲍里斯说，你在前帝国首都学习美术。我在年轻的时候认识一个热气球驾驶员，他也是从柏林来的……"

我刚才还在筹划的，是的，头脑里已经成功的逃跑，马上就取消了。不再有退路，因为通过奶奶的话，我看出自己已被一个各方面都相当稳定的家庭接纳了。这个家庭以财产为基础，根据国情靠利息过着俭朴的生活，至于我的出身，他们出于传统显示出了宽宏大度，就好像南特赦令从来不会由于太阳王心情不好而取消似的。

我顺应了命运的安排，不过，对我没有尝试的纵身跃起并逃到熟悉地方去的机会还是有把握的；而且，这位柏林热气球驾驶员的后辈急切地想着那个适合他的住处，也就是说，排除其他可能的情况，想着安娜和我要带到意大利去的那顶橙红色帐篷。

动身的日子定下来了。背包收拾好了。老式的旅游指南也装进了行李。我们甚至带上了布克哈特的那本《意大利文艺复兴时期的文化》,它将促进我们的审美鉴赏力。可是在我们启程之前,安娜却不得不设法消除她母亲对我们在帐篷里过夜产生的疑虑。她做了一个单纯得无可比拟的说明,指出帐篷里有两根把我们俩分开的帐篷杆。而身为母亲的格雷蒂·施瓦茨,最后总算相信了女儿。

我们一直走到奇尔切奥角,又继续往南,到达了那不勒斯。无论在哪儿支起我们的帐篷,在海滩上,在意大利的五针松下面,在废弃的围墙之间,我们彼此都更加亲密,超越了两根支撑杆之间那条设想的分界线所许可的程度。但因为我们的爱情直到今天都仅只属于安娜和我,所以,不容许我在这儿耗费描述性的或其他清楚的语句。至于那顶帐篷,我只记得帆布上留有好几个血红的斑点,即使下雨也冲不掉,因为当时我们没考虑后果,在一棵结满了熟透果实的桑树下支起了帐篷。

有一次,我们在海滩上烧饭——那里鱼很便宜,忽然,一伙新法西斯分子向我们敬了个献给他们的首领墨索里尼的礼,惊扰了我们。那些穿着黑衫的小伙子帮我们捡漂到岸边来的木柴。他们是那么愚钝固执,宛如以前我穿着希特勒少年队的褐衫时的模样;野草就像难以根除的羊角芹那样重新长出,繁茂兴旺,四下扩展,不光是意大利提供了适合野草再生的气候。

我们一路上走了那么远，但是，对许多东西都视而不见，因为安娜和我互相就像是刚发现对方那样，那种体验值得惊叹。我们相互的感觉足够强烈，似乎只有很少的东西能让我们把注意力从彼此身上移开。即使在画素描与水彩画的时候，我们也是紧紧地挨坐在一起。

在去的途中或返回的路上，搭便车常有一些小经历，比如，安娜对一个那不勒斯人及其副驾驶感到害怕，就偷偷地把她的瑞士军刀塞给了我。另外有一次，我们跟一个大胡子托钵僧相遇，他在那个由他照看的地下墓穴里发生爽朗的笑声，还把他收藏的死人骷髅拿给我们看。我还记得一件事，那是到我们敬重的画家乔吉奥·莫兰迪家里去拜访。

我们打听到了他在博洛尼亚的住处，没有预先通知，就突然登门拜访，由此可见，当年我们可真够年轻和冒昧的。画家的妹妹接待了我们。

因为安娜讲意大利语非常流利，而且，她还提到了一个叫弗勒尔斯海姆的瑞士收藏家，此人与她的一个姑姑是熟人，被看作收藏莫兰迪作品的专家。此外，我们在回答盘问时还一致保证，我们决不是“美国佬”，所以，两位漫不经心的女士总算给我们让开了走进大师画室的路。不过，大师给我们看到的只是一些绷在画架上的空白画布，可是，他却像一个小精灵那样哧哧地笑，向我们保证，所有他还没画出的画——有一打甚至更多——都已经提前卖掉了，自然是卖给

“美国佬”啦。

在他当作画室用的阳台上，我们看见桌子上和架子上只是摆着成套的花瓶、杯子与瓶子，它们按偶然的次序放在绷好的画布前面的平台上。在时间的流逝中，这些曾为莫兰迪的静物写生画做过原型的东西，已经积满了灰尘，因为被一层尘土染成了灰褐色，所以，这些摆在一起的杯子、瓶子和花瓶不禁让人感受到了大师作品那种简约的魅力。

我们对大师让我们钦佩不已的艺术原型及遗留物表示赞叹，而他戴着一副圆形镜片的眼镜，面露笑容。蜘蛛网，甚至有蜘蛛网，在花瓶与瓶子之间相连。要是在如今，它们蒙着灰尘，摆放得仍像当年那样子，作为概念艺术，当然会讨易于满足的艺术鉴赏的喜爱，肯定能找到买主。

小酒杯里的绿色利口酒真是甜上加甜，穿着一身黑的大师妹妹向我们敬酒道别。我真该打听一下大师的铜版画样本。也许老先生会一时高兴，非常大方，让安娜或者我至今仍拥有他的一幅亲笔签了名的画。随后，我们就离开了博洛尼亚，离开了那个“博学的、红色的、美味的”城市。

在那不勒斯，我们到了港口附近，见到一群正在哭哭啼啼的德国童子军成员，因为有人偷了他们的背包。他们想回家，一心想回家。五颜六色的衣物晾晒在横跨街道的绳子上。成群的吵吵闹闹的孩子。我们在狭窄的街巷里迷了路，看到宗教仪式的队列，那种天主教的豪华排场是我们在新现实主义影片里见过的。到处都散发出鱼和烂果子的气味。

可是除此以外，我们显然没有经历什么难忘的事；只有母亲的一封信在邮局等着我。

她，小时候我曾答应过她，要带她到童话般美丽的南方去旅行，到柠檬花盛开的国度去，一直走到那不勒斯；她，喜欢用一位话剧主人公的名字来打扮她的大有出息的宝贝儿子，可是，在儿子生活的洋葱一层层剥开后，最终却并没有藏着蕴含意义的内核；她，在我夸口许诺后像培尔·金特的母亲那样一无所获；她，一辈子渴望美，也知道什么可以算作美，很高兴她的"亲爱的儿子"又"有幸见到这些美景"——她就是这么写的，而且有一个"出自好家庭的十分可爱的年轻小姐"陪伴在身边。

她在信里提醒我，"与安娜小姐交往要细心体贴"，只是在信的末尾，才隐约暗示她生了病——"病情依然不见好转"，这在看信时几乎不可能漏过去，但是我却重视不够，而随后发生的一切，竟是远离我母亲的病痛决定的。

刚一回到伦茨堡，安娜的父亲就要求与我进行一次男人之间的交谈。我们不在的这段时间里，他收到了一封充满可疑指控的信，来自他女儿的柏林女房东。虽然他向来不把别有用心的流言当作一回事，但是很清楚，我曾多次留在他女儿的房间里过夜，所以，按照他妻子的看法，而他也愿意赞同她的看法，这种显然出于爱慕他的女儿而形成的关系，现在迫切需要合法化。再多的话就让他免了吧。

我们站在一个摆满了图书的书架旁，我极力想看清书脊上的文字。安娜的父亲觉得谈话很尴尬，而我却不，我直截了当地表示同意。接着，我们只还商量了举行婚礼的日期。

鲍里斯·施瓦茨，三个女儿的父亲，希望我们即便不是马上，也要尽快，最好是见到我们在年底前结婚。可是，我不愿意穿着灯芯绒裤子结婚，更不愿意穿着那套杜塞尔多夫慈善院时期的旧西装结婚。我希望在冬季学期挣到足够的钱，装饰一新，也就是穿着一套现成的新西装，走进伦茨堡的婚姻登记处。安娜也同意把婚期定在来年的春天。在那之前，她还要按照巴尔托克的一首钢琴曲练熟她的独舞，接受一次期中考试。

就这么随随便便，好像只是一次针对这种或那种儿童疾病的口服疫苗，我们同意了结婚，并没有感到痛苦。总之，我们商定了这件事，非常快。

婚礼确定在4月里的一天，我反对定在20日①。可是，我未来的岳父却认为，他是瑞士人，那一天他在德国不会有什么心理负担，其实，并没有政治上的附带意义，况且，正如他从女儿那里听说的，我作为年轻的士兵，正是在1945年4月20日那天逃过了一劫，虽然受了点轻伤，但总算幸运。

这位坚持原则的五金商人，随时做好了战斗准备的瑞士预备役

① 4月20日是希特勒的生日。

军官，同时还具有温柔的情感。他显然为他所施加的强制感到痛苦。可是，为了再一次检验我那漫不经心的“同意”，我一见到自己面对他，就觉得从我这个仓促地被定为新郎的孤僻人身上看不出有什么迫不得已的举止。我无忧无虑地愿意履行这个已确认的诺言。我以急迫的目光发现自己已装扮一新，纽扣眼里还插了鲜花。

后来发生的事情显得过于仓促，几乎无法再从时间上加以整理，况且还远离我母亲，而她余下的时间全然不同，完全是在痛苦中度过的。

我无法确定，对于我来说，到底是在伦茨堡的最后几周还是在下一年，岳父家那个藏书丰富的书柜甚至比那次在书柜旁决定的婚事更重要。无论如何，我已经在认真地埋头阅读了。读克拉邦德的《简明文学史》，然后读詹姆斯·乔伊斯的两卷软皮面装订的珍藏本《尤利西斯》，那是苏黎世莱茵出版社的版本，格奥尔格·戈耶尔特翻译的。

今天，我仍然保存着它们。安娜的母亲很长寿，她一直活到一百零四岁，读过很多书，对乔伊斯的评价是过于艰涩，对于她的口味来说“太乏味”了。她把那两卷书送给了我，却没有想到，这一语言奇迹伴着其他阅读材料，后来推动了什么。不久后，安娜的舅舅保罗，一个怪人，与他能干的姐姐住在同一幢有许多房间的别墅里，还在花园里养了一只用铁链拴住的猴子，他借给我看阿尔弗雷德·德布林的《柏林亚历山大广场》，另一位作家的长篇小说。后来，我就一本接一本地研读德布林的作品，而且，还为纪念他创立了一个奖金。

此外，还有弗兰斯·麦绥莱勒插图的夏尔·德·高斯特作品《乌兰斯匹格传奇》。那简直是所述时代的一个满当当的大杂烩，使我依然受到拘束的写作狂热发生了突变。

在伦茨堡，我或早或晚还读了很多书，就好像在婚礼前还需要做些储备，以便在漫长的路上咀嚼似的：多斯·帕索斯的《曼哈顿中转站》、米沃什的《受骗的思想》、丘吉尔的回忆录，回忆录从胜利者的角度唤醒了我对战争的回忆。我还重读了戈特弗里德·凯勒的《绿衣亨利》。小时候，我曾在母亲的书柜里见到过这本书，可是现在，母亲受到癌症侵袭的下身正在接受放疗。

或是母亲患病的时候，我在柏林才读了这本和那本书？难道不是卢德维希·加布里尔·施里贝尔，把乌兰斯匹格及其伙伴拉姆·戈扎克的冒险故事作为他的休闲读物塞给了我？卢德在痛饮一杯杯酒当中成了天主教徒，像诅咒恶魔的行为那样诅咒宗教法庭，就好像它现在还存在似的。他喝醉了就在雷迪克的长柜台旁叫嚷，大致意思是“到了该让酒杯丁当作响的时候了”。随后，他就把刚喝干的杯子像他说的那样摔成碎片。

然而，无论是谁指点我走上了无休无止的写作轨道——最初是参议教师利特施瓦格尔，他曾给这个学生介绍了格里美豪森的《痴儿西木传》——我岳父的书柜是他们送给安娜的嫁妆，反正，娶了她使得我富有起来。

正如伦茨堡那幢带花园住房的名称那样，博伊姆里阿克还带来了一些可以说是剩余价值的收获，那就是安娜的两个姐妹。姐姐叫海伦·玛丽亚，让我心旌摇荡，而她暗地里也确实这么做了；妹妹叫卡塔琳娜，一个丰满的少女，当时还在上学。

正如那儿向我敞开的书柜促使我一辈子都在讲述内容不一的故事，一旦线索中断就重新续上那样，几十年来我一直是瞄准三姐妹，我不想说忠贞不贰，但又难以避免：薇罗尼卡·施勒特尔，我女儿海伦妮的母亲，是萨克森三姐妹的老二；英格丽德·克吕格尔，我女儿内勒归功于她，是图林根三姐妹的小妹妹；而乌特虽有种种的纷扰还是留在了我身边，把她的儿子马尔特和汉斯带进了这个大家庭，她是医生家庭三姐妹里的老大，波莫瑞一个岛上的孩子。

不，别再列举这样的三人组合了，除非我再把那位采矿工长的三个女儿叫来，其中的老大曾喜欢过这个小伙子。我对这么多的三人组合只能吹出一支合适的命运曲；然而魔鬼——或是以前那个跟我一起嚼荷兰芹菜籽的伙伴约瑟夫，也就是新近的教皇？——却说："一切都只是偶然！"当时，那已是很久以前的事了，我为了知道我与女人的缘分掷过骰子，先后四五次都掷出了三个"三"。

安娜三姐妹就像美惠三女神那样向我挥手道别。我离开了伦茨堡，途经布鲁格，行李里装着那顶留下桑葚污渍的橙红色帐篷，朝柏林方向行进。要不要绕一下路，去看望住在上奥森姆的父母亲呢？

母亲仍卧病在家，但有时乘大客车去科隆，去那儿放疗，三番五次地放疗。

在柏林,整个秋天和冬天,经由一个殡葬机构介绍,我用搅拌好的石膏制取形形色色的死人面模。我由此挣到了一些钱,足够在西区的商店里买到适合我的黑上衣,还有细条的施特雷泽曼的高档裤子,以及一条银灰色领带,再配上我后来再也没穿过的黑色低帮鞋。这样,我的衣袋里就所剩无几了,我希望作为新郎能给人留下好印象。

婚礼前和婚礼后都发生了什么,与此同时还开始了别的事,都有各自的时间,开始或结束,只是被匆忙搬家及母亲病重的消息短暂地打断——母亲正躺在科隆附近尼佩斯的一家医院里,而后来又有什么几乎撕裂了我,让我麻木、解脱并写到纸上,或塑成陶土的形象,给我带来小钱及早期的成功——我曾卖出过一件手掌大小的青铜器,形状是一只蟹,这一切自有其过程,表现为挤在一起、互相遮掩的事情,但又总想同时在场,争得优先。

当安娜和我在玫瑰角附近一家收音机商店的橱窗里头一次看见电视机闪光的黑白画面,卡尔·霍费尔和威尔·格罗曼之间仍在进行艺术争论,使得艺术学院一直到石膏作坊都震惊不已的时候,我的母亲住院了。我们迁住施马尔根多夫,我们的房东,一个德俄混血的女人,让她雇的那个从柏林东区来挣西德钱的清洁女工用咖啡渣预测未来,每周一次。她没能测出我家里将会有丧事,却预告我会有充足的荣誉与声望:“有幸运使者陪伴着您……”

我们租住了一个大房间,还可以使用厨房。当我写四行诗或者画动物时，安娜伴着巴尔托克的音乐赤脚起舞，或者，我们坐在电影院里观赏三十年代的法国电影，而那时，我母亲却在远方慢慢地死去。

时而在东柏林，时而在西柏林，当着分裂为各党派的群众举行会谈，我们当时都在场，冷战给了那些会谈充足的燃料，与此同时，那个冬天既不是特别寒冷，也不算暖和。我们还看到，只要东西方之间的争论能增进相同的看法，贝尔特・布莱希特就微笑着坐在主席台上，对朝鲜战争或者核死亡好像没有看法似的。但是，当可怜的布莱希特还是默默地吸着他的雪茄烟，而世界列强的知识分子代表——西方是麦尔文・拉斯基，东方是沃尔夫冈・哈里施——互相指责对方政权的罪行，并且以先发制人的核打击互相威胁时，我母亲的癌症已渐入膏肓了。

我们买了一台二手冰箱，这是我们结为夫妇后的第一个大件——母亲的内脏因为放疗已经烧坏了。

我们利用每一个机会跳舞，以为一切都富于青春的活力——母亲的下身已经出现了无法闭合的创口。

我本来想报告，在我们的婚礼前还先后或同时发生了什么，可是，母亲正在缓缓地死去，而我对此却一无所知，她的死亡游离在我们的时代之外，没有伴随着什么大事。

东西方之间到底讨论了什么呢？主要涉及斯大林主义的受害者，以及长崎和广岛核爆炸死亡的大致人数，但是关于奥斯威辛却未置一词——正如大约一年前斯大林的去世那样，这些大事都震撼了世界;而我母亲却在寂静中默默死去。

我的老师哈通每周跟一伙男士在一起喝一次啤酒。在巴伐利亚广场上,他们聚集在诗人戈特弗里德·本恩周围。老师把我的几首诗交给了那位原则上不大好接近的大师,请他鉴定;而当时,我的母亲正躺在一个完全不同的环境里,毫不参与对押韵和不押韵的诗句所做的重要传递。

后来妹妹给我写信——或是父亲写的?——叫我赶回去,马上去,因为眼看母亲就要不行了。我听到哈通告诉我,本恩认为我的诗"大有希望",但是他接着又说,"这个人将会写叙事作品"。此后不久,我乘上往返于东西德之间的火车,没有带安娜,赶往科隆,我的濒死的母亲就躺在那儿的圣文岑特医院里。

她慢慢地认出了我。她再三希望儿子亲吻她。于是,我亲吻她因为痛苦而扭歪的双唇,以及额头和不安的双手。

有人把她的床从大病房推进了一个当临终病房的储藏室:没有窗户的简陋小屋,墙上甚至连不可缺少的十字架都没挂。在高高的天花板下面,亮着一盏我估摸是四十瓦的灯泡。

母亲已经说不出话,但是,仍然嗫动着她那干枯的嘴唇。我劝慰她,却连自己也不知道说了些什么。父亲和妹妹都在。我们轮班护理,润湿她的嘴。每次我独自跟她在一起,就凑近她的耳朵低声说话。大概还是那些惯常的许诺,老一套吧:"等到你痊愈了,咱们俩就……去阳光灿烂的南方……是的,去柠檬花开的地方……那儿美极了,到处都很美……一直到罗马,再到那不勒斯……你可以相信我，妈妈……”

护士和修女不时地来照看，戴着宽檐帽。她们拿来绷带、汤壶及一张轮椅，匆匆忙忙。

后来因为那种帽子，我曾用铅笔、炭笔和钢笔画出了许多仁爱会修女的正面像与侧面像。

在来来去去的修女中，有一个匆匆走过时主动地说：“上帝很快就会解救这个可怜人……”

当时我是否带了鲜花，那种她特别喜爱的紫菀花呢？洋葱对此一点也不想知道。

我在她身边坐了不知多久后睡着了，这时她死了，而父亲只知道结结巴巴地说：“小莱妮，我的小莱妮……”

她，我从她腹中爬出时啼哭不已，那是个星期天，她总是向我保证：“你在星期天出生，是个有福气的孩子……”她，我十四岁了仍偎在她怀里，是母亲的宝贝儿，很早就有恋母情结；她，我曾向她许诺过财富和荣誉，到天堂一般的南方去旅行，信誓旦旦，说得天花乱坠；她，教我怎么把赊账顾客欠的钱分期收回：“星期五上门去讨，那时候，一个星期的工资还多少有一些。”她，我得到抚慰的良心，我心底深深的愧疚；她，我给她造成许多忧愁与恐惧，它们就像啮齿类动物一样大量滋生；她，我用讨回的债款在母亲节给她买了一只电熨斗，或是一只水晶玻璃盘？她，在我这个傻小子自愿报名去当兵时，不肯到火车站去送我：“他们是要送你去死呀……”她，在我乘坐从科隆开往汉堡的火车，想知道俄国人挟着暴力到来让她遭遇了什么时，她却只字不提："所有糟糕的事都应当忘掉……"她，我曾偷看她玩斯卡特牌，看她用弄湿的大拇指数钱和食品票；她，用所有手指弹出徐缓的叮咚作响的钢琴曲，又为我把她没读过的书一本挨一本地放好；她，有三个兄弟，三个人仅存之物几乎装不满一只中号箱子，可是，她在我身上却看到了她的兄弟们继续活着："这些东西都是从阿图尔和保罗那儿得到的，也有一些是阿尔方斯的……"她，给我把糖搅和到蛋黄里；她，一见到我啃肥皂就笑；她，吸着东方国家生产的香烟，有时能成功地吐出烟圈儿；她，信任我这个幸运儿，总是把艺术学院的年刊翻到同一个位置；她，给了这个宝贝儿子一切，得到的回报却很少；她，既是我的乐园，也是我的苦海，我一拿起笔，像先前那样写作，如现在这样写作，就感觉到她死后仍越过肩膀望着我，说"删掉这个"，"这不好"，但是我很少听她的，现在即使想听，也已经太晚了；她，在痛苦中生下了我，奄奄一息地解放了我，从而让我能不停地写啊写；她，现在我真希望在还是白色的纸上把她吻醒，让她跟我，只跟我一个人去旅行，去观赏美景，一心一意观赏美景，并且终于可以说："我竟然还能看到这些，这么美，美极了……"她，我的母亲，1954年1月24日与世长辞。但是，后来我才哭出了声，迟了良久。

第十一章　我得到的新婚礼物

在上奥森姆村公墓的葬礼上，我站在妹妹旁边，她站在父亲旁边。妹妹离开修道院后，只是在科隆一所医院的挂号处找到一份地位很低下的工作。她很痛苦，不知道怎么办。总得有个人减轻她的苦恼，可是，又能找谁呢，因为连上帝都在她叫得应的距离之外？

母亲躺在棺材里消失在墓穴中，泥土乒乒乓乓地落到棺材上。做哥哥的只关心自己，关心他冒险获得的幸福，总像无所谓似的离得远远的。父亲像妹妹一样绝望地落在后面，我觉得他忽然变小了，假如不说他萎缩了的话。

他看上去好像无法再长久地承受这么多的孤独；妻子死后不久，他就与一个寡妇同居了，寡妇像他后来那样有养老金，是所谓的“大叔婚姻”。他以他的方式感到满足，光阴迅速地逝去。两个人有时高兴，就一起乘坐为退休老人安排的大客车去这儿或那儿，沿着莱茵河上行，去巴哈拉赫品尝葡萄酒，或者去比利时的斯帕，在那儿的赌场用他们省下的零钱赌一把，但是输赢都很少。

多年后，就像父亲说的那样，在我“成了名”以后，他为自己的儿子感到自豪,蓝眼睛一眨不眨地向我保证,他“一直都很信赖我”。我说:“是的,爸爸,假如没有你可不行。”后来,我们和和气气地相聚,每次他都带着新夫人,他的“小克莱”,来看望我们及孩子们。她,古特贝勒特太太,坐在尼德街我家的沙发上翻看画报,而安娜用心地弹琴,我同父亲玩斯卡特牌。

可是在上奥森姆的墓地上,我们相互却几乎无话可说。也许是目光在默默地扫视那些坟墓吧,北方幸运女神发电厂冒着烟的烟囱总是只说这么一句话:生活在继续,生活在继续……

此外,参加葬礼的人似乎被辉绿石、西里西亚大理石、石灰岩和比利时花岗岩的墓碑包围了。墓碑排列在黄杨树篱之间,有可能全都出自戈贝尔公司,虽然老伙计科涅夫与我一起在邻近的一些村庄砌过一至三位数的墓碑,我们先用工场的小货车熟练地运基座,再在基座上接合加固,但是,我们从没有在上奥森姆干过。

父亲的邻居和同事与我们一起围站在坟墓四周。我不清楚当时是否下了雨,是否下了雪或只是残留着一些雪。我不知道谁来谁没来。我已经想不起与神父和弥撒助手说的有关葬礼的话。我心里空落落的,或者说,我觉得心里空落落的。我试图流泪,却白费力气。不过,这已经说明了什么。

哭哭啼啼的妹妹已经走到了墓地的另一边。她问我:“下面我怎么办?我该做什么?”做哥哥的无法回答,因为我一心专注于自己,只是专注于自己。

父亲是1979年夏天去世的，享年八十岁。我赶到时，棺材还敞开着：他看上去气色不错，修饰得像以往一样，似乎对所有人都很友好。古特贝勒特寡妇死在他之前，葬在奥普拉登，所以，他也葬在那儿。不管我们何时相见，他都认为他应当鼓励我："就这样继续干下去，孩子！"

父亲的信袋里插着对于我的书的正面评价，可是，他全都没读过。我的儿子拉乌尔曾在科隆的西德意志广播电台实习，做电气技师，他企图模仿他久已向往的偶像弗兰克·察帕，有时和朋友一起去他爷爷家玩斯卡特牌，而那正是我父亲的小小爱好。

六十年代中期，当极右翼的德国国家民主党（NPD）高举着过去的标语出现时，我问父亲，这一次联邦议会大选他选了谁。他说："当然是社民党啦，跟以往一样。"停了一下他又肯定地说，"不然的话，你会取消给我的资助。"那时，我们已相处得相当好了。

在父亲去世前几年，他已是个需要别人护理的病人，乌特和我就把他接来了。一路上，他欣赏着漫长的汽车旅程的景色，不肯"打瞌睡"，始终注视着车外的肥沃草地，以及奶牛，到处都见到奶牛。

在韦沃尔斯弗莱特家中的厨房过道里，他一坐就是好几个小时，独自一人迷迷糊糊地打盹儿。中午，在布鲁诺、马尔特和汉斯饥肠辘辘地放学回来并弄出不同程度的喧闹前，他就坐在靠近火炉的地方，火炉上煮着土豆。"土豆在锅里咕嘟嘟地响，我总是很爱听。"他说，"以前，我为小莱妮，也为小克莱烧饭的时候……"

他不再喜欢多说话，每次乌特吻他，祝他晚安，他总是感到满意，但是又说:“你应当吻嘴唇。”

我的妹妹呢?她在上奥森姆公墓或者说母亲的葬礼之后向我提出的问题,后来我仍然常听到:“下面我怎么办,我该做什么?”

将近4月底,她来伦茨堡参加我的婚礼。然后,她跟随安娜和我到了我岳父在提契诺州的度假别墅。她在那儿试着用大量的瑞士巧克力消除她的苦闷,不管是全脂鲜奶的还是略带苦味的,但是,除了在天气晴好时哭泣外,她简直不知道做什么。

她那经常的抱怨其实指的是公益方面,要帮助其他人,不是随便应付,而是马上实行。

1954年秋天,那次穿越佛朗哥统治的沉闷而又闭塞的西班牙之行让我收获了我的第一篇叙事作品,也就是短篇小说《我的绿草地》。随后不久,妹妹来柏林看望我们。当时我们已住在迪安娜湖畔的地下室里,她还在追问我们那个一成不变的问题,直到一次看完电影后,我们三个人打算过布达佩斯街,但因为红灯不得不停下来等,这时,我对她的“怎么办?”提了个建议,听上去不怎么友好,更像是一个命令。

我借助不知从何而来的突然的灵感,说同情还不如说粗暴地叫道:“真要命,你这没完没了的悲叹!你去当助产士吧,孩子总是有的!”

后来,她果真成了助产士,那是她结束了在汉诺威州立妇产医院的培训之后。在赖特、波恩大学医院和萨尔州的吕登沙伊德,据粗略估计,她总共接生了四千名婴儿。她以实用的手法和有效的话语辛勤工作了几十年,最后担任了高级助产士和接生指导老师,还同时任为好几所医院改进工作条件与协商工资的工会委员会主席。

今天,她作为工会元老委员会的代表仍然常出差。她是个坚决果断的人,在节庆场合酒量很大,受到我们的儿辈与孙辈喜爱,但是,他们也有些怕她。她作为信仰天主教的社会民主党人,与一个修女,也就是朔拉斯蒂卡——又叫朔丽——成了好朋友,担任过各种职务。一直到老,她都到处找机会显示她那外表粗鲁但心地不坏的幽默,有时她也会发怒,向那些为世上批准的非正义说好话的人表明她的看法。“说老实话,我对此相当愤怒!”这是她的一句从来不变的话。

我的小女儿内勒后来也成了助产士,和姑姑一起为生育率的下降担心。两个人相互安慰:“喏,幸亏有足够多的外国人关心子孙后代的事儿……”

我说的那句话是在街边等红灯的时候说的,想不到却成了指引她一生方向的路标。这让我想起了恩泽林教授,在1947年那个冰冷的冬天,当杜塞尔多夫艺术学院因为缺煤而关闭时,正是他给了我唯一正确的指引。

在我和安娜的婚礼上,她穿着紫红色礼服,我穿着施特雷泽曼牌西装,留下了一张照片。我们相互微笑,就好像搞成了一次特别有趣的恶作剧。

那时她二十一岁,我即将二十六岁。一有机会我们就强调,还用不着完全长大。我们把戒指戴在左手,黄金使它们显得很贵重。可是因为我认为我已经像固定资产那样把安娜弄到了手,所以,仓促结婚带给我的最宝贵收获,却是一台“莱特拉”型奥利维蒂手提打字机。它作为新婚礼物,虽然并不是马上,但是却让我逐渐逐渐地成了作家。

我对它几乎一直忠实。我不能够也不愿意放弃它。我使用我的“莱特拉”非常细心。一直到现在,我都跟它难舍难分。它对我始终比我对自己了解得更多。它就放在我站着工作的斜面桌上,同它的所有按键一起等着我。

我承认,后来我还试用过别的机型,有人说这是一种外遇,但奥利维蒂打字机却一直对我忠贞不渝,而我也同它十分亲密,即使它在市场上已不再有卖时也如此。后来,只还能在跳蚤市场上找到它。由于友好的捐赠,我又先后两次得到据说是用旧的样机,别人说它早过时了,其实并非如此。

我的永恒存在的“莱特拉”啊!它容易修理,所以经久耐用。它看上去有不动声色的优雅。它那蓝灰色的铁皮从不生锈。它那轻巧的、顺从我食指动作的击键声相当悦耳。有时候,若是我一再打错字,它的这个或那个字母就会顿一下,教我耐心,正如它表明的耐心那样。

不错,它有它的毛病,色带经常卡住。可是,我对此很有把握:它旧了,但是没有过时。它那啪嗒啪嗒声穿过敞开的窗户,传出很远,表示我们都活着,我们俩依然健在:你们听嘛!我们的对话不肯终止。向它忏悔,我足够虔诚。

现在,我已经有了三台“莱特拉”,它们分别放在葡萄牙、丹麦以及贝伦多夫工作室的工作台上。它们三位一体地为我操劳,让我的叙述长河不至于停顿。只要我看见这一台、那一台及第三台打字机,我的心中马上就产生出灵感;于是,它们就会像亲姐妹一样啪嗒作响,时而活泼轻快,时而断断续续。

这三台打字机对于我来说是机械的缪斯女神。别的宝贝我没有。在上世纪末出版的诗集《拾来之物——给不读书的人》里,我提到它们比提到我的其余日用物品更多,而且,还给它们献上了一首四行诗。在葡萄牙的那台从来不嫉妒在丹麦的那台,在贝伦多夫的那台也从来不嫉妒国外的两台。它们就像三声部的乐曲那样爱着我,而我也喜欢它们,只喜欢它们。

有那么多新的以及最新的东西投放市场,但是,什么也不能让我疏远它们。没有哪种电器和电脑有足够的诱惑力,能排挤我的奥利维蒂打字机,就像没有人能把我当作“废铁”丢到废料场一样。

七十年代中期,在我平时的生活中,家庭有时不大和睦,我觉得家里不安全——这正是《比目鱼》书稿不知该怎么办的原因,我在旅行箱里放了一台奥利维蒂打字机,从柏林敏捷地逃往伦敦,住在一位可爱的女同事埃娃·菲格斯那儿;于是,它就在异国他乡又啪嗒啪嗒地响了起来,一直到后来我由于乌特又定居下来。

不错,我对待它十分温和。我从来没有在对某些人感到恼火时骂它出气。如果我太懒,懒得换色带,以至于打出的字太淡,我也没有怨言。我从来没有把它借给过别人。

尽管我对它要求甚多,它却从来没有背弃过我。比如,在长途飞行后,气候会发生变化。在加尔各答我们曾住过较长的时间,它不得不忍受潮湿的闷热,甚至还要忍受那些钻进它内部繁殖的小虫子。不过,先前的那些年更糟糕。

八十年代初,我觉得人类似乎太倏忽多变,就停止了写作,前后总共四年时间,只还用手指把黏土捏成雕塑。于是,三台打字机好像被遗弃了。它们蒙上了灰尘,直到我后来想出一些有末世色彩和离愁别绪的故事,就以《母鼠》为书名,把它们先用毛笔写在烧成白色的陶片上,再潦草地手写在厚大的无字样书上,写得密密麻麻,时而在这里,时而在那里,然后再用打字机打成最后的清样。

一天又一天。给打字机放入一张又一张纸……就这样,已经五十年了。在手写的书稿之后,再打印出两三个打字文本。奥利维蒂打字机经受住了一切:中篇小说和长篇小说,不时地变换,就像休息那样,又插入诗歌,接着是干巴巴的社民党竞选演说,从 1989 年起,还包括有关德国统一的便宜货政策的演讲稿。

我用打字机发泄我的怒气,却又不想伤害它。我在评论托管的骗局时相当孤立,在那些“铃蟾的叫声”渐渐消失后,我紧握我的“莱特拉”,让小说《辽阔的原野》日渐成长,直到它足够辽阔,把两百年来的德国历史以及我的主人公特奥多尔·武特克,书里又叫冯提,以闲谈式的文字游戏写出来。可是,由于我的奥利维蒂手提打字机所用的色带已买不到了,如果当时没有友好的捐赠,我肯定要遭遇到一次虽然不会危及生计但又是实实在在的书写危机。

随后,乌特和我到马德里去访问,那儿组织起来的吉卜赛人,住在城边靠近垃圾场的地方。他们当中有一位年纪最长的老人,送了我一支管状手杖,作为“骑士”送给贵宾的礼物,因为我走路的情况越来越差,不久后我肯定要使用它。那儿的年轻人在报上看到一篇文章,文章讽刺了我的落后的书写习惯,于是,他们就送了我满满一包全新的色带,还答应以后继续供应我……

我的第一台奥利维蒂打字机,那件新婚礼物,是从我岳父的妹妹玛戈及其丈夫乌尔斯那儿得来的。现在,它由我的小儿子布鲁诺照管。它就好像是我的一部分,有着特殊的打字声响。我在这台打字机上打出了一些诗,很快便收入我的第一本书《风信鸡的长处》出版了。

那些诗就像是毫不费力地写出的,因为在任何一片洋葱皮上,都找不出汗渍或别的辛苦痕迹。当然了,那些诗的胚细胞是一个潮湿的地下室,窗户朝向花园,位于一幢别墅下面,安娜和我搬到了那儿,别墅的二楼连同尖顶和凸肚窗已在战争年代烧毁了,只是还有变幻无常的天气及鸽子。

在国王林阴路和芦苇丛生的迪安娜湖之间,我们发现了那幢半废墟的建筑。用很少的钱租下那个地下室,原来房东住房的一部分,似乎并不难。在我们的头顶上,住着一位教授和他的妻子,我们与他们打招呼,他们也问候我们。

在那儿,我们住在狭窄的房间里,但是,有许多出口通向荒芜的花园,我们感到很幸福,就像是置身在一个可望有幸福结局的童话里。安娜在那儿比我更自在,因为她在瑞士有安全保障的生活环境里度过了受到精心照顾的童年,觉得这种废墟式的田园生活很有自由的模样。她带着她的想法不在家的时间肯定比我少得多。夏天窗户敞开,跨出窗台一步就进了花园,每天傍晚,那儿都朝着日落的方向。

在有两个灶眼的煤气灶上,我烧扁豆,用铸铁平底锅煎鲱鱼,以及别的还算便宜的东西:掺有麦片的腊肠,羊腰子,猪肩肉。星期天,若是有客人来,我就焖一个填了烤李子的牛心。作为秋天的菜肴,我给"菜豆和梨"配上羊排骨后端上餐桌。我用奥利维蒂誊清的那些诗,有一首题目就叫《菜豆和梨》。另一首题目叫《蚊子的烦恼》,起因是附近那个作为蚊子滋生地的迪安娜湖。

时而有朋友来看望我们。汉斯·拉马和他的妻子玛丽亚认为,我们的爱情应当经久不变地保留在黑白相片上。我又与一个长笛手交上了朋友,这一次是个鬈发的小伙子,他编出的莫扎特式发辫相当出色,身边有年轻的姑娘簇拥着,吹着清脆的横笛:奥列勒·尼科勒特,安娜的另一个不走运的相好,在火车停放支线上遥遥无期地静静等待。

黑特夫妇来了,我们跟他们说闲话;弗里特约夫·施利普哈克,一个学建筑的大学生,后来为埃希坎普大学生村设计了家具及一种以他的名字命名的落地灯;还有白天相当清醒的雕塑家施里贝尔及其学生卡尔·奥珀曼,奥珀曼不久就到了一家大公司“博勒牛奶场”担任广告策划挣外快,后来帮我弄到一个订单:开展一次活动——庆祝公司成立七十五周年,博勒的第一家自助商店开张时需要一本纪念集。

总之,我用我的新婚礼物奥利维蒂打字机写作,在《使异教徒皈依还是卖牛奶?》这个标题下写了六七页纸,后来印数相当高——据说印了三十五万份,被作为邮件投送到西柏林的千家万户。那是我的第一个庞大的读者群。

还有一件副产品,我手头现已没有可供引用的样本了,它以快乐的念头颂扬了卡尔·博勒,第一个在大城市里卖鲜奶的销售商,标题是《运奶车上的博勒!》。它让我收入了三百多马克,三十多年后,那家依然赚钱的公司又以高得多的稿酬重印了一次。我的牛奶童话被大量散发,从而证实了戈特弗里德·本恩先前对我的诗匆忙给出的评价:“这个人将会写叙事作品……”

可是,奥利维蒂打字机依然一首接一首地吐出诗歌。我有我的语调,或者说,一种像是没有主人而到处乱窜的语调找到了我。那些诗都收集在一个文件夹里。一天,安娜和凑巧来访的妹妹从中挑出几首,寄给了南德意志广播电台,因为这家电台在报上刊登了要举行一次抒情诗大赛的广告。她们俩说服我也大胆试一试。那首依我看比喻太多的诗歌《幽睡的百合》,就是她们选中的一首。

果然,并不是那首优美的烟民颂歌《信条》,或者盘点出来的抒情诗《敞开的柜子》,也不是《菜豆和梨》,而是一些萎黄的花儿,那些从我的健康酣睡中培育出来的百合花，获得了三等奖。我还清楚地记得，在家庭收入方面，我为此得到了三百五十马克的报酬。人家还另外支付了我第一次乘飞机去斯图加特参加颁奖典礼的往返机票。

真想不到如此实惠，于是，我就在佩克与克洛彭堡商店买了一件现成的冬大衣。剩下的奖金还够买一条青灰色的马海毛裙子，安娜和我在霍恩商店，选帝侯大街上最高雅的商店，不假思索地买下了它，就好像我们知道从此不会再缺钱似的。我觉得那条裙子的料子手感好，式样和长短也合适：安娜穿上我的诗歌收入买来的裙子，看起来是那么姣好俏丽。

这样就开始了一个童话，不是我写的，也不属于格林兄弟搜集的童话。顶多只有汉斯·克里斯蒂安·安徒生能编出这么个童话来：从前有一个柜子，柜子里的衣架上挂着回忆……

那柜子依然向我敞开着，朗诵出一段又一段诗，下面放着什么，上面放着什么，什么是几乎全新的，什么是旧了的，它一直在自言自语。

我们的柜子是从旧货商那儿买来的窄柜，柜子里挂着安娜的马海毛裙子。它敞着门，讲述那些“睡在袋子里的白色小丸”，梦见蛀虫，也梦见“紫菀花和其他火红的花”，梦见“变成衣服的秋天”……

这个童话就这样变成了真的，但又无法确定是谁写的：从前有一个雕塑家，有机会也顺带写些诗，《敞开的柜子》就是其中之一。因为另外一首诗，他得到了一笔数目不多的奖金，就马上给爱人和自己买了一条裙子及一件大衣。从此,他就以为自己是个诗人了。

这个童话就这样继续下去:这个兼为雕塑家的诗人,塑出过鸡、鸟儿、鱼及其他动物的形象,衣袋里揣着诗歌,接受了一封电报发出的邀请,电报是1955年春天送到他的别墅废墟地下室来的。在别墅荒草丛生的花园里,盛开着丁香花。晚上,清风把蚊虫从附近的湖边吹到敞开的窗前。

电报是一个叫汉斯·维尔纳·里希特的人签发的。他按照电报文体,只用很少的几个字邀请年轻的诗人,马上去另一个大得多的湖边,去万湖边找鲁彭霍恩之家,因为由他发邀请,“四七社”将在那儿聚会。简短的电文以一个命令式结尾:“请带上诗歌!”

为了让这个童话更可信,他还说,抒情诗大赛的一位评委认为我很有才华,于是向里希特推荐我出席会议,不过,他一直拿不定主意是否邀请我。

总之,诗人给他年轻的舞蹈家妻子一个吻,揣上七首或九首诗,为了延续这个童话,乘上了大客车,然后找到鲁彭霍恩之家,走进了那幢宽敞舒适的别墅,过去曾有一个纳粹头目在那儿住过。时间刚过中午,成立于1947年的“四七社”成员们正在喝咖啡,漫不经心地闲扯;这样的事在安徒生写的童话里当然也会出现。

关于这个社的存在,到底是什么让他们凑到一起,我这个以为自己是诗人的雕塑家只是从报纸上知道个大概。可是,我依据亲身的体验,对1947年却有着明确的概念:当时,那个极为寒冷的冬天不肯结束,缺少玻璃的窗户比可以买到的玻璃更多。我作为见习石匠,开始加工我的第一块西里西亚大理石，使用尖凿、齿凿、平凿等工具，把大理石雕成儿童墓碑，还顺带写了一些堆砌辞藻的诗歌，现在它们已一行不剩了。

在万湖别墅的大厅里，放着摆好餐具的桌子，先生们和女士们围桌而坐。他们喝着咖啡，品尝着脆皮奶酥蛋糕，同时还在睿智地闲聊。因为我对与会的诗人一概不认识，只好在一张空桌旁坐下，为了继续推进这个童话，就尽可能地回想 1947 年，在那一年开头，杜塞尔多夫艺术学院因为缺煤关了门，当时的冬天就是那么寒冷。

一个女招待系着围裙，戴着小帽子，来到正若有所思地独自枯坐的我的桌旁，问新来的客人是不是诗人。这个问题击中了要害。

童话中的王子毫不迟疑地说“是”，于是，女招待相信了他的话，向他行了个屈膝礼，送来一杯咖啡和一块脆皮奶酥蛋糕，那味道跟石匠戈贝尔的太太烤的一样。1947 年，戈贝尔太太养过一只叫格诺维瓦的山羊，我不得不在春天用绳子牵着它外出去吃草，显出一副可怜相。

那只山羊的故事让我回想起来就像一个童话，可以与刚刚开始的这个童话相比，尽管此刻我已不再显出可怜相，更像是个自信的家伙，没有什么可失去的，却又想赢得可以要求的一切，足以跟安徒生童话《打火匣》里那个走运的士兵媲美。

我的所见所闻似乎奇怪地显得不真实，或者是真实得过分了。我以前毕竟听说过几个到会者的名字。我读过海因里希·伯尔的想不起内容的作品。我喜欢君特·艾希的几首诗。沃尔夫冈·克彭和阿尔诺·施密特的作品，我读过更多，但是，他们不属于“四七社”。伯尔和艾希比这个自诩为诗人的雕塑家年长，他们都经历了两次大战之间以及战争期间的岁月。

然后，为了再一次推进那个童话，一个眉毛浓密的壮实汉子在我的桌子旁边站住了，目光十分严肃。他想要知道，我来到这些边喝咖啡边聊天的作家当中究竟有何贵干，我到底是谁，来自何方。后来他说，当时他觉得，这个新来者相貌有些可疑。正是这一点让他把我当成了阴险的家伙，不幸的是他把我当成了捣乱分子，有可能对这次作家聚会造成干扰。

等到我抚平那份邀请电报递给他，他脸上严厉的表情才缓和下来：“哦，原来是您呀！不错，今天下午我们还缺一个抒情诗人。”

然后，这个叫里希特的人在我的童话里就像是另外一个青髯王出场，友好地邀请我做临时替补，而我却没看出他很快将成为年轻诗人的文学扶持者。他说：在喝过咖啡之后轮到那一位，然后是巴赫曼，接着便是另一位朗诵。“随后——您叫什么名字来着？——随后就轮到您。”

我不知道谁是“那一位”以及“另一位”。只有被冠为“女士”的巴赫曼，我听到过别人对她的模模糊糊的赞扬。

然后他宣布：“接着进行评议，这是‘四七社’的通常做法。”

当然了，这个里希特在离开时又一次转过身来，指示年轻的诗人：“朗诵时一定要洪亮和清楚！”

我在当众朗诵时向来很拘谨。我的伙伴约瑟夫在 1947 年是弗赖辛神学院学哲学和教义学的大学生，记得当年我们躲在巴特艾布灵战俘营的一顶帐篷下，他用极低的以至几乎听不清的声音朗读一本黑皮小书的虔诚材料，而在另一个编织得全然不同的童话中，我想要信教却一无所成。

一切都像童话大叔里希特宣布的那样发生了。一个我不认识的人在巴赫曼之前朗诵了散文，另一个我不认识的人在她之后也献出了一篇散文。朗诵者刚一合上他们的手稿夹，就受到“四七社”成员的坦率评议：尖锐，透彻，说得中肯或没有说对。

这很正常。“四七社”是按照他们初次聚会的年份命名的，在“四七社”第一次聚会时，就是当众朗诵后马上评议。当这位年轻诗人还是个见习石匠时，管理拉特-布劳希慈善宿舍图书室的施塔尼斯劳斯神父，就给他读过格奥尔格·特拉克尔的诗，那些诗都很忧伤，很优美，不难模仿。

有一位评论家在这个不想结束的童话中出场了。他虽然不是皇帝，却姓凯泽尔①，名字叫约阿希姆。他跟我年龄相仿，说话带东普鲁士口音，但语调抑扬顿挫，让我为自己内心的结巴感到惭愧，所以没有出声，尽管当时我很想反驳他。

随后轮到巴赫曼了，我觉得她就像一个羞怯的少女，开始朗诵。不，她更像是在哭诉她那相当美妙的诗歌，至少她颤抖的悲叹语调让人想到这一点。我心想：假如那位讲话沉稳的凯泽尔像先前抨击那

① 凯泽尔（Kaiser）在德语里的意思是“皇帝”。

个我不认识的朗诵者一样来指摘这位相当腼腆的巴赫曼,那么我就要求发言,帮助这个正在哭泣或近于哭泣的女诗人,哪怕是用结结巴巴的句子。这时,从她的一首题为《告诉我,爱情》的诗中,传出了宛如呼救的诗句:“一块石头懂得感动另一块!”

那位凯泽尔,在“四七社”成立那年,他就像我这个见习石匠一样仅二十岁,但是不久后,我仍在凿壳灰岩,他却在美因河畔的法兰克福当上了大学生,师从阿多诺,学习分析沉稳的讲话,甚至包括格林童话的雄辩术。他装作等着感动的石头,对于巴赫曼的所有诗歌都极力称赞,说他能看出“朝着伟大形式发展的趋势”。

施塔尼斯劳斯神父也说过类似的话,当时,那位博学的圣方济各派修士郑重地叫我仔细研读特拉克尔诗集。所以,这个年轻的诗人没吭声,直到他在那个里希特身边的椅子上坐下,才张开口“洪亮和清楚地”朗诵,就像喝咖啡时嘱咐过他的那样。他给“四七社”的成员朗诵他的诗,总共七首或九首,其中有《敞开的柜子》《波兰国旗》和《三篇主祷文》。

童话就这样继续下去:从前有一个年轻的雕塑家,他初次作为诗人出场。他这么做并不惊慌,因为他对自己那些呼吸了柏林空气的诗相当自信。因为他像人家叮嘱他的那样,每一行诗都要朗诵得洪亮和清楚,所以,听他朗诵的人都能听清楚每一个词。

随后,他朗诵的诗受到了普遍的赞扬。有一个人说到“出手如猛兽”,大胆地做出了一个评价,被其他评论家反复推敲并加以改变,再做出进一步的比较。不过,似乎也有一个人,或许就是那个名字叫约阿希姆的凯泽尔吧，提醒大家要防止过分的夸奖。但是，眉毛浓密的里希特坐在那张俗称“电椅”的朗诵椅旁似乎挺满意，说他很愿意听到这种“令人神清气爽的新声音”。他希望再听一遍这个作为诗人出场的年轻雕塑家的名字，因为他又忘记了，但此时他的意思是把姓氏连名字一起记住，当然了，他如愿以偿。后来，在很久以后，我把我的短篇小说《相聚在特尔格特》献给了他。

当这个新近成为诗人的年轻雕塑家从椅子上站起时，这个童话仍不想结束。他看到自己立刻被好几个出版社的编辑包围了，他们纷纷自我介绍，说他们分别来自汉泽尔、皮珀、苏尔坎普和菲舍尔出版社。他们抓住那七首或九首诗，那是诗人在一间潮湿的地下室里用他的奥利维蒂打字机工工整整地打出来的，因为下面垫了蓝色复写纸，所以打印出两份。

他们不愿再交出那几页纸，用尊称劝导他：“您等着我们的消息吧……”——“您很快就会听到我们的回音……”——“下面我们会与您联系……”他们试图让他相信，只要再等很短的时间，他就将开始一个新时代，如果不是黄金的时代，那也将是一个白银的时代。

此后，这个童话却不想再继续圆满下去了，因为后来我再也没听到那些大可指望的出版社编辑的任何风声。只有一个形象歪斜的人，自称瓦尔特·赫勒雷尔，文学期刊《重点》的发行人，像他答应的那样刊发了我的几首诗。

于是，这位新近受到赞扬的诗人又成了雕塑家，双手糊满了黏土与石膏,不过,那个童话忽然又继续下去了。卢赫特汉德出版社的一位编辑说,在年轻的无名诗人朗诵后的拥挤之中,他被其他出版社的编辑用胳膊肘推开了。他找到我客气地打听,作为作者我是否还有空,假如我没有先已经答应苏尔坎普或汉泽尔出版社的话。他叫彼得·弗兰克,如果可能的话,他想给我出一本诗选。

啊,真是美好的开端!这结束了诗人的无名状态及无人问津的情况:"啊,多好啊,没人知道我叫侏儒怪……"

彼得·弗兰克,一个轻手轻脚的、总是有点儿侧倾的人,说话带奥地利口音,来到了我们那个宁静安逸的废墟地下室。我给他看那些画了具有抒情意味图画的纸,他马上表示同意像我建议的那样,把十几幅钢笔画收进诗集,而且像我要求的那样,给那些画支付额外的报酬。甚至连作者要求的版税,也就是每销售一册支付零售价的12.5%给作者,他也以出版商爱德华·赖弗沙伊德的名义同意了。这个大胆提出的百分数后来大大增强了我的物质生活基础。

我听说,这家出版社原来出版法律专业的书籍及一种活页文选,非常成功,按照出版商明确表示的愿望,今后它想促进战后的德语文学,而这正是它精心打理那份由著名作家阿尔弗雷德·安德施主编的杂志《文与字》的原因。如果在这份杂志上预先发表的话,他们很快就能挑出几首来,当然,又是另付稿酬。嘿,多好啊!我可怜的母亲很早就教导我,与金钱打交道要注重实际。

为了结束这个童话,随后我签了合同,合同里再一次保证为封面装帧付给我稿酬,年轻的诗人处在期待着第一本书问世的奇妙喜悦中。这时,我忽略了那个优先权条款,那个字体印得很小的条款,根据其字句,我有义务把我的下一本书也交给卢赫特汉德出版社。

不过,当时有必要去考虑下一本书吗?除了两幕剧《洪水》,独幕剧《还有十分钟到布法罗》,以及一个题目为《叔叔,叔叔》的四幕剧可以当作我对荒诞的贡献外,还有什么东西能朝出书的方向努力吗?或者换句话来问:我能把我的初次登台表演看成一件不久以后可望重复的事情吗?

几乎不可能。我一直都在写诗,写完了就丢开。我从来不急于发表它们,因为这是我出于单纯的写作欲望而做的事情。我年轻时对未来的表演舞台充满自信,对我原来所有笔墨产品的不足也深信不疑。

只有那些在柏林的空气中产生的诗才是我特有的,希望被人谈论、阅读和印刷出来。那本名叫《风信鸡的长处》的我的第一本书,我给它的英文本配的钢笔画也同样不是插图附件,而应当视为那些诗的图解续篇和预示。

它们是用钢笔画了大量草稿后产生的,在画面上,金丝编织的家禽被风刮走,蜘蛛浸泡在玻璃瓶里,蝗虫占领了一座城市,但又成为先知的食物。一只蛹在斜眼偷看,所以没被箭射中。唧喳叫的蟹螯乱飞。耳朵在海边成堆。按照人的大小把蚊子画成形象的比喻。在相当独特与物化的世界视角中,词和字从墨水中不断地流淌出来。

只要我把表演我的魔术的地点——柏林迪安娜湖畔那幢战争废墟的地下室——叫回到纸上,就觉得好像无须寻找便在预先确定的轨道上找到了什么，与我特有的自私自利和我内心的笑声相一致。所以，这位作者觉得，以厚脸皮的方式出版他的诗和画是理所当然的，而第一版也确实按照合同像童话里希望的那样实现了，尽管三年里仅售出了七百三十五册。

后来，在一行行的诗中才搞清楚，那些诗到底有多少信号预告了我的第二本书。从《男高音学校》第一次试验了唱碎玻璃的特异功能，到《风信鸡》末尾的那首以《铜管乐》为题质疑了一个孩子——“……头上戴着一顶用旧报纸做的头盔”——说出了主题，表明在《波兰国旗》那白红与红白的游戏中隐含的东西。

但也可以把所有这些当成暂时自我满足的指法训练。半年后，我在“四七社”的一次聚会上朗诵了我最早的叙事作品，以《我的绿草地》为题写下了前一年我们去西班牙旅行的收获。当时并没有什么迹象预示这只在讲述过程中从“赤裸与敏感”到变得巨大的蜗牛会走上继续写叙事作品的道路；后来它想用黏液留下的爬行痕迹来丈量政治的竞技场，并且劝说进步务必放弃“大跃进”的梦想。

但这些都暂时停留在暗示、探索和无心的处理上，对这些并没有什么解释。但可以推测的是，有一种很强的物料堵住了，所以要用短信号来通气，让人看出一些还粗笨的东西，一些仍不愿见光的东西。

无论是写还是画，我都以当时我已熟悉的技巧闪避，蹦蹦跳跳地绕过明显的深渊，从来不会被托词难住，采用赞美静止的素材：叙事作品是卡夫卡供给的，患有消瘦病；戏剧场景让语言爱上了捉迷藏游戏,而文字游戏饶有兴致地孵化出进一步的文字游戏。

这样,我就在创作上分散了精力,在“四七社”的集会上以总是新颖的艺术作品引起别人的兴趣,条件是假如德国以及我的往事的乱石堆能够绕过去的话。但是,乱石堆就挡在路上。它使得我跌跌撞撞。什么也绕不过它。我觉得就像是规定的那样,它的全貌无法看清,这里是刚刚冷却下来的熔岩,那里是早已凝固的玄武岩,玄武岩已在更古老的沉积层上积淀下来。要一层又一层地剥蚀、分类和命名,要求用词语来表达。只是还缺少一个开头的句子。

现在,得把抽屉关上,把图画连同主题页贴到墙上,把录音磁带抹掉,把一张张让我显得越来越老的相片放到相册里去。把塞满了归档手稿与收藏奖状的杂物间锁上。所有在遣词造句时没有结清和带来效益的东西,用层层灰尘盖住名声并使争执失效的东西,都应当从视野中清除,以便借助现在减轻了负担的记忆,让那个年轻人进入画面:他在 1955 年前后头戴一顶巴斯克帽,后来又斜戴一顶打手帽,正试图用尽可能少的词语构成一个开头的句子。

他本来无心,并没有离开他那受黏土气味和石膏粉浸染的环境,但是他已向外扩展了,从此以后,就在文学的领域里漂泊游荡。别人称这种练习为劈叉。因为劈叉太费力,它几乎把我扯裂。

原来,我只是一个站在画家与雕塑家之间喝啤酒和烧酒的家伙;现在,别人却看到我和文学家坐在一起喝红酒,一直喝到天亮。

刚才我还听到,卢德·施里贝尔又一次唤出他的行动与存在,凡夫俗子的困境,以及古风的伟大;但最近我耳边也听到与我同样年轻的作家的声音。汉斯·马格努斯·恩岑斯贝格的文字技巧令人惊异。我让自己被马丁·瓦尔泽的口若悬河带到了不知什么地方。

虽然我们的老师卡尔·哈通用几句话把我说成是艺术大师的学生,但是,我的很大一部分时间却是在靠近迪安娜湖的废墟地下室里度过的。奥利维蒂打字机在那儿发出用旧的磕巴声,消耗着A4纸,总也吃不饱。

一个脚踩两只船的人。可以列出我的不安的其他实例,但是,反复思考却还是得不出轮廓鲜明的情景:我表达不出自己,或者只能零碎地表达。在一张照片上,我坐在一件青铜雕塑旁,它像一只鸟儿那样伸展,宛如置身在一首平淡的散文诗里:“五只鸟儿。它们的童年叫:做木桩,投影子,让每一条狗高兴,被清点……”

安娜是醉心于跳跃与旋转的人,即使在她离开玛丽·维格曼的殿堂,跳槽去塔恰娜·格索夫斯基那儿,也就是她因为两脚疼痛告别了赤脚表演的表现性舞蹈,去忍受古典芭蕾舞折磨的时候。

第二年——已经不在柏林了——我为赫勒雷尔的《重点》写了我的第一篇随笔,标题为《芭蕾舞女演员》,它成了我在这儿宣布、在那儿却藏到镜子后面的爱情声明。我在文中对两种舞蹈的苦与乐做了对比,最后表示对克莱斯特的木偶、科科施卡像真人那么大小的傻洋娃娃和施莱默的三位一体小塑像感到兴趣。

接着,安娜在湿冷的冬天过后开始闹病。那个富有田园特色的地下室,两人住在里面,夏天不够长,使得她的肾与膀胱大伤元气。

外墙上长了霉，一切都散发出霉味儿。窗户关不严实，而且那个烟筒穿墙而出的炉子四处冒烟。

我催促搬家，可是安娜仍想留下来。我们在 1956 年初或 1955 年底前已经把我们的箱式家具、窄柜和双人床垫搬上了租来的微型车，但是，她却舍不得离开窗口那一片能望到花园里的灌木丛与旁边废墟别墅的景色，以及免费观赏的日落景象；她毕竟已经住了这么久。

从西边斜射过来的阳光渗进窗子，她一次又一次地清扫地板，可以这么说：在我们把家从国王林阴路搬到乌兰街时，我们确实是扫得干干净净才离开了那间租住的地下室。

然后呢，后来呢？后来发生了这件事儿，又发生了那件事儿。在 1955 年 11 月，我们搬家到西柏林市中心并成为城里人之前，我的第一个展览已标明在日历上，而且很快就能在报上读到……

不过，我这样一一细数，现在该做出总结，对无法整理的东西加以整理了。况且，还有别人标明了日期与地点，按照清楚的顺序写出这件事、那件事以及更多的情况，写出我的先前、以后和再以后。比如：“从 10 月 19 日到 11 月 8 日，卢茨与迈尔画廊在斯图加特的内卡街三十六号展出年轻与天才的……图画与雕塑。”

确实是这样，而且就这么继续下去。从那以后，列出一切，标上日期，印出来，排列成行，再打出分数。我的初步尝试显然大有希望。我的戏剧情节不多，诗歌怪诞轻佻，小说不讲情面或是别样，后来是我的政治议论过于大声，将我所有的动物一一列举：早期鸡的长处，后来蟹的步态，狗的详尽谱系，完好的比目鱼及其鱼刺，盯着老鼠的猫，我梦到的母老鼠，我变成的铃蟾，还有蜗牛，它怎么样赶上并超过我们，又无声地离我们而去……

我们住在施马尔根多夫时的女房东雇了个从城市东区来的清洁女工。她从咖啡渣推测未来，预言说：我开始成名了。按照传统的手工业行规，我的见习期似乎已经过去，但是，漫游期还看不到结束。

1956 年夏末，安娜和我离开了柏林。我的新婚礼物，那台奥利维蒂打字机，也装进了行李。钱包里只有很少的钱，不过，就我而言，我内心拥有的形象相当丰富。当时，我在巴黎寻求一个开头的句子，要足够简洁又有说服力，以冲破拦水坝，让堵塞的话语顺畅地流淌。安娜打算继续忍受古典芭蕾舞的艰苦训练。她想到皮加勒广场的诺拉夫人那儿去学习，旋转出无懈可击的芭蕾舞动作，毫不摇晃地用脚尖站立。

在巴黎，我们最初住在阿里贝街，靠近圣马丹运河，那儿正是我们喜爱的电影《北方旅馆》的拍摄地，阿尔列蒂和路易·儒韦在影片中担任主角。我们把柏林的箱式家具、窄柜及床垫都卖掉了，只带着很少的行李找住处。

8 月的巴黎通常是空荡荡的。在圣马丹运河边上，在水闸与形状各异的拱桥之间，我发现了一张长椅，古斯塔夫·福楼拜在小说《布法与白居谢》的开头曾让他的主人公坐在那儿，那可以说是开篇第一句。

然后，我们搬到了巴黎的另一个区，在夏蒂龙街。我们在那儿照看一位瑞士雕塑家的工作室，住了一段时间。在柏林的时候，安娜就让一个有交情的女舞蹈家帮忙，想要到蓝铃女子歌舞团去求职，但是，她的腿对于巴黎令人惊叹的歌舞来说似乎有点儿短，或者说显得不够长。

在巴黎，一开始我无法安定下来，因为我们要寻找住处，我还要为一个已敞开方便之门的句子寻找词语。或者那时候我已经在打字，把我给《芭蕾舞女演员》写的颂歌录入奥利维蒂打字机，但是又不断受到寻找住处与词语的干扰？

在所有报纸上以及在巴黎的郊区，一场现代的战争正在进行；但是，从但泽开始的上一场战争在我这仍不想停止，而当年波兰邮局的那场保卫战曾使我的童年戛然而止。不过，我依然缺少第一个句子。

最后，安娜的父亲在意大利大街为我们买了一处后院的侧房：楼上的两个小房间，有一条狭窄的走廊，小厨房和配备了坐浴盆的浴室在走廊两边。我们楼下住着一个工人及他的老婆孩子。从所有的窗户都能望到院子，园丁的工具间使院子显得很狭窄。

我立刻在地下室供暖间布置了一个有工作台和旋转盘的工作室，摊开了我在柏林已经开始的书稿：五幕剧《坏厨师》，以及一些换了地方还不知放到哪儿的散文小品。在我们楼下的住房里，有一个女孩叫尚塔尔，常挨那个工人的老婆殴打，这让我以《准时》为题写了一首诗。

不久前,我和我的女儿海伦妮又到了巴黎。她作为女演员登台演出,为九百个从各处去旅游的德国人表演《少年神奇的号角》,由斯特凡·迈尔配乐。我挤出时间到意大利大街三号作了一次短暂的访问。现在,那个后院已不再有园丁的工具间,看上去很漂亮,种上了绿色植物。在先前的那个供暖间里,依然放着我原来的工作台,而在那个台面上——不知有过多少次——我相信自己找到了头一句话。

在巴黎,安娜和我从远方获悉,在西柏林和东柏林,戈特弗里德·本恩和贝尔特·布莱希特先后辞世,这样就使他们的众多追随者成了孤儿。我写了一首诗,作为纪念他们俩的悼词。

当巴黎用可塑炸弹的爆炸声来回应阿尔及利亚战争,而我们在巴黎的电影院里又看到苏联坦克在布达佩斯的大街上出现时,我们想起了几年前在柏林的波茨坦广场上见过的坦克。我面对那个既是两间小屋的供暖间又是工作室的由于潮湿而淌水的墙壁,终于找到了头一句话:“我承认,我是一所疯人院的住客……”

在巴黎,我们忘掉了柏林。

在巴黎,保罗·策兰和我成了好朋友。

在巴黎,我找到头一句话后就一章接一章地写下去。

在巴黎,雕塑变干发硬,开始从架子上剥落。

在巴黎,我们多少次手头拮据。

所以,我不得不从巴黎长途跋涉到西德,在科隆、法兰克福、斯图加特和萨尔布吕肯的广播电台为夜间节目朗诵几首诗,挣一点儿现钞,以便有足够的钱为下边的三个月购买市场上的新鲜沙丁鱼、羊排骨、扁豆、天天吃的法国面包以及打字机使用的纸。

可是在巴黎,我到底怎样才成功地当上了不停地爬格子的作家呢?

1973年,我以《回顾铁皮鼓——或作者作为可疑的证人》为标题,写出了“对自己的事情的一次尝试”。文章描述了我们住在巴黎的情况,提出了长时间坚持写一部长篇小说的动力问题,文中是这么回答的:“最可靠的动力也许是我的小资产阶级出身吧。这个臭气烘烘的、由于中学学业中止——我只上到九年制中学的五年级——而愈加过分的自大狂,总想拿出一些不可忽视的东西。”

还有别的动力,不过,情况确实是这样:自从我在巴黎面对淌水的墙壁找到了头一句话,词语对于我来说就源源不尽了。从早写到晚却感到非常轻松。一页接一页。词语和形象蜂拥而至,熙熙攘攘,因为有许许多多的东西都想给人闻到、尝到、见到和提到。我在巴黎十三区的咖啡馆以及那个供暖间里一章接一章地写,然后用奥利维蒂打字,同时仍与保罗·策兰保持着友谊,而他把难以言表的东西写进他的诗,把他的痛苦郑重地写进赋格曲,就像放在蜡烛之间那样说出来。双胞胎儿子弗朗茨和拉乌尔的出生让我们成了父母,这是我们在柏林或巴黎都没学习过的角色。

双胞胎兄弟分别或同时地大声哭叫,接着,年轻的父亲在他的三十岁生日后留起了胡子。这在岁月的进程中留下了许多自画像,有用铅笔画的,有蚀刻的铜版画,有用索尔恩霍芬石板印的石版画:我鼓起嘴巴以及眼睛里的蜗牛壳;我面对比目鱼;我拿着棺材钉和死鸟;我梦到母鼠;我戴着贝雷帽与铃蟾在一起;我蓄着大胡子躲在仙人掌后面,最后是我手拿半个洋葱和刀子。

在巴黎,大胡子很常见。在巴黎,我们买了一辆二手童车,让两个长得不同的双胞胎兄弟并排坐下。我们的几个巴黎朋友十分惊讶,因为安娜和我宛如在一出没排练过的戏里那样,突如其来地作为父母出场了。而保罗·策兰,他的苦恼有时需要别人抚慰,但是他却给我鼓劲儿,在我写稿子由于两个孩子哭闹和墙上淌水而陷于停顿的时候。

双胞胎出生后不久,康拉德·阿登纳在联邦议会大选中赢得了绝对多数。随后,从巴黎方面看,德国把自己的形象抹黑了,就像一个屡教不改的累犯那样自食其果。

在写作的间隙,我画修女,优先画仁爱会的修女。自从我可怜的母亲在科隆的仁爱会医院去世后,我就觉得她们的宽檐帽一直在我眼前晃动。于是,我在巴黎的地铁站或者卢森堡公园给她们画速写。在那儿,在靠近里尔克的旋转木马处,我有时能把保罗·策兰从旋转中成功地吸引过来,而他在旋转中就像受到了迫害,以为自己无法逃脱。

在巴黎,弗朗茨和拉乌尔一开始走路,我们就买了一个木制的幼儿围栏。8月,我们带着将满一周岁的双胞胎去瑞士。在那儿,我面对酷暑中闪闪发光的提契诺山景,给我的奥利维蒂打字机录入一个个章节。后来,雪花也一次次地飘进那些章节里,而辽阔的波罗的海隐没在茫茫的冰层下。

我们又回到了巴黎，安娜在严格的诺拉夫人的监督下跳舞，而我埋头写作，同时，用一只耳朵留意着双胞胎。我的朋友赫勒雷尔时不时远道而来。他爱用紫墨水写明信片，把它们满世界投寄，还给安娜买过一件连衣裙，我们称之为赫勒雷尔裙子。

1958 年春天，我从巴黎经过华沙回到了格但斯克，在那儿搜寻我失去的故乡的遗迹。我坐在完好无损的市立图书馆里，仿佛看见自己十四岁时坐在那儿的情况。我四处寻访，也包括寻访我那个卡舒贝的舅婆安娜。因为我已经显得陌生并且成人了，所以，我不得不向她出示我的护照。她身上散发出酸牛奶与干蘑菇的气味。我在她那儿想起的往事比一本书所能容纳的更多。

总之，那次波兰之行让我带着大量捡拾到的宝贝回到巴黎：发泡的汽水粉，耶稣受难日的喧闹和拍打地毯的拍子，送汇款单的邮递员的逃亡之路，他经历了波兰邮局周围发生的战斗，还有当年我上学和放学走的路，市立图书馆里保存的报纸合订本，以及 1939 年秋天的电影节目单。此外，还有忏悔椅上的低语，墓碑上的铭文，波罗的海的气味，以及布勒森和格莱特考之间沿着海边就能找到的细碎琥珀。

就这样，一切都说了出来，而且保持着新鲜，因为在巴黎，一切就像是在一个罩有钟形玻璃盖的乳酪盘里。所以，我虽然筋疲力尽，却并没有被掏空，仍然亲笔写作，但是其间已成为了工具，对我的人物形象百依百顺，特别是那个叫奥斯卡的家伙，我也不知道为什么。其实，我对所说的知道并不多，不清楚有些事是怎么发生的，如果不叫我说谎……

在同一年的10月，我从巴黎经过慕尼黑到了巴伐利亚或施瓦本的一个叫大霍尔茨洛伊特的小镇，在那儿为聚会的“四七社”朗诵了《肥大的裙子》和《北方幸运女神》这两节。那部接近完稿的小说的作者因此获得了“四七社”奖金，总计四千五百马克，是出版商自发赞助的。那是我的第一笔巨款，它帮助我静下心来，把全书用奥利维蒂打字机再一次打印出来，打成清样。

此外，那笔奖金还给我们提供了一台布朗公司生产的造型美观的留声机，我称之为“白雪公主的小棺材”。我在慕尼黑做完首次广播朗诵后买下它并带回了巴黎，我们用它欣赏斯特拉文斯基的《春之祭》和巴托克的《蓝胡子》，反复欣赏。现在我们已不再受穷，买得起小牛肝以及唱片了。

在巴黎，安娜和我大方而亲密地跳舞；在巴黎，我们很幸福，但是又不清楚还能幸福多久；在巴黎，戴高乐上台执政，我学到了害怕法国警察的棍棒暴力；在巴黎，我显然更关心政治了；在巴黎，由于墙壁淌水，一些结核菌侵入了我的肺部，后来在柏林才痊愈；在巴黎，双胞胎在意大利大街上甩下我，向不同的方向跑去，我简直不知该先去追赶谁；在巴黎，保罗·策兰的病已无药可治；在巴黎，我们很快就无法再住下去了。

随后，1959年秋天，长篇小说《铁皮鼓》第一版发行。安娜和我从巴黎赶到法兰克福去参加书展，在那儿，我们跳舞一直到天明。

第二年，我们离开了巴黎。这已是第二次了，此刻，我们已经是一家人，在柏林找到一套半废墟住宅，就在卡尔斯巴德街，那儿的五个房间中有一个属于我。我马上又开始绘画和写作，因为我用奥利维蒂打字机，那件新婚礼物，从巴黎就开始了新的助跑……

从此以后，我就这样生活在一页又一页纸之间，生活在一本又一本书之间。我内心仍然有丰富多彩的人物形象。但是要讲述这些，却缺少洋葱和兴趣。

Beim Häuten der Zwiebel